U0749401

边缘处守望

——比较视域中的中国当代文学观察

山　尹　著

浙江工商大学出版社
ZHEJIANG GONGSHANG UNIVERSITY PRESS

· 杭州 ·

图书在版编目(CIP)数据

边缘处守望：比较视域中的中国当代文学观察／山尹著. — 杭州：浙江工商大学出版社，2019.6

ISBN 978-7-5178-3311-6

Ⅰ.①边… Ⅱ.①山… Ⅲ.①中国文学－当代文学－文学评论 Ⅳ.①I206.7

中国版本图书馆 CIP 数据核字(2019)第 127438 号

边缘处守望——比较视域中的中国当代文学观察

BIANYUANCHU SHOUWANG——BIJIAO SHIYUZHONG DE ZHONGGUO DANGDAI WENXUE GUANCHA

山　尹著

责任编辑	王　耀　白小平	
封面设计	林朦朦	
责任印制	包律辉	
出版发行	浙江工商大学出版社	

（杭州市教工路 198 号　邮政编码 310012）

（E-mail：zjgsupress@163.com）

（网址：http://www.zjgsupress.com）

电话：0571—88904980,88831806(传真)

排　　版	杭州朝曦图文设计有限公司	
印　　刷	杭州高腾印务有限公司	
开　　本	710mm×1000mm　1/16	
印　　张	17.25	
字　　数	340 千	
版 印 次	2019 年 6 月第 1 版　2019 年 6 月第 1 次印刷	
书　　号	ISBN 978-7-5178-3311-6	
定　　价	72.00 元	

谨以此书纪念：先父王长恒

先母邹荣花

◎序

2009年9月,孩子刚刚上小学一年级,我也收拾行装前往北京进修,在社科院外文所跟着仰慕已久的黄梅老师学习。那一年是一个转折:虽然此后一直免不了琐碎的日常,但是磕磕碰碰间,也逐渐从一己的小家,进入到了一个更大的世界。奇怪的是,几乎从想要做点事情的念头萌生之始,我就是"三条腿"在走路:教学改革、比较文学学术研究、中国当代文学批评。现在我还记得2010年3月在北京,当时正召开两会,一个代表呼吁让巴东纤夫恢复裸纤传统,引起热议,我试着写了一篇文章给黄老师看,黄老师问我,你写这类文章,是想做点什么吗? 如果想做点什么,那么,应该写得更正式一些,并且应该寻求让人看见。

这应该是我的当代关怀的最初表露。

作为一个外国文学教师、比较文学学者,在本行里只需要研读、讲授西方文学名著,却在八年的时间里持续不断地关注当代文学最前沿,为文学期刊上刊发的文章写下第一个评论,其中绝大部分作品都将被大浪淘尽,这其中的落差,绝非情怀二字可以轻易跨越。实际上,这个问题和我在教学上进行改革是同一个问题:生活在当下的中国,我能做点什么,什么值得一做? 这个问题也同样关系到我的学术身份认同:在中国,阅读、研究外国文学作家作品,目的是什么? 价值何在? 谁是主体,谁又是客体? 这里我要再次表达对恩师黄梅的谢意,她的《推敲自我——小说在十八世纪的英国》,在严谨地分析英国小说的同时,蕴含着深切的当下关怀,正是通过反复阅读它,我明确了自己的方向。

这本书是一本当代文学评论集,分为"越地作家研究""《野草》观察""当代文坛一瞥"三辑,共 37 篇文章,22 万字,其中大部分文章,都写于 2011 年至 2018 年,只有马来西亚旅港华人作家林幸谦《繁华的图腾》的评论(2005 年),和荷兰华裔女作家林湄的长篇小说《天望》的评论(2004 年)除外。有篇幅很长的作家论,比如海飞论、李郁葱论、斯继东论,有书评,也有单个作品的评论;有活跃在当代文坛,已经获得业内认可的作家如马炜、张楚、王咸、朱个、张悦然、周洁茹、东君、曹寇、王凯、杨遥、李浩等的评论,有风头正健的青年才俊如文珍、陶丽群、唐棣等人,有目前正在进入批评视野的 90 后新锐如梁豪、徐畅、温凯尔、刘菜等的评论,还有一部分则是名副其实的文坛边缘作者。部分文章曾经在《文艺争鸣》《绍兴文理学院学报》《上海文化》《作家》《十月》《西湖》《野草》《文学港》等刊物上发表过,其余部分多在"《野草》刊评杂志微信公众号"上推出。

每个当代写作者都有自己的老师,而他们的老师,往往是某些著名的外国文学经典作家,比如福克纳之于张楚,马尔克斯之于李浩、马炜,乔伊斯之于斯继东,等等。作为一位外国文学教师,我在评论当代文学作品的时候,虽然会有一些表达方式的隔阂,但是也无形中获得了一种比较的眼光、知识结构方面的优势,这也是我这么多年来,以边缘的身份撰写评论,能够得到一些认可并坚持下来的原因。

由于身处当代文学研究的边缘,没有当代文学专业研究者建构文学史的潜在诉求,我对当代文学的态度比较而言更加开放、更加包容,在我看来,所有的文本不论其艺术水准如何,都是历史、社会、意识形态和文本诸关系的结构中不可或缺的重要部分,对于文化观察而言,都是有效的。因此,这本集子评论的是一个一般性的当代文学,作家们正以极大的热情建设自己时代的文学,尚来不及思考生前身后事,评论者偏居一隅,听从偶然性的支配,以论说因机缘巧合进入视野的作品为乐,只因为其生在这个时代,热爱这个时代,正如其曾经在一期刊评中所说:

　　这是一个无序的、沸腾的世界,充满变化和冲突,然而无论如何,我仍然愿意指认其为伟大,从来没有一个时代,有如此之多的渠道让一个想要发出声音的人发出自己的声音;从来没有一个时代,能够容纳如此之多、互相冲突的价值观,而在这种类似于刀尖上的平衡之中,大多数的个体仍然可以在其中向望更好的生活。所有的这一切都召唤着作家们投身其中,去感受,去呈现。心理能量强大的作家,能够在纷繁、高速变化的世界中找到一种连贯性与统一性,能量不足的作家则被琐碎的细节拖曳着跟跄前行,所有的这些努力,都将作为一个时代的见证,向世界宣告自身曾经来过,生活过,写作过。

生活过,写作过,为时代做见证,简单,但不失美好。
是为序。

山尹

2019 年 5 月

目　　录

第一辑:越地作家研究

1

第二辑:《野草》观察

第三辑:当代文坛一瞥

第
一
辑

越地作家研究

他的单纯是基于现代生活的全部复杂性之上的单纯，而微妙幽深显示出他思想的力度、洞察力的深邃以及表现力的精确。

◎叙述的绝对必要性

——斯继东小说论

一、执念

反复通读斯继东的作品,我们会发现,斯继东的作品故事性不强,叙述却有一个鲜明的内核,这个内核有时候是人物的一个执念,比如《枪毙爱情》中卡卡的念头"胡皓摘掉眼镜后一定是个美人";《我没有父亲》中艾坚称的"我没有父亲";《漂在水面上的白月亮》中的艾"终于用我的死证明了我对娘的爱";《赞美诗》中惊蛰"日他娘,我怕你什么"。有时候是人物身份困惑,比如《痕迹》中的梅婷是烈士还是叛徒?《我知道我犯了死罪》中阿德是好汉还是怕死鬼?《你叫什么名字》中的"我"和阿贵真的只能被他人的目光所限定吗?"我"真的是"傻瓜",阿贵永远是乡巴佬吗?《永和九年》中六根只是一个抱着自欺幻觉的底层屌丝?《蔷薇花开》中姐妹这一简单的伦理身份就应该限定人物的道德品性与行为方式吗?有时候是对经验与常识的质疑,比如一男一女在一起一定会发生性关系?《香粉弄九号》《今夜无人入眠》《梁祝》中的梁山伯与祝英台,都在质疑这个常识;再比如,爱情和情欲、婚姻之间到底是什么样的关系?《打白竹》《液瓶里的天堂》《合欢》《梁祝》中的银心和四九,《白牙》《西凉》都在探讨这个问题。还有些时候,叙述的核心是一个极限境遇或者无法解决的悖论,《你为何心虚》中的背叛,《逆位》中的"逆位",《动物园》中的囚禁,《乌鸦》中报丧人的职责(报告死亡)与他作为终有一死的人之间的内在矛盾。

这些不同类别的叙述内核都是智性的、哲学层面的，但叙述的表层却是小人物的日常，斯继东善于把日常生活中的平凡事件，引向对人性的探寻，对人与人之间关系的反复揣摩，对存在的拷问，理路清晰，它以多样性、差异性而不是确定性为目标，不管是思维方式还是感受力，都带有鲜明的现代性。斯继东的小说很少平铺直叙，而是以一正一反的方式向上螺旋式攀升，抵达一个不确定性的终点。比如《我没有父亲》以艾和他的母亲柳双线展开，艾在以各种方式坚称自己没有父亲，柳则一直以回忆等方式夯实艾父亲的细节，最后艾亲手杀死了刑满归来的父亲，但是，父亲已死并不等于没有父亲，艾的杀人行为恰恰说明他承认了父亲。《我知道我犯了死罪》的叙述在"好汉/怕死鬼""聪明/笨蛋""老实本分/不本分"等互相矛盾的品性中展开，写尽了一个智商不高、意志贫弱的底层男人在淫靡社会的诱惑下的失陷，但直到最后，阿德的品性也没有走向单一，而是呈现了双重性。《香粉弄9号》则紧扣常识与真相的冲突，常识、庸见认为胡一萍与蒋干同居一年多，肯定发生了性关系，事实上却没有，本来到这里就差不多了，但斯继东却再往深处挖了一层：胡、蒋二人都非常渴望发生性关系，只是含蓄羞涩的性格束缚住了他们，因此，常识也并非完全谬误，最后叙述在胡一萍的性幻想中达到高潮，以欲望喷发的强烈程度来看，没干成的现实有多大的意义呢？

这种一正一反的节奏，是斯继东绝大多数小说的内在节奏，而且推进的层次也非常深，有时候，在看似已经铁板钉钉的情况下，斯继东会用否定前提的方式来否定几成定论的叙述，因此，在小说结束之时，确定性再次被否定，叙述制造了一个更加阔大的空间，内蕴多个局限性的视角。比如《痕迹》中的梅婷，她交代了能够交代的所有消息，对革命造成了毁灭性的破坏，当然是叛徒，然而她不过是个家属，根本就不是革命圈子中的人，又如何能够用革命圈子的游戏规则来定义她？以人性而论，梅婷值得同情，但在某些特定的历史时期，革命这个圈子无疑是具有优先性的，因此，是否是叛徒，仍然没有解决，叙述不过是增加了一个看问题的视角。

在小说技巧中，斯继东偏爱，也擅长意识流。现代性的概念虽然众说纷纭，但它的基底是完全独立承受世界的个体（"自我"），这是不会有歧义的，而意识流是最适合表现个人的小说技术，通过意识流，读者可以进入人物的内心世界，

3

无须再受传统小说无处不在的叙述者说教的干扰。但纯粹的意识流也有一个缺陷,那就是容易陷入唯我论并导致意义的贫乏:小说家写人,最终目的是要通过个别的人达到一般的人,并在这个基础上创造一整个世界,如果话语只对说话人来说是有效的,如果"我"只是呈现"我"自身的个性,又有什么言说的必要呢?斯继东对意识流技术的缺陷显然是有清醒的认知的,因此,他的小说都有双层结构,探索的精神、一正一反螺旋式攀升的叙述进程是它的深层结构,在这个基础上,斯继东做了各种尝试来丰富文本的层次。

在以单个人物意识流为主的小说中,斯继东有时候会在同一主题的层面下,引进一个外部事件来扩大小说的空间,比如《楼上雅座》,小说同时从内外两个层面上写"我"吃早餐的经过,"我"一边注意着面馆老屠夫妇为顾客煮面的经过,一边坐在那里想着自己那让人厌倦乏味的小公务员生活,"我"渴望着生活有所变化却从未付诸行动,正如老屠夫妇日复一日地重复着同样的生活一样,看似不同的社会阶层,日常事务截然不同,内里却都是现代生活让人厌倦的平庸与重复,此时老屠的狗被车撞死,老屠一改往日的温和,突破常规,暂时歇业,来了一个短暂的逃离,而"我"也遵循着"那个荒唐的念头"抬腿走上楼梯,去一探楼上的未知之境。

有时候,斯继东会选择一个象征性的意象来增加叙述的深度,如《香粉弄9号》中的藏刀,这是蒋干——曾经从日复一日的庸常生活中莫名逃离了半年的诗人——的遗物,它暗示了胡一萍火辣的性幻想,除了荷尔蒙作祟,还有更深的精神指向:性即逃离庸常。《白牙》中的洗牙同样如此,那不仅仅是一对偷情男女试探两人关系界限的道具,更有丰富的象征意义:牙撕碎食物(世界),让世界融入自身,从而获得生存,白牙与黑牙,暗示的是人的生活品性、道德水平和行动力。此外,牙还和表达能力有关,拥有一口白牙的"80后"阿檬,积极坦率,勇于奉献,因此也就牙尖嘴利;而一口黑牙的"我"自私贪婪,缺乏爱的能力,因此也就只能不安退守,患上失语症。

也有些时候,斯继东会严格遵循意识流的游戏规则,让视点集中在单个人的认知范围,比如《合欢》和《液瓶里的天堂》,两个作品都是女性人物对婚恋的反思,在《液瓶里的天堂》里,亲情、爱情的差异,男性与女性的差异是叙述的重心,女性在婚姻中渴望与男性合而为一,而男性则坚持平行前进的"两世界",女人的热烈与幽怨,男人的温柔与独立都让人印象深刻,在叙述结束之时,差异性这一内核得到了非常好的呈现。而在《合欢》中，赵四深深困扰于爱情是什么，丈夫的陪伴、情人的激情似乎都不是爱情，那个和她跳了一年的舞没说过一句话的男人是爱情的象征：能让人飞起来，却永远无法得到。这两个小说的主题都有深邃的哲思意趣，但叙述的细腻、体贴却十分亲民，表层与深层的张力十足。

更多的时候，斯继东通过增加人物来增加视角，也就是一直为评论界称道的多角度叙述。斯继东的多角度叙述十分谨严，每个人物的意识流都只呈现自身，人物不分主次都发出了自己的声音，这些声音是围绕主题展开的各种存在，形成众声喧哗的复调，多个人物的视角共同建构了一个差异性的世界，完好地避开了唯我论的陷阱，呈现了一个自我和他人等距、自我和世界等距的存在。以《广陵散》为例，这个小说让竹林七贤每个人都开口说话，非常清晰地呈现了七人不同的个性，斯继东对《名士传》的排序做了大幅度的调整，把阮籍、嵇康、山涛、向秀、刘伶、阮咸、王戎调整为刘伶、嵇康、阮咸、王戎、山涛、阮籍、向秀，以历史排序最底的王戎作为雅俗共存的中点，把《酒德颂》的作者刘伶和《思旧赋》的作者向秀分列两端，前者超越世俗功利，迷狂忘我，后者惦念人间情谊，慨叹世事变迁，它们是两种人生观，又是两种艺术精神，在这两者之间，存在着一系列的过渡类型，世界是差异性的统一，正如小说中所说：

> 我想写下七个人的聚会是怎样风云际会的，又是怎样曲终人散的。我想写下一个人是怎么慷慨赴死的，另一个人是怎样背负罪名来担当道义的。我想写下七个人是怎样心领神会又各自寂寞的。我想写下友谊是怎样超越心性和志趣的。我想说，每个人只能选择一种活法，直面、逃避或者苟活，但对生命来说，一种活法或者一种死法是远远不够的。我想说，贤是唯一的，所以一就是七，七就是一。

这里的生命，显然是一个哲学概念，是一种让世界运行的意志，这一意志驱动不同的人去生活，去呈现自我，人们像一颗颗原子一样，分散在时空之中，却分享着共同的生命意志。

《今夜无人入眠》并置了四个人物的话语，展现了四个人的日常生活：李白那令人窒息的公务员日常生活（半小时完成一天的工作，剩余时间发呆）、根雕艺术家毕大师混乱不道德的生活、现代精致享乐主义者黄皮以消耗为旨归的生活、小说家马拉心猿意马的日常生活,它们构成了一幅当代中产阶级日常生活的简图。在这一现代生活图谱之上,帕瓦罗蒂的《今夜无人入眠》代表着美的净化与升华,欲望符号赵四则代表着力的宣泄和片刻逃逸可能,两种方式似乎并没有高下之分:马拉与陌生男子的雪夜对搏,显然有性的含义,而帕瓦罗蒂的名曲《今夜无人入眠》在大多数时候,也不过是文化商品、是可以忽视的日常。

斯继东的多角度叙述是值得再费些笔墨谈一谈的。经典意识流小说家的并置结构,比如福克纳,每个人物呈现的都是生活的一个片面,几个叙述单元共同构成生活的全景,或者乔伊斯,以都柏林这一空间为容器,或者伍尔芙,用女性人物(拉姆齐夫人、达洛卫夫人)为连接,这些小说家笔下众多的意识流趋于融合,形式本身表达了作家对逻各斯的追求。但斯继东的多角度叙述或者以事件(《今夜》中马拉和赵四干了什么、《广陵散》中的聚会),或者以概念(《梁祝》中的爱欲)拼贴在一起,人物之间并没有共享多少精神资源,是孤独加孤独等于孤独,骨子里有离散的趋势,逻各斯被悬置了。这是一种激进的先锋姿态,内蕴彻底的虚无主义思想,却被让人亲切的生活细节、流畅可读的日常语言所隐藏,在当代文坛,现代性感受如此深刻的作者是非常罕见的。

斯继东的小说外部事件已经丧失了统帅地位,它们是用来释放人物内部能量、刺激人物表达欲望的,他的文本有极其含蓄婉约的部分,也有狂放恣肆的一面,虽然有一个智性的内核,但却为日常琐事和浅近的口语表达所掩盖,因此看上去有一种单纯的样貌,全无西方现代文学的晦涩。然而深究起来,里层却隐藏着无数的曲折[①],文本内部微妙幽深,空间阔大。他的单纯是基于现代生活的全部复杂性之上的单纯,而微妙幽深显示出他思想的力度、洞察力的深邃及表现力的精确。

二、关 系

"整个世界黑乎乎的像一座山压在我身上,谁都帮不了我",田鸡车司机阿

---

① 笔者曾经写过一篇文章,对《你为何心虚》中的隐秘曲折做了分析,详见《赵四的人间漂流:读斯继东的〈你为何心虚〉》,《野草》2014年第1期,第142－144页。另外评论界谈论得比较充分的是《今夜无人入眠》《西凉》《白牙》。

德后半夜从噩梦中惊醒，他杀了人。"我怎么就落到了这一步？"他反复思量。他发现罪魁祸首是"那条毛毛虫子"，在洗头房时它首次出现在他身上，女人设套诈骗他时再次出现，杀死女人时第三次出现，而他之所以会开上田鸡车，成为诈骗对象，是因为他的妻子想在城里买商品房，因此，是欲望横流的"市场经济"把他变成了杀人犯。但他在思考这一切的时候，却没有须臾忘记他人对自己的评价："怕老婆""老实巴交""笨""不是个男人"，他似乎接受了这些评价，觉得自己有性格缺陷："怕死"、好赌、选择困难症。直到他杀了人，这些评价才在某种程度上有所松动：或许，他是一个男人，也可以谋事周密，甚至可能是为民除害的英雄。自首这一决定，也突破了他的性格缺陷：他不再怕死，不再心存侥幸，而是选择了承担罪责。

这就是《我知道我犯了死罪》的叙述理路。斯继东通过一个异常事件开启了人物的自我追寻，阿德的"我是谁"的困惑，始终和他人、世界纠缠在一起，变成了"我是他人所限定的吗"这一问题，阿德是被动的、顺服的，但世界又推又拽，催生了他的欲望（毛毛虫），他分裂了。原来他只会被人牵着走，现在他却意识到他的体内有一种异乎寻常的能量，让其与他人限定的"我"偏离。最终，他在"许多只金灿灿的大饼"（妻子严控经济大权和女人敲诈制造的经济困境）和"肉乎乎的毛毛虫子"的合力下杀了女人，同时他意识到，他再次落进了圈套："你杀了我……我的目的达到了"，被杀的女人在他的梦中狂笑。就这样，叙述抵达了荒诞的极致：不但世界是异己的，连人本身也是异己的。

阿德在斯继东的人物画廊里并不孤单，他有不少兄弟姐妹。《漂在水面上的白月亮》中的艾被打上了"拖油瓶"的标签，《你叫什么名字》中的阿贵永远是"乡巴佬"，"傻瓜"干脆忘了自己的名字，《永和九年》中的六根是个说大话的"大麦尼"，《蔷薇花开》中的李蔷受困于"你是姐姐"，《你为何心虚》中的赵四受困于妻子这一伦理身份，《乌鸦》中的"我"受困于报丧人这一职业。这些人物都倾向于把社会因素（他人的评价、职业、身份）内化，承认"我"被社会因素所限定，顺从社会因素所负载的责任、义务、行为方式，在这些小说里，"我"与世界的关系，本质上是"我"与"我"的一种内在关系。斯继东把人物置于流动不居的世界之中，并加入了欲望这一动力元素，让人物在把社会因素内化的同时，也因各种机缘诱发了欲望，并付诸行动，谋求突破。这样一来，"他—我"二维结构就变成了"他—我—世界"的三维结构，欲望是它的内趋力，这个结构让斯继东小说能够展示主体的生成过程,和许多当代作家呈现主体的现状判然有别,如果说在绝大多数作家那里,是"我苦、我痛、我恨、我渴望"的话,在斯继东这里就是"我是谁?我怎么走到了这一步?我要往哪里去?"

《我知道我犯了死罪》是以第一人称反思的方式展开的,另一个典型的文本《你叫什么名字》是双线对照展开的,阿贵爱上了校花"赵四",走上了奋斗之路并且获得了商业上的成功,药剂师"傻瓜"也渴望获得意外收入以赢得些许自由,小说从富翁阿贵带上陌生人"傻瓜"返乡卖祖屋,一个与"乡巴佬"彻底断绝的仪式开始,路上两人分别讲述了自己被束缚的困境,最终都绝望地发现自己无法挣脱社会对自己的限定。《永和九年》有点向死而生的意味,六根"压抑—消沉—羞愧"的人生阶段被隐藏在叙述之外。小说开始于一次误诊(脑瘤,寿命所剩无多),在死期将之时,六根决定寻找"我的老婆迟桂花",此女因和有妇之夫有染怀上身孕,为了生下孩子和六根假结婚,小说写得轻松流畅,但六根在死亡面前产生的强烈的去爱、去生活、去证明自己的欲望却是真实可感的,这种欲望让这个已经47岁的农村老光棍儿走出了存在的晦暗,用艺术特长、温情与爱的行动改写了"大麦屁"的评定。《蔷薇花开》中的李蔷把姐姐这一伦理身份及其相应的义务内化成自己的行动准则,并因此而受到了孪生妹妹李薇的伤害,李蔷在羞辱中滋生了一种好强,成为市场经济的弄潮儿,挣下了自己的一份家业,赢得了尊严,并最终获得了宽容的力量。

黑格尔说,"精神的自由指的不是外在于对立面的那种独立,而是在战胜对立面之时所获得的那种独立"。斯继东的这些小人物,没有受过现代教育洗礼,不是有独立意识的精英孤独者,没有足够的力量无视他人与世界,他们被动善良,尊重传统价值,无意加入弱肉强食的阵营,却生活在一个人口流动频繁、资本积累迅速、技术创新日新月异的全球化时代,整个世界充盈着蠢蠢欲动、奋力攫取的个体,这一切给了他们极大的压力,让他们无所适从。他们拼尽全力,来对抗世界对自身的异化,结局往往是苦涩艰难甚至毁灭性的。但他们却并不把自身苦难的根源完全推给时代、推给他人,他们深知自己才是内因,敢于谴责自身心性不坚、消极懈怠,这种反省意识和自我归因使他们成为真正人格独立的、有尊严意识的现代人,尽管他们只是"被现代化"了。

"整个世界黑乎乎的像一座山压在我身上,谁都帮不了我",田鸡车司机阿德的感受,绝非无病呻吟。他无父无母,只有一个催他前行的妻子。这是斯继东小说人物的共同处境。从主要人物代际分布来看，斯继东小说有一个显著的特点，那就是单代性，既没有父辈，也没有子辈。这当然不是说斯继东的小说里从来没有出现过这两代人的身影，而是说，他们几乎没有成为小说的中心。斯继东小说中的父辈或者缺席、死亡，或者无能、不负责任，毫无权威之感，甚至还是一切混乱的根源，《蔷薇花开》中的李父是"李蔷，你是姐"这一判断的发出者，但他却并不明确李蔷李薇谁大谁小，家庭经济、秩序和公道全不在他的考虑范围。同样，子辈也缺席了，《漂在水面上的白月亮》和《我没有父亲》两个早期作品中的同名男孩艾，都像是进入世界的青年全无半点童真，略微得到一点重点关注的是《永和九年》中的迟男，但没有负载通常意义上所说的未来。父亲，是权威、秩序、过去，子辈是未来的代名词，父辈与子辈的缺席，意味着斯继东小说的世界，是一个缺乏历史维度的、秩序待定的当下。这是斯继东现代性的另一个突出表现，但是不能把单代性仅仅看成是斯继东现代感受的构成部件，它同时，甚至更主要的是一种叙述策略，一个激进的艺术立场，还有什么比没有权威秩序的当下，更适合表现一个个独立的现代个体的呢？在这一点上，斯继东再次把自己和当代文坛其他作者区别开来了。在绝大多数当代作家那里，断裂都只造成苦难，作家们或多或少有重回父权的渴望，更有不少作者反复书写田园，沉湎于怀旧主题之中，但斯继东的小说却是一个全然的青年世界，这些青年在政治、文化、传统、习俗、情色之间徜徉，不知禁忌，无父无君，激进反叛，《打白竹》中的阉鸡佬公然宣称："我爹的爹我爷爷的爷爷我爷爷的爷爷的爷爷跟我有什么关系呢？我又不认识他们！"《广陵散》中的阮咸怀疑叔父和自己的小妾有染："阮籍干吗对胡婢肚皮里的孩子那么感兴趣？总不会是他下的种吧？"

反叛即先锋，而先锋是现代性最初的面孔。

斯继东的人物，每个人都是一个小宇宙，都有完全的独立性，他们即便凑在一起，也是平等的伙伴关系，偶尔互助一下，但只要行动，则必遵从自我的欲求与逻辑，表现出了明显的离散趋势，他们构成的是一个真正平等的、充满差异性的青春世界。以《打白竹》为例，"我"欲娶亲，求同村友人阿标相助，谁知抢亲受阻，"我"要息事宁人，按理说，这是"我"的事，应该根据"我"的意愿行事，但是血气方刚的阿标却觉得自己受辱，必须雪耻，"现在是我阿标跟宋保兴的事了"。于是一个女人引发一场叛乱，但革命军与政府军都谈不上什么政治立场，内部也都各为私利。这些独立的个体组成的乌合军烧杀掳掠一番后做了鸟兽鱼散。

由于缺乏权威和秩序,人与人之间充满争斗,世界成了弱肉强食的丛林,甚至越亲近,越争斗。"小说就是写人和人的关系……关系链中的两个人,相互之间是会衡量的,是我投入的多,还是你投入的多,最亲近的两个人,内心都会有这么一层不自信,我的投入会不会比你更多,你的爱是不是比我更深,然后有的时候就会通过一种决绝的方式来考量"①。但斯继东的叙述入点却很少放在争斗上,他更加注意的是人的内部力量的消长,《赞美诗》中的惊蛰眼中两面铜锣,凶狠蛮横,斯继东却让叙述集中在他妻子犯病后日益软弱,最后认罪悔改成为基督徒的过程上;《蔷薇花开》中的李蔷本来凡事忍让,被妹妹李薇抢去准男友、失去离开小镇的机会后,开始在羞辱中奋争,一点点地经营生活,并且胸怀日渐宽广。斯继东的人物都是立体的,他们的身体里饱含着多元的、不可化简的力,包括爱欲、物欲(自我生存与发展),以及绝对个人主义的扩张欲和融入社会的伦理力量等,这些力都有自身的特性和运动方式,它们互相争战,此消彼长,这个动态过程是人物反思时注意力高度集中的地方,这应该也是斯继东喜用第一人称展开叙述的原因。

由于强调个体独立性,斯继东小说中的人物关系并不轻松,似乎是为了更好地表现人物近距离的搏杀,斯继东经常对空间做出具体的限定。除了《梁祝》《广陵散》《白牙》和《西凉》,斯继东小说的地理空间主要是他的家乡嵊州,他用古名称之为"剡地",但这个称呼只在《你为何心虚》中出现过,在其他小说中,只有确切的村名,镇、县无名,但有街道、门牌号码,在有些文本中,人物甚至只在一个小小的房间里活动。狭窄的活动空间,让斯继东得以把人物从各种外部活动中解放出来,把注意力转向内部。有一些小说也涉及嵊州的一些风俗、节气、地域特色饮食,比如《你为何心虚》中的榨面;《楼上雅座》中的豆腐面和蟮丝面;《蔷薇花开》中李蔷李薇两姐妹一个"坐在竹椅上剥蚕豆",一个端着小盆吃煮熟的蚕豆荚;《我知道我犯了死罪》中挂在竹子上装着死猫的竹篮;《打白竹》中的阉鸡;《永和九年》中六根给村里人写春联,给新竹号字;《赞美诗》中涉及的农事、日常生活还要更多一些。但是只要认真分析这些地域生活细节在小说中的位置和作用,我们就会发现,它们并没有给人物提供精神慰藉。《你为何心虚》

---

① 陈蔺瑾、斯继东:《历史真实的寻找与现实关系的书写——作家斯继东访谈》,《创作与评论》2015年第6期,第98页。

中赵四在婚姻中感受到的耻辱和榨面的做法形成了对照，成为一个精妙的反讽；《楼上雅座》中蟮丝面的配料、做法经由"我"对日常生活的厌倦情绪所折射，变成了难以忍受的日常；《我知道我犯了死罪》中挂在竹子上装着死猫的竹篮暗示着阿德难逃内心刺戳的命运；《打白竹》中的阉鸡佬眼看着一场婚事失控变成动乱，从此放弃了阉鸡的手艺；《蔷薇花开》以地方小食的不同做法，揭开了两姐妹明争暗斗的帷幕；《赞美诗》中的惊蛰以全部的野蛮破坏着地方的迷信，最终皈依基督教。因此，小说虽然有地域背景，却没有乡土小说的特征，历史遗迹、地方色彩、民俗风情不是斯继东小说的着重点，在斯继东的笔下，田园不是乌托邦，而是渴望着更加广大世界的乡村小人物急于离开或者意欲改造的落后之所，这是在一个更高视野观照下的乡村。

斯继东开始写作的时候，有两个圈子对他的写作产生过巨大的作用，一个是新小说论坛，一个是嵊州本土几位写作者组成的休闲娱乐型写作圈子2830。新小说论坛聚集了当时全国各地以及一些客居海外的优秀写作者，而2830小说圈以驴行为载体开展活动，实践的是当时最为时髦的西式生活，和嵊州一般民众的生活有巨大的差异。因此，全球性与地方性是同时被斯继东感受到的，他文本中的地方，是加过全球化世界主义价值观滤镜之后的地方。这个滤镜使得地方生活体验和实践，显得狭隘、保守、信息闭塞、没有前景，让人窒息。这种感受在上述列举的作品中都可以找到。此外，寓言式作品《动物园》和《乌鸦》也集中表现了这一点。在《动物园》里，男人和猴子（饲养员和被饲养动物）同时逃离动物园，又双双迫于生存而回到园中。《乌鸦》中的人则干脆在家里等死。在斯继东笔下，一个小村子，一个小镇，一条街道，就是人物生活的全部区域，人被牢牢地囚禁在狭隘的地域之中，无处逃脱。这种囚禁感和人的社会地位、财富都没有什么关系，它是存在的基本特点。

需要进一步指出的是，在斯继东的作品中，人为空间所拘囿，更为身体所拘囿，逼仄的空间和身体之间有一种类比关系，身体内部各种各样、互相争战的力和空间之内各自独立、互相博弈的人有一种内在的、结构性的相似。在《动物园》里，猴子因饥饿重回牢笼，《我知道我犯了死罪》中阿德说"整个世界只剩下了这条被废弃的机耕路，我的田鸡车变成了一个比洗头房还要小的包厢。那条毛毛虫子完全覆盖了我的整个背部，它伸出两只坚硬的前爪扼住了我的喉咙"，显然，身体内部那强烈的欲念，正在把他拖入一个毁灭的困局。

三、距离

"那感觉很奇怪,不像恋爱,当然更非夫妻。"《白牙》的叙述者沉思着。和斯继东绝大多数的叙述者一样,他也是一个反思型的人,总在琢磨"我"。他本应处于迷狂忘我的激情当中,但他却置身事外。这种冰冷的情欲在 20 世纪以来的中外文学作品中我们见得太多了,如果只是写一个冷漠的利己主义者的一段艳遇,《白牙》就没什么必要写。但《白牙》并非如此。斯继东把他的男女主人公关在一个小公寓里,实际上是要通过两个高度相似的人的角力,追问现代情欲的本质。和"我"一样,阿檬也是一个现代利己主义者,他们有节制地、小心翼翼地试探着进攻,又识趣地适可而止,各有迁就,各有所得。阿檬像个包办一切的家长一样为"我"做着生活琐事,实际上是在营造一种身处某种激情的幻觉,她是如此需要感觉自己能够付出、能够爱。但她虚构了一个情敌,作为一种自卫甚至进攻的策略,又表明她清醒地知道这只是一场游戏,情敌可以增加游戏的趣味。对于占着床的"我"来说,情敌不过是"我"的优越性的证明,"我"顺从地接受了这个游戏,真假莫辨地表现出了一点嫉妒。最后,两人的角力被集中在了洗牙这一事件上:70 后已婚老男人消费着 80 后女青年的青春,他知道自己应该退让,但是,他是有底线的:"她想从牙齿开始,修理或重新规划我的人生吗?这个小妖精,她凭什么对我指手画脚?"

这是两个现代人的贴身肉搏。有别于大多数从男性视角出发,强调男性以高智商、理性和强大的性功能收集女人的叙述(这类叙述男性不动感情却御女无数,还能给女性送去慰藉,捕获女性的真情),《白牙》具有两个平等的主体,是势均力敌者的精神博弈,这种博弈和《今夜无人入眠》中马拉与陌生人的雪夜对搏有点神似。但《白牙》不是《今夜》,它和《今夜》的路径正好相反。《今夜》中的马拉也是个爱无能的现代人,但斯继东把叙述的焦点放在了外部,用一场搏斗疏导马拉攒得鼓鼓的情欲,加上浪漫的雪夜和帕瓦罗蒂的歌声,整个小说有一种青春的奢华,明朗纯净。《白牙》没有肉欲问题,两人天天足不出户,连脱衣服的麻烦都省掉了,但两人之间的距离清晰可见,并且,这种距离源自人物的自觉寻求。孤独从肉欲之中弥漫出来,两具纠缠在一起的肉体,彰显的是现代社会无能的、分裂的自我，放纵的性生活与其说是治愈精神痛苦的药膏，毋宁说是这种痛苦的表征。

《白牙》的叙述并没有像《局外人》以来此类叙述传统那样，以展示"我"的冷漠来表示对荒诞存在的反抗，它的叙述在努力辨别两人情感的性质，展示人物曲折的情感变化过程：过于靠近产生的不安—努力保持距离—刻意疏远谋求脱身—因对方的冷漠退场而激发了激情。这位四处猎艳的现代唐璜，本来极度的自恋，为自身的性吸引力和冷漠自豪。他标榜自由，不受任何女性的束缚，不为任何女性而改变："劝我戒烟。这事好多女人都在我身上干过，但是无一例外都失败了。"但他却不安地发现阿檬与自身酷似，有旺盛的情欲和冷漠的灵魂，她在把自己工具化："阿檬没事就爱在我身上扒拉，翻过来拨过去的。""我"发现，在阿檬的没心没肺里，似乎有一种侵犯的姿态："阿檬一直试图改变我……阿檬正一点一滴地改变着我，"但她非常好地控制住了两人关系的性质，所有的渗透都就事论事，决不往情感上漫生，最后阿檬轻巧地抽身离去。"我"被征服了："我设想过很多种与阿檬分手的方式，但没有这一种。那么轻描淡写，那么有始无终，那么巧妙又那么绝情。我想我是爱上了阿檬。"

这个转变值得一再玩味。为什么"我"在临别之际觉得自己爱上了阿檬？显然，得不到这一事实改写了他的感受。因此，这里面没有什么"爱"，即便有，这爱也是出生即死，它没有诞生一个新世界，而是回到旧世界：永远觉得真爱在别处的旧世界。《白牙》是以回忆的方式展开叙述的，也就是说，我回到了原来的生活，在回忆中，"我"认为阿檬告别的方式有一种体贴，连带着阿檬那些原来被认为有侵犯性的细节渗透，也都饱含着温情与爱意，这些叙述都透露出一个事实："我"需要认为阿檬是爱自己的，这是一种自救式的自欺。对于现代浪荡子而言，他的性对象可以任意更换，但他却相信自己必定是独一无二的，这是他的安身立命之本，一旦抽掉这一层，整个人生都会崩塌。然而阿檬轻巧地抽身离去，宣告了他的无足轻重，面对着空房间，他意识到"随时会有一个顶替者插进来"，自己只不过是阿檬的泄欲工具，这种认识烧灼他的尊严。他如此渴望重新赢得阿檬，扳平局面，以至于产生了幻觉：阿檬在窗外看"我"洗牙，阿檬发来短信说没有养殖系。他需要这些幻觉让自己相信自己陷入了真爱：对于博弈失败者而言，还有什么策略，比把它转为一种真爱更优越？说到底，爱情里面不仅蕴含着伦理的价值，更具有形而上学的至高地位。

但是,"我"有没有可能真的爱上阿檬?阿檬也确实对我怀有某种真挚的情感?读斯继东的小说,不能忽视这层反转的可能。现代情欲的本质是自恋,而阿檬和"我"本质同一,因此,阿檬和"我"之间产生某种感情,是有可能的。从某种程度上说,《西凉》正是这种反转的体现。饭粒即阿檬,卡卡即"我",快递哥相当于养殖系。甚至卡卡妻如花女如玉,也和"我"相同。卡卡每年给饭粒送一份生日礼物,逢到酒醉打个思念的电话,在 Q 聊时吃醋,亦真亦假,似有还无,维持着某种可望而不可即的距离,这种策略对饭粒产生了致命的诱惑,卡卡偶尔告知一下自己的行程,饭粒就飞蛾扑火般地飞过去找他。饭粒对卡卡的痴迷,默认了那种得不到回报的情爱的无法回避的吸引力,这种情爱,其实是孤独自我所感受到的一种被误投到外部的情感,被爱者不可征服的特性刺激了主体的浪漫想象,产生了一种致命的吸引力。这种情爱之所以有诱惑力,就在于它具有刺激行动的内在机制,它指向的是行为,而这行为背后,站着强大、孤绝和冷漠的自我。

和写人一样,斯继东写情同样注重动感,他精通欲望的诱发机制,他的绝大多数作品中的欲望都是三角形的,这些真真假假的第三者刺激了欲望主体的竞争意识,构成了斯继东情爱小说的动力结构,此外,第三方的加入,还表现了斯继东对现代人爱无能的看法:他们如此冷漠、被动,完全听命于环境的支配,内心缺乏自发的激情和涌动的情感潮水,以至于连自爱都差强人意。

除了引入第三者,斯继东还把叙述的重心放在人与人之间的距离上,这个切入点的选择蕴含丰富,精妙非常。距离可以是客观的社会事实,也可以是主观的心理体验和感受,同时,它还是一个现代性问题:为了应对高速发展的、流动不居的世界,现代人出于一种深层的需要,渴望着距离,个体内撤是现代性的一个基本特点。现代人以保持距离作为一种心理策略,但是,精细的社会分工又让现代人比任何时代都更依赖一个交换频繁的社会,这就形成了一个无法解决的悖论处境。因此,距离这个概念上附着了现代人生存的荒诞体验以及无尽的苦难。

综观斯继东的创作,距离得到了异常丰富的使用。《枪毙爱情》是斯继东最早的作品,大学生卡卡追求胡皓,却在追到的刹那意识到他"承受不了她那决堤般的无一丝一毫保留的爱",他爱那个温柔的有共同爱好的璐,但他迷失于外在,缺乏自我认识,和胡皓的泯灭距离不同,卡卡受限于"我"与"我"的距离;《今夜无人入眠》中马拉与赵四受到了理性之光的保护，安全地停留在戏谑的距离范围内；《梁祝》中梁山伯与祝英台夜夜同床，床中间的那一碗水/一层纸，既是实物，更是孤独的现代人与他人的距离的隐喻：同性恋者梁山伯因性取向而退避，怀春的少女祝英台则因小姐的身份与女性的羞涩而闪烁。这里的距离，既是"我"与"我"的距离，也是"我"与"他"的距离。

《梁祝》中的这种距离，从现实层面上看是最近的，但在心理层面上却是相当遥远的。男女共处一个封闭的房间，在斯继东的很多小说中都出现过，《香粉弄9号》《液瓶里的天堂》参差相似，都是初恋男女温馨的小世界，用以展示人性之美，但它有一种和社会隔离的特点，这种小小的孤岛带有某种脆弱的天性，《香粉弄9号》因蒋干的情欲冲动而被破坏，《液瓶里的天堂》男女结合后日益疏离，两性对距离的感受和需要的差异（女性倾向于靠近和融合，而男性更倾向于独立、疏离）似乎暗示了夫妻冷漠、疏离甚至背叛的宿命。更多的时候，那个小小的封闭空间用来安放一对从日常生活中短暂逃离的男女，《合欢》《白牙》是这类的代表，但是从《合欢》到《白牙》，斯继东对现代情欲的思考已经走过了漫长的路，《合欢》那"从日常生活中抽身而出的房间，游离于时间和空间之外的白日梦"，这样的浪漫在《白牙》中彻底消失了，人与人之间的关系已经荒凉到了即将滑入施虐与受虐待的病态边缘。

距离，在斯继东的笔下，往往耦合了个体深层心理特征和对情爱本质的追问，并最终导向存在之荒诞的现代性感受。这个入点非常独特，它虚虚实实，于相而又无相，特别适合表现一种中间地带的幽暗，事物在其中隐隐绰绰，需要极其耐心、仔细的解读，才能一窥堂奥。仍然回到《西凉》，卡卡和饭粒之间的距离既是现实层面的，也是心理层面的，是整个小说的叙述动力，不像田一楷那样招之即来，也没有冷漠到不受任何刺激，这给快递哥的存在预留出了空间，而这个虚实相生的武威（西凉）快递哥恰恰是小说现代性特征最重要的构成部件，作为饭粒情爱博弈的戏码，他的存在揭示了现代情爱虚幻的本质，而对他的故乡西凉（武威）的想象，暗示着饭粒浪漫主义的心理特征。他是远方，是古典美和乌托邦，和田一楷正好形成对照，田在斯继东的小说里显得比较另类，他有着强烈的控制欲和贞洁观念，显然是僵化、琐碎、屈辱但也提供一点温馨的现实。

斯继东的艺术感受力，是非常典型的现代性感受力，他把精神性和庄严性等同于骚动、受难和激情。在《猜女人》中，躁动的情欲使得陈高峰脱离了无意识的幽暗，来到存在的光亮之中，躁动的欲望也让田鸡车司机阿德从混沌中浮现出来，个体灵魂的光亮从群体的晦暗中显现。所有那些孤绝的男女，借助情爱表达自我，他们自苦难的深渊，发出了声音。只要世界被辨识为利己的丛林，他们的苦难就绝非不值一提。

斯继东的小说完好地呈现了现代人的爱无能，表现了现代情爱的虚幻本质，由于深陷情爱虚幻之中，他的人物往往并不意图建设一种新关系，一个开放的自我，而是倾向于以某种方式消耗掉情欲的能量，因此，斯继东的小说里爱欲与死亡、消耗、幻灭常常紧密相连。但是，死亡、消耗甚至幻灭都并没有让斯继东的小说显示出某种虚弱或自欺式的浪漫情调，相反，他的小说有一种过人的坦率与力量，他在虚幻的现代情爱主题上，打捞出了一种对生命与艺术的信仰，有力地平衡了世界的荒诞。《香粉弄九号》《打白竹》《肉》《梁祝》《合欢》乃至《你为何心虚》《白牙》中人物恣肆勃发的情欲，都是对生命力本身的肯定，《肉》中的场景甚至还有一种原始仪式般的色彩，羊倌与农家女的野合和羊群的繁殖被放在了同一片蓝天之下。《今夜》中马拉与陌生人的雪夜对搏、《心虚》中赵四在屈辱中仍然按期而至的高潮，都是对生命力本身的赞美。

在斯继东的身上，奇迹般地综合了一个信徒，一个虚无主义者。这种奇迹般的综合，既源自他的生命体验，也源自他对艺术的信仰。在他的小说里，叙述的冲动和情欲的冲动常常混合在一起，与存在相通。这一观念在《梁祝》中的四九身上得到了集中的体现，他以叙述征服了银心，收获了生命中最酣畅的享受，在痛失所爱之后，他的生活再次回到了性与叙述："我依然跟那些姐们做那事，但是做完那事后我却不让她们走，她们得留下来听我讲故事。"

斯继东的小说中，叙述的绝对必要性随处可见，那些第一人称叙述的意识流是它们的最佳载体，但它不是后现代主义那种智性操练（《肉》表明斯继东对这类智性操作完全可以胜任），后现代的游戏精神与他对写作的信仰本质上难以相融。在斯继东这里，叙述更像是一种信仰，它基于对现代人生存悖论的洞察，是对生命苦难的一种救赎。

此文刊载于《上海文化》2019 年第 1 期，题名《叙述的绝对必要性》，有删节

双重牢笼与逃离的美学

——评斯继东短篇小说集《今夜无人入眠》

斯继东曾经说:"写作就是自我拷问,写作就是你一个人绝望地对抗整个世界。"这话说得很真诚。斯继东的小说虽然题材多样,形式多变,但叙述的基底却很简单,注意力高度集中于人与自我和世界的双重搏斗。这种以简驭繁的能力,体现了斯继东敏锐、清晰的思维能力和丰富的想象力,它让斯继东的小说往往能发人之所未发,同时拥有一种抵达生命本质的力度。

一、"我"和世界:双重牢笼

斯继东小说的世界图景,高度浓缩在《乌鸦》和《动物园》这两个寓言式的作品中。《乌鸦》的叙述者"我"发现,"村庄的形状很像个鼓","一圈又一圈,在圆形的大街上……'我'一直都在秃着头走,这辈子从来就没有离开过大街半步"。这个封闭的鼓状村庄,在《动物园》里变成了一个可以无限扩展的笼子。那只逃出动物园又辗转回到动物园里的猴子,发现外面的世界"其实是一只更大的笼子",所有的"选择"都只能造成奴役,"自由其实就是每天放到笼子里的那一捧玉米棒"。

肚子圆圆的鼓就是囚禁、吞噬一切的世界。还有笼子,都是世界牢笼本质的象征。但真正囚禁主体的,并不是物理空间,而是包含着各种欲望、冲动和恐惧的肉体,以及冷漠、荒凉的社会。《乌鸦》的叙述者"我"是一个报丧人,是死神的象征,村庄里的人们,在"我"(死亡)的威慑下,终生都困在村庄里,"把日子放在家里过"。除了畏死本能对主体的囚禁,村庄里的人们个个贪吝自私,甚至为一枚铜钱、一根绣花针之微送命,人与人之间冷漠、敌对,人人都有"盼死已久的对象"。《动物园》里的"我"是一只猴子,曾经被人类捕获驯化进行乞讨表演,被关进动物园后又被饲养员"他"放生,却在寒冷和饥饿的驱使下回到城市,再次被捕获在鞭子下卖艺求生,后被老园长救出,重回动物园。"我"因生存而心甘情愿被囚禁,饲养员"他"则因失爱出走,之后不知何种原因重回动物园,接受平庸、贫乏的现实。

在斯继东的小说中,人们被各种各样的牢笼关着禁闭,不仅是畏死本能(《乌鸦》)和生存需要(《动物园》)会造成囚禁的现状,爱欲、习惯、身份、伦理、虚荣也都是笼子:《梁祝》中的梁山伯,被自己的同性恋倾向囚禁,郁郁而终;《你为何心虚》中的赵四为习惯(或者说人格的依附性)所拘囿,尽管饱尝屈辱,却为背叛自己的丈夫打开了身体;《你叫什么名字》里的阿贵被困在屈辱性身份——"乡巴佬"之中;《我知道我犯了死罪》中的阿德则被钉死在"胆小鬼""怕老婆"的性格特点上;《蔷薇花开》中的李蔷,被"姐姐"的伦理身份所束缚,失去了爱和逃离故乡的机会;《赞美诗》中的惊蛰,被"我要让他们也吃上我妹做的面,喝一喝我妹泡的茶"的虚荣捆绑,成为阻挠妹妹自由恋爱、导致妹妹死亡的凶手。

斯继东借这些大大小小的笼子,从身体出发,审视人物的社会身份、伦理道德和精神诉求,并终止于对人性的思考。在斯继东看来,人性才是最大的笼子,人们渺小、卑微,甚至还有点贱,他们无力在单调重复、平庸乏味的生活中坚守责任和义务,更遑论营造诗意的生存,刺激成了自由、尊严与美的替代品。《今夜无人入眠》中的马拉、毕大师,《合欢》中的赵四,《你为何心虚》中的黄皮,《永和九年》中的操家政,《楼上雅座》中的"我",《蔷薇花开》中的周生生都渴望着或者已经找到了婚外情。这并不仅仅是有钱有闲人的专利,《我知道我犯了死罪》中的田鸡车司机们也个个在洗头房外转着圈子,或者干脆一头扎了进去。让斯继东笔下人物难以承受的是,天堂是早知道没有的,没想到连地狱之火也没有,个体所陷入的,永远是庸俗、麻烦、纠缠不清的现实生活。毕大师无法在老婆的床上安然入梦,同样也没资格在情人的床上醒来。老实巴交的田鸡车司机阿德被老婆催逼苦心经营着"城市梦",同样也无厘头地陷入了一个女人的圈套。

二、被动欲望与无谓的选择

除了《乌鸦》和《动物园》,斯继东的作品大多是写实的,里面有各种各样的欲望事件。这些欲望事件虽然形态各异,却都为环境所诱发、制造,是被动型的。《今夜》中马拉对赵四的欲望是环境诱发的合乎逻辑的后果,从邀请赵四听帕瓦罗蒂的演唱、演唱会后酒吧里的心神不宁,到最后目睹赵四上楼安寝,马拉始终意识到他人对他和赵四关系的暧昧猜测,并把它等同于自己的欲望;《心虚》中的赵四在知道丈夫的婚外情之后,在离家漫游的一整天听到、看到和谈论的都是婚外性关系,最后她与背叛了自己的丈夫的交媾虽然饱含耻辱,但却实实在在在攒足了欲望;《梁祝》中四九居心不良地给银心讲着色情故事,为二人的欲望狂欢开辟道路;《死罪》中的阿德在被阿海胖子带到洗头房后,第一次感觉到了寻求刺激的“毛毛虫”,最后,他在“那条毛毛虫子”的唆使下捅了一个女诈骗犯17刀;《猜女人》以亦真亦幻的叙述,讲述了一群青春期的男孩在街头杀死自己欲望对象的故事,这些小青年是《少女之心》的想入非非的读者;《香粉弄9号》讲述了一位老处女胡一萍在男友意外死亡后的性渴望,引导她性欲觉醒的是一个叫张芳芳的同事。

被动型的欲望是消费时代的欲望特点,主体经由这种欲望达到的只能是被环境异化的“我”,是“非我”。但如果说这个“我”是“非我”,那么,什么是真正的“我”?有所谓真正的“我”吗?《死罪》中的阿德以凶残的方式杀死那个不知名女人,是不是就杀死了那个胆小鬼、怕老婆的“我”而成为“好汉”呢?刀在斯继东的小说里,常常是阳具的隐喻。阿德对无名女人的刺杀,是不是满足了他对婚外性行为的渴望呢?这个从不知性压抑为何物(“我老婆温顺体贴……我想做那事了,她就让我做”)的底层小人物,借此暴力行为想要实现的,显然并非性能量的释放,而是摆脱凡事均依赖他人指点的不成熟状态,但他所实施的暴力既是由无名女人激发,本身也是毁灭性的,那么,这一行动就只能成为对其目的的颠覆。

这正是斯继东小说最有意思的地方,他把欲望的诱发、积累和对“我”的拷问结合起来,于是,“我是谁”这个形而上学问题,和“我想要什么”,“我能做什么"这个实践层面的问题紧紧地纠缠在了一起。由于欲望的被动性,"我"只能是派生的,根本无力走向自由。因此,斯继东在追问的同时,放弃了对答案的期待,转向了对选择与行动的关注。但既然世界只是一只大大的笼子,人又如此卑微渺小,选择又有什么意义呢? 不过是从一个笼子转到另一个笼子而已。《楼上雅座》以一种让人窒息的压抑氛围,表达了斯继东的这种思考。身为公务员,"我"有让人羡慕的一切:房子、车子、妻子、儿子,也不缺票子。"我"的生活看似充满选择:"光面,蛋面,肉丝面,豆腐面,牛肉面,鳝丝面","汤或豆浆","离婚或不离婚",甚至飙歌、打牌、喝酒与去西藏,但这些对于一个只想摆脱各种日常事务的小公务员来说,显然不是让人振奋的自由前景,选择背后潜藏的义务和后果,让他裹足不前。

三、叙述与暴力:逃离的仪式

斯继东写作技巧娴熟,寓言式、写实型、先锋式的故事套故事及故事拆解、间接意识流等均能熟练操作,二十几个短篇小说,叙述方式罕有重复。在这个总体面貌下,《梁祝》《今夜》和《广陵散》对多角度叙述的重复使用(当然也有叙述人称等细微的区别)显得相当引人注目。多角度叙述为意识流小说家所创,在意识流小说家比如福克纳那里,不同人的意识常常围绕 个核心事件展开,几个叙述单元共同构成生活的全景,经典的意识流小说,形式本身表达了作家对逻各斯的追求。斯继东对这种技巧进行了创造性的运用,多角度叙述是他相对主义价值观的体现,是对逻各斯的质疑与反叛。《梁祝》中梁山伯、祝英台、四九和银心四人欲望取向、表现方式各不相同,在小说中得到了完全平等的描绘;《今夜》的四位主人公看似组成了一个攻守同盟,其实并没有共享多少精神资源,仅仅依靠消费性的欲望暂时联合在一起,表面的热闹掩盖不了骨子里的孤独;《广陵散》中竹林七贤性格、价值观都各不相同,在小说中同样得到完全平等的展示。三篇小说的主题,可以用《广陵散》的一句话来概括"每个人只能选择一种活法,直面、逃避或者苟活,但对生命来说,一种活法或者一种死法是远远不够的……贤是唯一的,所以一就是七,七就是一"。

认为每个人的价值观都有其存在的价值,世界并无可以衡量一切的价值标准,是斯继东民主思想的体现,正是这种思想,让他能够逼真地描绘形形色色人物的心理活动。但是,对于时刻感受着束缚的囚徒来说,如果世界上并无永恒真理与值得向往的伦理价值,逃离之后既无乌托邦可以存身,也无地狱痛快的惩罚,逃离的动力就被抽掉了。因此,相对主义远非福音,而毋宁是一剂毒药。

然而,逃离对于任何囚徒来说都具有巨大的诱惑。人的心灵是有机的,统一的,其冲动包含着复杂的内涵,既可以趋于爱,也可以趋于力量。斯继东的人物,由于其欲望的被动性,普遍缺乏爱的能力,只剩下一股潜伏的力量。这力量或者让他们在最后关头爆发,放手一搏,以对肉体的暴力,或者极致的性体验,实现精神的短暂逃逸,在仪式性的宣泄之后,重回日常生活,承受荒诞的此在,或者归于死亡或虚弱的沉寂。《你叫什么名字》里的阿贵为自己举行了一个仪式,让一个与他的过去无关的人,见证他与过去的决裂,不惜杀人害命;《死罪》中的阿德在淋漓酣畅的刺杀之后,耗尽了生命的能量,自首以求速死;《猜女人》中被幻化出来的陈高峰用西瓜刀扎了张丽英16刀,"整个世界只剩下了一幅白绢,'啪嗒啪嗒'自动开着血红的梅花",在这唯美的高潮之后,张丽英成为性欲蠢动者张良之妻,一个邋里邋遢的女人;《今夜》中马拉在雪夜肉搏释放了过剩的能量之后,谛听着突然响起的帕瓦罗蒂高亢的歌句——"秘密将永存我心,没人知道我的名字"——顿悟生活的真相,回到了日常生活之中,承受荒诞的此在;《心虚》中赵四则在饱含耻辱的性高潮中,开启了她对荒诞生活的体验。

斯继东对形式充满着热情,他的小说在叙述层面上进行了广泛的探索,这种对形式本身的激情,既是先锋文学影响的痕迹,也是他哲理观念的必然结果。对于斯继东来说,写作就是"一场世俗生活的逃逸,一次自我的放逐,一段精神的出轨"。正如四九对着妓女反复讲述《梁山伯与祝英台》的故事,向秀一遍遍重写《思旧赋》,而帕瓦罗蒂的歌声照亮了马拉、黄皮们混乱、琐碎、庸常的生活一样,它们作为写作的隐喻和斯继东对形式的激情的象征,在某种程度上遮蔽了虚无那可怕的深渊,缓解了生活的荒诞。

此文刊载于《文艺报》2015 年 7 月 24 日

◎赵四的人间漂流

——读斯继东的《你为何心虚》

斯继东的《你为何心虚》是一篇非常有意思的小说,小说讲了一个中年女人赵四,在单位组织的购物两日游返家途中,路遇丈夫带着小三后愤懑屈辱地在外游荡了一天,但晚上还是回了家,在背叛了自己的丈夫那里,怀着复杂的心理,获得了性高潮的故事。

小说的叙述中心是赵四的人间漂流。在被丈夫与情人无情地当街抛下之后,赵四没有回家,选择了在街上流浪。之后她去了自己的闺密兼小姨吴小莉的家,晚饭后又到了一间酒吧,和同事老滕计划"报复"丈夫的背叛,因老滕怯阵,计划流产,于是赵四回到了娘家,获知母亲早已知情,最后,赵四回到了自己的家里。

一般情况下,小说主人公在外游荡,都会蕴含着一个发现的主题,《你为何心虚》也不例外。那么,赵四的人间漂流有哪些发现呢? 一、婚后她一头钻进了家庭中,如今,"除了黄皮,除了这个家,她已经什么都没有了";二、人人都知道她丈夫有婚外情,包括她的母亲、小姨加闺密甚至她的孩子,但人人都不说;三、原先熟悉、亲切的同事老滕,要么就是个怂包,要么就对自己心存不轨。这些发现构成了一张巨大的生活之网、常识之网,把赵四紧紧地包围了起来:

> 赵四感觉自己正往一个巨大的黑洞里掉。她想呼救,但是出不了声。四周围满了人,每一张面孔都很熟悉,其中有吴小莉,有母亲,有年轻时的父亲,甚至还有她四岁的儿子晶晶。大家都神情肃穆,仿佛在参加一个葬礼。

毫无疑问，这是一个为单纯准备的葬礼，它不但埋葬了赵四的幸福生活，也同时埋葬了赵四对家庭、亲友的简单认同。

女人发现生活的真相，决然出走，最后却无处可去，只能回到家中，中国娜拉们的故事我们早已耳熟能详。但《你为何心虚》绝不仅仅是一个中国娜拉的老套故事，赵四的裙子裹着的是一个人格分裂的现代人。赵四的性格本来有点清高，能够跳出功利，从一定的距离之外对现实、常识网络里的肉身进行温和的嘲讽，表现出一种知性、优雅之美。丈夫的背叛强化了她对身体的贬抑，她严厉谴责自己性欲中的身体："看上去是那么的脏，那么的贱，那么的可耻，那么的愚蠢。"她反思着自己与丈夫的性关系：

> 被面团一样揉，被纸一样撕，被骨头一样吮，被狗舌头一样舔，被骡驴一样骑，被死猪一样踢，被疯狗一样咬，被牛马一样抽，被狗屎一样踩，被煤蜂窝一样捅，被压路机一样碾，被绞肉机一样绞。被把玩，被踩躏，被践踏，被糟蹋，被发泄。心甘情愿地替他做一切。死心塌地地让他做一切。比畜生更卑贱，比妓女更淫荡，却像菩萨一样慈悲。因为她只属于他，如同他只属于她。因为她的身体就是他的身体，所以他的快乐就是她的快乐。

这一长串引人注目的被动句表达了赵四此刻的屈辱感，也对她精神上的奴隶状态进行了深刻的揭示，正是这种内在的奴隶状态让现实中的赵四成为丈夫黄皮的附庸：

> 她的身体逃不脱他的身体。他任何时候都可以在她的面前晃来晃去。因为她是属于他的，而且只属于他。这跟离不离婚没有关系，这跟背不背叛也没有关系。

有意思的是，赵四因屈辱而厌恶自己的身体，但丈夫的背叛却激发了她的性欲。小说中赵四的人间漂流，既是一次发现之旅，也是一次力比多的增长之旅。当赵四无意识地为自己买了一条花边内裤时，性的潜在渴求已经初露端倪。吴小莉对撞见黄皮与情人共浴的描述,进一步刺激了赵四的性幻想,而酒吧与老滕讨论的报复计划,则把性渴求直截了当地摆到了意识的表层,因此,她甚至有些急切地问老滕:"你那工具,好使吗?"最后,酒吧年轻帅气的服务生的银耳环映入赵四的大脑皮层,引领着赵四在黄皮的"强奸"行动中达到性高潮。

当然,赵四又并不是一个全然堕落的新新人类,她那强烈的尊严感和道德意识,在性欲的增长与释放的过程中,始终在对自我进行着严格的审判与否定。身体的需求与精神的耻辱形成了小说内在的张力,构成了小说最深层的戏剧冲突,让赵四表现出一种受虐的(或许同时也是反抗的)激情。

然而故事的深意并没有止步于此。斯继东的小说出人意表、让人惊讶之处就在于它对人性的辩证思考,对现实的深刻洞察。《你为何心虚》表现的绝不仅仅是女性的精神奴役状态,它着力更多的是普遍的人与环境的内在冲突。在小说一开始,斯继东就告诉我们,赵四常常能够跳出现实:

> 不知从何时开始,她忽然就能这样身处事外地看其他女人了。好像自己不是女人。好像她学会了分身术,可以随时把身体掰成两半:一半依然混迹于人群,另一半则跳到半空冷眼旁观。

在小说中的整个叙述过程中,赵四一直都是分裂的,其中的一个茫然没有主见,遇事就拖,另一个冷淡、刻薄,貌似清高。赵四的这种分裂状态和黄皮的背不背叛没有关系,它的深层危机在于现实生活的平庸琐碎,在于一个渴望有意义的、敏感的人对生活的无奈。

这个无奈的、没有激情的赵四,这个清高的赵四,她需要的,正是一个完全陌生的男人,一种全新的刺激,正如她自己所感觉到的那样:

> 其实你也跟我一样渴望被强暴,一个已经背叛你的身体,或者一个完全陌生的男人的身体。

所以,当黄皮本着古老的庭训——"床头吵架床尾和"——架起他那自以为是的阳具,在床上宣布他的主权的时候,在赵四的心里,他其实成了一个工具,

"在这张面容模糊的脸上,赵四首先看见的是一个闪闪发亮的银色耳环",那个酒吧帅哥的替身。直到此时,黄皮们算是拥有了真正匹配的妻子了。

只是不知道黄皮们知道了赵四们性高潮来临的真相时,会有何感想?

此文刊载于《野草》2014 年第 1 期

◎《逆位》：回忆照亮的存在

他的灵魂已接近那个住着大批死者的领域。

——乔伊斯《死者》

斯继东的《逆位》刊发于《收获》2017 年第 1 期，小说以回忆的方式，写了一个 20 世纪 90 年代初"我"读大学时的一段难忘的经历，个人情感事件、家庭变故以及校园风波轮番上场，新朋旧友和父亲的去世、母亲的重病、女友的背叛、初恋女孩的曲折情感历程，繁多的事件对"我"造成了极大的冲击，让"我"产生了一种如梦似幻的恍惚之感。小说有着近乎完美的节奏，"亢奋－消沉"交替并逐渐减弱，最后像余波一样沉入故乡的暮色，主题深邃、多元，文字简练、含蓄，是一个在西方文学中浸淫过，最终回到东方美学神韵的文本，达到了相当高的艺术水准。

《逆位》以回忆编织叙述，叙述在现在和数年前田忌、雷横到访的那一天这两个端点之间任意穿行，把过去、梦境、幻觉与现实融为一体。以回忆展开叙述并不稀奇，以技法而论，它几至俗套。但是，一般以回忆展开叙述的文本，叙述者"我"的现时是清晰的，回忆是一种积极的行动，它在不同印象之中穿行，分辨、比对、归类、挑选、修改、重组甚至删除，做这一切是有目的性的，或者"我"面临着重大抉择，需要通过回忆来夯实行动的合理性，或者为自我辩护（这种"我"多数都有过不道德的过往），或者在人生征程中伤痕累累，以记忆疗伤。但是《逆位》中"我"的现时处境是什么，大约处于什么年龄段，为什么要回溯校园生活，这一切却无从查考。"我""记得我参加工作后，曾经好多次梦见父亲来办公室找我……等着我拿一百两百的零花钱给他"，这不过暗示"我"曾经有一份坐办公室的工作，现在是否仍在原岗不得而知；"我"也有过一些文艺阅读（"多年之后当我第一次读到王小波的诗"），也看电视（"很多年之后，我还真在电视上看到了一个心脏长右胸的中年男子"），这些琐碎的日常，既不暗示焦虑，也不提示伤痕，更无所谓抉择，它散漫、无为，没有任何清晰的指向。现时状态的晦暗，导致了回忆目的的阙如。《逆位》的回忆，是一种特殊的回忆。这种特殊的回忆和普通的回忆有很大的区别。普通的回忆一般都有某种现实焦虑（身份归属、物质状况、道德认同等），回忆是为了缓和现实的境况，更好地面对未来。因为焦虑如此紧迫，目的如此明确，它对过去的挑选、使用也是非常功利的，或者说，是片面的，一切合目的的才得以呈现，不合目的的则被弃置不顾，因此，它忽略了过去的整体性，人本身的丰饶与广阔被取消了。与普通的回忆的现实性不同，《逆位》中这种无目的的特殊回忆缺乏现实焦虑与目的指向，与现时分离，向梦境、过去滑移，主体处于一种心灵张力松弛的状态，并因这种松弛而感受到了过去的整体性，这种回忆的冲动其实是从生命深处生发出来的，它不寻求任何现实目的，而是指向存在本身的丰饶与广阔。

《逆位》回忆的这种特殊性，无须和其他作家作品做比较，只需要和斯继东自己此前作品做个比较即可。《我知道我犯了死罪》中的阿德致力于洗刷自身的懦弱，《你叫什么名字》中的老板致力于更改自身乡巴佬的过去，《香粉弄九号》致力于欲望的疏导，这些小说的回忆均有明确的动机，紧紧地抓住当下，因此，人只是显出了某一方面的特点，大部分内容都被压抑到了暗淡无光之所。《逆位》中的回忆与这些篇目大异其趣，叙述者经由回忆，来到了一个无限宽广的世界之中，拉开禁令的大铁门，"好凉爽的夏夜啊，连星星都出来了"，《逆位》中的这个句子，简直像存在本身一样通透、澄澈，这正是没有现实挂虑的回忆感受到的世界。

《逆位》以回忆建构起来的人与世界具有前所未有的丰饶与广阔，更新了斯继东此前作品中人与世界的样貌。《逆位》中的"我"不再归属单一的小团体，而是通过暴力与死亡，汇聚了一整个世界：欲望与成长、性别与伦理、激情与政治、理想与艺术。"我"和雷横、田忌一样，是 20 世纪 90 年代看香港片成长起来的一代乡镇青年，身上留存着乡镇社会青年的烙印，在因赵四与吕一布起肢体冲突后，"我"随身携带着一把小刀，以应对可能的报复，然而赵四的被刺，让"我"对暴力行为产生了疑虑，半年的大学生涯，已经在"我"身上显示出了影响，让

"我"和雷、田二人有了区别,"我"选择了正规途径,寻求校方介入。但是,不能把"我"的这种成长视为单纯的对秩序的寻求,对暴力的怀疑与否定,这一事件同时还伴随着对欲望的怀疑:在忧心忡忡于吕一布的报复时,"我"对赵四的欲望减弱了,吕一布用刀子刺伤赵四后,"我"产生了一种幻觉,觉得"扎那一刀的不是那男生而是我"。这是一个意味深长的细节。在赵四大腿内侧扎了一刀,显然暗示着赵四失贞。而"我"的幻觉,颇合精神分析的释梦理论:如果把《逆位》视为一个梦境,那么其中众多的青年,在某种程度上,都是"我"的人格的不同面貌,吕一布是"我",周庄同样是"我",这两个小说中的幻/错觉,从梦的角度来看,都具有高度的真实性。因此,吕一布在赵四大腿内侧扎了一刀,意味着"我"(男性)实现了对赵四(女性)的占有。这种占有显然并未建立某种稳定的两性关系,赵四笑嘻嘻地接受了现实,毫无惩戒吕一布的愿望,只关心自己是否能够穿漂亮的裙子。换句话说,赵四显示出了完全独立于男性的、难以揣摩和控制的女性力量,性占有和建立某种牢固的两性关系被隔离开来了。如果性占有并不能实现两性之间的融合,那么,性的意义在哪里?女性,能够为男性所拥有吗?这一疑虑,一直贯穿着整个文本,"我"的父母夫妻几十年,生儿育女,但互相之间并未形成高度融合的关系,而是各自为政;李萍从雷横走向田忌,并瞒着田忌前来探视"我",同样显示出了女性不可知、不可控的力量。

这里需要费点笔墨谈谈赵四,这位女大学生身上表现出了罕见的复杂,她的水性杨花背后,隐现着一个激进女权主义者的身影,这些 20 世纪 80 年代活跃在高校的女生热衷于参加各式各样的文艺活动,蔑视贞节,以身体作为反抗传统的武器,这正是赵四同时与数名男生暧昧的原因。这个参加诗歌活动,留在后面,问同行者"湖面结冰了,那些鱼儿去了哪啊"的女生并非纯情浪漫的化身,她对男性充满了兴趣,渴望性爱并大胆而毫无顾忌地追求,会问诸如"海绵体到底是什么材质""是不是雌雄同株就不会孤独了"诸如此类颇具性挑逗意味的问题。但她也不是单纯的激进女权主义者,她对于身体表面的对称和内脏的非对称的兴趣与"镜面人"的解答显示出了她对人的灵肉冲突的兴趣,如果说"我"因为赵四遇刺而产生了对欲望的疑虑的话,赵四显然因为肉欲的餍足而产生了对灵魂的追索。在《逆位》中,赵四只在傍晚或者夜晚出场,她是神秘的,从"镜面人"这一细节来看,赵四身上还带有某种巫女色彩。女性的神秘同样也表现在李萍和"我"母亲身上,她们似乎都拥有某种神奇的力量,能够面对来自男性世界的暴力和生活的重压。赵四、李萍和母亲，分别是男性的启蒙者、拯救者和喂养者，她们独立，构成了一个神秘的、丰裕的女性世界。经由一种特殊的回忆之镜，赵四的启蒙作用，经由时间的发酵，最终抚平了她制造的伤痕，获得叙述的确认。

在建立两性深层关系的欲望受阻的同时，"我"因母亲罹患癌症被迫来到了伦理世界，父亲的不经事，使"我"不得不担负起伦理重担，而吊诡的是，罹患癌症的母亲术后一直活到了现在，看似健康的父亲却在母亲出院后突然死亡。家庭风波这一模块在情节发展上有承接作用，经由"身体"这一核心意象，它和前面赵四的模块相连，通过父母关系的展示夯实了"我"对两性关系的疑虑，又通过疾病、医院顺利地承接到周庄之死，构成了欲望—身体—疾病—死亡这样一个清晰的发展脉络。但这一模块还有更深刻的指向。《逆位》中的父亲和斯继东此前作品中的父亲一样软弱、不负责任，但这一次，儿子没有像此前小说中那样充满弑父的欣喜，"我"经常梦见已逝的父亲。在梦中，父亲变成了儿子，向"我"要零花钱，这种父子关系的逆转显然是有深意的。为什么"我"会在工作后多次梦见父亲？"我"成家了吗？"我"在婚姻中是否和父亲一样，是一个软弱无责任的人，因此才需要在梦中虚构一个孩子？叙述者"我"的现状的缺失，使得父子关系极其含混，也因此而具备了无数的可能，或许，《逆位》是以其简略的叙述，陈述一个最基本的事实：人皆为父、为子，人类世代传递，皆处于无常的命运之中，在某种程度上，我们每个人，都是在向命运要那么一百两百的零花钱。

无常的命运把"我"、父亲、周庄、雷横、田忌甚至吕一布紧密地联系在了一起，正如欲望把"我"和吕一布绞合在一起一样，男性就这样成为小说中另一个性别阵营，他们带着未能和女性建立稳定关系的失落，走向了更为开阔的生活领域。周庄之死是小说的高潮，它不仅仅是为小说增加了一个政治维度，还把身体、欲望、青春、理想、艺术、父亲、政治、死亡等主题全部耦合在了一起。文学社社长周庄和父亲一样死于无常，这个不起眼的小个子讲台上光芒四射的演讲，表明他是一个富有激情与理想的青年，他以纯洁之身，在"某个特殊的日子"突然死去，同一天，激进的女权主义者赵四用匙子给体育系男友喂甜品，显然，她在向肉欲沉沦。理想青年的死去与激进女性的沉沦，共同构成了小说被遏制的政治主题，宣告了一个激进时代的终结。小说的叙述在这里实现了一种行为的反转："我"的行动从积极转向消极，并一直持续到结尾。在目睹赵四的背叛后,"我"感觉被掏空,此后的行动完全是自暴自弃的,没有任何建设意义。如果说此前的"我"还在努力遵循秩序、寻求沟通、勇于担负,此后的"我"则在拆散这一切,向着完全消极的方向前进。"我"全然被动地加入了为周庄之死维权的队伍之中,所谓维权,不过是让周庄纯洁、无辜、沉静封闭的身体,沦为盲动群体和威权博弈的介质,被野蛮地剖开罢了。而"我"再也没有为母亲拍板手术时的力量,无法坚守审察的职责,冲到洗手池的水泥槽上狂吐不止。这是另一种意义的死亡。当"我"俯在水泥槽上狂吐不已时,大门已经向"我"过去的生活关闭,在"我"面前,未来与黑夜一样漆黑无形。正是这种临终般的状态,让"我"得以从纷乱的欲念中彻底摆脱出来,一道闪光照亮了"我"记忆的深渊,初见赵四的情形浮现出来,周庄之死与赵四再次相连,以共时的方式呈现了"我"生活的全部悲剧性:私生活与公共生活的全面溃败,"我从此再未参与文学社任何活动"。

《逆位》中的人,不仅仅是当代的,还是历史的、人文的,斯继东征用了典故与互文,拓展人的深度与广度。周庄之名显然是庄周之颠倒,借用庄周梦蝶的典故,"我"与周庄正如庄周与蝴蝶一样,不可分辨,真实与虚幻,生者与死者的界限模糊了。而周庄这位无性而早夭的青年,《都柏林人》一书的主人,更和《死者》中的迈克尔·富里形成了互文对照,迈克尔怀抱着激情死去,在多年后成为生者无法匹敌的对手。而继承了周庄《都柏林人》的"我"目睹着周庄被世界野蛮地剖开后幸存下来,"我"曾经受到过自杀的困扰吗?活着是因为必需担负起家庭的重担吗?"我从此再未参与文学社任何活动",并"接受了之前所有的事情",幻灭与认命,是否正好构成了对这种担负的质疑?周庄裸尸上那怪异刺目、从未使用的阴茎,还和王小波的诗句相关联,引入了对20世纪90年代中国文化那个特殊历史时期的反思:王小波笔下阳具壮伟的王二,以性欲狂欢作为反叛的方式,但赵四不是陈清扬,也不是小转铃,周庄更不是王二,征用性本能反抗的策略不过是男性自恋的一厢情愿罢了,威权之下血性尽失的、苍白瘦弱的男性,不过是个任人解剖的物体,毫无尊严可言。

《逆位》几乎拆散、放弃了一切严肃的意义:爱情遭遇背叛,政治成为闹剧,男性集体萎靡,女性在红尘中漂泊,艺术被严酷的现实嘲弄。然而就在这种拆散和放弃中,那个无所用心的叙述者"我"却意外发现了人的富饶多元,世界的丰富与广漠:人,这文化塑造出来的卑微生灵,在广大的世界里承受着爱欲、政治与时间的拨弄,承受着两性疏离的孤独、命运无常的捉弄。而世界是那么强大，它既是陌生的、异己的，又是人的故乡，有着不为人左右的循环与更替的节奏。在小说的结尾，"我"和李萍一起坐在老家的屋前，"那是个傍晚，我们的面前是一望无际的正在疯狂抽穗的水稻田，更远处是若隐若现的远山平畴"。在静默中，"我的心慢慢地复归原位"，"在四合的暮色中，我忽然接受了之前的所有事情"。就这样，故乡修复了"我"的创伤，让"我"坦然接受命运的无常。

《逆位》显然是斯继东创作的新高度，它在一种梦境般的精神松弛中，触摸到了存在本身的富裕和广阔。世界以命运和故乡的双重形式，引导着人类去理解，去宽恕，去顺从生命的节奏。或许，还有生命内部那逐渐弥漫开来的阔大寂静——死亡本身。

此文刊载于《浙江作家》2018 年第 3 期

◎因父之名,偕隐江南

——评斯继东《禁指》

一

古琴大师曾先生从上海越剧院退休后回乡隐居,和保姆操嫂(秀琴)日久生情,于是两处合在一处,携手共度晚年,这就是《禁指》的故事。和斯继东许多作品一样,《禁指》也有在刀尖上行走的品性:上海退休回乡的古琴大师和乡下保姆,两人的社会地位、文化水平、兴趣爱好等方面的差异,不啻天渊,这样的两个人,怎么能自然而然地走到一起? 饱经世事的老人还会爱吗? 如果爱,这种爱应该是什么样子的呢?

为了解决这些问题,斯继东把他的主人公安置在了一幢老宅里,几乎剥除了他们一切的社会关系:曾先生没有婚配过,亦无亲戚六眷,操嫂仅有一子,且已成家立业,带着妻小远在云南,两个月打个电话。于是,两位被岁月滤去了情欲的老人(据小说细节推算,故事开始时间应该在 1993 年,曾先生 61 岁,操嫂年龄不详,从已经做祖母推算,应该在 45 岁以上,但不会超过 55 岁),开始在一起过着分工明确的、缓慢的、几乎停滞的日常生活,围绕着他们的只有四季的轮转,四时风物的自然更替。由于两人既有的经验领域相隔遥远,日常相处的过程中时不时地夹杂着一些因陌生而引发的新奇,操嫂以她的勤劳朴实、聪慧机敏、细致周到和恰到好处的分寸感给曾先生带来全新的体验,而曾先生则凭借着谦和、质朴的涵养、丰富的古琴知识和大世界的见闻让操嫂倍感尊敬。《禁指》写得十分耐心,整整三节,时历一年,直到第二年开春(第四节"角"弦),两人的关系才因曾先生肺炎住院而得到进一步的推进，操嫂打开心扉，讲述了丈夫的横死，而曾先生因"文革"而贻误的青春，直到第5节"宫"弦部分才因两人四季日常的陪伴，在偶然的诱发下得到讲述，到第6节"少宫"，因梅雨季节老宅漏雨，两人搬至操嫂家所在的山村，才真正在一起，此时距两人初识，少则三年，多则五年八年甚至更长时间都有可能。在最后一节"少商"，曾先生完成《文王操》的打谱，一生心愿得遂，操嫂查出胃癌，曾先生卖掉师传名琴晦庵，带操嫂去上海治病。

《禁指》男女主人公的个性，都有鲜明的江南文化特征。曾先生退休后自主选择离开繁华的大上海，一人一琴回到故里，每日练琴写字，研究古琴曲《文王操》。他淡泊名利，作风民主，有一种越名教、任自然的名士风流，一边以彬彬有礼的态度，拒世俗于千里之外，一边却对照顾自己的女性真诚地表达善意，带着孩子似的兴奋把操嫂的清洁工作比拟为管平湖修复大圣遗音，不仅让操嫂自主处理日常事务，连银钱用度也放手让操嫂做主。他尊师重礼却不囿于名教礼数，不祭祖不敬神，惜物不恋物，师传名琴需要时也可以卖掉。日常生活虽有定规，却不拘泥，能够顺应自然节气、四时风物安排生活起居。梁启超先生曾在《清代学术概论》中指出江南学术文化的特征是"探玄理，出世界；齐物我，平阶级；轻私爱，厌繁文；明自然，顺本性"，这种特征在自幼受江南名士文化熏陶的曾先生身上，表现得淋漓尽致。

小说的女主人公操嫂同样非常江南化。她凡事有主见，不迷信不盲从，稳稳地站在经验的大地上，曾先生多少有些得意地告诉她"琴衣"之名，她回之以既是衣裳，为什么冬冷夏热的都穿同一件，针对蚕豆豌豆罗汉豆的命名差异，她诉诸形象，同样用经验来反驳。她懂得曾先生对自己的好，却不放弃自己的立场去一味迎合，只在自己的本分之处，尽心做到精细，可谓有礼有节，这种无关社会阶级、文化水平，独立、自尊的女性，只有在江南文化圈，才是常态。

江南文化注重个体价值和幸福，有清晰的人本主义核心，由于从来没有成为占统治地位的文化，它有一种基于现实考虑的开放性、包容性，这两点在《禁指》中都表现得很清晰。

《禁指》是逻辑自洽的，要准确地指出它在当下中国文学版图中的坐标，必须跳出它才能办到。在当代文学作品中，有两个题材相似的作品可资对比，一个是张楚的《良宵》，一个是弋舟的《锦瑟》。《良宵》写的是著名京剧艺术家因儿子不孝，避居乡村，不计嫌疑，用余热照顾艾滋病男孩的故事，《锦瑟》写的是年迈的老教授被保姆勒索,崇拜教授的女博士愤怒之下杀了卑劣的保姆。这三个作品中的老人,都是有突出成就的人,张楚把老艺术家置于伦理悲剧之中,让老人把余热向社会转移,是典型的中原文化文本,弋舟让老教授成为不同欲望觊觎的对象,并与女博士外祖父的老年情欲作为参照对比,对情欲进行了严厉的审察,是一个深受西方文化影响的文本。斯继东则让曾先生和保姆产生了真情,相伴余年,在平凡的日常生活中感受人间温情、自然之美,是一个带有鲜明江南文化特征的文本。张楚、弋舟、斯继东三人几乎同龄,彼此交谊甚笃,《良宵》《锦瑟》《禁指》三部作品综合起来,正好勾勒了当代中国文化的多元面相。只是作为后来者的《禁指》,对自身所处的多元文化环境有更为清晰的意识,显示出了辨识不同文化的努力,并试图在对话中确立自身的归属:小说第二节"徵"弦中曾先生和操嫂那段南方和北方对"蚕豆"不同叫法的饶有趣味的对话,正是南北文化对话的日常表达,而曾先生与丹麦女孩夭折的恋情,可视为中西对话的一次无果而终的尝试。

《良宵》中的女艺术家避居乡村,却没有融入乡村文化,《锦瑟》中的老教授对自己的保姆也绝不可能产生真情,把《禁指》和这两个文本比照,我们就会发现,依现实生活的逻辑而论,绝非任何人都能够跨越如此巨大的社会鸿沟,走到一起。李泽厚先生在《实用理性与乐感文化》中提出过一个非常有意思的说法,认为"由历史积累沉淀而成的文化心理结构是某种人类所特有的存在形式。它是内在的人化自然,即在自然生理—心理基础上由文化积淀而生成的人性形式。"李泽厚先生谈到的这个文化心理结构,这种人性形式,正是《禁指》的故事逻辑自洽的深层依据:如果不是征用了江南文化的心理结构、审美意趣,曾先生和操嫂的故事就绝不会显得如此美好,曾先生很可能会显得人格猥琐,而操嫂无疑会面临着居心叵测的指控。

因此,把《禁指》指认为一个文化还乡文本,大抵是不会错的。

二

斯继东的创作一直都有和时代互动、共振的倾向,《禁指》也不例外。只是这一次,不是当下的,而是向着一整段历史时期回溯。《禁指》的时间跨度很长,从曾操两人初识（曾先生 21 岁时因越剧男女合演被招至上海，是 1953 年，上海 40 年退休返乡应是 1993 年）到曾先生仙逝（2012 年西哈努克亲王去世后的某年），约 20 年，如果从曾先生少年时扬名乡里，被张先生收为弟子算起，更是长达 60 多年，几乎是整个共和国的历史。小说两位主人公都是善良的小人物（曾先生虽有才名，却无地位），年轻时个人生活都受到了公权的干扰，不得不面对孤独的老境：曾先生曾对一位丹麦女孩萌生过情意，却因中外意识形态的差异导致公权介入，加上"文革"时不稳定的时局，最终不了了之，只落得个孤身还乡终老；操嫂丈夫被村支书吕氏兄弟所害，儿子因仇人在侧却无法伸张正义，只能远避他乡，留下操嫂独自为生。故事开始时，两位主人公都处于人生的暮年：曾先生年岁已达老龄，操嫂则因丈夫之死而陷入生命的郁结期。他们都需要一个机会，慰藉艰涩的过去。因此，《禁指》与其说是一个爱情故事，不如说是一个和解，甚至重生的故事，不仅是和仇家和解（比如吕家），更是和自身和解：放下我执，归于平和的理性。

但是和解谈何容易。

前面说过，斯继东征用了江南文化的传统人格，摒除社会关系，把人物置放于自然节奏中，在漫长的时间里，曾、操两人的感情缓慢地发酵，看上去极其自然。但是，人毕竟生活在社会之中，一旦把社会放进来，曾、操两人的德行都可能面临着各种非议，老人在生活磨砺中获得的经验，也更多地趋向于让他们对他人设防，而不是向他人敞开。因此，尽管看上去风平浪静，《禁指》中却一直潜伏着一种名实的思虑，正是在为人物情感发展谋求合法性的过程中，斯继东把他的文本，磨到了让人赞叹的精致程度。

小说最初的名实之思，是关于"琴衣"的对话，紧跟着是蚕豆豌豆罗汉豆命名的南北对话，这两则对话，都显示出了操嫂的独立、聪慧，在生动切实的经验面前，曾先生谈到的礼仪、北方文化则显得流于形式，仪式虽有一种庄重、严肃的品性，却难免单调、冷漠，和用信封装着的工资一样，虽有尊重，却也是距离。或许正是日常生活的这种鲜活吸引了曾先生，他趁势提出了让操嫂做住家保姆，而曾先生的儒雅温文则促使操嫂应答了下来。第三节沿袭了前面两节的名实之思，但转到了两位主人公身上，曾先生是越剧团伴奏，依嵊州方言称为"后场头"，人是同一个，称谓却不同，这一节还开始思量匹配问题：两人一起去买菜，高大的曾先生和小三轮的车斗"苍蝇套豆壳——不相称"，那么，古琴大师和乡村农妇相衬吗？第四节曾先生住院，操嫂被误会成曾先生嫩相的妻子，人还是同样的两个人，换个角度看，曾先生的优势就没有了。也就是在这一节，带出了操嫂丈夫被村中吕氏兄弟所害，操嫂渴求真相的执念。第五节曾先生说起自己本习琵琶，却偷偷地学起了古琴，现实生存和品性嗜好之间，构成了冲突，正是在这一节，曾先生吐露了丹麦女孩的故事，个人交往被国家意识形态裹挟，私密的儿女之情被大而无当的职责所累，人只不过是一个人，能够承担多大的负累？

整个的名实之思，伴随着曾先生对张先生充满敬仰的回忆，山林派张先生狷介任情，如闲云野鹤般度过一生，成了曾先生学习的楷模，在这种回忆中，操嫂被不知不觉地改成了秀琴，人是同样的人，日子是同样的日子，但名教终于让位给了本心，曾、操两人的生活还原到一种近乎原始的朴真：一箪食、一瓢饮、一袭衣、起坐安卧、生老病死。没有生存焦虑，剥离社会关系，古琴大师和乡村农妇的区分有什么意义呢？"人性千古不移"是斯继东一以贯之的理念。但这次，斯继东把他的人物，嵌入了代际传承的谱系之中，鲜明地祭出了向先贤致敬的旗帜，这种敬意，随着曾先生《文王操》打谱成功，达到了最高境界，小说在卖琴治病中达到了高潮。

在一切外在的东西纷纷掉落之后，操嫂与吕家的和解终于到来：几乎重复了曾先生的故事，吕家的孩子痴迷古琴，为了后代，吕老大在操嫂面前跪拜忏悔。至此，父亲形象趋于完整：高拔狷介的张先生、亲切脱俗的曾先生、蛮横卑微的吕老大，父亲之名是丰富的，父亲的资源是富饶的，它看护生命，代代相传。因父之名的爱与和解，既是对苦难的慰藉，更是现代社会渴盼已久的荒漠甘泉。

三

斯继东向以文体的自觉意识见称，《禁指》在文体上，更是达到了一个让人惊叹的艺术高度。

《禁指》的主人公是古琴大师，小说中蕴含着很多古琴文化的内容。作为八音之首，在漫长的历史发展过程中，古琴文化逐渐确立了以儒家思想为主体，融合儒、道、释三家思维理念的艺术形态，古琴的形制、音色、曲式、弹奏方法等等都蕴含着相应的内容，都有其特有的象征含义。《禁指》中的古琴文化表现在文本的各种层面,绝非只是借古琴七弦之名命名小说章节、中间夹杂着几个曲名这么简单,为了言说简明,我把古琴七弦相应的文化含义和小说的内容做一个简单的表格并置如下:

序号	古琴文化顺序	小说中的顺序	小说内容
1	宫—土—四季—君	羽—水—冬—物	冬,初识,大扫除、添置日用器具、琴衣、装工资的信封
2	商—金—秋—臣	徵—火—夏—事	夏,南北方言中的豆类命名,操嫂的家事、曾先生的起居规律、住家保姆
3	角—木—春—民	商—金—秋—臣	秋,一起买菜,曾先生的师承、人生梗概
4	徵—火—夏—事	角—木—春—民	春,曾先生肺炎住院,操嫂回忆丈夫之死
5	羽—水—冬—物	宫—土—四季—君	四季,根据四时风物、节令气候安排的日常生活,曾先生回忆师承和无果的罗曼史
6	少宫—文—柔以应刚	少宫—文—柔以应刚	曾先生改称操嫂秀琴,不再用信封装工资,并移交了银行卡,因梅雨季节老屋漏雨搬去桃源村,两人同居,吕家老大忏悔
7	少商—武—刚以应柔	少商—武—刚以应柔	《文王操》打谱完毕,曾先生卖琴为操嫂治病

　　显然,斯继东在安排小说叙述的时候,对古琴七弦的顺序做了调整,放弃了以宫弦统摄全篇的模式,把羽弦提前,选择曾先生寿终仙逝后操嫂的回忆展开叙述,这种调整,让小说获得了一个线性时间发展的脉络,主干清晰。但这只是表层功用,《禁指》调整七弦顺序,还有更深的用意。

　　如前所述,《禁指》是一部向先贤致敬的作品,小说开篇冰雪中立于门外静候的两个女人,颇有些程门立雪的意味,使得小说一开篇便有了一种古雅、肃穆的氛围,但是这种氛围很快就被叙述者把曾先生抚琴的姿态比拟为拨算盘珠的句子打断了,拉开了小说雅俗对话的帷幕。此外,开篇的冬景,显然还是曾先生人生冬天的具象式呈现,这样一来,小说另一个主题——"枯杨生稊,老夫得其女妻"的重要性就显明了出来,和程门立雪潜隐的阳刚、儒家等级秩序,形成了阴阳调和的态势或者说对话关系。

从这两重对话关系的角度去看斯继东对七弦顺序的调整,就更加意味深长了。传统的排序体现的是儒家的尊卑等级秩序,偏向人文教化,斯继东的顺序——羽(水、冬)、徵(火、夏)、商(金,秋)、角(木、春)——是曾、操两人最初相处一年多的自然时序,在这一年中,两个从最初的陌生到逐渐习惯,正如冬天的冰雪日渐消融、万物萌生一般,两人的感情也日益萌生,到了第四节角弦部分,是两人相识的第二个春天,小说通过一病一死两个事件,把两人的感情夯实了,这个第二春,是两人互相敬重、体恤共同营造的春天。第四节之后,时间一方面迅速推进,一方面却又以四季轮回的方式重复,少宫、少商呈现的是刚柔相济的和谐生活。斯继东的调整(君臣民事物→物事臣民君)倒置了儒家的尊卑等级秩序,使得自然(情感发生发展的自然,以及人身处的宇宙自然)成为最高的价值,人被纳入一种宇宙秩序之中,既让人体悟到自身的渺小,又充分尊重了个体生命感受的价值,这正是江南文化的特点。

叙述者操嫂是一个古琴文化盲,由她来讲述,小说中介绍古琴文化就显得合情合理,甚至有尊重的意味,但这种古琴文化,经过这个始终没有学会古琴、熟悉地方文化的女人转述后,其占统治地位的、阳刚的、中央的儒家文化就被女性的、地方的文化平衡了,如果说操嫂的创伤得到了向往《文王操》——儒家理念对于理想社会和理想人格的颂歌——的曾先生的抚慰的话,那么,《普庵咒》的宽恕、慈悲则是小说中另一个同样强劲的音调。就这样,经由叙述者的选择,《禁指》达到了中原与江南、雅与俗、男性与女性等多重对话的效果,最终汇入珍爱个体生命价值、人与自然合一的清流之中。

自《逆位》开始,斯继东的创作得到了进一步的深化,文本内部曲径通幽,与古今中外的文化有着复杂的互文指涉,但是表层却流畅简明,明净、质朴中饱含着诗意,《禁指》无疑是这种斯氏文体的又一成功之作。小说中时代的洪流完全融汇在了日常生活流之中,却又隐约可辨,像曾先生的古琴一样"乌漆墨黑,又肉沉沉泛着光亮",人物则被置放于具体的文化背景、地理时空之中,思想和行为模式均有充足可证的逻辑,使得人物真实可感。

斯继东正在以自己的创作实迹,表明自己是一个文体家。

此文刊载于《浙江作家》2018 年第 12 期

◎记忆与欲望的耦合：小农思想在资本主义文化语境中的变迁

——海飞创作论

　　海飞，浙江诸暨人，国家一级作家，编剧，著有《花满朵》《旗袍》《向延安》等多部长篇小说，《像老子一样生活》《看你往哪儿跑》等多部小说集、散文集，两次获得人民文学奖，获"四小名旦"青年文学奖、《上海文学》首届全国短篇小说大赛一等奖、浙江省优秀中篇小说奖、西湖·中国新锐文学奖、《中篇小说选刊》全国优秀小说奖、2004浙江省青年文学之星、贝塔斯曼全球华人大赛散文奖等多个奖项，在当代文坛享有较高的知名度。海飞的创作引起了批评界的一些关注，其中不乏真知灼见，不过，相关评论主要是一些书评，略显感性和随意，综合性、深入的批评尚未出现。以笔者陋见，海飞的创作已经成熟，情节编排技巧、思想、语言基本定型，正是严肃的批评介入的最佳时机。

　　海飞没有受过高等教育，初中毕业后务农至18岁参军，在江苏某劳改农场服兵役，执行过枪决，这让他在70后作家群里，显得与众不同。与众多的70后的城市书写不同的是，海飞的写作是典型的泥腿子进城，在思想上体现为小农思想与资本主义文化的杂糅，而三年的军旅生涯和江南艳情文化则给了他感伤的底色，成就了他独特的写作风格。

一

　　中国古代的生产方式，以分散的、自给自足的小农个体经济为其主要形式，在这种生产方式的基础上产生的思想意识即小农意识。小农经济使得个体长期生活在一个相对固定的区域,这决定了小农意识的首要特点是空间的封闭性,由于对自然环境的依赖,小农意识不是把外在自然作为一个客观的认知对象来研究,而是把自然作为一个伦理情感的整体对象来体验,并在此基础上产生了万物有灵思想。由于农业生产季节性强,年复一年地循环,使得小农意识一方面表现出对季节的敏感,一方面又容易产生世事循环观念。以家庭为单位的个体生产方式追求自给自足,个体联系比较匮乏、单一,缺乏分工合作的体验,因此小农从本质上来说是自我中心的、狭隘的。在我国,小农生产方式长期存在,小农意识代代相因,在今天仍有相当的影响。

海飞16岁开始务农,19岁入伍,"从浙江的农村来到了江苏的农村"[1],长期的农村生活经历奠定了海飞的思想基础。在书写农村方面,海飞是自觉的:"我想我的身体与思想都与乡村有关","我在竭力倾听着南方村庄那些植物呼叫的声音,以为自己的文字是对生养我的村庄的虔诚守望。"[2]事实上,农村不但给海飞提供了书写不尽的景物,小农思想也是他不尽的思想源泉,在时空观念、情节设置、意象描写、修辞手法等方面,海飞的小农思想特色都是鲜明的。

海飞小说的空间主要分成两大块:江南村镇丹桂房和杭州。不管故事发生在丹桂房还是在杭州,他的小说人物都落地生根,很少"在路上",不喜欢到处流浪,空间的封闭性是明显的。在时间上,海飞的小说里充斥着季节变化所带来的情绪起伏,人物对季节变换相当敏感,几乎海飞所有的小说都直接提到了季节。海飞的思想里还有明显的世事循环倾向,这不但体现在它早期创作的一些穿越时空的故事如《后巷的蝉》《美人靠》等里,也体现在他成熟后的创作中,《蝴蝶》里甘草的母亲就和他人私通,《像老子一样生活》里国芬的婆婆也有过私情,"几千年过去了,所有的男女之间的爱不曾改变,兄弟之间的挚爱与杀戮也不曾改变"。[3]

海飞小说中的意象也和农耕文化密切相关,其中阳光、雨、菜花蛇、鸟、树、山、蚯蚓等意象反复出现,江南的阴雨构成了海飞小说的缠绵,谢有顺曾精辟地

---

① 海飞:《与纸有关的片言碎语》,《作家》2009年第13期,第44页。
② 海飞:《矫揉造作的乡村守望》,《文学港》2007年第2期,第34页。
③ 骆烨、海飞:《铁面歌女编剧海飞访谈》,《纪实》2009年第22期,第66页。

指出海飞"有自己精神扎根的地方——江南的村庄或小镇"①。需要指出的是，这些意象在海飞的笔下不仅仅是客观存在的环境，海飞在写这些景物的时候，一般都会采用拟人手法，赋予这些客观事物以生命，像"一棵树站在冬天的萧瑟里"这类句子在海飞的小说中经常能见到，阳光会叽叽叫，季节（尤其是春天、夏天）则会"汹涌而来"。把无生命、低等生命比喻成高等生命，是海飞最热衷的比喻模式，显然，在海飞的思想里，农耕文明原始古朴的万物有灵思想占有重要的位置。

同时，海飞在状写人物的时候，喜欢把人写成植物，魏淑芬"是一棵移动的杨柳"（《看你往哪儿跑》），慈菇"是一棵努力嘶喊着向上生长的白菜"（《蝴蝶》），唐小丫是"一棵孤独的树"（《医院》）。在海飞的小说里，人的身体仿佛另一种形式的植物，而植物也犹如身体外在的一种形态，这两大领域之间并无明显可辨的界限。身体与植物之间的联系甚至不能看成一种暗喻，而是一种实体的一致，这种观念无疑来自农耕文化中人与自然的高度融合。

海飞的女性审美趣味也带有鲜明的小农思想特色。

海飞写了许多漂亮女人，这些女人隶属于不同的职业，不同的阶层，农妇、医生、艺术工作者、公司业务员、女司机、有钱人的情妇……这样的列举可以拉得很长。但是，在这数以百计的女人当中，我们几乎看不到脸，《像老子一样生活》开篇写国芬化妆，却没有写国芬的眉眼到底长得什么样，屁股倒是写了两次。《胡杨的秋天》写了一双会说话的眼睛（这个女人是哑巴），除此之外，其他脸部特征就没有了。为了区别起见，海飞也曾经告诉过我们花满朵是瓜子脸，满凤是圆脸（《花满朵》），《青烟》描述过女人的相貌，可惜这些女人被人发现的时候都已死去，她们的相貌只停留在火葬场化尸工的感叹里。

海飞着力写的是女人的身材，尤其是屁股和胸部（更多的时候叫奶子）。和脸部特征的匮乏相比，"屁股们"显得更有个性些："小娅的屁股一扭一扭的，小巧、圆润、结实"（《嫁妆》）、甘草的屁股"圆润"（《蝴蝶》）、叶丽娜的屁股像"广场一般"（《我爱北京天安门》）、唐模的屁股"浑圆"，"月光映在她圆润的臀部，这让她裸露在外的屁股像一轮刚刚爬上山坡的月亮。"（《美人靠》）、恩的屁股"圆润和性感"（《你的身体充满鸦片》）、麦枝的屁股"像石磨盘一样圆"（《到处都是骨

---

① 谢有顺：《读海飞的小说有感》，《文学港》2007 年第 2 期，第 34 页。

头》)、王小灶的娘有一个"肥大的屁股"(《王小灶1986》),赵红梅的屁股"像是红富士苹果"(《赵邦和马在一起》)……这些"滚圆""浑圆""圆润"的屁股是海飞小说里最常见的女性特征。

除了臀部,胸部也是海飞热衷描写的一个女性特征,《萤火虫》里淫荡的村主任华华放肆地品评着不同女人的胸部,春花和秋月更是本能似的明争暗斗,争夺"最好的奶子"的"荣誉"。

在海飞数百篇长短不一的小说里,脸部出现的次数十分稀少,臀部、胸部出现的次数则远远超过了脸部,由于脸部特征缺乏,海飞笔下的美女美得很抽象,似乎只是一些激发男人性欲的器物在到处移动:大炮"瘦腰肥臀身材很好"(《看你往哪儿跑》),甘草"屁股很圆润,腰身很小,像一只花瓶的样子……甘草就是一只会动的陶瓷花瓶"(《蝴蝶》),"悟净看到女人的身材很好,细腰丰臀构成了一只花瓶的形状,又像暗夜里充满诱惑的一朵花"(《那里有条美丽的河》)。花瓶是海飞最常用的女性造型。

脸部是人最具个性特点、最与众不同的部位,因此,在个人慢慢觉醒的社会里,脸部的意义非常重大。海飞忽视脸部特征,把关注点放在胸和臀上,这种品位显然受馈于小农思想。考古人员在世界上许多地方都发现了一种被称为"维纳斯"的雕塑,其共同点是五官描绘极其简单,均有隆起的腹部,肥硕的臀部和硕大的乳房。这些雕塑表达了史前人类对女性生殖的崇拜,是母系社会大母神信仰的体现。进入父系社会后,女性的社会地位大大降低,成为男性的附庸,但是对女性生殖功能的肯定没有改变。而在中国,小农个体经济绵延了数千年,由于男丁与家庭生产力密切相关,女性的繁殖功能更是得到刻意地强调。海飞在写作过程中几乎没有受到西方现代派文学的影响,他的创作思想是纯粹中国式的、小农式的,对臀部和胸部的关注正是重视女性生殖能力的小农思想的体现。

在海飞的农村题材创作中,女人和大地紧密相连,花满朵、花满凤、唐小丫、秀秀都在大地上和男人野合,模拟着古老的繁殖仪式,在农村妇女秀秀身下,大地之上赫然出现的"浑圆的屁股的痕迹"是她和国强偷情野合的印迹。在海飞的思想里,"女人—大地—载物"这个中国传统文化基本思维模式占有稳定的位置,女人既是男性肉体的安息之所,也是精神的栖息地:"我看到了由远而近的大地,那么温暖的温软的温湿的大地,这样的大地让我感到踏实,感到从来没有

的熨帖。"(《干掉杜民》)

二

然而,尽管海飞的思想来源于农耕文化,但是他的价值观念却在商业文化语境中蜕变。

专注于男女情事的海飞,从来不写有情人终成眷属的圆满爱情,也很少写相濡以沫的真情夫妻,其小说着重表现的是青春期的情欲冲动以及男女私情,这种重"欲"而不重"情"的主题取向很难说是礼法相对淡薄的乡村风俗(在这里,生命力本身可以比较自由地表达自己)的馈赠。不仅如此,海飞还把女性的繁殖功能从这些情事上剥离了,小说中的那些"屁股"和"奶子"不是母亲的象征,而是激发男性欲望的女性性征:甘草与厚朴疯狂的媾和没有结果,爱琴与王秋强三天三夜演示的也仅仅是欲望,连《萤火虫》中身为两个孩子的母亲的桂凤,也没有把孩子放在心上,反而欲壑难填,一边咒骂丈夫,一边和华华媾和。不仅如此,这些情欲的副产品——偶然孕育的胎儿作为"非法"情欲的证据,常常被取消了来到世间的权力:唐丽(《金丝绒》)、唐小丫(《医院》)、阿蝶(《我叫陈美丽》)、花满朵等均有过主动或被动的堕胎行为。

海飞笔下的女人介于母亲/妻子、情人/妓女之间,"屁股"和"奶子"毋宁是诱发情欲的个体,而非滋生、哺育万物的母亲。《萤火虫》中的春花和秋月都不是母亲,她们的乳房之争,纯粹出于诱惑男性的野心:秋月因"很翘的""羊角奶"而获得村主任华华的钟爱,春花虽无意委身于淫荡的村主任,却骄傲于自己丰满的胸部,这种对自身美的认识是欲望化的,她拒绝的只不过是一个淫荡无行的"评委"而已。那个不会说话的阿斗,体现了海飞惯有的幽默(与蜀国亡国之君阿斗同名),他对乳房的迷恋与其说是源于母爱的缺失,不如说是因为多次偷听到母亲与华华私通促成的性欲早熟。

把女性塑造为欲望的对象而不是"人类之母",是海飞小农思想在商业时代中变异的最佳注脚。不仅如此,海飞还以一种独特的"人道主义",凸显女性的欲望,肯定女性满足欲望的权利:

> 进展很顺利。魏子良没费多大的劲,就进入了国芬。国芬在树下低低地呻吟起来。魏子良很卖力,让国芬感到了幸福,差一点让国芬哭出声来。这样的幸福,其实离国芬很远了。在宝石山的这棵普通的树下,国芬想,让我死去吧,就让我死去。
>
> ——《像老子一样生活》

性快感给了国芬强烈的幸福感,让她甚至愿意立刻死去。类似的情节在海飞的小说中很常见,海飞小说的叙述者总是喃喃地说:我是女人,我要男人的。《蝴蝶》没有任何情节暗示甘草是被迫嫁给杜仲的,然而由于杜仲经常出门经商,她就和邮递员厚朴私通,另一位女性慈菇也因丈夫出门淘金而和杜仲一起姘居,她甚至把丈夫离去的日子按天计,累积成一个庞大的数字。

海飞在人物塑造方面用力并不深,人物的类型化很明显,不管是为了弟妹勇于献身的花满朵,敢作敢为的秀秀(《秀秀》),还是大胆示爱的唐丽,疲于应付生活的国芬、陈美丽,她们的个性都很相似:花满朵和陈九望私通之后理直气壮地和陈妻阿婉大匹撕打,国芬和魏子良发生婚外性行为后给了儿子一个耳光,唐丽理直气壮地去找崔大夫要求她让出老康……在海飞的笔下,女人们春心荡漾,常常为了情欲而漠视道德礼法。《蝴蝶》里的这段话是相当有意思的:

> 那一个晚上,慈菇没有回家。慈菇睡在了甘草的家里。慈菇问:你恨我吧。
>
> 甘草笑了,说,我不恨你。
>
> 慈菇说,我真是个罪人。
>
> 甘草说,你不是,我们都不是。

甘草先是在精神上(和高中同学通信,搞精神恋),继而在肉体上背叛杜仲,在精神上击垮了杜仲最终导致了杜仲的死亡。小说没有任何情节暗示甘草的愧疚,却让她自我宣布无罪,欲望就这样展示它无可争议的霸权地位。

欲望一直是海飞关注的中心,它的精神资源是资本主义文化——以批量生产、追求利润为目的的资本主义文化,致力于发掘人类的欲望,并把它最大利益化。大约在2005年前后,海飞创作中欲望开始获得确定无疑的统治地位。创作是否成熟,对于海飞而言,不过是表现在叙述如何控制、管理欲望。成熟后的海飞作品,对人物欲望实行的精心控制,叙述者以近乎冷酷的笔调,以阴谋家似的谋略严格控制着人物欲望的每一个步骤,把它变成了一种真正的延宕艺术。这种把欲望置于城头,让人物不屈不挠地去追求,成为海飞一再书写的模式:洪四、童谣、夏天、花满朵、陈小跑、刘大卯等都是这样。从心理层面上讲,障碍越大,拖延越久,实现时的快感就越强。不过,我们不能把它仅仅理解为受虐的激情,它毋宁是某种精致的商业策略。

谢有顺曾说海飞的小说"每一个人物,都被一种难以撼动的规则推动着",此论无疑是准确的。这个"难以撼动的规则"就是人的欲望。但是认为"这个规则背后,洋溢着令人窒息的腐朽和阴冷——人的所有悲剧性,正源于此"[1]则多少有些失当,因为在海飞的小说中,欲望作为本能,是人物行动的原初动力,在海飞看来,结局的意义并不大,"多活几天和少活几天是一样的"(《医院》),"一片空白的人生,是一截木头的人生"[2]。我们甚至可以说,正是对欲望的沉迷,让海飞逃避了虚无,诚如叔本华所言:"人因为他易于获得的满足随即消除了它的可欲之物而缺少了欲求的对象,那么,可怕的空虚和无聊就会袭击他,人的存在和生活本身就会成为他不可忍受的重负。"

三

不少论者都认为海飞关注女性的命运,作品表现了对女性的细腻体贴,其实不然。海飞式"人道主义"不过是海飞以"伪女性身份"进行的一种假想,传达的其实是男性中心主义。海飞不止一次地写到过这样的情节:即使一位女性开始时是受到暴力胁迫被迫和男性发生性关系,但是,当她们体会到个中"滋味"后,也会感到由衷的幸福:

> 毛大老婆一点也没防备,就被杜民扑倒在地上。毛大老婆拼命地
> 抵挡着,但是,她没能挡得过男人的力量。杜民冲进毛大老婆的时候,

---

① 谢有顺:《读海飞的小说有感》,《文学港》2007年第2期,第35页。
② 海飞:《〈自己〉创作谈:每个人都有深藏内心的自己》,新浪博客,2009年10月20日,http://blog.sina.com.cn/s/blog_534c13f20100fu8g.html。

令毛大老婆倒吸了一口凉气。她用拳头捶打着杜民。她说,你这个杜民你这个杜民。她一直都在重复着这一句话。这句话的声音却在渐渐弱下去,最后变成了一种呻吟。

——《干掉杜民》

马英姑大概觉得泥地比较凉,所以她龇牙咧嘴地在倒吸了一口凉气以后,发出了一声惊喜的欢叫。她不再踢腾了,本来凶猛拍打越邦背部的手,一把抱紧了赵邦。

——《赵邦和马在一起》

面对强暴,毛大老婆和马英姑最后都臣服了,被欺骗的国芬也得到了切实的快感,女性的安全、尊严、荣誉等在性快感的威力之下荡然无存,这些或美丽或粗壮的女性,完全成为男性欲望的对象,被彻底工具化了。李建军曾精辟地指出,海飞的叙事过于主观化,"作家的叙述语言很大程度上侵入人物的意识",损害了人物的"个性和尊严"。[①]

不过,尽管海飞式的"人道主义"本质上还是菲勒斯中心主义,但是他为在社会现实权力秩序中一无所有者虚构的胜利却是一种让人沉重的虚构,它传达出了海飞对瞬息万变的当代生存的重重疑虑。

让我们从《干掉杜民》开始说起。

《干掉杜民》是一篇颇有原型写作味道的小说。在这篇小说里,作为纯粹的无产者(没有田产,只有一间破草房)和无知者(杜民不通权谋,他的一举一动都在陈老爷的掌控之中)的杜民,已经抽象化为一个雄性性功能符号,他无所谓人伦道德,在亲生母亲的眼皮底下和嫂子交媾。杜民像雄狮一样无所事事,丹桂房所有的女人都是他的姬妾,他甚至用排泄物来划定他的势力范围(他在毛大家的"水缸里拉了一堆大粪")。在某种程度上,正如他公开宣称的那样,"丹桂房是我杜民一个人的,我是丹桂房最富的人"。

杜民的竞争者陈老爷是小农经济式的家长,他带着传统中国文化式的智慧,阴险和奸诈,以及政治和经济上压倒性的优势,运用一切力量想要除掉杜民。在绝大多数这类题材的小说中,陈老爷都会是最终的胜利者,海飞却在小说的最后来了一个"究竟谁能干掉谁"的尾声,赋予杜民强大的颠覆/再生力量,

---

① 李建军:《海飞:略显感伤的温情叙事》,中国作家网,2010 年 11 月 30 日,http://www.chinawriter.com.cn/2010/2010－11－30/91952.html。

而这个力量之源是女性。这里我们可以把《杜民》和苏童的《罂粟之家》作一个简单的比较。杜民和《罂粟之家》里的陈茂外表上极其相似，二人皆以阳具壮伟、性功能强健而著称，都是无产者。但在苏童的小说里，翠花花毫不犹豫地跟随地主刘老侠斥责陈茂为"狗"，女性对社会权力结构的臣服是显而易见的，而《杜民》里的女人则无视陈老爷的政治经济权力，"雄狮"杜民引发了丹桂房所有女性的性幻想：美艳寡妇、富农千金，地主丫头、乡长侄女……正是这些女性的性肯定，让杜民死而复生。海飞赋予这些超越道德礼法的女性某种摆脱不可忽视的力量，让她们从生理上肯定杜民这类男性，也使自己逸出男权支配下的弱者身份。这种对现实逻辑的有意冒犯正是海飞的"精神胜利法"，是海飞为流氓无产者应对"汹涌而来的"物欲至上时代的最后一块王牌。

把《杜民》和《我是村长》联系起来阅读，我们会对这种虚构的"顽强"有更深的体会。《我是村长》中，大资产者洪叔占据着村支书的位置，实现了权力和经济的联姻，"我"由于被洪叔患羊癫疯的女儿看上，而被洪叔赐予了村长之职。然而，这毕竟不是20世纪50年代，无产者掌权的时代已经成为历史记忆，就在我无师自通地利用权力为自己谋取种种生活"性趣"，违背了我成为村长的潜合约时，洪叔一纸公文，权力再度飞离。当杜民和毛大吵架后，跟踪毛大老婆实施强奸就成了杜民唯一的选择，在他面前，只剩下权力结构之外的妇女，可供其发泄愤怒，她们的尊严当然是无须顾及的。

杜民和陈老爷代表着海飞小说中的男性的两极：一个是有着旺盛本能的无产者，一个是集权力与谋略于一身的资产者，中间还有一个过渡型的阶层——工匠/文人和小生产者。他们无法像无产者杜民那样肆无忌惮，又无法和陈老爷抗衡，他们独特的敏感和细腻体贴能为他们赢得女性的认可，但在大多数的情况下，他们都是被无情地践踏的对象：李晚生十年如一日的体贴也没能获得陈美丽的慷慨献身，亮工的情欲只能化作小娅新房中静默的家具（《嫁妆》）。

杜民是真正的海飞式英雄，他的不竭的生命力源于海飞的小农思想，却是资本主义文化压迫下结下的硕果。在他身上，最大程度地表现了海飞对本能的沉迷。

可以和杜民相提并论的是花满朵。这同样是一个无产者，同样利用身体作为最后的资本，和整个世界搏斗，只不过，身为女性，花满朵受到了一定程度的道德约束。海飞给花满朵提供了一个充足的行动理由：给精神有问题的弟弟妹妹成家。花满朵对伦理的重视和杜民漠视伦理形成了鲜明的对照。而作为社会政治结构中的弱势性别,花满朵也无法像杜民那样让本能自由伸展,只能选择自虐,她浑身鲜血地爬回家的艰难既是对社会的控诉,也是无产者顽强的生存意志的心酸呈现。

四

在海飞的作品中,"父亲之死"是一个完成时。杜民、王小奔、李才才、赵邦、王秋强、甘草、花满朵、唐小丫……都没有父亲,已经做了父亲的,也都是生女儿,没有男性继承者。父权秩序撤离现场,欲望就成了生命中最张扬的部分:"我说爹,我就要变成老爷了,我要赌博,要天天下馆子,还要天天逛妓院。"(《私奔》)迷恋本能的海飞无意重建父权的传统秩序,而是倾向于把人还原成真正的平等个体,遵从本能欲望行事,进行着体能和智力的自由搏斗。在这里,男人无须为竭尽全力克服俄狄浦斯情结而成长,秩序尚在建设之中,决定胜利的最后王牌就是欲望。"从古至今,人们的物欲、情欲、人性之中的种种贪欲,都永植心间。无论是小说中的'我',还是杜民,在心智搏杀中,从来没有放弃过对这些'欲'的无限追求,真实而悲哀"。[①]

陀思妥耶夫斯基曾在《卡拉马佐夫兄弟》中提出了一个尖锐的命题:如果没有上帝,也没有灵魂不死,那就无所谓道德,就什么都可以做。这个命题在海飞小说中显得非常突出:繁殖忧虑没有了,父子对立没有了,人类成了真正的兄弟姐妹,道德只是一个悬而未决的问题,那么,放手一搏吧。"我想说的不是善恶,我认为善恶是天生的,没有由来的,比如无端的恶,就是可以成立的。我想说的是一种搏杀,除了心智以外,更重要的是信念。击垮一个人的肉体容易,击垮一个人的精神,那才是真正的胜利。"[②]这从某种程度上造成了海飞小说中一个无法忽视的现象:暴力。暴力在海飞小说中随处可见。这些暴力各式各样,有女人们的撕打(《花满朵》),有数名成年男性对一名男性/女性围殴(《到处都是骨头》《青烟》《花满朵》),有男人或者女人手握碎玻璃/小刀自残(《蝴蝶》《我叫陈

---

①　何英、海飞:《小说之路的千山万水》,《作品》2009 年第 5 期,第 49 页。
②　何英、海飞:《小说之路的千山万水》,《作品》2009 年第 5 期,第 49 页。

美丽》),有成年男子公开虐待少年儿童(《王小灶 1986》《青少年木瓜》《萤火虫》)。

只有从父亲已死这个层面上,我们才能理解海飞小说里成年男子公然对少年儿童施暴的情节:既然没有父亲,那么就没有儿子,少年就不会被当成可发展的未来受到保护,它只能被当成欲望争夺的敌人,在还没有成长壮大时尽早打压,这是"一场君王间的疆土之争"。成年人和少年没有辈分之别,只有力量和智力的差异。十三岁的王小灶在他的小世界里进行着欲望与权力的争霸战,然而,他智力不足,最后受尽磨难,失去了一条腿。

对暴力"随随便便"的使用是海飞的思想的一个内在必然。在当今的资本主义文化语境中,海飞的无产者要获得尊严,只有通过展示自我顽强的生存意志才能办到,而身体是它们最后的一点资本。因此,处罚肉体,表现精神的力度,就成了海飞无法绕开的叙述策略,唯有"连死都不怕,还怕活吗"?(《午后杀人》)的痞劲,才能保证精神能量的释放。《花满朵》把海飞小说中灵肉的紧张关系推向了极致。这部小说里充满着暴力:车祸、群殴、械斗、肉搏……花满朵死于车祸,临终前她把身体的各个器官能卖的都卖了,这最后的慷慨不仅惠及她眷恋着的人,也惠及曾经的"敌人"。至此,花满朵圆满地完成了她的"神化"过程,真正摆脱了曾经给过她骄傲、快乐但也给她带来无数痛苦与烦恼的肉体,成为纯粹的精神存在。马尔库塞指出:"死亡可以成为自由的一个标志。死亡的必然性并不排斥最终解放的可能性。死亡同其他必然性一样也可以变得很合理,即变得无痛苦。人可以无忧无虑地死去,只要他们知道,他们所爱的东西没有遭受痛苦和被人忘却。在生命实现后,他们可以在一个自己选择的时刻自取灭亡。"[1]

然而,我们也要注意到,以小农思想作为基础的海飞创作与当今文化的天然适应性。资本主义文化致力于建设可以为公司制度负责的一个个的个体,个人在社会结构中已有相当的重要性,而小农思想本质也是个体的、自我中心的。传统文化结构中由血缘为基础建立起来的家国同构的政治体制又在百余年的文化变迁中奄奄一息,除了《我爱北京天安门》,海飞甚至没有让他的创作在这方面多做些停留。小农意识潜在的享乐主义倾向也和资本主义文化致力于开

---

① 马尔库塞:《爱欲与文明》,黄勇、薛民译,上海译文出版社 1987 年版,第 175 页。

发人类的欲望(以追求利润)不谋而合。因此,海飞创作所表现出来的对现代消费社会的由衷接受是显而易见的,这是本能一觉醒来,发现世界不但并不歧视它,而且甚至还致力于扶持它时充满天真的喜悦。它成就了海飞创作"轻逸"的美学品格,不过,这不是卡尔维诺所谓的"深思之轻"(这种轻是建立在对人类的永恒处境的洞察基础之上的),而毋宁是本能遵循快乐原则而产生的欢乐之"轻"。

当然,资本主义的个体强调的是思想个性,而小农的个体关注的是利益的私我性。这使得海飞即使想要对人物个性表示关注,比如给人物一张脸,也显得很苍白(美男子杜民只不过是"眼睛大而有神,眉毛很浓,个子高高的,走路虎虎生风"而已),只好把重点放在欲望上,造成了小说的高度重复。而资本主义追求效率与速度和小农的封闭性循环性更是判然有别,正是在这里,海飞来到了他自己的思想深渊面前:在海飞的小说里,速度具有无可替代的价值,他的小说事件绵密,"情节环环相扣,波澜四起,从极致到更极致"①,然而,这极致之后,就是沉寂和死亡。这一点,海飞小说中一个反复出现的情节可视为某种隐喻性的表达:某人把汽车(或者别的交通工具)开出了飞机的速度,当然,也开进了他的死亡命运。

海飞的创作既体现了传统小农意识在现代资本主义语境下的适应性,也表现了它的焦虑。这正是海飞创作的意义所在。作为一个知识分子,笔者曾长期纠结于如何理解海飞创作活动的价值。那种束缚笔者的精英知识分子立场,要求文学艺术应该保有某种程度的文化前瞻性,不管是否能够达到,至少要心怀永恒,勇于拷问人的灵魂,揭示人的处境。而这种诉求,在海飞的创作中显然并不明显,甚至可以说很淡薄。谢有顺曾指出,"海飞的小说,精神视野还不够开阔,尤其是,他的小说容易被读者一眼就看穿,而缺少一个沉默的层面、未明的区域,无法让人做更多想象,也就无法写出'灵魂的深'"。② 然而,如果我们把文化理解为"一种被实现出来的表意实践"(雷蒙·威廉斯语),则海飞给我们提供的,恰恰是我们思考中国传统文化在转型时期的角色扮演一个不可替代的话

---

① 何英、海飞:《小说之路的千山万水》,《作品》2009年第5期,第49页。
② 谢有顺:《读海飞的小说有感》,《文学港》2007年第2期。

语,它作为一个真正的参与者的在场价值是不可低估的。

此文刊载于《绍兴理学院学报》2012 年第 2 期。人大复印资料《中国现代、当代文学研究》2012 年第 12 期全文收录

◎透明的暗夜

——朱个创作简论

　　和许多偏居一隅的作者一样,朱个的创作也是从描摹小城居民的日常生活开始的。《南方公园》收集了朱个最初写作的九个短篇,里面的故事都是小城故事,内容涉及小城生活的诸多方面,集子没有以其中某个小说的篇名来命名,而是取名《南方公园》,暗示了作者并非以某些人、事为写作的旨归,南方才是始终在场的主角,正是四季分明、气候宜人、温柔细腻、幽深复杂的南方,把这些来路难辨、个性各异、欲求驳杂的人物松散地联系在一起。不过,仔细琢磨这些作品的人物、主题和观念,我们会发现,朱个的南方在气质和品性上并非中国的一个相关地域,而是全球化的南方。这和朱个在杭州出生、长大有关,也是她个性、趣味的一种体现,是日常生活同质化的一个表现。

一、一个欲望被制造被引导的心理躁动世界

　　小城生活单调、沉闷,居民观念保守,行为循规蹈矩,生活按部就班,这种让人窒息的庸常生活,正是许多写作者批判的目标,朱个的小城故事,乍一看,似乎也是如此。《夜奔》中的杨淮和赵青,每日准时上班,连汽车都停在同一个车位上,各自家庭生活也都平稳单调,没有一丝波澜,这一切,都为他们逐渐产生暧昧,并约定来一次周末共游,越出常规提供了充分的理由;《像奔跑那样美好的事》里"我"和丈夫一直磕磕碰碰过日子,因循着强大的小城生活观念,按惯例参加家庭的"年会",于是,汪建国这种抽烟喝酒、快意恩仇但又善良犹豫的"江

湖"人,竟然也成为"我"想念的对象;《屋顶上的男人》中的"我"在传宗接代的重压之下,性生活成了"纯机械"的"活塞运动",再也没有快感可言,唯有深邃辽远的夜空给了"我"瞬间逃离的幻觉。写于 2013 年的《火星一号》延续了对小城日常生活批判的主题,语言表达甚至更加明确,中学老师左辉,只要准时出门,每天都能在同一个路口遇到红灯,在同一个时刻,看见同一辆运钞车,重复的生活让他意志消沉,感觉生活中"所有的他,都不像他",直到一场"火星移民"的骗局,重新燃起他生活的激情,让他一再出格,公然在例会中途退场,给初恋的早已嫁作他人妇的女孩写信,甚至写了一篇关于火星的抒情文字。

对日常生活的批判是当代文学一个最重要的主题,但朱个的创作在同类作品中显得非常独特,总是伴随着某种研究的激情。处女作《这一切是怎么发生的》就已经显示出了这种倾向。小说讲的是一个类似于换妻的故事,内衣店老板金诚与舞蹈老师何逢吉夫妇,与他们各自的朋友顾维汉、钱喜趣经常在下午凑一桌牌局,已婚夫妇与未婚的那一对大龄男女相处得十分融洽,后来金、何离了婚,与钱、顾重新组合,四个人"和美得又好像一家人一样"。小说的叙述方式极富个性,标题预设了查明真相的意图,开篇以一个局外人的眼光提出了事件的大概脉络,然后从何、金、钱的角度讲述了故事,最后从顾的角度披露真相,语言节制干净,通过一个看似平淡的小故事,刻画了金诚的虚荣、被动,顾维汉的主动、精明,何逢吉的童年经验补偿性欲望,钱喜趣的模仿欲望,显示了朱个"获取感官信息、理解信息、筛选信息、组织信息、洞察人事变迁真相"的超强能力。

朱个对人类社会有广博的兴趣,她关注热点新闻,各种娱乐八卦,科学界的最新动态,甚至会浏览国外的相关网页,了解某些方面的世界前沿信息。这些兴趣为她的写作提供了素材,《这一切是怎么发生的》中的顾维汉与 2008 年被处死的台湾间谍沃维汉同名,《暗物质》中的月食以及暗物质知识、《流年》中的先天性肌营养不良症、《火星一号》中的欧洲某公司的"火星移民"计划、《变态反应》中的过敏性鼻炎等都是这种兴趣的例证。需要指出的是,朱个的思维方式带有形而上学的色彩,能够从最基本的概念出发,围绕着几个基本问题来观察、分析世界,因此纷繁复杂、瞬息万变的外部世界,并未对她造成困扰,而是被有效地纳入她对人性、对人与人之间的关系、个人的处境的整体考察与再现之中,并进一步深化了她对当前人类社会政治、经济、文化的状态和性质的认识。在朱个看来,普通人的日常生活已经完全沦陷,一方面是中国传统文化残留的观念和当前的政治、经济生活严重地束缚着普通人(尤其是女性)的精神自由,另一方面,资本主义的意识形态已经渗透到日常生活的各个角落,有组织地整理人的幻想和欲望,并明目张胆地对其系统地规划和利用,在这个大众消费时代,人人都躁动不安,意欲反叛单调、重复、沉闷的日常生活,殊不知,连反叛的欲望也是资本主义制造出来的。这种对资本主义消费霸权的洞察,使朱个的创作却往往能发人之所未发,文本具有抒情和反讽的双重特点,冷静客观几至刻薄,在力度和深度上超过许多同类作品,实在不容小觑。

《夜奔》中的赵青和同事杨淮在泳池相遇,对杨淮的身材"留下了深刻的印象",此后二人开始 QQ 调情,搞些无伤大雅的暧昧。当杨淮意识到自身"被牢牢地圈定在这一个个方寸之间",意欲来个偶尔的放纵,对赵青发出周末去婺源看油菜花的邀请时,赵青第一反应是这样的:

> (赵青)拿着卫生纸目不斜视地去了趟厕所,一路上心摇神曳,脑际闪过无数电影片段,火车邂逅、廊桥残梦。在她蹲着撒尿的时候,甚至已经把影像具体刻画成在边陲小镇环境恶劣的汽车站里,为了深夜的候车,她如何小心翼翼又若无其事地把脑袋搁在了杨淮的肩膀上……

显然,赵青的浪漫幻想与当代影视有密切的关联,大众消费意识形态给她制造出了一个浪漫的幻觉。赵青是个标准的贤妻良母,她意识到这种行为的不道德,但我们从她紊乱的月经可以推测到,她为了这种安稳的日常生活压抑了多少天性与渴求。因此,在杨淮的步步紧逼后,想到母亲与丈夫为自己共同框定的活动疆域,她决定接受杨淮的邀请,把它当成某种浪漫刺激,来一次短暂的逃离。一般的作者写到这一步就止步了,但朱个的女主人公似乎都具有某种保全自身的本能,她们对男性保持着高度的警惕,当小悦发来短信询问她是否要和局长的儿子谈恋爱时,深谙小悦在小城流言中不堪处境的赵青猛然警醒:女性的浪漫若非诱发男性贪图的目光,进而为自身谋求到有益的庇护,则除了对自身造成不可挽回的损害,成为人们茶余饭后的谈资之外,一无是处。于是一路飞奔回家,把杨淮撒在了马路边。

对"前后不过离家一个小时"的赵青,朱个是理解甚至支持的。但对于做了几十年"怀抱风干死猫的轮椅女孩"梦的杨淮，朱个则要辛辣得多，她毫不犹豫地揭示杨淮的大男子主义幻觉：猫是女性本能的象征，怀抱风干猫尸的轮椅女孩，高度凝练地暗示了女性丧失独立行动能力、本能干枯的处境，在生活中无权无名的杨淮所能想到的最大浪漫是用他的性能力去拯救这样一个比他更被动更弱势的女人，"带着一种末日的情怀搂紧她，像揉碎干瘪的猫尸一样揉碎她"，而事实情况是，当赵青撇下他后，他粗暴地拎起无辜的女儿，押着她去剪掉了诱惑男性的刘海。

二、独自吃饭的人们

朱个创作时间不长，作品不多，《夜奔》在朱个迄今为止的写作里具有重要的意义，无能而保留着由传统男权文化制造的大男子主义责任或幻觉的男性，对资本主义消费意识形态有着清醒认识、缺乏安全感但又渴望着变数、渴望与外部世界建立真正的联系的女性，是她的人物的基本类型，这些孤独的男男女女，或者莫名其妙成了夫妻，或者因为某种机缘暂时接近，最终却仍然各自为政，始终无法融合，就像朱个在多个场合反复说的那句话一样，不过是"坐在同一张桌子旁""独自吃饭的人"。

《羊肉》中的西北汉子夏冬青落户江南小城，一直像南方男人一样细腻顾家，买菜做饭带孩子，心里却潜存着一个大男子主义梦想，他突然起意带着老婆孩子回家探亲，未尝不是想要找回一点大男子主义的底气，然而那个在他青春期时曾经教过他"女人都一样"的大哥，却成了无法理喻的妻子的应声虫，夫妇俩连冷淡的礼仪都无法做到；倒是安静柔顺的沈瑜，在这个撕破了礼仪面纱的家庭的冷暴力的刺激下，确确实实玩了一把离家出走，远方和诗意从此化成了乳香味的手抓羊肉，成为她一直试图修复的记忆，原本凭借理性建立起来的家庭，再也没有了先前的和美。

"坐在同一张桌子旁""独自吃饭的人"这一主题在《秘密》中得到了最现代也最具批判力度的呈现。小说选取了极具文化内涵的场景——婚礼，把四个年轻人——张广生、崔莺、黑衣姑娘、左辉会聚在了一起。婚礼本来是传统文化中人生最重要的过度仪式，个体经由婚礼，成为真正的成年人，和另一个体建立密切的、终生的联系,并进而连接起两个家庭,形成可无限延伸的社会关联。但是现代消费主义意识形态却征用了婚礼,把婚礼制造成真正的消费品,并且通过一系列精心组织、策划的貌似唯美、浪漫的形式,让婚礼成为视觉"景观",诱使个体在消费唯美的视觉景观时,沉迷其中,由外在的客体转变为主体,自愿认同视觉文化所传达的意识形态观念,甘愿成为消费主义的奴隶。崔莺就是这种完全被消费主义攻陷了的个体,她"每个细节都要尽善尽美",新郎张广生被动地卷入了这场消费主义的盛宴,觉得那件"改了好几次"的礼服,始终不服帖,他徒然地想在婚礼前夜来一次一夜情,破坏一下即将接管他的平稳的生活秩序。崔莺的同学黑衣姑娘虽然能够清醒地认识到婚礼的消费性质,却无力对抗和他人发生关联的欲望,先是成为张广生破坏秩序的道具,继而成为左辉镜头下的物品,朱个让她反复出现在不同的镜子中,暗示了她主体性缺失的悲剧处境。

由于对关联的渴望,姑娘尽管对现代消费主义意识形态有清醒的自觉,却甘愿成为男性欲望的客体。这种渴望在《万有引力》中得到了进一步的强化,"我"年近三十,仍然保持着处子之身,深刻感受到被社会排斥在外的挫败感,为了恢复与他人的正常关系,我渴望"破处",我有长期自慰的习惯,因此,让一个男人为自己"破处"显然与性欲无关,而与"与他人发生深刻的关联"有关。朱个把"破处"这个非常"女性"的主题,与"我"对父亲,甚至爷爷生命的老去、逝世并置在一起,把女性主义主题与孤独主题耦合起来,强化了对人与人之间关联的渴望。

《秘密》中的来路不明的摄影师左辉承袭了朱个在《南方公园》中男性对大男人主义幻觉的迷恋,又开启了此后创作中对男性性无能的探索。左辉一边以文字("我知道一个秘密")挑起庸众的窥私欲,制造万众瞩目的效果,一边通过镜头把他人客体化,沉迷于掌控一切的权力幻觉之中不能自拔,同时征用文学手法,制造孤独、浪漫的个人形象,激发黑衣姑娘的爱欲幻想,但当姑娘试图和他建立真实的联系时,他却虚弱地逃离,并无情地把自我的挫败感转移到姑娘身上,戳破姑娘试图和他人建立联系的幻觉,给了姑娘致命的一击。

因此,尽管都是"独自吃饭的人",仔细琢磨,却有高下之分。男性多数迷恋大男子主义,渴望控制、主动进攻,对现代社会的技术理性、消费意识形态缺乏警惕,对自身的不自由、无能缺乏先见,在真相来临之时,容易逃避责任,转移压力给女性。女性则多数对现代社会的本质有较清醒的认识,独立、勇敢,在双重压力——来自现代社会的和来自男性的——之下,仍然渴望与他人建立真实的联系,时刻准备放弃自我中心,融入一种新型关系,或者更高的意志之中。

《不倒翁》是朱个最有力最感人的短篇。牟老师无法接受独生子因车祸去世的事实,在家门口仍然摆着儿子的拖鞋,每天把儿子的衣服、被子叠得整整齐齐,丈夫因牟老师的这种执念痛苦不堪,进门就把儿子的鞋子重新塞回鞋柜,把叠好的衣物打乱,以各种名目滞留在外。在一次到美发店洗头时,牟老师发现新来的洗头工小斌年龄和儿子相仿,男孩青涩的样子激发了牟老师的母爱,她原谅了他第一次吹头发的笨拙,给他讲《老头子做事总不会错》,意欲引导他追求正确的人生价值,在小斌给她做手指按摩的时候,牟老师恍惚之中捏了一下男孩的掌心。在一次独自外出吃饭时,牟老师发现小斌正和几个朋友在一起,嘲笑"老板娘"们衰老的身形,被遗弃的处境,以及不要脸的"揩油"行径。

牟老师因为不可逆转的灾难,不得不成为"独自吃饭的人",和《奇异恩典》中因为衰老中风而被儿子送进康复医院的"他"属于同一种类型,他们都试图紧紧地抓住一点现实生活,却被世俗功利的社会无情地嘲弄与抛弃。

三、仰望星空与自我中心的超越

朱个对自然现象、星体、宇宙有浓厚的独特兴趣。《夜奔》的男女主人公因为"一年中最美好的季节"而蠢蠢欲动,最后一场小小的地震阻止了他们的"夜奔";《火星一号》中左辉对"火星移民计划"产生了独有的激情;《暗物质》则以月全食为人物心理变化的契机;还有一篇名为《万有引力》虽然内容没有涉及相关的科学内容,但朱个有用篇名来拓展小说的空间的癖好,取名"万有引力",是要和人的肉体生命终将衰老、死亡形成隐喻关系。朱个曾坦言,写作就是要"在渺小的个人之间寻找到他们彼此之间、他们和世界之间、他们和宇宙之间的暗影重重的关系",显然,这些对自然现象、星体、宇宙现象的使用,和她对人与人、人与世界、宇宙之间关系的理解有关。上文已经分析过,朱个小说中人与人、人与世界(社会)的关系并不乐观,世界如此单调,日常生活平庸琐碎、单调沉闷,人与人冷漠疏离,互相戒备。那么,人何以还如此迫切地或者必然地与他人发生关联呢? 事件之所以向这个方向发展而不向另一个方向发展的原因何在呢?

答案显然和朱个的宇宙观有关。在《暗物质》中,朱个借那个勇敢地辞去教职,去当酒店司机的男人之口,向读者介绍了暗物质,"它们几乎充满了整个宇宙,它们以无形的形态存在,它们不发出辐射也观测不到,但它们用看不见的引力线,把所有的星星嵌入了轨道,也许还将它们拉离既定的轨道"。其实不仅是暗物质,哪怕是轻微的地震也能阻止两个不顾一切意欲私奔的男女(《夜奔》),万有引力则促使年近三十的剩女强烈渴望"破处";火星移民能使一个循规蹈矩的中学老师公然退出学校例会,醉酒闹事。在朱个看来,人只是茫茫宇宙中的一个微小的点,仰望星空,才能意识到自身多么渺小,才能超越自我中心,摆脱权力、利益或者某种不堪的欲望的束缚。这种观念在《暗物质》中表现得最为充分。这篇小说是《像奔跑那样美好的事》的续篇,在《像奔跑那样美好的事》中,萧瑶是个逻辑缜密、个性强悍的外企白领,意欲改变一身江湖气的汪建国,却败给了汪建国善良混乱的感性特质,她不惜堕胎离婚,毅然离开。在《暗物质》中,她一开始仍然享受着审察分公司财务带来的控制一切的权力幻觉中,却因为观看月全食而心态大变,休假回家,最终接受了那条捡来的、淘气得让人无法忍受的狗(这条狗和《像奔跑那样美好的事》中汪建国那个非亲生的孩子纠缠汪建国完全可以类比),朱个详细地描述了萧瑶超越自我中心的过程:

> 有一天夜里,狗大胆跃上她的床,却没有像往常那样躺下来,它居高临下地站在暗夜里,毛色隐隐发亮,像一头真正的动物,混杂着异族蛮荒的基因,喉咙发出低沉的呜呜声。萧瑶像被什么钉在了床上动弹不得,人和狗以倒置的姿态狭路相逢,彼此在黑暗里对视了很久,那呜咽声才渐渐止息下来。最后,狗沉重地卧倒,发出属于犬类却和人类如此相似的一声叹息。

在这次人狗地位的颠倒后,萧瑶在一个冬夜出门遛狗:

> 她抬头看到天幕上星光点点,像暗淡的头屑撒在肩膀上,有几粒或许早已经湮灭,而那些从不知多少光年以外射出的微光,万里迢迢穿越亘古,却依然照耀着蓝色行星上这群忙碌的生命,她和它,他和她,所有那些被无法言说的因缘联系在一起的事物。而一切皆勾起她

熟悉而陌生的回忆,她仿佛已经成为大于自身的某种事物的一部分。

就这样,她"头一回真正原谅了它所愿所有的恶作剧"。

萧瑶这种感觉自己和某种大于自身的事物(神/存在)融为一体的神秘主义思想,是目前朱个所能达到的最高的思想高度,也是朱个小说创作中始终潜藏着的痛感的最好抚慰剂。《不倒翁》最后有一个意味深长的片段,牟老师逃跑似的走出饭店后,发现一个小偷神情庄严地追上一辆自行车,偷走了车后的财物,而骑车人面带微笑,浑然不觉。这个片段无疑是对人的处境的寓言,人们总是匆匆前行、追求自己的财富,殊不知身后跟着一个小偷,早已偷走了自己的劳动所得。如果牟老师的儿子仍然活着会怎么样呢?年轻的浮荡,也会让他置母亲的情感需要于不顾,他必然也会觉得用马去换烂苹果再蠢不过。一切必然如此,血缘并不是什么牢固的关联,性当然更不是什么牢固的关联,人必然是孤独的,如果想要解除对自我过于执着的关注所带来的痛苦与不安,只有把目光投向茫茫宇宙,认识到人远非宇宙的中心,只不过被暗物质无形的引力,牢牢地嵌入了自己的轨道的渺小微尘而已,正如萧瑶所认识到的那样。

唯有如此,才有灵魂的安宁。

此文刊载于《十月》2016 年第 3 期,有删节

◎辩白与控诉:在传统与现代 夹缝中的成长

——读谢方儿长篇小说《1983年的成长》

谢方儿长篇小说《1983年的成长》2012年在《野草》连载,最近由上海文艺出版社出单行本,小说以20万字的篇幅,以1983年为起点,从一个偶然事件入手,以两个家庭为依托,展示了20世纪最后十多年绍兴的变迁。叙述中既有对古城传统的留恋与质疑,也有对城市现代化进程的疑虑与呼唤,文字洗练,是绍兴文学新十年的重要收获。

一、"辩白型"的小人物

《1983年的成长》以"伪强奸事件"开篇:8岁的小女孩李红英暴雨前夕在家洗澡,因19岁的邻家青年石坚定闯进来借盆接漏,慌乱中摔伤致阴部流血,石坚定上前抱起询问伤情时被李红英父母撞见,误解为"强奸"。适逢严打,石坚定因此而获11年牢狱之灾,石母钱秀英承受不住打击,精神失常而失踪。李红英则因"失贞"饱受舆论讥讽,改名常红燕,搬家转学,但"被强奸"的污名如影随形,破坏了她的初恋和二恋,最后和出狱开修车行的石坚定相恋,却遭双方家庭的严厉反对,不得不在献身石坚定后离家出走。

谢方儿在后记中说,"长篇小说是要写'命运'的,而这种'命运'是要让读者看得见摸得着的,也就是说,要写贴近现实生活的人和事"。这段"招供"很明白地告诉我们,《1983年的成长》属于传统小说。但小说既然名之"成长",则不管作者愿意不愿意，它已经把自身置于一个庞大的"成长小说"的文本背景之中，召唤着读者的对比阅读。

著名文学理论家巴赫金在《教育小说及其在现实主义历史中的意义》中根据人物、情节、时间、空间等基本要素的特点，把长篇小说分成漫游小说、考验小说、传记小说以及教育小说（即成长小说）四大类。在巴赫金看来，成长小说和其他类型的长篇小说最大的区别在于主人公的形象，其他类型的小说"都从属于一个先决的条件，那就是主人公在小说的公式里是一个常数"，而成长小说"主人公的形象，不是静态的统一体，而是动态的统一体。主人公本身、他的性格，在这一小说的公式中成了变数。……时间进入人的内部，进入人物形象本身，极大地改变了人物命运及生活中一切因素所具有的意义"。[①] 照这个标准来看，《1983 年的成长》显然不能被当成是一部成长小说。小说女主角常红燕（李红英）在小说开篇出场时就表现出了她的疑虑与谨慎，即使是熟悉的邻居，刚刚帮她收了衣服，也拒绝借盆；自己洗澡、给受刺激后疯疯癫癫的钱秀英拿豇豆糕则体现了她的懂事与善良；在父亲的质问下不敢说出真相、深夜哭泣等情节则显示了她的柔弱。这些性格特点贯穿了全书，"伪强奸事件"没有开启她的性格成长之门，促成她对世界、对自我的探索热情，而是关闭了她对世界的好奇之心，塑造了她的逃避型人格，从要求改名换姓、转学到后来失踪，都是这种逃避型人格的表现。

小说男主角石坚定的形象同样是静态的。出场时已经 19 岁的石坚定，"听话懂事，性格内向，还像个女孩子一样文静"，他操心着自己的将来，梦想通过考大学离开家乡。"伪强奸事件"虽然以暴力的方式打断了他的梦想，让他坐了 11 年监牢，但并没有促成他的性格变化，出狱后的石坚定还是一个懂事、内向、文静的青年，没有愤世嫉俗、泄恨报仇等阴暗心理，与常红燕相恋后的三年规划，只是他 19 岁时青春梦想的延续。坐牢情节影响了他的命运——他学了修车技术，以后成为一家修车行的老板——却没有改变他的观念。

作为"伪强奸事件"的当事人，常红燕和石坚定都被命运恶意捉弄，是历史事件与上一辈伤痛记忆的受害人。在小说的前半部分，他们都隐退在叙述背后，李敬海夫妇作为地主后代，挟着对历史的伤痛记忆，和代表工农兵家庭的石

---

① 巴赫金：《小说理论》，白春仁译，河北教育出版社 1998 年版，第 230 页。

志坤夫妇成了叙述的焦点,辅之绍兴风土人情的描写,成长主题被悬置起来,叙述核心是小人物的心酸史,其中李敬海夫妇的刻画很见功力,常杏花被推入河中的那一段,读来催人泪下。

小说的女主角常红燕承受着双重压力,窥视者们周期性地对其"失贞"大加讨伐,石家的悲惨现实则把"扫帚星、害人精"的恶名向她内心植入,干扰她的自我道德判断。在无形的重压下,她的内心逐渐积聚了一种强烈的辩白诉求。小说后半部分把常红燕置于一个相当单纯的婚恋链之中,集中展示了她辩诬的执着与艰难,"我是处女"这个反复宣告的判断句根本抵挡不住周如其"既然你没有被强奸过,为什么那个石坚定被判了十五年"的诘问,更消除不了钱老师"你真相信了,你就会主动证明你是处女,证明你过去没有被流氓强奸过"的疑虑。就这样,辩白诉求阉割了常红燕随着生理成熟而来的性渴求,也取消了她成长为现代新人的可能性,常红燕这一人物形象也因此被固着在"小人物"谱系之中。

和常红燕本自洁白善良,却被环境反复指认为"污"与"恶"不同,石坚定的清白处于两可之间。1983年雷雨中的午后他是否实施强奸当然是没有什么疑问的,但这一事件更重要的意义在于,它刺激了石坚定的性觉醒,在事发的第二天,惊慌失措逃到姨妈家里的石坚定,注意到了表妹发育良好的乳房的诱惑。但石坚定的觉醒瞬间同时也是阉割的瞬间,传统文化、李敬海的历史仇恨与随之而来的"严打"三者合谋,共同把"流氓"的恶名烙在了这个刚刚长成的青年身上,促使石坚定形成了"性欲不洁"的观念。小说通过与真正的强奸犯屠阿狗的对照来展示石坚定阉割与自证的历程。和"像女孩一样文静"的石坚定不同,屠阿狗从里到外都"流氓","又黑又壮实","坐在店里,两只眼睛扫来扫去扫女人,如果有个好看点的女人来买馒头,屠阿狗就会站起来主动为她服务……双眼直勾勾的,嘴角差点要流出口水。"显然,屠阿狗是本能型的人物,他的粗鄙就是性欲不洁的隐喻。尽管貌合神离,这个粗鲁放荡、"惹是生非的粗人"却是远离家乡、在青海监狱中服刑的石坚定"无话不谈的朋友",他们甚至"谈到了出狱后他们的幸福生活"。然而,石坚定在思想上却坚决排斥屠阿狗,正如常红燕反复申明"我是处女"一样,石坚定在屠阿狗把他引为同类时反复强调"我不是流氓"。最后,他告发了这个"真正的强奸犯",以屠阿狗之死,换来了自己九年的自由。作者严格地控制着告发事件的叙述走向,没有把笔触深入人物的内心,展示人物在罪恶感中的生存与诘难，使得这个经典的"成长"情节，成为"我不是强奸犯"这一辩白主题的附庸。最后，通过常红燕的认可——"强奸犯就要举报他，石师傅你真勇敢"（P258）——实现了辩白主题的合并，小说结束于石常二人的交媾，处女之血同时洗刷了两位主人公的"历史冤屈"，辩白最终得以完成。

二、人与世界的隔膜

成长小说这个概念是从欧洲舶来的。在启蒙运动的影响下，长期处于分裂状态的德国，于 18 世纪末开始产生民族统一的强烈诉求，德国涌现了以歌德、席勒为首的一代伟大的文学家，他们用文字来寻找、凝聚民族精神，以歌德的"威廉·迈斯特系列"（包括"学习时代"和"漫游时代"两部）为代表的成长小说，把人物的性格变化与时间和历史的某种"进步"之间密切地关联了起来，无意中成为承担德国现代化这一使命的象征物。经过歌德等几代文艺家的努力，在 19 世纪末，统一的现代德意志民族国家最终得以形成。

在 19 世纪末乃至整个 20 世纪，中国同样经历着由传统向现代的转变，人的觉醒、主体的成长同样成为众多文学叙述的热点。自五四新文学发端以来，中国现代小说至少已经累积了三代书写"成长"的经验，从鲁迅笔下"醒了无路可走"的狂人、涓生、魏连殳们，到中华人民共和国成立后以响应新中国召唤、与新中国一起成长的林道静、朱老忠们，再到 20 世纪 90 年代蔚为大观的批判、颠覆、张扬个性的"寻找那个人"的文学写作，中国式成长虽然和西欧成长有较大的区别，但专注于本国的现代化进程，时间向内转，人物的成长和某种历史进步（虽然不同的时期，"进步"的内容并不一致）有内在的关联，人与世界互相生成，却是一致的。《1983 年的成长》的主人公性格呈静态面貌，和它最接近的前辈——20 世纪 90 年代的成长小说（如韩东、朱文、陈染、林白等笔下形形色色的个人主义成长）大异其趣，显示了作者和精英立场的隔阂。小说名为"成长"，实际上却是"辩白"，是善良无辜、无权无能的小人物自我辩诬的艰难历程。

《1983 年的成长》的空间描写相当单纯，绍兴特色民居台门以及与台门难舍难分的小街、小巷和小河构成了故事发生的主要背景。不过，小说人物性格虽然呈相对静态，却置身于一个飞速发展、变化着的世界之中，它们构成了《1983

年的成长》告别物资匮乏年代、走向科技发展与物质兴盛的现代化主题。《1983年的成长》有不少物资匮乏描写的细节,对粮票的关注就是突出一例,李敬海丢了购粮证几近崩溃的细节描写,是小说最精彩的风俗工笔画之一。自行车是另一个承载物质匮乏记忆的物品,在小说开篇,石志坤在石坚定逃离绍兴后,购进了一辆自行车,激发了李敬海的嫉恨——"他们像一点事也没有发生,还买新自行车,有趣!"——李石两家的矛盾因此而加深。此后,自行车和手表、手机成为人物表达关爱、慷慨的礼物,陆续出现在小说之中,见证着时代的物质变迁。在老一代人物身上顽强留存着的节俭作风(李敬海夫妇舍不得用电扇、电灯的细节),说明经济现代化于中国人而言还是一种鼓舞人心的图景,"那个有钱还要票证的年代,已经见鬼去了"表达的是经历过物资匮乏年代的中国人由衷的喜悦。

物质世界的变化不仅表现为各种票据退出历史舞台、物质的日益丰富,也表现为城市面貌翻天覆地的变化:

> 常红燕慢慢走着,不知不觉走到这幢全城最高的楼下,这幢十四层高的大楼刚刚结顶,它即将成为城里最高最大的一座商场。毛竹做的脚手架还裹着这幢楼,显示出它的臃肿和浮夸。常红燕站在这幢高楼前,突然发现这个地方很有感觉,她绕着这幢粗糙的高楼走了一圈,终于恍然大悟这个地方就是李家台门的原址。(第180页)

古老的台门改造成了商业街,台门的老住户也四下分散开来,但这种变化只是表象,实质却正如常红燕的叹息,"她不知道自己在叹息过去,还是在叹息消失的李家台门。李家台门消失了,但李家台门的过去没有消失"。需要指出的是,台门的书写,体现了作家对过去的美化。七八家人杂居的台门,其实充满着窥探的目光,但在小说中,这种窥探眼光被最大程度地隐去了,围观场面都发生在大型公共场合,比如大校场、大街上,而两个对主角影响深远的配角屠阿狗和梅花,都来自李家台门之外,因此,台门里,显然隐藏着作家的深深的眷恋。

除了飞速发展着的绍兴城,江西、青海两地的监狱,基本上没有得到个性化的描写,而李红旗、石朝阳两人读书的杭州,更是隐没在远方,唯一可以对比的空间是石坚定逃跑时短暂的栖身地:乡下姨妈家。这个"严打"来临前一闪而过的静谧的空间，并没有多少诗情画意，石坚定两位表姐的婚姻，是物质更加匮乏的农村人觊觎相对富足的城市生活的产物，它们衍生了周钢强打电话的特权。显然，这个物资更加匮乏的山村，只是城市文明的艳羡者，根本谈不上自给自足。

从主体成长的角度来看，这个飞速发展着的世界并没有获得独立性与历史性，它只是主人公在其中活动的背景，整个小说的环境描写就像是舞台布景，用来衬托人物的命运，让人物偶尔发一些惆怅的忧思。主人公和世界之间没有真正的相互作用，世界并不改变主人公，它只是考验主人公而已；主人公也不影响世界，不改变世界的面貌，甚至也没有这种改造世界的企图。但从社会批判的角度看，这个缺乏新型的独立的现代主体参与的、飞速发展着的世界所暗示的表面化、物质化的现代性，正是中国现代化的顽症。

三、欲望与伦理现代化的呐喊

曾有论者指出，中国的现代性方案是分两步走的，"第一步先建构真正独立自主的现代民族国家体制，然后才能在全民理性共识的基础上，续写现代性方案的第二重任务——社会诸领域的自律性分化、理性化、世俗化、科层化以及竞争性市场结构、个人主义本位文化的建设"。① 十七年文学曾经用饱满的激情，呼唤民族中国的诞生，20 世纪 80 年代中期以后的文学，则以类型繁多的故事，探讨个人主义的不同样式。《1983 年的成长》显然无意增加个人主义的新类型，石坚定和常红燕作为社会底层的小人物，并没有骄人的智性，他们赖以成长的资本唯有伴随着生理成熟而来的性渴求，以及过上丰裕物质生活的朴素愿望。判处他们刑罚，让他们为之倾力辩白的，是莫须有的罪名，隐藏在其后的，则是毫无理性因而也无法击破的传统权力结构。

徐主任是小说中极其重要的人物，这种重要性核心体现为：通过对常杏花的觊觎，以及某种类似于"忏悔"的动机，他成功地使人物成长的障碍从公共领域转移到了家庭内部。小说中的李敬海，不仅软弱无能，而且头脑简单。他出于历史伤痛而冲动地报了案，让年幼的女儿处于极其尴尬的境遇之中；在等待

① 樊国宾：《主体的生成：50 年成长小说研究》，中国戏剧出版社 2003 年版，第 210 页。

石坚定到案、判刑的过程中,他不但没有考虑到女儿的命运,甚至无法顾及妻子的人身安全和一家老小的温饱。李敬海的软弱糊涂给了徐主任展示权力魅力的舞台,他以看似无边的能力,把石坚定判成了流氓罪,为常杏花找到了工作,满足了急于逃避的李红英改名、搬家、转学的要求。在徐主任干预事态的过程中,常红燕之母常杏花逐渐感受到权力的迷人魅力,并最终臣服于权力的威严之下。在徐主任退场后,常杏花自觉地接过了权力的接力棒,着手规划常红燕的人生。

从徐主任到常杏花的权力过渡,不仅仅是权力的空间转换,同时还是成长障碍性质的变化,权力不再以现代民族国家的身份要求个体的无条件服从,而是以传统家庭伦理的温情面貌登场,接管个体的欲望与幸福。随着生理成熟而来的欲望萌动,周如其、钱老师、石坚定先后走进常红燕的生活,与周如其和钱老师的恋爱均因被强奸的污名而中断,常红燕的欲望对象最终锁定在石坚定身上,这个解铃还须系铃人的逻辑本来最容易得到家人的支持,因为他们见证了常红燕饱尝辛酸的过去。但这场爱恋却由于李红旗美好的权力前景的召唤而受到了最顽强的阻挠:

> 李红旗说,红燕,你知道吗?明年我就有可能提科长了,可是,我的妹妹要和一个坐过牢的流氓犯结婚,别人知道了会怎么想?这是多么荒唐的一件事!
>
> 你哥哥就要当科长了,这是人民政府的科长呢。以前徐主任不过是个居委会的主任,他就有权力给我介绍工作……你哥有出息,我们都是有好处的。

常红燕有反诘哥哥的勇气:"难道因为他是一个干部,一个市政府里的小干部,就可以支配他妹妹的爱情和婚姻,"却无力承担母亲以死相胁的重压:"你敢,我就死给你看。"石坚定面临着同样的束缚,其父石志坤临死前的最后愿望就是不让石坚定和常红燕结婚。

在这场和媚权的传统家庭伦理的斗争中,常红燕朦胧地产生了个体独立性的要求:"哥哥当不当科长和我没关系,他当他的科长,我做我的工人,"但她的反抗却再次面临着德行有亏的危险:她被李红旗指责为"自私固执"。这是一个严厉的道德指控：如果你要求幸福，你就是品德有问题，就是妨碍他人的幸福，尤其是亲人的幸福，并不自私固执的常红燕，就这样被家庭一致谴责为"自私固执"。传统的家庭伦理所扣的"自私固执"的帽子，和大众所扣的被强奸的脏女孩的帽子，再加上石志坤所扣的"扫帚星、害人精"的帽子，在这三重大山的重压之下，常红燕在辩诬与自证的泥淖中越陷越深，任何单一的行动都不可能让她获得解脱。最后，常红燕选择把童贞献给石坚定，洗刷他强奸犯的罪名和自己被强奸的污名；然后离开自己生活的圈子，放弃新生活的幸福，摆脱家庭对自己的指控；最后带着残留给自己的"新娘"身份，化身为石坚定车行的招牌，眺望物质丰裕的未来。这个看似圆满的方案，使得常红燕通过了艰难的道德品性的考验，却抑制了她的正常欲望，扼杀了刚刚萌生的个人独立的思想。

小说最后常红燕为自己选择的"新娘"身份，取代了她此前反复宣告的"我是处女"，并且执行了一系列告别的仪式，但她信中所说的"有一天我会回来的"并不具有多少可信度。"新娘"这个身份，是一个仪式化色彩很强的身份，它是女性告别童贞的过去，迈进成人的门槛的过渡，整个流程中包含着告别（母家）、举行仪式、进入夫家三个阶段。由于在小说的叙述中，常红燕的终极诉求是人格清白，因此，她并没有具备某种让她开始新生活的德行和可能性。常红燕这个永远不能进入夫家的"新娘"，其实是卡在了当下，被钉死在了新娘名分上。

就这样，小说在最后，以人物的斑斑血泪控诉了中国传统文化顽固的非人特性，表达了对伦理现代化的强有力的呼唤。

总体而言，《1983 年的成长》是一部传统的写实小说，它把人物强烈的辩白诉求置于迅速发展的现代化进程之中，揭示了中国现代化的表面化和物质化，披露了传统家庭伦理和权力结构顽固的非人特性，以主体成长的缺失和血泪斑斑的悲剧性遭遇，呼唤着现代性向纵深处推进。

此文刊载于《野草》2014 年第 6 期

◎冷眼观察的喜剧作家

——读谢方儿短篇小说集《等火车》

浙江文艺出版社 2014 年年底推出了谢方儿的短篇小说集《等火车》,里面收了谢方儿从 2005 年到 2013 年期间发表的 17 篇短篇小说。这些小说题材广泛,有描写城乡底层人民生活的《望断天涯路》《狗》《家在路上》《等火车》《二手货》《城市夜色》《群众演员阿花》等,有描写小公务员、职场争斗的《如梦令》和《神经病》,有描写家庭婚变的《一个人能走多远》《经常糊涂》,有犯罪题材的《意外》《夏天的发现》《在黑暗中看风景》,还有一篇叙写孤独的《我没醉》和一篇关注老人晚年生活的《船》,显示出了谢方儿观察生活、描摹生活的驳杂兴趣。

集子里有几篇非常耐读的小说:《朋友唐宋明》《如梦令》和《神经病》。《朋友唐宋明》写了一个叫唐宋明的中年男子在患癌症自杀前因孤独无依,找一个久未联系的朋友倾诉的故事。小说从“我”的视角出发,唐宋明始终在电话线的那一端,这个技术化的处理带来了非常好的叙述效果,“我”兴高采烈的生活——和美女聊天、担心两千块钱是否被骗、甚至写小说——在死亡的背景下,显得轻浮可笑。《如梦令》以王小台说梦话为切入点,写某公司中层赵立正和王小台之间残酷的职场竞争,小说最后,身心俱疲的王小台在精神恍惚中驾驶着汽车,“一声巨响过后,所有的人都沉寂了,当然也包括要说梦话的我。”小说成功地营造了一种诡秘的氛围,笔法娴熟老练,结尾收得干净利落,堪称精品。《神经病》里的莫同志是小人中的极品,趣味猥琐,人格低劣,他收听夜间性病防治节目,并把其中一个人的声音附会成自己的领头上司吕二的声音,意欲以此自荐于吕二,失败后又疑心吕二试图在自己的杯中下毒报复,于是散播谣言,要挟吕二,对吕二在单位年终中层正职竞争上岗造成了很大的阻碍。最后吕二罹患急性淋巴癌,莫同志终于坐在了吕二的位置上,却发现窗外传来儿童天真无邪的笑声,"莫同志一直没有动,仿佛成了一棵树,接着和窗外黑暗中的景色融为一体。"小说把莫同志对权力的觊觎处理得很含混,似乎并非有意为之,再加上这个象征性的结尾,把人物内心的黑暗上升到了人性恶的层面,笔法冷静犀利,老练幽默。

其他如《二手货》《狗》《经常糊涂》也都值得一看。这些小说情节紧凑,语言简练,善于使用对比、比喻和象征等修辞手法,尤其是人物对话,通俗贴切,具有鲜明可感的现实生活气息。

谢方儿编织故事情节的技术非常熟练,他偏爱这样一些故事元素:癌症(《朋友唐宋明》《神经病》《生命诗》等)、车祸(《城市夜色》《如梦令》《在黑暗中看风景》)、主人公的性幻想/性事(《如梦令》《二手货》《经常糊涂》《等火车》《群众演员阿花》等)以及诈骗、谋杀等犯罪情节(《望断天涯路》《意外》《夏天的发现》《在黑暗中看风景》《家在路上》),此外,狗、船、手机也是他钟爱的元素。他利用这些元素,在一般人看来没有故事的地方编故事,使他的小说情节非常吸引人。比如《经常糊涂》,从一个打错的电话开始,把过去与现在、真实与虚构、误解与阴谋耦合在一起,小小的篇幅,情节一波三折,显示出作者出色的讲故事的才能。

擅长讲故事是谢方儿小说的优点,也是缺点。由于短篇小说的篇幅限制,小说中一般只有两三个主要人物,要用这有限的几个人物把故事写得跌宕起伏,常常要借助巧合和偶然性的突发事件等情节剧因素。情节剧因素使用过多,故事的合理性、人物性格的层次与深度难免受到损害。比如《一个人能走多远》,姚伊人的丈夫李苏突然失踪,三个月后李苏被单位除名,姚去拿丈夫办公室的东西,却发现同学兼闺密秦依然的照片,此时她拨打秦的手机,发现关机了。姑且不论李苏作为一个普通的小公务员,究竟有什么经济基础玩这种突然失踪,仅就小说情节发展来看,在小说的前半部分,秦很长一段时间都陪着姚,为她出谋划策,暗示李苏失踪的原因是他们的婚外情,这显然是作者为了情节的刺激性而做的刻意安排。又如《城市夜色》,甘草进城务工,失业、做小姐、得肺癌,最后死于车祸;《群众演员阿花》中的早点摊贩阿花,因演出"小城故事"成为小城名人,搞婚外情,做商品的代言人,被情人背叛,离婚,失业,最后重新摆早点摊。这样密集的情节模块,使得叙述无暇旁顾,显得设计过度,故事是好看了，人物却没有立起来。

戏剧化还会损害作品的主题，让严肃、深刻的主题停留在幽默讽刺的层面上。《在黑暗中看风景》中的"我"身陷诈骗门，却因性无能而幸免，不仅如此，还反敲诈得了两千元。这个故事语言幽默风趣，但荒诞有余，思想深度不足，失去性功能的中年男性心理，非常适合处理成沉重隐忍、欲说还休的悲剧，处理成一出带喜剧色彩的情节剧，人物的厚重被情节的花式所取代，不得不说是一种遗憾。

谢方儿是个勤奋的作者，著述颇丰，是传统的写实小说一类，虽然技术娴熟，有很强的喜剧风格，但谢方儿式的喜剧，层面比较单一，多为讽刺人物阴暗、卑贱思想的小品，不是那种喜中透出悲凉或者悲悯的严肃喜剧，概括性和思想深度都不够，这应该是他的小说难以进入严肃批评的视野以及各种选本的真正原因。为了分析的便利，笔者把谢方儿的小说分成两类，一类是写小人物日常生活的，一类是社会问题式的。前者包括《朋友唐宋明》《如梦令》《神经病》《二手货》《经常糊涂》《狗》《群众演员阿花》《在黑暗中看风景》《一个人能走多远》等，后者包括《望断天涯路》《城市夜色》《家在路上》《等火车》《船》等。第一类小说是谢方儿写得最出色的小说，视角独特，语言简洁，把人性的猥琐、卑贱、残忍、阴暗寓于现实生活的小事件中，这类作品只要作家保持与人物的距离，稍稍克制一下对情节剧因素的滥用，既能获得强烈的喜剧效果，《朋友唐宋明》《如梦令》《神经病》《二手货》都是佳作。

第二类小说则逊色得多。《望断天涯路》中的"我"大学毕业后就业无门，游荡在城市的边缘，在一次追赶抢劫犯的过程中，把抢劫犯所抢财物占为己有。第二天警察找上门来，"我"怕得发抖，一向被"我"鄙视的父亲挺身而出，代"我"入狱。小说把大学生的心理层次基本上处理成了传统的小市民，和人物的教育程度相脱离，而张志同（"我"的父亲）爱儿子的那些表现——挖掉高压塔——之类滑稽有余，悲壮不足，这种处理和此类小说的基本要求——人道主义关怀与社会批判功能——没有更近，只有更远。《等火车》也出现了同样的问题，这个写农村留守妇女儿童的短篇，因为丈夫的长期缺席，女人接受了别的男人的性抚慰，孩子们则沦为铁路旁的望父石，小说中焦地的哭闹、狗的交媾等情节都透出滑稽的喜剧效果，对批判性主题的实现构成了威胁；《家在路上》《城市夜色》则因情节剧因素太多而具有了某种煽情效果，显得不够严肃。

现实主义小说常被誉为"现实生活的一面镜子"，这种"镜子说"（或者模仿说）隐喻了作家如何将外部现实直接转化成小说素材，但是，只要是文学，就不可能事无巨细完整地复制生活，对世界的人工再现必须从一个确定的视角开始，而这个"视角"，就是作家的主体性的体现，写实小说做到的，不过是"主体性客观"，这种"主体性客观"一方面对作家的描写技艺提出要求，另一方面对作家的世界观提出要求，而后者才是一个写实作家所能达到的高度的保证。谢方儿的第一类小说，大致都是"人性恶/卑贱"主题，夫妻、亲子、情人、朋友、同事之间的关系，都非常功利、非常世俗，是一个极其冷漠、荒凉的世界，唯一温暖一点的地方是父母对子女的爱，但这一抹亮色却常常被作者的喜剧天分所干扰，煽情中带出点滑稽，不足以平衡小说人性浸染出的黑暗。这里举个谢方儿写男女之情的例子，略作说明：

> 老诸像在做梦，一股热血涌进脑袋，老诸就有了信心和力量。美佳无声地期待着，老诸突然发力抱住美佳，因为是夏天，肉体间的热量和欲望立即融会贯通了。老诸情不自禁地感叹，机会呀！美佳呢喃了一句什么，老诸听不清，但老诸已经感觉到了美佳肉体的欢呼。老诸不再犹豫，在黑暗的客厅里，老诸用一双油腻腻的大手，在美佳的身上忙碌着。紧要关头，老诸听到美佳说，停，老诸，今天到此为止了。老诸一惊，动作就断了。
>
> ——《二手货》（见《等火车》第 127 页）

这是城市贫民老诸的一次艳遇，而且是经过了漫长的等待才得以实现的一次艳遇，男女主角各怀鬼胎，男人想用最经济的方式，得到一点婚外情的刺激，女人想通过身体换来一间拆迁房，小说采用的全知叙述破坏了事件本身的浪漫氛围，整个的情节走向也把人与人之间可能发生的温情完全处理成了利益交换，男女主角的身体接触描写因为停留在生理阶段，不和人物的精神互动，从而使文本获得了单一的喜剧效果。

这种喜剧性弥漫在谢方儿小说的字里行间，是谢方儿小说典型的美学风格，其成因是作家批判性思维的缺席和情感的抽离。谢方儿以一种上帝般的超然态度，从外部通过想象和直觉观察他的人物，用一种戏剧性的眼光观察他们，嘲讽他们的喜怒哀乐,蝇营狗苟。人物在谢方儿眼里只是一个客观的、相对静止的对象,他们不因事件而改变自己的精神面貌,也不和作家形成对话关系,这种叙述形成了文本的喜剧风格,读者在阅读故事时,也从作家那里获得了一种超然态度,带着置身事外的优越感愉快地度过了一段阅读时间,灵魂不会受到滋扰,读后无法进入严厉的自省状态。而这正是传统写实小说为现代批评诟病最多的地方。

社会问题小说本质上是一种对"别人"的关注,这些"别人"因为没有话语权而长期处于被压迫、被剥削的地位。中国社会政治文化发达较早,对社会弱势群体的关注是一个源远流长的传统,因此要在这类题材中有突出的表现,对作家世界观和艺术技巧的要求更加苛刻。谢方儿在写这类题材的时候,关怀琐碎,宏观层面未能进入社会政治批判的范畴,微观方面则因为对人物的隔膜,情节的合理性、人物的逼真感和文本的喜剧效果均不如他的日常生活系列。以《等火车》和《望断天涯路》为例,这两部作品人物都因为物质原因而处于困境之中,开出的处方都是传统的伦理亲情,这个方子在传统生活方式一去不复返、整个中国迅速城镇化的当下,实在是过于苍白了。如果再考虑到谢方儿的人性恶观点,那么,这个方子,不但不能说服读者,恐怕连作家自己都说服不了了。

谢方儿在 2012 年曾经写过一个创作谈,题目叫《在平淡中等待》,表示对自己已有小说的不满意和对"自己的优秀小说"的期待。从他这两年发表的几个作品——《问墙壁》《少年白》《意不尽》——来看,他显然已经获得了某些突破,在传统写实手法之中,揉进了一点佛教的观念和写意的技法,伦理亲情开始成为强势的正能量(《少年白》),如果谢方儿能够更进一步地拷问自己、袒露自己,我们读者显然会更早地等到他的"优秀小说"。

此文刊载于《浙江作家》2015 年第 8 期

◎父的罪责,子的耻辱

——读马炜的《走泥丸》

发表于《文学与人生》2011年第7期的《走泥丸》讲了一个类似于"弑父娶母"的故事:十年前主人公洪小兵和师傅、长婆维持着一个类似于三口之家的关系。师傅教洪小兵炒茶叶,不过,技艺的传授似乎并没有占据生活的多少分量,占据生活的主要部分的是人生观的传授。这种人生观可以简单地归纳为"享乐主义",所谓"人活一世,吃穿二字"。当然,是一种文人化了的"享乐主义",其内容不仅包括吃穿、女人,也包括背一些精美的诗篇。对于洪小兵来说,师傅相当于父亲,师傅的女友长婆自然就成了母亲:"他的头刚好在她的胸口那儿,吮吸她的奶头很方便。"

作者在设计三人关系的时候,故意减少了三人的年龄差距,把一个明显的代际关系变成了同辈之间的情谊。因此,几乎从一开始,这个"家庭"就存在着某种不伦之处:

> 师傅还告诉她如何看一个女人,根据她们的走路姿势、说话腔调和脸上的潮红,推断出她们是水性杨花、贤良方正还是阴冷。每当说起这方面的事,师傅总是毫不吝啬地拿长婆做例子。洪小兵于是知道长婆是个什么样的人,就像了解跟了自己一辈子的女人那样了解她。

由于师傅("父亲")的优越地位,洪小兵几乎无法实现对长婆("母亲")的欲望,身材矮小的他自觉判处自己永远处于满足于吃喝的儿童状态。

不幸的是,主人公洪小兵显然拥有更强烈的性欲,是"师傅"的"师傅":人高马大的师傅是个秤砣,而洪小兵则从小熟谙水性。小说里两次游泳事件都是洪小兵和长婆共同完成的,而师傅只能旁观。事情发展至此,读者几乎不用等故事讲完就知道,师傅之死肯定和洪小兵有关:理性的自我判决怎能永远战胜生命中最持久、最强烈的冲动呢?

不过话又说回来,这个洪小兵也挺无辜的,那师傅倒是取了巧:他自己种下的因,却拉人来陪葬——他不是教洪小兵"人生一世,吃穿二字"吗?这样的"父",培养出心里最深处潜伏着"弑父"欲望的"子"不是再正常不过吗?

小说的悖论恰恰在于:洪小兵越是忠实于师傅的生活观,就越是要杀死师傅,而杀死了师傅,就意味着杀死了自己。正是这种父即子、子即父的处境让洪小兵在十年之中饱受煎熬,活着成了一种永远的耻辱,尤其难堪的是,从师傅的享乐逻辑推理,他又必须活下去,正是在这样的情境之下,我们读到了小说中惊心动魄的那段话:

> 他闭上眼睛。他的过去,他的生活,纷至沓来。他心头一阵酸楚。在这酸楚之下,心的最底层,他清醒地意识到,他是不会往下跳的。尽管他已经把攀岩器材全扔掉了,已经不可能顺着这个岩壁回到凡人的世界了,但他还可以原路返回,尽管对一个登山者来说,原路返回是莫大的耻辱。
>
> 我不是在耻辱中过了十年了吗?耻辱不是我活下去的营养吗?我已经和耻辱水乳交融密不可分,我就是耻辱,耻辱就是我,无论我活着还是死去。

洪小兵把毒蛇置于怀中,期待着天命,期待着某个更高的主宰来实施对自己的判决,但他不知道,他只能自我判决,而他早已实施了对自我的判决。事实上,负罪感把他阉割了,十年来他没有再动欲念,尽管他保持着对长婆私人问题的持续关注:她的妇科炎症,她的人流手术。

但十年似乎是一个应该结束的时候,因此,在这一天,洪小兵计划了他的登山之旅,而长婆则开始筹备婚礼,婚礼是否顺利完成小说没有描述,从长婆在整个事件之中绝非无辜的事实来推测,那叙述之外的婚礼显然是无法蒙福的。

洪小兵的登山之旅是一次告别的仪式,他在一处与世隔绝之处下水游泳,实施了自我净化,在梦中与师傅合二为一。长婆不仅打来电话让他遗忘了家门钥匙,走出自我封闭、苟且偷安的状态,而且为他流下了豆大的泪滴。

然而他竟在最紧要的关头放弃了自杀的行动,再次选择卑怯而耻辱的生。洪小兵是个懦夫还是个勇者?因留恋生活的一点小乐趣而畏死,但又时刻感受着活的耻辱,这种怯懦与勇敢竟同时出现在一个人身上,小说的这种安排,不仅显示出人性的深度,更足见作者的功力。

一般"弑父娶母"类的故事,立意多在肯定"子"的欲求,但马炜的《走泥丸》却似乎把立意放在"子"的"自我罪责"上,"父"显得无辜而善良,虽然作为"子"欲的象征的"蛇""高贵""美丽",但它的复苏带来的却是死刑的执行,显然,马炜的思想可用保守或稳健来形容。

不过,笔者无意对这种思想倾向做什么判断,让我们回到"父"所传授的享乐主义上来。说到底,那是一种什么样的享乐主义啊,在极其有限的物质条件里,主体费尽心思,精心安排,让自己得到一点有限的享受。

应该说,马炜通过小说给我们展示的,恰恰是中国文化最坚韧的部分,也就是我们经常能在评论界中看到的所谓"日常生活审美化"这一概念的全部内容。然而,这个东西如果说在西方文化中具有很大的价值的话,那么,它恰恰是我们中国文化所需要批判的东西。原因在于,前者总有一双仰望星空、追寻上帝的眼睛,在逻各斯强大的影响之下,日常生活常常被忽视了,而后者恰恰总是盯着日常生活,从来没有抬头仰望过。我们都知道,托尔斯泰就曾经深刻质疑这种所谓"生活的小蜜滴"的东西,实在说来,他倒真应该偶尔高高兴兴地伸出舌头来舔一舔;但是对于甚至都没有设想过人应该身怀绝技的洪小兵们,把这点"小蜜滴"当成难以割舍的安慰,即使忍受无尽的耻辱,也不愿意痛快自裁,则多少显得有些怯懦。

但洪小兵们终究还是在生活流中培养了一些可称为品位的东西,因而拥有了某种可称为"诗性"的东西。是诗性引发人性还是人性培育了诗性?作者没有在这方面提供什么线索,小说中的洪小兵没有童年,叙述给人的感觉更像是诗性、人性和"自我罪责"同时拥抱洪小兵。

走笔至此,笔者不知道是应该质疑我们的文化传统,还是质疑我们的时代,或许两者都是又都不是。因为不管是传统还是时代,都是我们自己创造的。然而,渺小如我等,竟能有所承担吗?

活着还是死去,这不仅仅是洪小兵的问题。

此文刊载于《浙江作家》2012 年第 10 期

◎拘囿与自由

——读张立民的三个短篇

张立民有一篇小说叫《在佛左,在佛右》,小说情节怪诞、细节真实,小说中的南北两寺、饭头、沙弥等既可以和禅宗的发展史作一一对应式的阅读,也可以和现代人的生存境遇以及人性的不同层面联系起来,显示了作者高度的符号抽象能力和很强的细节描摹能力。这次的三个作品,虽然叙述风格各异,但这个特点却一以贯之。

《枪针》是一个实验意味很强的作品,整个叙述犹如梦境一般:"汽车和人影在我四周来往穿梭,却特别安静,不发出一丝声音","我尽量张开鼻孔用力呼吸,但却闻不到她身上的任何一种香味","密密麻麻的小石子朝我飞来,下雨一样,但是没有一颗落在我的身上"……在文本的世界中,感官可以根据需要开启或者关闭,人物(小草)会无缘无故地消失/出现,事件会莫名其妙地逆转(我审讯郑华/郑华审讯我),老人会在瞬间变成行动迅捷的青年人,天空中会飞过青蛙,加上那个半空中的一壶村,那幢身兼政府办公用房、学校教学楼、学生宿舍、主体内心世界等多种用途的楼房,为小说营造了一个梦魇似的氛围。

《枪针》基本上沿用了《在佛左,在佛右》的二元模式,但显得更精密更复杂:主人公在小说中分裂成"我"和"坏猫"两个行动主体,坏猫的明确、果断和我的虚弱、被动把人性/人的处境向两个方向同时展开,有声和无声、嘈杂与安静则指向感官在复杂的生活现象面前的无能与被动,审判/被审判、老年/青年、作为拯救者的"我"/作为杀人犯的"我"、天真的孩子/残暴的凶徒等对立元素的转换,直逼人性的本质:罪恶与欲望是一种无法摆脱的原罪还是无意为之的过失?一壶村是纷扰残暴的现实,春晖中学是永难企及的乌托邦?小草是春晖中学的圣女还是一壶村被践踏的弱者？

这是一篇高度抽象、符号化的作品。文中密集地分布着人类文化的各种符号，最后汇集到那幢高度符号化的楼房之中。那幢楼房里面分布着许多只有"我"才能打开，但"我"却从不打开的房间，里面充斥着陈腐的气味，这些房间象征着"我"的潜意识。但是，小说并没有追问"我是谁"，而是通过迅速变换的场景来表达对自由的强烈诉求。身为警察的"我"，质疑警察的职业思维——"做任何事情都有自己的目的"，因为目的并不等于意义。警察的职责是维护公共安全，然而它真的是在维护公共安全吗？公共与私人之间的界限在哪里？"坏猫一下子来了劲，迅速冲上去，踢开门"——坏猫这种警察的常规行为究竟是保护公共安全，还是侵犯个体隐秘空间，威胁个体自由？"我"在那幢楼里的午睡，是一个隐私被不断侵犯的梦魇般的过程：本来，"这里到处是我的房间"，但是，"我"的大学室友、女学生、男孩等都相继出现在这里，"我"和小草的安宁被打破了，甚至还觉得应该付钱给男孩。"我"对个人保有隐私的可能性持彻底怀疑态度，是否是警察这个职业给"我"留下的职业病？"我"杀死了在形式上象征着正义（额上长有像包青天一样的弯月形肉瘤）与天真的男孩，是否就意味着"我"对警察这个职业/自我的社会身份的反叛？如果"我"否定了社会自我，是否还有一个所谓真"我"？

小说把自由与意义勾连在一起：意义的缺失才让主体感觉受到拘囿，生命成为一种无谓的浪费。在小说里，无论是调解、捕获、审讯还是执行枪决（枪决前"还要武警们的队列训练"），都只是形式主义，"我人生中最黄金的十年就是和这些空废房子碌碌无为度过的"。这幢"楼中间是一条走廊，上着赤红的油漆，血腥味很重，感觉是，两侧的房间里不断地有血从门里流出来，在走廊上汇聚，阴干"。血液是生命的象征，"我"的生命就在这幢楼里无意义地被消耗着。这种无法突破的生存困境——这幢楼，不管外面的太阳多猛，不管外面的气温多高，里面总是很阴凉、很潮湿、很灰暗——在小说最后演变成了对死亡的渴求，似乎只有"死"这最后一个筹码才有可能喂养奄奄一息的"生"："我额头的热血不断朝我脸上流下来，流进我的嘴巴里。我的嘴巴不再干渴了，反而来了力气。"

和《枪针》的抽象化、符号化相比，《弓箭收藏家》显得好读多了。小说用细致得几近烦琐的笔法描写了胡先生午后的一举一动：模仿青蛙的叫声诱捕一条蛇,炖着吃了,然后,把蛇骨一节节地订好,做成标本,挂在原来挂荣誉证书的位置上,那是胡先生几十年教育生涯中唯一一次获得的市级荣誉,那张荣誉证书被胡先生移到院墙上堵狗洞。胡先生的敏捷、狡诈、残忍和智慧在他诱捕蛇和制作蛇骨标本时得到了充分的表现,但是这种生命状态却以他的退休为必要条件:胡先生"三年前因病提前退休,但是等到他到了实际退休年龄的时候,他的病却奇迹般的完全好了"。

小说同样关注生活的意义,但只能从反面推出:胡先生撅着屁股在柜子里找东西,捏着兰花指比画狗洞和荣誉证书的尺寸,用茶水漱口时口腔里的味道,裁纸片时的认真严肃⋯⋯这些无聊、琐碎的生活细节,暗示着生活意义的缺失。

《弓箭收藏家》和《枪针》有许多地方可以互相参照,退休教师胡先生也待在他"楼房"里,不过这楼房狭隘、局促,书房只能占据餐厅的一角。他书桌略有点《枪针》里楼房的影子,里面装着细碎但却伴随了胡先生一生的东西。《枪针》里的"我"始终暴露在公众的注目下,而胡先生也致力于"堵洞":狗洞、蛇洞以及院中的井。"我"以"死"来喂养"生",自由只是一个美的幻象(那一片黑色的海);胡先生被多年职业生涯异化后,连自由都不再向往,只是躲在封闭的小楼里杀死欲望之蛇。

《偷枪》是三个小说中最轻松的作品,三个少年为了制造玩具枪而偷窑厂的生砖头,对"看见小孩就要吃"的强老三的畏惧始终伴随着他们。故事是用第一人称来讲述的,细腻地呈现了人物幼稚的恐惧、欺软怕硬等心理。这些"天真"的少年,以生理上的强弱来划分等级,谁说儿童就是纯真的呢?人的拘囿并非成年之后突然从天而降的,它是与生俱来的。不过,小说总体上是喜剧的,强老三看见小孩是不要吃的,看见女人倒真要调戏,"光棍佬"强老三和大队长媳妇菊花的风流韵事透过儿童的眼光曲折地显露出来,向读者隐约地透露出了一点自由生存的亮色。

三个作品三种风格,每一个都精致老练,张立民的写作路子相当宽,作为一个创作时间并不长的作家,这样的水准是值得嘉许的,让我们期待张立民更多更好的作品。

此文刊载于《西湖》2012年第1期

◎容易受伤的女人

——读赵斐虹的三个短篇

赵斐虹发表的作品不多，作品题材和风格有一定的倾向性，表现出了对女性情感和命运的密切关注。这次的三个短篇主人公清一色都是女性：《消失》讲的是一位被儿子"遗弃"的母亲在漫长的七年间如何让自己渐渐习惯儿子消失的事实；《气味》中的"我"和丈夫分居八年，因莫名的冲动而翻动丈夫的衣柜，闻到了一种独特的气味，陷入了对丈夫无休止的猜疑之中；《遗嘱》中的"我"是个女强人，经营着一间服装厂，头脑清晰、办事果断。小说从"我"腰椎受伤、卧床不起这一事件开始，慢慢揭开"我"和丈夫谢三强之间冷漠的夫妻关系。最后"我"偷偷修改了犹豫再三写下的遗嘱，隐晦地表达了丈夫可能谋害自己的疑虑。

三篇小说情节上都留了些悬疑：《消失》中儿子国勇消失的原因始终没有点明；《气味》直到结尾处才点明是医院的苏打水气味，但即使气味有了名目和来源，从李永康对妻子的态度来看，是否有婚外情仍然值得怀疑；《遗嘱》中的谢三强既有挪用大笔款项的事实，也有婚外情的铁证，则"我"摔断腰椎是否真是意外显得有些难以确定，谢三强谋害妻子也并非绝不可能。这些悬疑加上作者对人物心理的准确把握，使得小说读起来颇有些虚实相生的味道，相比此前的《水杉树》《亲骨肉》等作品，应该说赵斐虹的创作有了一些质的变化，渐趋成熟与从容，这是值得嘉许的。

三篇小说多少都有点为女性鸣不平的意思，小说中的男性大体都可以被看成是自私自利的人，他们以不同的方式伤害着能干、无辜、善良的女性。《消失》中的水娟是个传统的母亲，惯孩子，有点好强，会根据自己的喜好对儿女的婚姻、生活有所干预但并不过分,总体说来还是慈爱的。国勇没有任何解释莫名其妙地消失,撇下老母独自去过新生活,冷漠绝情让人难以接受。《遗嘱》中的谢三强无能庸俗,靠老婆养活还搞婚外情,妻子病后不但不给予悉心的照顾,还和情妇讨论装修房子,讨论看似不远的"幸福"生活,人格真是卑劣到无耻的地步;相比之下,《气味》中的李永康倒是让人同情,正当中年和妻子分居,禁欲生活多年,基本维护了婚姻的神圣,但小说叙述强调了他的旺盛情欲和粗暴自私,并明确指出"我"的性冷淡和李永康的行为表现有直接的因果关系。当然,赵斐虹并没有通过叙述强调性别之间的敌意,甚至还有意弱化两性关系的紧张状态。除了多少有些让人同情的李永康,《消失》里国勇的品行也得到了一定的维护:他为母亲交水电费,通过各种渠道了解母亲的生活状况,绝情之余亦不乏温情。这种对人物道德水平的人为拔高,表明了作者放弃判断的叙述立场。

小说中的几位女性都比较勤劳能干,也正是因为勤劳能干,她们在生活中都有些强势,有些自以为是。水娟不喜欢在她看来很狐狸的慧莲,喜欢会换灯泡的美佳,不过,占有欲很强的她和讲原则的美佳也无法和睦相处,儿子离婚后她甚至高兴得买了一大捧玫瑰花为儿子过生日;《气味》中的"我"打理着丈夫的生活起居,帮丈夫拉选票,曾助其坐上村长的宝座,但同时也会把丈夫抽烟等量的钱存入自己的名下,会主动为丈夫买充气娃娃;《遗嘱》中的"我"甚至有点强迫症,身为一厂首脑的她,不但家务自己做,居然还坚持每月擦天窗玻璃,她试图维护一个独属于自己的王国,在这里一切都服从她的统治,听从她的调遣。她在实施一己"统治"的时候,伤害亲属们的自尊心估计是在所难免的,在得知女儿回国来看护自己,她第一反应居然包含着"尽管来回的机票钱都是我挣的"这一内容就很说明问题。

然而勤劳能干和有真正成熟的自我意识是两回事,水娟和《气味》中的"我"都是传统的女性,生活以家庭为重心,《遗嘱》中的"我"虽然经营服装厂,赚得大把钞票,供养女儿、老公,甚至娘家姐妹,但并没有把那当成事业和成就,反而常常觉得是一个难以卸下的负担,所以,当她赌气把厂子交给丈夫打理时,不由得发了一声感叹"原来我以前那么辛苦,全是自找的"。这些女性在生活中也会进行某种程度的反思,其思维模式大概可以表述为:我对你如何如何,你怎么这样对我?难道我做错了什么?这种反思的深度止步于关系,还停留在"我"的外面,对主体的自我建设常常是弊大于利,它不追问"我是谁?我喜欢什么?我能干些什么？我是否以自己正在干的为满足?"却常常在"你/我"的考量中失去平衡心态,自怜自艾,倍感受伤。其中的深层原因,就在于她们没有独立的人格,没有自我。

有意思的是,《遗嘱》和《消失》女主人公的幻灭,都和身体有关。《气味》中的"我"试图和丈夫建立一种平等的、无性的伙伴关系,并力图让自己相信"维系夫妻关系还有比那档子事更牢靠的东西",但莫名的情欲冲动最终让这种自我欺骗破了产,面对丈夫情欲旺盛的事实,她禁不住怀疑丈夫是否另有满足的途径。《遗嘱》中的"我"以一己的辛劳担起了家庭的重担,躺在床上还打理厂子,是无法自理的身体戳破了她"不指望"任何人的自大幻觉,意识到了自己的软弱和孤独。面对镜中自己丑陋的肉体,对比照片中谢三强情妇雪莉青春美丽的形象,她觉得自己此前辛苦操劳的生活太不值得,并不由得对丈夫产生了无尽的恨意。这两篇小说都触摸到了女人与身体那种说不清道不明的微妙关系。对两篇小说的主人公来说,性意味着伤害,身体是烦恼与痛苦的滋生地。在身心的二元对立中挣扎和撕扯着的她们,可能从未设想过一种更理想的人生状态必然包含着对身心统一的向往。

根据女性主义理论,身处男性意识形态压迫下的女性,她们最初、最有效的反抗武器就是身体,厌食症、歇斯底里症等都是她们用来抗争的方式,赵斐虹显然并不了解这些理论,但她却用自己敏锐的观察注意到了生活中这些原生态的反抗形式,并把它戏剧化地呈现了出来,《遗嘱》和《气味》的主人公后来都疾病缠身,并多少有以死来谴责她们遇到的不公的意思,说明她们对生活的困惑和迷茫。

从小说叙述层面来看,赵斐虹非常熟悉传统女性,对她们的心理拿捏得非常准确,对于新女性,则有点不甚了了。《消失》里的美佳有点新女性的影子,但她的新无非体现为不"惯"着男人,和水娟等人的自我中心并无质的区别。从这个意义上说,赵斐虹显然还没有用女性主义理论来武装自己,对女性命运的体恤和关注,更多的出自个人体验,正如她在创作谈中非常诚实地谈到的那样。然而,正因为赵斐虹不是女性主义者,她笔下女性的苦难才更让人深思,它提醒着我们,中国女性的人格独立之路还曲折漫长,尤其是在广大的农村甚至二线城市。

赵斐虹现阶段的写作比较强调男性对女性的伤害,并多少有些不平之感,这表明在人性的厚重方面,她还有一段路要走。赵斐虹是一个有很强学习能力、成长迅速的作者,她已经意识到"或许决定如何表达的,其实不全是技巧和天分,还有理念和想法",我们完全可以期待她在不久的将来,写出更有深度和力度的作品。

此文刊载于《西湖》2012 年第 10 期

◎ "古越国被废黜的公主"

——若溪诗歌论

若溪早在青涩的大学时代就有诗歌发表,但真正大量开始创作诗歌却是在2008 年后,共有八十首,是一个不小的创作业绩。以目前的情况来看,专业的批评似乎为时过早,然而,这些诗歌表现出来的文化品质以及其中"横亘着的可塑性"(濮波语),倒是颇能刺激评论者的批评野心。

在《时间,还是时间》一诗中,若溪以"白雪和父亲,何时才能回村庄"结束,不管有意还是无意,这个具有高度概括性的隐喻对我们理解若溪诗歌创作具有重要的意义,我们就从这里出发,开始若溪诗歌的阅读之旅。

一、江南:若溪诗歌之父

"江南"的内涵,无论是作为一个地理概念还是一个文化概念,目前研究界都还没有达成共识,为了行文方便,文本对江南作狭义理解,把江南的地理位置,限定为长江三角洲(亦称太湖流域),把江南文化看成是吴文化、越文化与海派文化的多重聚合。

若溪生活的城市绍兴是古越之都,是江南文化的核心地带。作为一个江南女子,若溪沉湎于对江南的体验与冥想之中,在全部 80 首诗中,"江南"一词出现了 22 次,而江南水乡的地域特色更是若溪一再抒写的主题,据笔者统计,"水"出现了 104 次,"雨"出现了 31 次,"河"出现了 37 次,"湖/(池)塘"出现了17 次,另外和水乡有关意象如"船"出现 26 次、"鱼"出现 13 次,真可谓一个湿漉漉的江南。对于生于斯长于斯的若溪,这是一种自觉的精神归属。

除了以上江南的一般意象之外,若溪还以极大的热情,绘写了一幅古城绍兴人文图,绍兴独特的风物纷纷在她笔下呈现,秀美精致,诗人蒋立波因此称她为"古越国被废黜的公主",绍兴的地理、人文和历史是她"秘而不宣的嫁妆"。①来看这首《一段水的距离》:

> 从三味书屋的河埠头
>
> 到沈氏园的春波桥下
>
> 中间,只隔一段水的距离
>
> 乌篷船每天丈量着
>
> 欸乃一声,像是叹息
>
> 秋蝉无声,残荷低首
>
> 葫芦池一到秋天,就变得郁郁寡欢
>
> 残垣上,只剩青藤和墨迹
>
> 什么时候起,孤鹤轩中的水井
>
> 也开始干枯
>
> 相遇,分离,抒情之后
>
> 还是距离,青石板遗落了脚步
>
> 黑漆门终生守着庭院
>
> 徒留下书香,继续未完成的
>
> 凄美,无处呐喊
>
> 想起,这段水的中间
>
> 多了一家博物馆,陈列的
>
> 第三种符号,与情感无关

---

① 蒋立波:《韵脚—致若溪》,新浪博客,2017 年 10 月,http://blog. sina. com. cn/s/blog_4dc4322f0100huwd. html。

存在，还是距离，可长可短

流动着，不再叹息

　　三味书屋、沈园、葫芦池、乌篷船、黑漆门的庭院、青石板这些景物本身就构成了一幅浓墨重彩的怀古图，单纯的罗列就足以传达出浓浓的诗意，而以沈园为背景的陆唐凄婉的爱情故事，更是赋予了诗歌悲伤的格调，这无疑是绍兴这一独特的地域对若溪的馈赠。

　　然而，与其说若溪的诗在地域上是江南的，不如说若溪的诗在美学品格、审美形态上是江南的。陈望衡先生在《江南文化的美学品格》一文中指出："江南文化是一种融儒、道、玄、佛为一体的文化。这种融合中，由于各种因素，特别是自然地理方面的因素、历史人文的因素、政治方面的因素，相比于北方，其道、玄、佛的影响较大，因而从总体倾向来看，是一种阴性的文化、柔性的文化、唯美的文化。"[①]从这一论断出发来理解若溪的诗歌创作，是非常恰当的。

　　"感物""伤时"是传统江南文学的一大审美主题，也是若溪诗歌创作的最大特点。若溪热爱自然山水，季节变换对她来说是件大事，她敏感多情，一场雨、一阵风、一只鸟、一朵花，甚至一只蚂蚁也能引发她细腻的柔情，比如这首《穿过白雪的湖水的疼痛》：

"别踩我，很疼哦！"

所以，我绕道而行

把脚步放轻些、再轻些

夜幕降临，星子们睁开了眼

黑色天鹅，被一面湖水照亮

你还在沉睡，身上盖着白雪

为了能让你醒来，我不断祷告

对着一棵树，看它一片片掉光

---

①　陈望衡：《江南文化的美学品格》，《江海学刊》2006 年第 1 期，第 50 页。

再看它一片片落满枝头

你终于从疼痛中醒来

守着干瘪的躯壳,在公园一隅

靠一丝羸弱的阳光

在最后的冬天里,取暖

诗人设想到冬天湖水结冰的疼痛,虔诚地关注季节的变换,从秋守到春,等待着湖水"醒来"取暖。在若溪的诗歌中,这种细腻的柔情到处可见,她与风交谈:"你在追逐什么?//……停止吧/整个夏季,你都在抚慰我/比阳光和煦"(《风》);对蚂蚁说话:"小,再小些/小到你微微地爬行,/也会令我颤动"(《蚂蚁》);她"喜欢刺探云朵和雨水的秘密"(《六月,涉水而来》),疑惑于"四月了/那只带刺的蜜蜂/对野果子的芬芳/还是只字未提"。

若溪笔下的自然,含有道家"齐物我"的特点,在全部80首诗歌中,"我"出现了291次,"你"出现了152次,这些"我""你",除了作人称代词外,更多的时候,是用来构建一种人与自然之间的平等对话关系,《穿过白雪的湖水的疼痛》《蚂蚁》《风》《新安江水雾》《北极星》《东村访梅》《香林花雨》《黄酒》等都是这样的诗作,这种细腻、柔美、物我交融的温情与浪漫,正是典型的江南文化审美形态。

另一些诗中的自然则蕴含着禅宗的澄明,比如这首《在楠木山林,看一片叶子落下》:

在楠木山林,看一片叶子,落下

除了宁静、丰盛、圆满

它又将走向何种意义

这一季的绚烂,已经开始

柔和的弧线,像一场优雅的芭蕾舞剧

在流畅和抒情中,渐渐明亮

山坡的四周，站着一棵棵挺拔的树

伸向亘古和天空，岁月浸透点点斑驳

有一些参悟，可以像白雪一样纯净

山风吹来，卷起层层波涛

蜘蛛在风中，顾自编织透明的网

准备网住这一秋，所有的流言蜚语

又一片叶子落下，浮在水上

其实，一片落叶承载的重量

与一缕山风携带的轻盈，一样

全诗清澈、宁静，显示出了禅宗的影响。类似的还有"当我还在为一片叶的凋零，感伤/还在把生活的点滴，作为一生的信仰/满山的树，已在轮回中，渐渐丰富、分明"（《江南·秋》）等片段。

江南文化的另一个重要的审美主题是艳情。由梁祝、陆游唐琬"秦淮八艳"等构筑起来的才子佳人式的情爱故事，与牛郎织女等小农式的朴实爱情大相径庭，凄艳华美，感伤缠绵。若溪是美女诗人，又在江南文化中生长、生活、创作，写诗指涉爱情是再正常不过的，而她写得最美的正是这一类的诗。来看这首《从你的眼里》：

从你的眼里

我看到了一颗葡萄

水绿水绿的，像夜的幽光

我坐在水边，听星子们喁语

等你用无尽的深邃和甜蜜

将我掷入深渊，永远触不到底

想起了蜜糖，那个小时候的酒窝

它停在旋转木马上,在睫毛下闪烁
比星空灿烂,比江南还水灵

现在,葡萄熟了,你却睡着了
你所有的沉睡,就是江南的沉睡
我所有的忧伤,就是葡萄的忧伤

莫名的伤感和语词的华美一样触目。再看这首《当海水与岩石相撞》:

一次次撞击,光阴四溅
始终未能开启,你细小的缝

你不拒绝,海螺、青苔和咸腥
这些属于海的讯息,以及味道

我则以水的名义,从澄蓝到雪白
在进退之间,等待海枯石烂

我并不固执,不愿粉身碎骨
只是因为风,无法改变初衷

一次次后退,我才发现
你身上有一些痕迹,也在渐渐裸露

正如我的粗暴,与远古的海盗一般
我的温顺,与初生的婴儿相同

你一直在倾听,我知道有一种声音
来自海的深处,可以让你沉默千年

这首诗与《从你的眼里》看上去区别很大,前者凄美,后者执着、浓烈。这种矛盾和若溪的江南文化背景正好切合,由西施、梁祝、陆游唐琬等构筑起来的情爱故事,都是柔情与热烈的综合,西施的舍生取义、祝英台纵身入墓与陆游的"铁马冰河入梦来"都是绍兴独有的爱情文化遗产,它们共同圈定了若溪情爱观的范畴。

江南文化的一个重要特点就是关注日常生活,和北方中原"政治—伦理"文化相区别,江南的文学传统中有一系列"闲笔",以冒襄《影梅庵忆语》、沈复《浮生六记》、陈裴之《香畹楼忆语》、李渔《闲情偶寄》和蒋坦《秋灯琐忆》等为代表,重视日常生活,致力于创造条件使生活艺术化,刘士林曾指出,"对日常生活细节的极端重视……是以细腻著称的江南文化特产"[1],江南文化是"审美—诗性文化"。若溪正是这样一个"审美—诗性文化"熏陶出来的诗人,在她看来,日常生活的点点滴滴像看电影、听音乐和友人聊天、郊游、旅游等均可入诗,这种以日常生活为诗的做法是典型的江南文化姿态。

若溪是江南的女儿,她的血液里浸透着江南文化的因素,因此,当她写道"清泉,正以雪的名义/在苍山与洱海的身体里流淌/它同样在追寻一只/以雪的名义,命名的蝴蝶"(《蝴蝶泉边》),她写的其实不是云南,而是江南;当她问道"一百九十九架钢琴一起弹奏,会是什么样的海?"(《鼓浪屿,我来了》)她写的也不是鼓浪屿,仍然是江南。

二、白雪和桃花

在第一部分的分析当中,我们已经指出若溪的诗歌之父是江南,江南文化圈定了若溪的诗歌视野、思想内涵以及表达方式。直到 2009 年底,这种情况都没有什么变化。但在 2009 年底,出现了一些异质的因素。以《穿过白雪的湖水的疼痛》为界,写于此后的《生活原色》《突然喊不出话》《让过去回来》《催眠》《去远方》等诗开始消解此前诗化日常生活的姿态,对日常生活的脉脉温情表示质疑。让我们从两首关于雨的诗开始:

---

① 刘士林:《江南文化与江南生活方式》,《绍兴文理学院学报(哲学社会科学版)》2008 年第 1 期,第 27 页。

春雨如洗，水润江南　　　　　　　　　　　雨

2009 年 2 月　　　　　　　　　　　　　　　2010 年 4 月

春雨如洗　　　　　　　　　　　　　医院的 B 超室里，一个生命

洗出柳丝缕缕　　　　　　　　　　　正在蠢蠢欲动，而我

嫩芽粒粒，轻诉衷肠　　　　　　　　早被隔离在母亲的子宫外面

想你当年裙角飞扬

　　　　　　　　　　　　　　　　　天气忽冷忽热

春雨如洗　　　　　　　　　　　　　听说总统的飞机被树枝刮毁

洗尽粉墙黛瓦　　　　　　　　　　　我的胃，跟着一阵阵痉挛

檐角滴滴，细诉家常

想你当年燕雀满堂　　　　　　　　　在雨没有下之前

　　　　　　　　　　　　　　　　　我匆匆穿上外衣

春雨如洗　　　　　　　　　　　　　穿过十字路口的人行道

洗满小河胸膛

流水涓涓，环绕桥梁　　　　　　　　我有过迷恋

想你当年浣纱江旁　　　　　　　　　但不知道什么时候开始

　　　　　　　　　　　　　　　　　这种迷恋慢慢消解

春雨如洗　　　　　　　　　　　　　像春天里的雨，只是一阵潮湿

洗出明眸江南 一双双

又见杨柳轻拂，小河静淌

只是燕雀未归，西施泪满眶

想你当年水润江南 无处放

　　前后相差 14 个月，两诗大异其趣，2010 年的若溪不再对江南的雨做唯美的书写，而是直陈生活的真实，春雨也不再有神奇的魔力，"只是一阵潮湿"。

　　不管这期间发生了什么，显然，若溪开始系统反思过去：她对家庭幸福表示质疑，"所有的依附，只是你心存的假象"（《我的灵魂在天上飘》）；对城市生活感到厌倦，"在空调间里，空气也被压抑着"（《催眠》）；嘲笑"感物"的矫情，"那只蝴蝶已彻底蜕变／无论如何不会是梁祝，幻化"（《突然喊不出话》）。2009 年 2 月，若溪的黑夜奇异浪漫："我在等待黑夜／那个不可思议的媒婆／重新将桃的讯息／

以花蕊的形式向我吐露"(《我在等待黑夜》),现在黑夜则刺痛着诗人的神经:"凌晨2点半,西小河边/我听到一个男孩,一声声/沿河凄厉的哭喊"(《西小河边》)。她愤慨于"春天,诗歌,都徒有虚表",纠结于"生命无法完美到达"(《催眠》)。

不过,这些异质因素并没有促成质变,在《去远方》中,若溪写道:

1.

城市的烟火,释放着最后的叹息
江南的元宵,只剩下一粒汤圆

背起行囊,去远方
远方,依旧孤独,但没有硝烟

2.

扯掉那把油纸伞,退出逼仄的小巷
镂空的窗棂,只够祖母一辈子的视线

卸下潮湿的江南,去远方
远方,有空旷和思念

3.

雨水刺穿两只蝴蝶的温情
献媚的广告牌,也躲闪着目光

离开梁祝美丽的传说,去远方
远方,有真实的传奇,不再泪涟涟

4.

江南的小河,没有潮涨的声音
我的三月,只有桃,粉色的讯息

91

在桃花尚未凋谢之前,去远方

远方,不比这里陌生,且有无限可能

诗人想要和江南告别——"退出逼仄的小巷","卸下潮湿的江南","离开梁祝美丽的传说"——远离城市生活,去远方,然而"远方"的属性仍是"空旷和思念","真实的传奇",只是没有伤感和"硝烟"而已,和"这里"并无本质的区别,"去远方"似乎是一种欲望,一种诱惑("无限可能"),它期待的是一种现实的姿态,踏实的作风,更像是对自我过长的青春期的反叛,并不具备形而上学的内涵。

"我只需要一杯白开水",若溪写道:"听校园里一对小情侣窃窃私语/看爷爷扶着小孙女在草地上撒欢"(《我只需要一杯白开水》),在一系列的质疑之后,她再一次进入了把日常生活诗意化的窠臼,正如她在 2010 年夏天厦门之旅后仍欣然提笔创作,在平安夜听歌后再次抒情一样。显然,若溪的诗歌创作陷入了困境,她急需突围却在原地打转,这是一个由自发向自觉的过渡时期,能否成功,将决定她今后创作的成就。

著名评论家布鲁姆在其名著《影响的焦虑》中指出,所有诗人都必然处于传统之中,自觉的诗人,在创作前必然会感觉到不管是形式还是意象,几乎总是已经被前辈诗人言尽,对创作,他们要找回自主性和优先权,摆脱施加在他们身上的那些前辈诗歌的伟大和崇高。因此,传统可以理解为那些让后人产生焦虑的伟大诗人和诗歌的总和。这里需要补充的是,对于一位诗人来说,他/她不仅有诗歌之父,还有文化之父。而在若溪这里,文化之父的霸权阴影更超过诗歌之父。尽管她的诗歌多用江南文学的传统意象(水、雨、船、湖、莲/荷、鱼),也接过了江南文学传统的感物伤时、艳情等审美主题,体现着江南文化让日常生活诗化的情调,但是,江南文化结构所塑造的人格结构才是造成她的困境的根本原因。这种人格结构简单地说,大致由两个方面构成,一是由江南艳情传统铸就的美艳女子,它的另一面则是由禅宗和道家共同塑造出来的虚静的内心,是白雪与桃花的综合。无论是白雪,还是桃花,都和北方中原文化的"政治—伦理"结构迥异,既不用上演王昭君、蔡文姬式的苦难与大义,也不用承担杨贵妃红颜祸水的骂名。

前文已经指出,若溪诗歌中频繁地出现人称代词"我"和"你",第三人称的"他/她"出现得也较频繁("她"出现 74 次,"他"出现了 42 次),与此相关的是,她的诗歌中仅偶尔出现过爷爷(2 次)、父亲(1 次)、母亲(3 次),没有搭建起代系传承的谱系。我们基本上可以断定,目前为止,若溪的思维范畴是断代/当代的,是个体的、自我中心的,而非北方中原文化集体式的"我"。当她写下"山坡的四周,站着一棵棵挺拔的树/伸向亘古和天空,岁月浸透点点斑驳""满山的树,已在轮回中,渐渐丰富、分明"这样的句子,她的人格像白雪一样纯净澄明。而她在抒写自然,花草树木、雨雾山石,物物关情,处处是凄艳执着的爱情的时候(《藤与树》《当海水与岩石相遇》《那片海》等都是这样的诗作),她人格中桃花的艳丽则显明出来。

需要指出的是,无论是白雪还是桃花,都缺乏独立性,缺乏参悟生活的知性和勇于承担的力量,作为一种传统人格,它诞生于传统的小农经济的生活方式之中,难免和当今的城市文明脱节。因此,我们会看到没有预兆的,突如其来的断喝"所有的依附,只是你心存的假象"!(《我的灵魂在天上飘》),看到"我看到你装模作样的白昼/却无法知道你如何在黑夜里隐忍野性的呼唤"这种武断的猜测。因此,当若溪放弃"本来无一物,何处惹尘埃"的白雪般的纯净和嘲弄爱情的矫情试图突围的时候,在她要么就还是回到日常关怀,要么就徒留感伤(《有一个我认识的人来了又去了》)。

三、不是结束语的结束语

作为一个女诗人,若溪的诗中很少出现母亲形象(母亲一词仅出现 3 次),与母亲形象相关的意象,比如大地、土壤、泥土等也很少出现,即使出现,也不是硕果累累的形象。另外,和母亲形象最近的秋季(因硕果而和母亲形象相连)共出现 33 处,但是,着重点却在秋风、秋水、秋叶,秋蝉、秋雨、秋阳等景物上,仅有一处写到秋天的长满稻穗的田野,显然,若溪强调的是衰败或者禅宗式的澄静而不是母亲式的硕果。

不仅如此,若溪甚至还留恋儿童状态,在出现"母亲"的三句诗中——"而我/早被隔离在母亲的子宫外面"(《雨》)、"母亲唤着小儿/早睡早起"(《时间,还是时间》)、"只有婴儿/还潜伏在母亲的子宫里"《罹难的五月》——只有一句蕴含了母亲形象:唤着小儿早睡早起,其余两句则突出子宫意象。在《催眠》中,若溪写道:

> 是否垮掉,与脚下的土地无关
>
> 所有的畸形生长,都在土壤之上
>
> 我要它形同虚设,然后学鼹鼠一样
>
> 在地底下孤独地穿行

在土壤之中,是在母体之中的隐喻,在此,若溪再一次表现出了逃避倾向:她渴望退回母体,而不愿意自结硕果。若溪曾在自己的博客里回复读者说:"我也有回避沉重的癖好,从而保持内心的简单和轻盈。"若溪明白"土壤才会生根发芽,开出生命之花"(《我的灵魂在天上飘》),强调花,而忽视果,这在客观上造成了她的困境。

如果说在人类的思维模式里还有什么能够和父亲这一强大的形象抗衡的话,那么只能是母亲,尽管数千年的男权社会已经把原始的、大地式的丰饶、多产的母亲形象压制在了底层,但是,这种压制从来也没有取得决定性的胜利。丰饶、多产的大地式母亲,意味着宽容、博大、无私奉献,辛勤哺育,同时也意味着硕果累累,所以,以地母为原型根底的诗,不容易虚无、软弱,相反,会拥有强大而坚韧的力量,我们能够期待浪漫的、青春的若溪走近大地母亲吗?

此文刊载于《浙江作家》2011年第2期

第二辑

《野草》观察

对于一位致力于时代观察的读者而言，《野草》这份地方性刊物实在是一个不错的样本。

◎行走在传统与现代之间

——《野草》2015 年年度述评

2015 年《野草》总共发了 26 篇短篇小说、19 篇中篇小说,1 篇长篇小说,散文除了专栏"张看""蛛丝马迹"外共发表了 17 篇,自第 2 期开始每期推出一位实力派诗人的诗歌,配一篇专业的评论,另有"80 后"作家访谈专栏"冰山下的八分之七",全部出场作者(包括评论及访谈中的作家)大概有 73 人,其中"70 后"作家约有 41 人,"80 后"作者约 17 人,"60 后"作者约 11 人,"90 后"作者 3 人,"50 后"作者 1 人(注:以上数据因为几位作者的资料难以查找,并不精确)。基本上可以看成是"70 后"的秀场,"60 后"彰显实力,"80 后"则被视为文学发展新生力量被引荐给读者。《野草》作者的这种分布情况,除了大刊外,在省市级的刊物中,应该有一定的代表性,"70 后"在不知不觉中已经成为文学的主力军。

一、底层的尊严与人道主义

描摹日常生活,关注普通人的命运,是当代写作的一个主要类别,也是《野草》2015 年小说的主要类别,其中王咸的《邻居》和杨遥的《铁砧子》都是佳作,《邻居》以旁观者的有限叙述讲述邻居郭大哥一家从河北到上海打工经历的命运波折,王咸把底层的苦难与国人生活方式的变迁嵌合在一起,写出城市文明对传统伦理的冲击,叙述极为含蓄克制,小说没有丝毫戾气,文本中渗透着作者对底层老派人物质朴特性的尊重和对生活的悲悯关照。《铁砧子》描写了两家紧邻的修车铺的命运变迁,语言冷静客观,既摒弃了对势利庸众的说教式批判,也不对孟胜利权变的生活智慧做道德和法律的质疑,甚至,生活对于顽强生存的人而言,还给予馈赠。

《邻居》和《铁砧子》无论是技术、语言还是主题挖掘都堪称上乘,但从思想疆域来看,王咸的作品显得更宽广醇厚。需要指出的是,一些青年作家在此类题材方面表现出了相当高的水准,"80后"作家巴克的《侵犯》在极短的篇幅中展示了两个青年、两种人生观,把审视的目光放在了工具理性本身,暗示出当代中国走向现代化所付出的代价。另一位"80后"作家夏烁的《夜雨》无论是生活片断的选取还是语言的控制都有相当的功力,而且具有这个年纪的作者罕见的悲悯情怀。此外,金意峰的《使者》关照老年人的生活,但小说的情节却有丰富的象征内涵,把一个社会问题小说提升到了哲理小说的高度,虽然语言尚有瑕疵,但亦可算是佳作。阿皮的《在黑夜中奔跑》视角比较新颖,碰瓷者不再是道德败坏、好逸恶劳的人,而是精神无处着落的现代青年。阮王春的《那条狗终于死了》和周华诚的《一万种活法》则在技术上花了些功夫。这些写作从"人"的建设的角度来看,虽然思想高度不均,却拓展了文学的内部空间,"人"的丰富多义是显而易见的。

底层叙述中还有一类比较特别的文本,刘书荣的《我爱你,王小菊》、鬼金的《孽春》、阿舍的《又是一年秋来到》以及王锦忠的《飞翔的鱼》,均把关照的目光放在了智障人士身上。这一类题材其实非常考验作家的技艺和思想深度,对残障人士的关照与理解,既是一种社会制度的人道主义标杆,也是一面文化无意识的镜子,还可窥见作家的个性修为。《野草》的这四个作品中,残障人士均依赖于家庭的照顾,且都处于险恶的社会环境之中任人践踏,有明确的制度批判意识,文化反思就相对简略得多,而具体到人物的再现以及情节的安排时,各种不足就更为明显:王锦忠让傻子自我牺牲,以成全经济窘迫的家庭;阿舍则刻意安排某种社会力量来调和阶级矛盾与制度缺陷;鬼金虽以绝不妥协的姿态为制度敲响了警钟,但却诉诸某种高度集权的平均主义,思想见地和人道主义精神都值得质疑。相比之下,刘书荣略胜一筹,他安排侏儒父亲车祸丧生,用赔偿金解决了傻子何大树的生存问题,避开了制度批判,把傻子处理成纯洁的人,和被情欲、物欲戕害的现代人王小菊一起避世独居,为王小菊提供精神庇护所。由于主题放在了现代人的心灵归宿上,虽然把傻子与山野生活当成救赎的乌托邦是一种典型的浪漫主义,但它所传达的焦虑与关怀还是能够打动人心的,刘书荣对人物的揣摩和表现也比较到位,这些都让作品的品质得到了保证。

二、难以定义的"父亲"

2015 年《野草》另一大类小说是乡土、历史(本文的"历史"写作专指中华人民共和国成立至 20 世纪 70 年代末的历史)小说,包括《爬蝉》《盲客》《听见牛在哭》《菊花盛开》《梦哭的河》《河与岸》《向天游》《东厢记》《父亲剪影》《母亲之死》等,以中篇为主,其中《东厢记》在语言风格、情节设置与主题拓展上都有上佳的表现,《盲客》《梦哭的河》《向天游》也算得上各有风格,其他作品比较平庸,详细解读可参见各期评刊,这里略做些发挥。

先解释一下把"乡土"小说和"历史"小说放在一起讨论的原因。在中国,乡土与历史紧密耦合是以传统中国的农业社会特性为基础的,但是,它的重要意义,更在于当下中国人的现代化主体建构方面。一般而言,乡土写作要么批判乡村陋习,走启蒙路线,要么把乡村塑造成现代个体逃避、批判城市文明的桃花源,启蒙和建构桃源,虽然表面上看是对立的,其本质却正是现代主体的吊诡处境:启蒙走向现代,以工具理性经营现实生活,导致主体精神的失落从而产生建构桃源的内在需要;而建构桃源暗示主体具有逃避现实的倾向,是主体缺乏力量与担当的表现,它从根本上否定了主体自我现代化的努力。这样的吊诡之处同样体现在历史写作上。对于《野草》以"70 后"为主力的写作群体来说(笔者认为,《野草》这个样本是有代表性的,并非与众不同的个案),乡土与历史是高度重叠的,乡土是父辈的乡土,它是历史,是传统,也是永远回不去的童年(从某种程度上说,童年只是桃源的一个别称)。回望过去,书写历史,是作家们寻求自我同一性的一种努力,也是作家们谋求话语权、确立自身主体性的一种努力。然而,当作家们回望过去的时候,却发现了"父亲"(历史与秩序的代表)的两重性:他既是专制下的愚昧大众,又是质朴与纯真的化身;既是市侩,又是温情;既是无责任感的纵欲主义者,又是专制的秩序。

2015 年《野草》的乡土、历史写作充分体现了现代主体的犹豫与彷徨,典型特征就是这些作品中塑造了一个难以定义的"父亲",这些父亲或失势(《菊花盛开》)、失职(《向天游》)、软弱无能(《母亲之死》),或掌权而媚权(《东厢记》),或质朴（《父亲剪影》），或粗暴（《梦哭的河》），即便是把父亲塑造成"天真纯朴者"的诗性形象的《父亲剪影》，父亲的纯朴也做了恶，害死了井亭爷；《听见牛在哭》中的父亲（岳父）虽然慈爱，却是那个偶然悲剧的始作俑者。"60后"作家王保忠《东厢记》中展示的 20 世纪 70 年代末的匮乏中包含的野蛮的游戏精神，其实是在与当下中国娱乐至死的文化现实对照之下，提炼出来的一个可怕的历史循环的魅影，正是遗忘制造了当代中国的狂欢图景。另一位"60后"作家许仙的《向天游》，以欢快的喜剧色彩来书写"文革"，把叙述建立在"过去已无害"的前提之上，父亲不过是某位只知道口腹之欲的俗人，理想与远方则属于一位年轻美丽却被践踏的姑娘。苦难的女性/母亲还出现在《母亲之死》《父亲剪影》《听见牛在哭》等作品中，这类女性形象与难以定义的父亲形象成对出现，构成了整整两代的集体记忆，成为当下中国现代化主体成长无法忽视的肿块，只要"我"是在历史与文化中生成的，"我"就始终是有"罪"的，不管"我"以何种姿态来重构乡土/历史，只要"我"还处在这种"罪"的阴影之中，自我同一性就会受到损害，主体的分裂就成为既定的命运。

相比而言，"80后"与"90后"是无罪的新生代，《盲客》中的乡土，就更像是一种品味，《爬蝉》与《漫斜》的阴影也主要是当下的、物质的，而非历史的，只有《河与岸》略显特别，作者李君威虽然是"90后"，却把他青春的幻想放在了"文革"中的武斗时期，试图摆脱断代感，当然，本质上看，它仍然属于目前居于主流地位的"60后""70后"所营造的文化氛围的产品。

三、女性成长与婚姻之痛

和乡土、历史写作中的苦难女性/母亲形象不同，写实与现代写作更关注女性的成长与情感心理，且不乏佳作，作家们从"60后"跨到"80后"，男性、女性都有，它所呈现出来的面貌基本上可以代表当下中国意识形态中这一方面的主要思考。中国幅员辽阔，各地发展程度不一，城乡区别尤其引人注目。作家的年龄也会影响这类题材的主题走向。

"60后"作家方格子、20 世纪 70 年代早期出生的作者吴文君都是小城市的女性作家，《暗夜》与《白桃》文笔都比较细腻，注重深入挖掘情感失意的中年女性的内心活动,这些女性都比较传统,她们感受到了生活的缺陷,却无力走出困境。"70后"作家在"出走"这方面显得比"60后"作者更乐观,陶丽群的《母亲的岛》写母亲在尽了自己的伦理、道德义务之后,于儿女成年之后用自己的劳动为自己谋得了经济独立后出走,姿态坚定决绝。赵斐虹的《深潭》的女主角红哥也经历过出走,最后回归家庭,不过红哥"走到楼上去"的原因不是经济问题,而是意识到自己的个性与男权社会对女性的要求(柔顺)在本质上是抵牾的,在认识到少女时期的爱恋对象的男权本质和懦弱性格后,产生了幻灭感,自觉回到契约式的婚姻之中。"红哥"仍然是赵斐虹似的个性强悍的女性,但她的情窦初开与性别意识一起萌生,小说隐约有一个女性成长的主题,应该看成她的创作的深化。

《风谷之旅》同样关注女性主体的成长,但更像一则寓言,小说的情节富于浪漫色彩,想象力丰富,但在女性主体成长方面的探索并不深,这方面《小伙伴》要更胜一筹,作者走走来自上海,一个以多元融合为特色的发达、开放城市,小说以疾病为结构元素,把"我"和母亲这一对不育的女性联系在一起,通过回忆与对话、对立与和解来深思女性的命运,思想的深度与技艺的圆熟在国内的同类题材中都是处于领先地位的。

有别于女性对自身主体性的艰难建构,男性作家对女性的观察与描写更加多样化,安勇的《面膜》大胆地表现了一位女同性恋几十年的痴恋,方晓的《别把我们想得那么坏》则展示了女性的大母亲幻觉对丈夫、情人和自身的伤害,陈然的《凤尾竹》和手指的《面对嚎啕大哭的婴儿(外六篇)》均对女性在现代社会中所遭受的双重碾压:男性对女性情感与身体的伤害以及工作给女性带来的压力做了思考与表现,体现出了男性对女性的温情与理解。两性之间的这种温情与理解虽然不是普遍现象,远不能改变读者对当下女性写作与婚姻题材中的两性之间的隔膜、背叛甚至敌对的印象,但毕竟也算是荒凉中的一丝暖意。

四、散文、专栏及其他

2015年《野草》的散文体现出了传统与现代的两个极端,阮小藉的《男人四十》和人邻的《柴烟煮苦茶》都是演绎传统诗话意境、情趣的散文,陈瑜的《同在屋檐下》、阳海洪的《潘新义的酒事》、朱个的《大猫的自在》等均属于传统的写人记事散文，传统散文中的抒情、哲理散文以及知识型散文也都有刊登，但也不乏现代气息浓厚的散文，像端木赐的《院子，院子》、闫文盛的《恋爱中的孤独》、草白的《空房间》等，形式与笔法都别具一格，颇有些意识流小说的味道。

张楚的"张看"专栏带来了一个一线写作者在阅读同行作品时所做的思考，相当于一个作家养成记似的东西，走走所主持的"冰山下的八分之七"每期访谈一个"80后"作家，作为中国最优秀的纯文学刊物的编辑和一位写作行家里手，走走的访谈既有研究的深度，又有创作的敏锐，访谈作家的回应也多数坦率、真诚，使得这个栏目保持了相当高的水准。此外，《野草》为每一期的诗歌都配了一篇评论。这三个栏目，都是可圈可点的栏目，不仅为研究者跟进研究提供了第一手的资料，而且表明了《野草》推动作家深入反思写作、训练读者和新进作者的雄心，仅凭这一点，《野草》的纯粹而厚重就得到了保障。

2015年《野草》还发了几篇通俗文学作品，《酒女》《天魔分界》《浪马镇》《红痣》都有比较明显的类型文学色彩，这在一本纯文学刊物中显得比较扎眼，虽然把它看成文学刊物面对资本市场的应激性反应多少有点夸张，但一本纯文学刊物如何在网络传媒高度发达，自媒体平台如雨后春笋般涌现的时代坚持自己的格调，显然并不是可以完全漠视的问题。

《野草》是地方刊物，负有一定的培养地方作家的责任，2015年的《野草》，每期或多或少都有本土作家的作品，其中赵斐虹、金意峰、高晓枫、裘冬梅、阿皮、陈瑜的作品都有可取之处，但总体看来，本土作家的作品质量差强人意，尚待提高。

结　语

郭艳老师在《写实与写作向度的多重可能性》一文中，为2015年的期刊作品抽出了几个关键词：日常性经验、痛感、疏离感和孤独感，她认为这些关键词既是作家们观察时代，对当下社会生活精神病症所做出的诊断，同时也反映了作家们"观察世界的视域，透露出我们对于这个世界理解的深度与宽度"。郭老师对当代文坛非常熟悉，常有真知灼见，此说既真诚也睿智，笔者无意否定此说,只想在此指出这个判断成立的两个前提:一,作家是自由的;二,作家是真诚的。笔者认为,作家的创作并不一定能够表达他对世界的理解,这既是一个作者的真诚度问题,还是一个作家的自由度问题。每一个作家都在一定的文化中生成,并受制于当下的文化语境,真正能够领先于时代,超越时代语境的作家非常少,平庸是人类文化史的基本现实,因此,热衷于日常性经验、反复书写痛感、疏离感和孤独感,可能表现的并不是作家对世界的判断,而是作家对世界的应激性反应。痛、疏离、孤独这些概念,恐怕要和麻木、平庸、暴露癖、自拍狂潮等社会现象相联系,并且置于文学日益商业化的大背景下去理解,才会更全面。

评论家们总是一厢情愿地认为,作家们是为艺术而艺术的,真诚、纯粹、自由。作为一个深刻的怀疑论者,笔者对作者的创作姿态与动机不作揣测,只想时刻提醒自己注意资本和权力那惊人的力量,注意人类基因中强大的社会性和同样强大的自我中心。

◎小人物的心酸与坚韧

——《野草》2016 年第 5 期刊评节选

空军后勤士官张小选因技术过硬被机关借用，在自以为一切顺利时，却逢处长升官心切而主动请缨清退借用司机，在上级没有任何说明的情况下，回到了机场。机场官兵认为张犯了错误被清退，对他诸多刁难，同乡好友落井下石，形同陌路，女友也离他而去，甚至连工资也莫名被扣。在人生最低谷的时候，"不懂事"的马干事帮他正了声名，遏制了噩运的发展，而神秘的鸟班长则为他争得了开小车的机会。

《白鸽》没有部队文学常见的雄性荷尔蒙气息，叙述重心主要放在主人公张小选的心理活动上，人物性格刻画得非常鲜明。张小选勤劳善良，谨慎隐忍，懂得人情世故，同时具有很深的奴性，他会利用职务之便接送家乡的官员，也会以处长的是非为是非，自觉地不太跟处长认为"不懂事"的马干事说话，甚至在被无理退回机场时仍然自觉地理解处长的"难处"。张小选是王凯作品中常见的那种勤劳善良，有一技之长，但卑微而不敢有所要求、有所抗争的士兵类型，即便是一个态度蛮横的赶鸟的"老家伙"，他也会隐忍退让，"战斗机升空才发现只是一架民航机"，在这个年代，他唯一能做的，就是把脑袋猛地朝方向盘磕下去，而这个倒霉蛋，居然磕到了鼻子，鲜血长流，疼痛终于暂时抑制住了屈辱。

小说批判力度不强，与其说是体制压迫了张小选们，不如说是偶然的命运捉弄了他们。同样借调的司机，只有张小选因为处长官迷心窍而被清退，而神秘的鸟班长也可以一时兴起让阿丙突然失去开小车的机会而被迫退伍。这些卑微的小人物，不管道德品性、技术水平如何，都无法控制自己人生的方向盘。实际上，《白鸽》批判的兴趣并不大，相比魏登科同志的悲惨而言，张小选是幸运的。王凯要用这种幸运，来表达一种对血性（男性气质）的肯定。张小选之所以能转运，除了"不懂事"的马干事仗义相助外，还和他顶撞鸟班长有关，这种顶撞，让鸟班长把他当成了一个还有点血性的汉子，并进而暗中出手相助。而鸟班长对连长的影响，显然也和他的率性耿直有关。至此，《白鸽》算是露出了军旅文学的真面目，表现出了对军营男子汉气质的嘉许。当然，王凯很谨慎，并没有在这种浪漫主义情怀中走得太远，小说最后射杀白鸽的场景就是对这种情怀的有力矫正。那些"就认得这条路"的白鸽，是朴实善良的张小选们的象征，它们"永远都他妈的不长记性"，而社会正高举着鸟枪，时刻准备向它们射出霰弹，只要它们挡了"飞机"起飞的道。显然，王凯深知底层民众之所以如此卑微隐忍，不仅是因为他们无力对抗社会，还在于他们的天性如此，而这种天性，只会促成他们的悲剧命运。

底层写作是当代文坛一个引人注目的题材。关注底层，描写小人物的命运，是许多写实作家的选择，他们关心中国的现状与未来，试图以手中之笔记录时代，思考生活，表达忧患，寻找出路，反思伦理、体制甚至文化。但这一题材累积的文本数量非常庞大，范式完备，佳作迭出，因而对于有追求的写作者来说，选择这一题材既需要勇气，更需要实力。以《白鸽》来看，王凯应该说是交出了一份不错的答卷，虽然是军官出身，王凯的底层士官性格刻画却非常细腻准确，没有一般作者那种"为底层代言"的隔膜感，反映现实的范围也超越了部队这一狭小的空间范畴，拓展到了文化层面。就形式而言，小说的结构非常讲究，前五节是下行，后五节则是上行，形成了一个颇能鼓舞士气的 U 型结构，语言含蓄幽默，经常使用汽车行驶和飞机的比喻来描述人物的心理，和人物机场司机的身份非常配套，颇有点轻喜剧的效果。

许仙近几年保持着令人惊讶的创作势头，每年都有不少作品在各种不同的刊物上发表，技术娴熟，文笔优美，水准都相当不错。《外草塘》和去年《野草》刊发的《向天游》一样是"文革"题材，但这回却没有直写忠字舞、写串联、批斗等具体的"文革"事件，而是从儿童的视角虚写"文革"，揭示"文革"，歌颂劳动人民的生命力。小说没有对"文革"做简单的观念推演，整个叙述很小心地控制在一个学龄前儿童的理解范围之内，几个孩子，"我"、死猪眼、小牛、小聪、小明等在外草塘这个半荒野之地无拘无束地玩耍，"我"虽然是地主的外孙，却和队长的儿子在一起厮混，而贫农之子死猪眼却因人丑、死心眼而被孤立，但他却有徒手抓到野鸭的光辉业绩,并受到了"反革命"之子小明的崇拜。在外草塘这个地方,纯朴的人民并没有完全遵循官方的阶级斗争思维,牛队长会脱口而出惊呼"反革命"为"神仙",妇女们会因为柳月("反革命"之妻)的手工活而偷偷和她往来,我父亲这个贫农之子则代替出身地主家庭的妻子去批斗。然而外草塘也不是乌托邦,外来威权的阴影时刻笼罩其上,新来的曾主任严惩了"我"父亲的替罪行为,夫妻二人饱受折磨,而被分配来小队改造的"反革命"刘老师不仅常被批,还失去了懂事的女儿。不知是有意还是无意,许仙作品中经常出现女性献祭般的情节,《向天游》中的"小姨",《外草塘》中的小聪都是这种纯洁美好的祭品,她们的死,使得小说的主题超越了时代批判,走向了文化批判:正是重男轻女的传统男权文化,杀死了这些美丽的女性。

小说使用了魔幻技巧,每一个批斗回来的夜晚,"我"都会听到狗叫,这个情节从写实层面上看,可能是"我"父母和"反革命"一家约好的互报平安的暗号,但其象征意义非常明显,在这种批斗之中,人被当成了狗,尊严扫地,人身受辱。除了这一魔幻情节之外,小说还使用了象征意象,旺盛的野草与烧焦的大树萌发新芽都有明显的象征含义,象征着劳动人民顽强的生命力。和在现代化进程中被开发得面目全非的外草塘相比,"文革"时期的外草塘,虽然物质生活艰辛,政治环境严酷,却有纯朴的人民和美丽的自然,能给孩子提供美好的、激发想象力与创造力的童年,而现代化的外草塘,却只剩下赤裸裸的现实。

江辉的散文《身得由己》包括《老余》《门》《某山寺僧》三个写人的短章,也是底层写作。收购废品的老余,朴实勤劳,在电器、机械的安装、修理方面有天赋;贵州人小门则爱恨分明,有自己明确的价值取向;而老家安徽的某山寺老僧则命运多舛,亲人或故世,或离散,独自一人度过纯洁、清苦的人生。这些底层人物的才能、价值观以及心性都得到了作者比较好的刻画,并对身为知识分子的"我"起到了一定程度的教育作用,让我来反思、建设自己的人生。江辉的文笔简练自然,写人物苦难时不夸张不渲染,反思也真诚、平等,水准相当不错。

◎耻辱与欲望烧灼的青春

——《野草》2016 年第 6 期刊评节选

一、木匠女人的儿子

东君的《我不知道她的名字》是一篇极富冲击力的作品。"他"大学毕业后身无分文地返乡求职，却在返乡的当晚中了堂哥的圈套，当了男妓，被一位白胖的中年妇女破了处。耻辱与初涉性事诱导出来的强烈欲望，让他在一位暗娼身上尽情地发泄，直到"女人抽搐了一下，突然像树枝折断了一般，跪倒在地上，双手紧紧地捂住嘴"，而他也"感到有一种疲倦自顶至踵淹没了自己"。小说语言、结构和主题高度融合，达到了有机统一的境界。叙述从整个事件的中间开始，开篇时那耻辱的一夜已经过去，然而，即便是"点亮房间里所有可以点亮的灯，他仍然不知道此刻是夜晚还是白天"，这种现实感受正是人物精神状态的绝佳映射，室外景色透过茶色玻璃"蒙上了一层灰黄、凝滞的色彩。远处的树木、建筑物以及水泥路都泛着沉闷的光晕"，这灰黄、凝滞、沉闷的风景一如他被玷污的、晦暗的前途。他原以为"这辈子最让他羞愧的一件事就是，身无分文回到故乡"，但这只不过是开端而已。在故乡被直系亲属设计陷害，践踏的不仅仅是他男性的尊严，更宣告了他永失故乡、终身漂泊的命运。

但是，耻辱与丧乡的苦难只是小说内涵的一半，剩下的那一半，东君为读者展示了人性的普遍堕落与罪的传承。这位"身体里蹲伏着一只不讲道理的野兽"的青年，把他澎湃的情欲、承受的屈辱与无尽的仇恨，疯狂地发泄在无名暗娟身上。在凌厉至野蛮的性宣泄过程中,父亲的家暴、童年阴影、在中年富婆和同龄女子(大学里夭折的爱情)那里遭遇到的羞辱在他的脑海中不停地闪现、切换,一个世界以其无耻的堕落蛮横地插入他的体内:"进入的那一刻,突然感觉自己被什么东西狠狠地插了一下——他仿佛听到了'咔嚓'一声",一个男孩的童贞与童真就这样永远地丧失了。但他绝非纯然无辜,在外部世界剥夺了他的生存资源后,他那雄性动物的骄傲与充沛的荷尔蒙,把女性指认为全然堕落者,暴发出了巨大的残忍,体内潜藏着的"父亲"的逐渐显形,占据了统治地位,他成为杀子者的同谋,继承了中国男性的罪恶。

在把主题向纵深推进方面,东君的小说堪称范本。小说中三位与他发生性关系的女性身上,都同时潜藏着人类文明史上女性的三副面孔:母亲、爱人(情人,lover)与妓女。中年富婆与女友一样有雪白的皮肤,也和女友一样主导着他们的性行为,而她的丰腴体贴让他梦到了母亲(好一位丰饶的母亲!);大学女友"皮肤白得像是可以看到灵魂",却有妓女般的滥交倾向,她那一头秀发,"曾经让他想到母亲";那位无名暗娼,像女友一样"很白,像六月的栀子花",同时,她是一位丧子的母亲,而她的丈夫,也是一位木匠,和他的父亲一样。在中国文化里,母亲是温暖、保护的代名词,是道德标杆,儿子们向善的根基,母亲即故乡;爱人则是男性灵魂创造的动力,是灵感的来源,激情的方向。而现在这两副女性面孔都重叠在了妓女这副面孔上,这意味着女性这一整个性别的沦落,也意味着人性的全面沦陷。正是女性这三副面孔的重叠,让这个只会做"直来直去的家什"的木匠的儿子,失去了道德根基,他无视她们身上存在着的苦难母亲的面影,像一个破坏力极强的青春期少年,把仇恨与乱伦的欲望和无能弑父的屈辱尽情地发泄出来,和父亲形象耦合,宣告了罪的胜利。

"木匠"父亲则为小说增加了宗教的维度。在基督教中,耶稣的父亲约瑟是个木匠,他接受了婚前怀孕的玛丽亚,温柔以待,成就了自身之"义",而耶稣对妓女的宽容(抹大拉的玛丽亚)、尽诸般义的坚韧博大和为世人的罪献身的行为,让他成为罪人的救世主,苦难者的福音与盼望。小说中"他"的父亲是个木匠,这位中国当代木匠,技艺拙劣,性情暴烈,是仇恨的化身,在他不堪虐待宣称要跳楼时,"父亲冷笑一声说,你有种就跳给我看……如果你想跳的话,我可以把你抱上窗台";另一位木匠父亲是那位无名暗娼之夫,他无能软弱,靠妻子卖淫生活,自己则在精神恍惚之中,为死去的儿子制作摇篮。因为父不父,所以子不子,正是这些无能的、暴烈的父亲,塑造了同样无能的、暴烈的儿子,作为"木匠"女人的儿子,他选择了尘世之父的仇恨,而非天国之父的慈爱与悲悯。

近年来东君的小说对基督教文化多有关注。温州是一个福音非常兴盛的地区,温州人的足迹遍布全球,客观上造成了温州这个地方独特的多元文化共存的现实,但深谙中国传统文化的东君对西方宗教的本土化程度显然并不乐观,尤其是在现代商品经济大潮震荡不止、私欲泛滥的今天。

小说标题为《我不知道她的名字》,但叙述却以第三人称全知方式展开,文本中讲述的始终是"他",那么,标题中的"我"是谁?"他"?作者?还是我们所有的人?我更倾向于最后一种,我们每一位读者都将和"他"一样,不知道"她"的名字,却知道这世界以种种方式——金钱、欲望、男权——让"她"堕落,蹂躏"她","她"承受一切,宽容一切,却无力拯救,因为"她"是这个世界上最卑微、苦难最深重的"第二性","她"永远不会是救世主,只能听任自己的"儿子"留在罪恶与虚无之中。

《我不知道她的名字》所揭示的或许将是中国整整几代人的生存现实,当他用"堂哥教他的夹烟姿势","吐出一个优雅的烟圈"时,我们仿佛看到了这一代人选择的方向。

一阵风来了,他被吹弯了。

二、聂赫留朵夫们

刘荣的《聂赫留朵夫的成人礼》是一个极富才华的作品。小说是典型的后现代文本,不同的叙述层次互相交织,形成迷宫般的叙述结构。在叙述的开端,已经大学毕业的"我"经由诗歌打开记忆,回到那个从童男过渡到男人的重要时刻:那个停电的中学晚自习课堂,被欲望烧灼的"我"借助昏暗光线的掩饰,试图探索女友神秘的性感区域。最后,他们在学校旁边的小旅馆完成了自己的成人仪式。这个被童贞束缚着的小镇青年,在旺盛的生命力的驱使下,曾经整夜和女友纠缠,却在女友恪守童贞的浪漫主义道德面前溃退,直到这个停电的夜晚,女友已经被班主任强暴,"我很愤怒、很粗鲁",而女友"已经有了经验"。

不过,《聂赫留朵夫的成人礼》并非一部回望浪漫青春、书写情欲的小说,像本期一位更年轻的作者浅亭的《入侵者》那样。《入侵者》把人物置于一个与世隔绝的山谷，避世而居的一家三口因闯入的逃兵三强漫溢的雄性荷尔蒙而兴奋，上演了一场窥淫、乱伦（母女共夫）、杀亲、同性恋与自焚的重口味戏剧，妓女、逃兵、少年杀人犯纷纷登场。不管是人物、情节设置，还是语言，都显示出了青年写作者对时代的被动接受，显然这个欲望狂欢的消费时代极大地刺激了年青的写作者，让他携带着青春特有的冲劲纵身其中。《聂赫留朵夫的成人礼》虽然有对性行为过程纤毫毕现的描写，语言却极其冷静，叙述在时间的护翼之下，浓情得以过滤，人（男性），来到了分析的聚光灯下，叙述行为本身得到了叙述者的反复揣摩。相比于那个夜晚的情欲搏斗，叙述者更在意的是为什么"我"会"抱着最大的诚实"写下"它不会停电"这样的诗句，经验与记忆让"我"怀疑这种无视现实的浪漫主义，进而，这种怀疑漫延至记忆本身，"我试图确证自我、归于平静"，"坦然表达"，仅凭记忆是不够的，它还必须与具体的空间（南泥湾）、某个瞬间事件（停电），以及强烈的感受（受阻的欲望）合作，才能通过话语呈现人的同一性，或曰"完美"。正是在这种逻辑之下，托尔斯泰的作品《复活》和《哈吉穆拉特》进入了小说，对它们的阐释与改写，和叙述者的经验、回忆以及"我"与女友的情欲事件，共同构成了小说主题的纵深感，这主题即人借着游戏探索自我、呈现自我、抵达自我。在"我"看来，聂赫留朵夫和哈吉穆拉特这两位古典小说人物虽然一度迷失于现实社会的功名与欲望中，但勇于选择和行动，显示出了男性的英雄本色，是"完美"的，记忆推动他们去选择、去行动，表现出了修改人的命运轨道的强大力量，然而这一切均有赖于讲故事这一行为，托尔斯泰把自己的二元论思维赋予了人物。当"我"隔着时空，注视着十七岁的自己与女友那场仪式般的情欲搏斗时，"我"改写了聂赫留朵夫的故事，为成长期的聂赫留朵夫设计了一个和父亲一起玩的"木槌"游戏，并且给了聂赫留朵夫便利的性资源——随时可用的女仆，而玛丝诺娃被阐释为可以随时满足男性的性感女神。这些阐释、改写和托尔斯泰原著强烈的道德净化诉求完全相反，改写行为本身，就像"我"无视道德，砸了别人家的窗户，把获得的玻璃放入火中熔化重新塑形，把实用之物改造成美而无用之物一样。

在刘菜的观念里，叙述是一种精妙的语言游戏，同样，性活动也是一种游戏，未经世事的浪漫主义道德幻想是它的自由本质的最大障碍，这世界就是一个扩大了的愿赌服输的南泥湾，获得经验的青年男女，将体悟到一种自由的游戏精神,以一种前道德状态,超越男权社会的狭隘道德。正是在这个意义上,班主任强暴女生被"我"模仿,而此类事件中女性"被侮辱被损害"的弱者面貌被隐去,并成为打开男性成长大门、赐予快感的性感女神。托尔斯泰的聂赫留朵夫们借屠格涅夫给玛丝诺娃们看,而刘棻的聂赫留朵夫们还送了陀思妥耶夫斯基(显然是那本《被侮辱与被损害的》),尽管它是最坚硬的现实,却只有被一笔带过的命运。

《聂赫留朵夫的成人礼》的叙述借停电、游戏与处女被诱骗(强暴)三个节点,在过去与现在、文本与现实中自由穿梭,技巧十分娴熟,对话语逻各斯、人的本质以及事件的真实性追问是它内在的叙述动力,具体的场景描绘则用不动声色的客观描绘来完成,作品的艺术成就令人激赏。刘棻是一个观念型的写作者,具有超强的思辨能力,然而其文学资源过于偏重西方文学,又有着引人注目的技术激情,因此,作品对于中国读者的阅读来说,是一个不小的考验,若能略微克制一下思辨与技术激情,在观念与现实之间找到更平实自然的通道,无疑会赢得更广泛的读者。

相比刘棻西式的思辨所搭建起来的叙述迷宫而言,唐棣的作品有着东方古典式的大量留白,叙述角度灵活轻盈,文字典雅唯美。《野草》公众号上曾经推了唐棣《对未来优质小说的期待》一文,"陌生""它为秘密而生……在读者的内心揭晓""出招总是那么动人,不泄露招数,杀人于无形""闲笔是一种对叙述充满自信的体现""个人化""好文学还是在绝望的期待中隐藏",这些词句向我们显示出唐棣对美感的推崇、思维的朦胧特点和思辨能力的欠缺。《蝉时雨》写已婚织袜厂工人佛手与厂花白薇的情爱故事,佛手在让白薇怀孕后逃离了织袜厂,白薇则在生下女儿后搬离原来的住所,后女儿长大后遭遇了某类暴力事件。小说语言简朴而富有诗意,重复很多,留白很多,不交代人物的内心情感,而用外在的景物描写、旁观者的观察等来呈现故事,画面感很强,尤其是结尾那一段甥舅对话,灵动有趣。但总体看来,在美感上达不到汪曾祺、孙犁等的水准,还存在意义缺失的弱点,缺乏发人深省的力量。

◎2016 年《野草》：一个文本中国

——《野草》2016 年年度述评

> 那是最美好的时代，那是最糟糕的时代；那
> 是智慧的年头，那是愚昧的年头；那是信仰的时
> 期，那是怀疑的时期；那是光明的季节，那是黑暗
> 的季节；那是希望的春天，那是失望的冬天。
>
> ——狄更斯《双城记》

对于一位致力于时代观察的读者而言，《野草》这份地方性刊物实在是一个不错的样本。《野草》的作者虽然不乏目前在国内文坛声名鹊起的中年实力派，如张楚、弋舟、东君、曹寇、王凯、杨遥、玄武、刘荣书等，或者青年才俊如文珍、陶丽群、唐棣等人，但大多数写作者都还在文坛的边缘，这些作者提供的文本，相比《收获》等大刊的文本而言，更能代表一般性的中国，而不是一个"精英"中国。由于每期刊评都对具体的作品做过一些文本细读的点评，这份年度综评的文字，将尽量避免具体作品解读，而是把杂志视为一个文本、一个文化现实来做些简略的观察，它基于这样一个前提：所有的文本不论其艺术水准如何，都是历史、社会、意识形态和文本诸关系的结构中不可或缺的重要部分，对于文化观察而言，都是有效的。

那么，2016《野草》这个文本，都有哪些特色，又给了热爱观察的读者什么样的启示呢？

一、黑蓝与先锋

2016 年《野草》刊出了一系列黑蓝网刊作品,生铁、陈卫、朱诺、马牛、Shep 都成为《野草》作者。黑蓝并不是一个新事物,从 1991 年陈卫等人创立黑蓝算起,黑蓝这个写作群体已存在二十二年,从最初的网络文学,已经顺应技术的更迭,转成了自媒体平台,拥有自己的粉丝群体。《野草》推出黑蓝作品,算是官方纸媒对网络文学的扶植和认可。

黑蓝曾经公开过一份名为《作为本体存在的小说》的"理念",具体年限不是很清楚,从其逻辑的含混、术语的暧昧和用词的夸耀来看,应该是陈卫等人年轻时拟就的。且不说"本体"一词无论如何也不能降格至某个文类,就算把"小说是本体存在"当成前提,仔细推敲,黑蓝理念也仍然存在着无法弥补的缺陷。文件中小说的"本体"似乎指的是某种写作姿态,这种姿态从创作主体层面上看是主观的,标榜意识创造现实,强调小说的形式,而"形式主义,仅仅意味着通过对材料的综合处理,使形式与材料达成和谐,而不是那种普遍认为的、把形式从材料上剥离开来",难道有什么流派或者文学,居然会认为形式与材料不应该和谐统一? 黑蓝的批判对象,其实是一种虚构,是青年对复杂的文学现象所做的一厢情愿的、极端的化简:它们无一例外都喜欢讲故事,都是写实的,而且不注意形式或讲故事的艺术。有意思的是,黑蓝在一厢情愿设立革命对象的同时,又取消了自身的激进姿态,反对公认的先锋小说——"小说反对以'提供生活方式'为目的的私人小说,'酷''愤青''肉体''反社会'等以刺激读者为目的的小说只在树立作者个人形象上具有意义。"——这种对先锋文学的认识同样是极端的化简,是真正的"把形式从材料上剥离"。它反对迎合读者的趣味,宣称要以破坏读者的趣味为己任,却又允诺"最终让读者抵达本体层面上的纯粹爱欲",这种引诱都带有营销性质了。之所以出现这种骑墙姿态,与黑蓝对技术和读者的依赖有密切的关系,黑蓝借助网络传播,绝对不敢彻底无视公众的趣味,其在提倡革新的同时,也小心翼翼地避免自称天才,并且标榜勤奋与阅读,是实实在在的底层文艺青年。因此,所谓"作为本体存在的小说",并不是什么新鲜事物,它本质上只是反复强调了一点"我们在很浪漫、很纯粹地做一件有意义的、甚至有永恒价值"的事情，一句话，走的是青春路线，打的是情怀牌。在黑蓝理念提出至少三十年以前，西方就已经进入了后现代，不论是作家、批评家，还是读者，都逐渐意识到，根本就不存在什么"独立的"文学，文学文本根本就不能被看作"自足的""超验的"人工制品，它依赖于文化价值，并指明了文化价值，它是文化、社会和历史力量的产品，又是这些力量的进一步体现。

从理念上看，黑蓝的理念幼稚、含混，无法像 20 世纪初的达达主义、未来主义一样仅以理论和宣言就在文学史上牢牢地占据了一个位置，那么，创作又如何呢？2016 年《野草》推出的生铁、陈卫、朱诺、马牛、Shep 五位作者都是黑蓝比较著名的作者，艺术上各有所长，我已经在各期刊评中详细点评过，这里不再赘述，只对几位黑蓝作者做一点简单概括。第一期的生铁擅长写情欲，想象力丰富、跳跃性强，作品情节怪诞，有点表现主义大师卡夫卡的影子，读来当然不失趣味，但生铁几乎为他的小说净了场，把宗教、伦理、政治、历史等都排除在外，"人"成了极端抽象的心理幻象。以想象力而论，第四期的马牛较之生铁更胜一筹，《超过花》古怪精灵，散布着层出不穷的意象，小说写得有点诗的韵味，有点童趣，大略可以让人联想起卡尔维诺，美学上也大致相似，有一种轻逸之美。第二期的陈卫则显示出意识流小说对其的影响，擅长写感官与瞬间印象，尤其是视觉与触觉的展示，再借助标题，和内容之间形成一种张力，文本具有一种美的质地；陈卫的人物漫游式情节组织方式和伍尔芙参差类似，但若拿两者的文本进行对比，就会发现陈卫的作品缺乏一种理解宏观世界和人的终极宿命的努力。第三期的朱诺是最具现实感的一个，对于时代脉象的把握相当不错，人物的性格和心理也刻画得比较清晰，但语言却是硬伤。第五期的 Shep 有一定的哲思功底，能够抽取典型，但语言同样显得生涩。五位作者的 10 个/组作品，都有优点，但都很难称得上一流，甚至在技术的运用上，也同样如此。如果说这就是"极端的快乐""本体层面上的纯粹的爱欲"，那么，如何理解美学上的崇高？如何理解人类对宇宙秩序的探寻和"我是谁"的终极之问？如何理解作为现象存在的"主体间性"？

实际上，新世纪以来，先锋派的艺术创新和技巧早已被主流文学所吸收、消化，山某带着当下文学阅读经验再去读马原、格非等人的作品时，完全没有了二十年前的震惊、欣喜，先锋技术甚至被媒体文化所吸收和增选，从电影、电视、广告、工业设计和建筑到技术的审美化和商品美学，无一不展示出这一现象。文化先锋派的合法地位,已经被出现的大众媒体文化以及支持它的工业和体制所优先占有,这也是当代文坛不再动辄谈先锋的原因。当代的写作者,不管是写实派,还是实验派,都同样关注讲故事的技艺,都需要"和语言博斗"。第一期刘荣书的《死者》,是一篇典型的写实小说,但它对于乔伊斯同题小说和韩东诗歌《大雁塔》的使用,借助互文性把自身置于一个更开阔的文学传统中,而小说中方丹萌发杀心之后的描写,也是典型的先锋技术;第五期许仙的《外草塘》也是一个写实作品,其中魔幻情节和象征意象的使用也增加了小说的意味;第六期东君的《我不知道她的名字》同样是写实作品,但作者写眼前故事时却能够把人物的过去精简而妥帖地穿插进来,并对人物的当下行动产生影响,从而对人物个性、境遇的思考深入到了原型层面,大大地拓展了文本空间。

年轻的实验作者,想要写出好作品,除了对技艺、形式的热衷,还必须有厚重的人性关怀、对作家身份的质疑、对文学本质的思考、对人的本质的追问和对人与环境之间互动关系的终极思考。2016年的《野草》杂志,并不缺乏这类成功的、年轻的实验作者,第一期的楚灰、叶勐,第二期的孙智正及第六期的刘菜,这几位作者的作品,都较黑蓝作者的文本更出色,另外,第三期的刘浪和第六期的唐棣的水准和黑蓝作者比较接近甚至略胜一筹。孙智正语言的冷漠和对知识分子精神状态的把握让人印象深刻;楚灰和刘菜则以哲思见长,均以互文性来增加文本容量。楚灰的《窗外的野兽》深思文学创作与世界的双向互动关系,刘菜的《聂赫留朵夫的成人礼》则以把各种各样的游戏——叙述、性、融化玻璃、钻电线杆——穿插在"我"与女友发生性关系的事件追溯中,呈现出一个完整的"游戏的人"的主题,并以此超越既有的男权道德。叶勐的《谁人在打太极拳》则以戏谑的语调呈现文学与生活的互动关系,并经由它而触摸到一种牵引着主体的不可知力量。这些作者都低调隐忍,保持着深思文学、人与文化的本质的习惯,以及执着的文学形式创新冲动。《山花》杂志前主编何锐老师曾经在一个选本的前言里说过这样一段话:"事实上,更具实力和潜能的作家那儿,先锋写作往往是时断时续的,也是与本土经验相融合的。他们不刻意前卫或标榜先锋,也不热衷于形式上的花样翻新,而是潜心于小说叙述、结构、风格的探究;更重要的是,他们不满足于仅仅对人的生存和精神困境的揭示,更专注人之命运的无常和不确定的表达,更倚重人性深度和精神内质的开掘。从某种意义上说,先锋写作正逐渐成为一种常态写作。"

除了黑蓝作品，2016年《野草》还刊出了玄武主持的微信公众号"小众"的一系列散文作品，其中杨永康、黑陶等人散文文体革新的成就也非常引人注目，同为自媒体平台，"小众"的作者和黑蓝一样，也没有统一的风格，不过，"小众"其实是推送已经在业内获得了一定成绩的作者，而黑蓝作者则基本上是网络这块平台上培养起来的新生力量。

说了这么多，我并无意否定黑蓝，恰恰相反，我十分肯定黑蓝的探索，并希望它保持探讨人类体验的努力，它为当代文学带来了差异与复杂性的种种可能，它的存在本身就是对现代性宏大叙事的可信性的质疑。然而，一种更加沉潜的姿态，更加开阔的格局，更加深入的视野，甚至更加清晰的思辨能力，都是黑蓝急需寻求的。让我们期待黑蓝拿出更具实力的文本。

二、意识形态操控的被动主体

2016年《野草》刊登了16篇中篇小说、23篇/组短篇小说（除了《超过花》外，共33个小故事），再加上写人散文中的人物，为读者呈现了100多个人物，这些人物既有城市与乡村的底层人民，也有乡村权力阶层与城市中产阶级，年龄跨越老中青三代，职业也五花八门，从城市高级白领、文化人到底层的送水工、无业青年，军区的底层军官与志愿兵，以及农村留守妇女和年迈的老人，构成了一个相当完整的当代中国人物群像。这些不同职业、身份、性别、阶级的人物，毋庸讳言，和我们读者一样，处于欲望、伦理与政治经济交织而成的现实生活网络之中。观察众多的写作者如何介入现实，揣摩人物，提炼主题，是非常有意思的。让我们从曹寇的《在杭州》开始了解。《在杭州》写的是一对偷情的男女在宾馆开房，最后不欢而散的故事。从男主人公接到阿姨的电话开始，他们的欢愉受到了潜在的威胁，最后，在男主人公讲述在南京总统府前扮演蒋介石的叔叔与扮演毛泽东的邻居之间的纠纷之后，女主人公莫名离去，剩下男主人公独自一人。故事的女主人公是男主人公妻子的闺密，而男主人公注意到这位闺密，显然和他阿姨对女主人公做伴娘时前卫的装扮的过激反应有关。由于曹寇把大量的内容隐没在叙述之下，《在杭州》中的女主，允许读者把她解读成一个最激进的女性主义者，也可以解读为缺乏道德感的欲望主体，她是欲望主体与女性主体的叠加,被曹寇置于资本主义平庸的语境之中,承受着传统伦理与现代诱惑的撕扯。如果说曹寇的《在杭州》展示了新女性的力量和前行的阻力的话,那么苏兰朵的《暗痕》则过滤掉了当代新女性的伦理压力,性别、身份也被最大程度地忽视了,"她"因理性、独立、丧失正常男女的"性趣"而孤独、忧伤,由于这个阶层的男女都面临着同样的处境,因此性别就失去了区别的意义,许雅主要是一个心理主体,而非性别主体或者欲望主体。相比之下,陶丽群的《七月,骄阳似火》则强化了女性的社会处境,小雅是一个伦理主体和社会学意义上的性别主体,她受制于传统亲情和城乡物质生活条件的差距,男权社会和家庭伦理对小雅施以重压,让她暴露在男性的觊觎甚至暴力之下。这个主题也是李金桃的《门前有个高架桥》和马顿的《被动的女人》两个作品的主题。同样在社会文化层面上来刻画女性,韩月牙的《芹菜和毛豆》和赵斐虹的《回家》选择了不同的调解方式来处理女性所遭遇到的这种男权暴力,韩月牙诉诸伦理温情,郁若接受了良善父亲型的浪漫日常,而赵斐虹笔下的女主人公则放弃对男性的幻想,走出了独立的第一步,《暗痕》女主人公的社会处境正是她的人物的理想,而《暗痕》女主人公的困境,显然还属于无法预见的未来。

总体而言,在 2016 年《野草》刊登的这 50 个故事中,大部分的女性都是在社会学层面上被描绘的,独立的、自省的女性极其罕见,这些文本高度关注女性在社会权力结构和资源的配置中的弱势地位,而很少思考女性这一性别本身的特征与内涵,尤其是女性作者,关注面几乎清一色是社会学层面上的。倒是男性作者对女性的描绘显示出了一些异质性,刘浪在《涧河北岸》中写了几位年龄不等的女性,她们机敏、自由,难以被归入某种既有的道德体系,迷人而不受控制,刘菜的《聂赫留朵夫的成人礼》则把女性想象成助男性成长的性爱之神。这些男性幻想和女性的社会处境,在东君的《我不知道她的名字》中得到了高度凝练的融合,小说中女性的面相在"母亲"、"爱人"(情人,lover)与"妓女"三者之间来回闪动,女性疏导了青年男性压抑的性能量,承受了他们社会博弈失败后心情宣泄的仇恨,并以自身的沦落抽掉了男性脚下最后一块坚实的土地,宣告了男性救赎希望的破灭。以上这些作品,从文学的角度来看,质量相差甚远,看上去似乎并没有放在一起讨论的必要,笔者亦无意重申改善当代中国女性社会地位的主张,实在说来,女性这一性别在整体上受到玷污、践踏,承受着无尽的苦难,这种结论并不需要一本文学期刊来证实,通过一般的社会观察即可得到,只不过社会学观察无法对女性人格独立的程度做出判断，而文学文本在这方面具有天然的优势。

相比女性主义立场，笔者更愿意从文化批评的角度来谈谈这个问题。事实上，2016年《野草》刊登的作品中的苦难女性的主题，还需要和其他几个文学主题联系起来看，才能形成一个完整的逻辑思路。第一类是职场、官场、乡土小说揭示的抽象权力的主题，西毒何殇的《我还没找到我要找的》是这个主题中非常出色的一篇，小说以丰富的、怪诞的想象描写了现代人的工作场所，那幢大厦层层密封，工作间高度类似，公司等级森严、规则明确，工作内容十分抽象。"我"把公司的要求内在化了，多少年来在这个等级叠加的组织内有条不紊、精明善算、恪尽职守，也稳步上升，然而那个为"我"的人生设定那难以揣摩的目标的人随时可以否定我的努力并剥夺我的生命，小说有一点卡夫卡式的怪诞与黑暗。王凯的《白鸽》、徐汉平的《计策的说》也都表现了"上"意的不可测。另两个质量较差的作品——曾剑的《别砍我左手》和邱贵平的《我们都是有病的人》则比较直白地描写了权力的蛮横与暴力。在这一类主题中，杨遥以卡夫卡生平为题材的作品《黑的尽头》也值得一提，小说呈现了卡夫卡在家庭和职场两种不同空间的压抑人生，基本上如实地反映了卡夫卡的思想：家庭是压迫开始的地方，父母以专制和奴役的方式教育子女，子女在家庭中成长后，形成了自愿接受各种社会机构的特性，而这正是社会威权得以实现的基础。

和抽象权力对人的任意支配高度相似的，是时代变迁、命运无常的主题，读者能在大多数的写实小说中读出这个主题，这个主题耦合了乡村、怀旧、伦理、女性多个主题，其中不乏佳作，但多数都很平庸，楚灰的《窗外的野兽》、杨献平的《南太行乡村记事》（《杨小方的少年往事》《曹三照的单身生活》和《抚恤金》）、阿航的《河豚》、谢志强的《老兵》（《一棵树》《排碱渠》《布娃娃》《马连长的老婆》《那天半夜》）、韩月牙的《芹菜和毛豆》、许仙的《外草塘》、东君的《我不知道她的名字》、唐棣的《蝉时雨》、马顿的《被动的女人》等均可归入这个主题，它们为读者呈现了一个在资本主义高速发展的进程中支离破碎、行将逝去的乡村和受欲望驱动的无序的城镇，一方面，传统小农意识形态中的权力结构在共和国大一统意识形态中并没有消失，它一部分悄然地移植到了城市的职场和官场之中，一部分仍然保留在家庭伦理之中，剩余的则保留在偏远的山村；另一方面，资本又加入这种权力结构，对个体进行操控，而传媒技术的发展又让大众文化成为一股不可忽视的力量。传统权威、工业资本与大众文化共同形成了当下的意识形态，不管是女性受压迫的社会处境，是男性灰暗压抑的职场人生，或者普通人被命运随意支配的人生，实际上反映出的，都是意识形态操控下主体的无力状况。从理论上讲，所有个人都是意识形态影响下的主体，在占绝对优势的逻辑推理体系之外，个体的意志与控制能力是相当有限的，主体选择的最终权力和自由依赖于环境，因而，在每一个具体境遇中，都受到了主导性意识形态影响的制约。一个人在多大程度上能够自由地行动或者代表自己以表现自身，这个问题是对传统的人类本质决定论模式的辛辣嘲讽。正如我在第一部分所指出的那样，根本就不存在什么独立的文学文本，事实上，也根本不存在能够超越意识形态的作家。

然而，虽然在当下的语境中，坚持作家应该引领甚至超越时代已经不啻痴人说梦，但写作者之间仍然有着是否认清自身、认清时代以及个性是否有力、态度是否自觉、技术是否精湛等差异，东君、曹寇、刘荣书等对人、对时代的把握就比其他作者更清晰，个性更有力，技艺也更精湛，楚灰、刘莱、西毒何殇、唐棣等青年作者也明显显示出比同龄作者更清晰的思辨能力或者美学自觉。向内研究人，向外研究时代，同时修炼专业技艺，是一个作家终身的修为，2016年《野草》作者中，有那么一部分在修为上，确实是十分勉强，但对文学的热情却显而易见。这种情况，和传统文化的等级观念、传统文化心理不无关系。这类作者，显然表现出了对环境更多的被动性，而少了作为一个作家的主观能动性。

说起研究我们的时代，我还有几句话要说。在我看来，至少到目前为止，资本家（商人、有钱人）这个群体的智慧与努力在文学表达中尚未得到真正严肃的对待，这类人物可能是当代中国文学中脸谱化最严重的人物，出于某种自觉或不自觉的心理，不少作者会对资本家的人格、智商与努力进行贬低甚至丑化，完全意识不到威权对资本的扭曲，资本只不过是一个替罪羊。这种思想深处其实蕴含着深深的等级偏见，并且显然和人类文化发展的方向相背离，即便是从马克思理论的角度看，发达的资本主义也是人的自由解放的必经之途，如果作为一位21世纪的写作者，不能以更客观、更严肃的态度研究资本和资本家，认识不到人的社会性里面，天然地就包含着政治与经济的成分，不反思自身歧视资本家（商人、有钱人）的深层心理，这无论如何是说不过去的。

2016 年的《野草》是一个非常有意思的文本，激进、时尚与保守、僵化并存，但总体而言，激进与前卫的部分偏少，绝大多数的主体，层次都比较单一，不管是文学作品中创造出来的主体（人物），还是作为创作者的主体（作家），自我塑造之中的、隐含不确定性的主体十分稀少，这应该不仅仅是《野草》一刊的现实，更像是中国的缩微版。作为一位普通的观察者，我其实更相信经由文本接近的现实，也保持着一种隐秘的信念：如果我们改变了文本，我们就会改变现实。

◎爱情与远方

——《野草》2017年第2期刊评节选

一、青春爱欲的创痛

徐顺锦的小说（这其实是一篇小说，而不是散文，至少作者是这么界定的）《橡胶灵魂盛放于夜》写的是在韩国做交换生的那几个月里，"我"和一位女生每个周末相聚，一起消遣时光，一种深沉、静谧的幸福与爱意逐渐地在"我"的内心显形，但这份静好的情愫却停留在了各自的内心深处，"我"带着巨大的痛苦接受了离别。小说处理的是一个非常感伤的题材，但作者非常好地控制住了它，对爱意的萌生、感受以及错过时的恐慌等情感的描绘准确、有力、感人。更为难得的是，小说具有相当开阔的气象，爱情的渴望、灵魂的探寻以及自我的呈现同时展开，小说开头蜂群离开蜂巢、形成"有目的、有生命、不透明的黑色小云朵"、进入广阔空间的意象引发的灵魂失落主题，在后面徐徐展开的文本中以不同的形式一再回响，把20岁青年特有的心绪空茫表现得极富个性与韵味。

在蜂群意象之后，是乘机旅行、大学室友、"她"、初见的回忆和高中毕业后的心绪空茫，接着是"我"和"她"的交往、分别、乘机回返。整个叙述的走向具有相当的开放性，众多的事物并置，看似没有必然的联系，却因灵魂的内在渴求而被紧密地聚合在了一起。除了开阔的内部空间，小说还有一个无意带出来的主题，非常耐人寻味：行为的消极或积极，与日常生活的实现，能构成有效的联系吗？"厚朴"大胆表白被拒，"我"以敏感的心享受着相处的隐秘幸福却不表白，二人对待情感的方式一积极，一消极，结局看上去似乎一致。厚朴一副皮糙肉厚的样子似乎给人一种不配得到细腻深情的印象,但他对《万物生长》中细节的准确记忆是否暗示了冰山下那隐秘的一角？为什么"我"如此消极？和女孩相处时感受到的巨大幸福为什么不足以使"我"释放激情？是什么束缚住了"我"表达的冲动？女孩是不是因为"我"总是裹足不前而选择了保守的表白？注定分别的初恋对一个青年写作者而言,是一个堪称惨烈的主题,极易写成狂野的宣泄、浪漫的俗套,但徐顺锦同学在写这个故事的时候,却相当冷静地呈现了人物的性格,也隐约地对比了积极与消极两种世界观。在生活中,积极的人总是看上去更有力、更进取、更富于建设性,消极的人却显得被动、力量不足,然而当涉及另一个平等独立的主体的时候,积极或消极并不必然产生相应的后果,而若从内心的丰富感受来看,似乎那相对静止的主体,更能细细品鉴幸福的色彩与层次。

《橡胶灵魂盛放于夜》有一个读者召唤结构,激发读者去探寻蜜蜂离巢意象所带出来的灵魂失落主题,并用披头士乐队专辑《橡胶灵魂》强化了感受力的方向,文本带有青年写作者特有的感伤,那执着于夜晚的灵魂,深谙幸福的丰盈与力量,却必须忍受体内精灵的离去,徒然留在巨大的机械轰鸣之中。

相比徐顺锦自传色彩浓厚的文本而言,朱斌峰的作品《黄梅天》的青春期情欲书写在技艺和主题层次上都显得更具匠心。故事发生在民国时期长江中的一个小洲上,处在青春期的"我"在黄梅天潮湿的天气里,带着强烈的性欲渴求着邻居梅子姐,而备受性别、身份诅咒的梅子也不顾一切地委身于小两岁且刚刚发育的"我",这段关系被一个性别模糊(方子言的童音有女性特点)、动机暧昧的男孩方子言跟踪窥视,并放出谣言,"我"在慌乱之中萌发了杀机,在和方子言比赛游泳时,眼看脚抽筋的方子言死去,梅子猜出"我"内心隐秘的动机,弃"我"而去,"我"则离开了生养之地,远走他乡,多年后返乡时发现,梅子已精神失常。除了梅子和"我"的孽缘外,小说中还有一个尼姑偷情、莫名失踪的传说,以及偷情女人变形的各类迷信,它们共同营造了小说江南梅雨般淫靡的格调与氛围。《黄梅天》反映了作家的个性趣味偏向浪漫艳情,而缺少对人性的幽微洞察,写作时似乎过于倚重小说技术以及野史知识,叙述修辞色彩浓厚,催发惆怅、绵软的情愫,相当大程度上弱化了青年成长、反叛的力量。

在我看来,《黄梅天》有意思的地方,并非堪称浓艳的故事,而是中国少年远游的强烈渴望,它曲折、隐秘的表达方式,它的破坏力的方向以及被美化的负罪意识。青春躁动的"我"渴望的并非仅仅是女人,还是一整个新世界,但在父亲这一知识权威、情感权威面前,"我"那反抗的躁动却如一阵轻烟,转瞬即逝。正是这位父亲,向女性——诱惑者(梅子姐)传达了严厉的审判:失踪的尼姑被当作人牲沉江了。还是这位父亲,在向儿子陈述失踪尼姑事件时,强化了女性群体之间的倾轧,淡化了男性欲望的破坏力,并把它转换为一种抽象的唯心主义("心象")。小说的情节设置进一步强化了这种男权文化对女性的判断:梅子的母亲对经期内的梅子进行非理性的诅咒,而"我"和梅子发生性关系,是梅子主动勾引的,后来又是梅子主动抛弃了有杀人嫌疑的"我",为"我"的远行解除了束缚。无力反抗的子辈,就这样把他强烈的破坏性冲动及后果全部倾泻在了女性身上,美丽的女性就这样成了他远行的祭品。需要指出的是,这种情节线路在中国现当代文学中绝非个案,它的根基甚至可以往更久远的古代传统中追溯,它源自一种极其顽固的文化权力结构,即使是在中国呼唤、追求现代化已经近百年的今天,仍然是一种鲜明的存在,而作者李斌峰对此并没有明显的警惕,甚至还带着相当的沉迷,这无论如何也是需要批判的。

处于青春期的男女,渴望探索世界、融入社会,建立自己的社会群体,在社会实践中找到自身的身份归属与认同,经营自己的人生,这是一种天赋的本能,然而中国传统文化在生养、教育体制上,抽掉了青年发展独立思维的可能性,让他们在人格和经济上严重依赖父辈的恩赐,造成了触目惊心的巨婴现象。有叛逆心理的青年男性往往会在剧烈的情欲冲动下,寻求更加弱势的对象来扩张、宣泄自我,而女性却只能走向自毁的深渊。赵斐虹的《私奔》写的就是一个由于经验、知识的匮乏,在情感失意后,渴望逃离的年轻女孩的故事,她无助、鲁莽地抓住一位中年失意的男性,和他私奔,最终伤痕累累,被抛弃在异地他乡。《私奔》可能是赵斐虹近年来最直接的一个作品,小说从中年男性的视角来描述故事,情节、语言大胆粗俗,尽显中年渣男自私、自恋的本性,这个乘虚而入的男人,滔滔不绝地为自己辩护,声称私奔行为完全是出于那个不懂事的少女的意愿,把自己的责任撇得干干净净,甚至还为自身披上了一点受害者的光环。小说的语调对于人物的性格表现而言还是有相当的契合度的,然而在人性挖掘上,人物仍然显得单薄,比如,这个患有死精症的男性,在一连串的打击之下,又人到中年,在性方面是否会有某种程度的障碍? 他有足够的力量去好好地、无所顾忌地自私一把吗? 佳琦在五个多月的时间里,为什么会日益执着地抱着私奔的梦想,却在最后因一个亲情电话而放弃？情场失意是否能够让人物有足够的行动动力？这些无疑都是值得反复掂量的。人性恰如深渊一样神秘莫测,它的全部复杂性即便是最执着的探寻,亦不过只能暗示出冰山一角,单纯的性别对立冲动,必然会损害人物的生动与真实。

二、困顿的现实与不可靠的远方

在当下中国文化语境中,"远方"是一个极其重要的概念,它汇聚了主体因眼前现实而郁积的负面情绪,并试图疏导这种负面情绪,但是,由于中国传统文化独特的结构,"远方"显得暧昧难辨,有时候,它极其抽象,完全建基于"心"上;有时候它又是一个具体的空间,具体到主体可以置身其中。因此,借助它的逃离必然会导致幻灭,《橡胶灵魂盛放于夜》《黄梅天》《私奔》中的青年男女,都有对远方的渴望,却又都伤痕累累地返乡,让人遗憾的是,这种情绪化的逃离并没有促成主体的成长,这些青年男女们不论是在道德还是在心智上,都很难说获得了融入社会的坚韧。

然而对比成年人对眼前现实无力抵御的疲弱,青春的逃离多少有一点瑰丽的玫红。裘星一的《任性》写的就是一个刚刚参加工作的公司底层员工艾明,疲于应对眼前的现实,最终选择"任性"（自杀）的故事,但叙述却没有在艾明身上做过多停留,而是把重心放在了看上去功成名就的公司总经理舒畅身上,这个凡事苛求完美的女性,面临着同样的心理危机,已经来到了抑郁自杀的边缘。

中国底层人民有着顽强的生存意志,在困顿至极的现实面前,他们往往选择依偎取暖,崔敏的《在一起》写的就是两个中年失意者重组家庭后的鸡毛蒜皮生活。在应对艰难的日常处境时,伦理亲情总是他们最强劲的纽带,《在一起》中的曲小东,因为妹妹是名校副校长而顺利再婚;《任性》中的舒畅,早已身为某公司总经理,却仍然对母亲有着强烈的依赖,在母亲逝世后即主张把公婆接来同住。徐汉平的《父亲的帽子》则无疑是一首家庭伦理的赞歌:临终时的父亲,比划着要一顶帽子,几个儿女没有多少障碍就明白了父亲的心思,随着对帽子式样的讨论以及父亲对与帽子的渊源的追溯,小说逐渐回溯了父亲清白纯朴的一生,正是在父亲纯朴的道德基础之上,子辈们建立了牢固的亲情,共同在困顿的现实中顽强生存。与《父亲的帽子》对家庭伦理亲情的赞美不同,邵江红的《言煞》讲了一个家庭伦理悲剧,卑微的童老师在乱世之中独自抚养两个女儿,因大女儿对她私生活严厉的审视而对大女儿难以亲密,于是便把感情倾注在了小女儿身上,在老年痴呆后她把记忆和感受力固着在了大女儿谋杀她的情人的那个晚上,最终在大女儿的逼视下,跳楼自杀,表达了自身情感付出不均而产生的对大女儿的愧疚之情。除了《言煞》外,另外几篇小说的人物关系都温馨动人,人物性格、心理交代得都比较细腻到位。《父亲的帽子》中的叙述者"我"略有点奇幻,从其洞察一切而并没有相应的现实行动来看,应该是夭折了的大女儿,但是在整个追溯过程中,始终没有把这一点确定下来,情节设置略有瑕疵。

作为世界上最大的发展中国家,中国正处于由传统农业文明向现代工业文明过渡、从工业社会向风险社会转变的社会转型时期,面对着多维时空交迭并置所产生的深刻的社会问题和精神文化冲突:一方面,为了追赶西方发达国家,发展市场经济和工业文明是必由之路,必须高扬科技理性和效率逻辑;另一方面,工业文明发展所伴生的物质主义、科技异化等现象肆虐。《任性》中的婆婆,在城市里大搞迷信,试图为儿媳舒畅排忧解难,目睹烛光,舒畅也有那么一瞬间的恍惚,然而,训练有素的理性却让她说出了"你妈走火入魔,病得不轻了,你赶紧陪她去看心理医生"这样的话。而以清白纯朴的道德奠定儿女生命根基的姚作火(《父亲的帽子》)却在临终时表达出了对更加富裕的物质生活的向往,让儿女为他买了一身堪称华丽的丧服。

与西方文化中乌托邦的民主与高效(借助理性和法律建构起来的、以科技为基础、运作良好的共同体)相比,中国传统文化中的"大同世界"显示出了逃避社会威权的渴望,以及对个体道德更为苛刻的要求,在佛教输入之后,这两个特点都得到了强化,个体不断地转向内心,寻求一种无欲的去社会化状态,进入抽象的精神冥想,找寻"远方"或者"乌托邦"成了一个典型的由外向内的过程。西方"乌托邦"的建立依附于外界环境的改变和宽容;而中国的"乌托邦"最终却被确认存在于个体内心的深处,个体需要的并非研究社会、确立规则并实践它,而是去欲务虚,向内固守,就可以实现"乌托邦",这样的文化,无异于精神鸦片,让人捂住眼睛,逃避事实。积极的、社会化的人(现代个体)的建设仍然是当前中国文化最紧迫的现实,但是当代作者在这方面的关怀和探索并不集中,而是呈现出了多样性,在佛教文化的基础上做自我寻求就是其中一种,杨勇的《水源地》就是这样一个典型的精神漫游求索的文本。

《水源地》写得比较有特点,一位叫王清海的读者对它做了比较详细的梳理,认为它"以寻找水源地为线索,展开丰富的想象力,穿越三大宗教,寻找属于自己的水源。情节上倒是像散文,随心随性,走哪算哪,看不到严密的小说布局。最喜欢的是它的语言,诗性语言从头吟诵到尾"。这个解读算是比较用心的,不过需要再指出一点,《水源地》并非只穿越了三大成熟的现代宗教,它其实有一条清晰的往史前宗教追溯的线索,仅从笔者所了解的原始宗教仪式来看,它至少涉及希腊化时期的秘特拉秘仪(第四节的杀羊献祭)、原始生殖崇拜(第五节裸身男女围成莲花形状,包围着一对男女,这种宗教比较广泛地分布在欧亚大陆各民族文化中)、琐罗亚斯德教(拜火教)、古希腊的毕达哥拉斯学派以及前荷马时期的大地崇拜(巨人提坦属于大地崇拜),在追溯宗教史的过程中,作者安排了一些灵魂戏剧,这些戏剧大体上是描述"六根"未净的"我"遭遇不同的宗教仪式与教义时试图立稳根基的搏斗,而《心经》是"我"的制胜法宝。因此,小说并非没有严密的布局,恰恰相反,它的形式堪称完整:借助宗教史知识与佛教的修炼搭建文本框架,抓取相关意象、运用修辞技巧来组织语言,小说第一节和最后一节,文字完全一样,但是段落的顺序正好是颠倒的,形成了一个完整的圆,恰似一条首尾相连的蛇。这种结构形式具有典型的原型色彩,它象征着整体、统一和无限之神,以原始形式存在的生命和意识与无意识的联合。

但是,以上这些特点,也正好是小说的缺点,它过于依赖知识,"我"的寻求动机以及文本中一系列的戏剧性事件,均没有内在的灵魂焦虑打底,情感张力不足,每一次胜利都没有悬念,轻而易举,"我"根本就没有受到过真正的诱惑与触动,一切的搏斗都停留在外部,在中间,是一个静止的、虚无的、没有任何内容的"我",若一定要找出"我"追寻的动机来,最有可能是人对文化知识本身的展示欲了。

◎生活在广袤的中国

——《野草》2017 年第 3 期刊评

> 我们处于并置的时代,是近与远的时代,
> 是肩并肩的时代,是事物消散的时代……我们
> 对世界的体验是,对在时间中成长起来的漫长
> 生命的体验比不上对联系各个点并与其自身
> 的线索交叉在一起的网络的体验。
>
> ——米歇尔·福柯

从空间角度切入文学作品,近几年非常热门,此类言谈大致有两个方向,一是关注作品的内容,把作品中的地理空间和地域文化结合在一起谈论,二是从作品的形式角度米谈,关注作品的空间切换、结构的开放等等。两种谈法都非常有价值,不过,不管是从内容上谈论,还是从形式上谈论,空间都不是言谈的真正内核,它是次要的,或是人物活动的舞台(环境),或是以空间图式比附艺术形式。其实空间也好,时间也罢,都是把握作家生命感受的必要概念,写作作为一种人类实践活动,它在个体层面上为我们提供丰富的、充满个性的作家世界观,在整体层面上作为人类文化表意实践的一个部分,可以为观察者提供即时观察的范本,又能提供辨别未来走向的征兆。

本期《野草》杂志刊载的作品,地理空间非常辽阔,除了中国内地,从东南沿海的上海(《寻找尤美丽》《西花园》《戏半熟》《绿道》)到中西部城乡(《入海口》《美好的事情》《奔跑的小孩》《揪心的玩笑与漫长的白日梦》《柴门闻犬吠》《女地下党的后现代生活》《第四者》),还有中国香港(《记没有意义的一天》)、日本(《阿寒八月》)等境外地区,这些作品基本上构成了文学空间考察的两个极点:

《记没有意义的一天》具有最现代的都市文学品性，而《人海口》《美好的事情》等则呈现了乡村叙事的两极，非常适合拿来作为范例，探讨当代中国文化的时空观念。

一、都市万象

> 我在人群中前行，对着我自己说道："经过
> 我的每个人的面孔，都是一个谜！"
>
> ——威廉·华兹华斯《序曲》

周洁茹的《记没有意义的一天》写的是一位香港大龄海归女的情人节：上午乘车见朋友，一起吃中饭、巧克力，下午理疗，结束后采购、孤独地吃晚餐，晚上无心工作，给情人（有妇之夫）发微信红包后，就着一包糖喝梅酒。小说采用女性漫游方式组织材料，语言简练、准确、有力，情感饱满，人物形象鲜明，是山某近年来读的最为生动的作品之一。

《记没有意义的一天》篇幅短小，内容却很丰盈。地铁上拥挤的人们，"每个人都使劲收着自己的脖子"——人们聚集在一个小小的空间里，却尽量疏离，一个小小的片断，就拎出了个体在人群中的孤独寂寞，写尽了发达都市中繁华的荒凉，"不高兴"的"我"一路冷眼论人："一定是一个天秤座""一定是一个金牛座而且Ａ型血"；操上海口音普通话的小巴司机的沉默与粗野的行车方式，则暗示出高度繁荣的国际大都市中多元文化共存带来的不同人群之间潜在的冲突——他的沉默很可能是一种防卫心理，同样身处异地的他必然遭遇过文化冲击甚至歧视，但他的行为则无疑构成了对弱势性别的一种暴力；国际大都市常常根据多元文化共存理念，对空间进行明确意图的规划，这种规划为生活带来了便利，给个体带来了更多的选择，但选择并不等于自由，它同时还是资本对欲望、消费的规划，对于孤独自闭带有自毁倾向的女主人公而言，它刺激了欲望，让她在两极间摇摆，变成了一种奴役："楼下有一排四家馆子"，"我"要么一家店也不想吃，要么每家店都想吃。还有婚外情，这个文学中堕落都市的主题，在小说一开始就定下了一个声调，这个声调一直持续到这一天结束："我"不高兴当然是因为情人节要被放单，这个隐秘的痛苦让"我"心情烦躁，语多讥诮。格蕾

丝把"我"叫去,和"我"分享自己婚外情的节日礼物,她的"甜蜜"和"我"的苦涩、凄凉其实本质上是一样的,都是不伦之恋。在不动声色中,周洁茹把大龄高知女性的生存困境和人物的性格与才德剥离开来:人和人是不相同的,但是面对的处境却没有本质的区别,"我"是个善良、独立甚至还有点清高的人,工作才能出众,但这一切和我的命运、处境并没有什么逻辑上的联系。

小说以第一人称展开叙述,通常,分析小说中谁在说话,对谁说,说什么,用什么方式说能够让我们发现叙述深层的动力。而在被言说的东西背后,则隐藏着主体、主体的系统、潜在的能量和他者与世界的关系等信息。《记没有意义的一天》是大龄女青年的情人节日记,叙述由情人节前夜开始,结束于情人节之夜的圆月,中间因目睹餐厅桌子大量预订的节日现状,穿插了"我"对大年夜独自吃饭的回忆,以及超市采购联想到的台风夜的回忆。这两段闪回都选得极其精妙,前者是有文化系统为个体提供的一个融入社会的契机,后者是自然地理为个体提供的一个融入契机,再加上情人节这一当代资本大力开发的娱乐节日,这些都指向了人的社会性本能,强化了个体对群体的渴望。然而,"我"却总是孤单一人,"我"成长与生活的复杂文化和时空背景——中国内地、美国、中国香港的三地经验,塑造了思维独立、工作能干的"我",却造成了"我"与社会的疏离,这当然不仅仅是个体心理层面的问题,它甚至首先是一个社会学层面的问题。周洁茹把节日、娱乐、地理时空综合起来,呈现了一个渴望被关爱,却只能自闭自残的女性,她把所有刻薄的话都留在了心里,只向外发出爱的信息,却得不到有效的回馈,她和社会只建立了最表层的医患联系,还是通过自残身体而获得的。尽管她在情人节的烦躁情绪都是当代消费文化诱发的,然而对爱的渴求却基于人性的本能,她在日记里虚构了一个"你"作为谈话对象,还故意一副不耐烦的样子,读起来让人有种难言的心酸。

《记没有意义的一天》的语言在"我"的行动和心理层面自由移动,着力表现"我"的直觉和情绪,语言高度戏剧化,几乎没有概述和分析性的句子,带有鲜明的女性特征,性别构成了小说形式的一个重要维度,并达到了极其生动的叙述效果。

周洁茹的小说显示出了时空强大的塑形能力。在她的小说中,时间和空间是生产性的,是一种强大的力量,它影响、指引和限定着人的思维模式和行为方式的各种可能性。要明白这一点,只要和《西花园》做一个简单的对比就可以了。《西花园》借助俄狄浦斯情结、恋父情节、乱伦三角恋、吸毒、走私、情杀等高强度的情节模块构建错综复杂的情节网络，其中女二号郑剑秋和《记没有意义的一天》中的"我"教育背景参差相似，但身上没有一丝时空留下的痕迹，她的思维模式和行为完全是通俗文学中常见的套路，自身没有任何主体性可言，作家给她那么优越的背景——国际性高学历、出身富豪之家以及青春美艳，不过是为了吸人眼球，增加情节的奇异程度。其他几个人物也同样没有获得自身的主体性，名校高才生鲁楠和父亲抢一个私生活混乱的贩毒女吕红，吕红则同时和鲁家父子发生关系，她用身体贩毒，并屡设谋杀局。这些人物的行为和语言均没有自身顺畅的现实逻辑，时空在《西花园》中不过是一个并无意义的台子，让人物行动有一个背景罢了，它是上海还是天津，是 20 世纪 30 年代还是 20 世纪末，都并没有什么不同。文学以语言为媒介，经由语言，主体可能会被掩盖、陷入泥沼，也可能被形成、产生。显然，周洁茹的作品形成、产生了主体，而《西花园》则掩盖、遮蔽了主体。

羊父的《寻找尤美丽》也以上海为背景，同样，上海这个空间是个空壳，没有内化到人物之中，但是时间却有一点建设功能，在时间的淘洗下，老车逐渐意识到尤美丽的邪恶，并试图创造一种平稳温馨的普通生活。虞燕的《第四者》中没有明确城市的名称，写的是一对即将结婚的青年，为了买婚房而租了一间闹老鼠的车库，男方不久出轨，小说以老鼠带出出轨事件，点子算是比较新奇，情节也处理得比较聪明，不说破，一副王顾左右而言他的姿态。

《西花园》《寻找尤美丽》《第四者》这三个作品并不出色，但它们所体现出来的空间观念在某种程度上非常相似，它们都把都市视为欲望、罪恶的滋生地，它让人迷失本性，沦为欲望的奴隶。《寻找尤美丽》把尤美丽的出现与消失与老车的财富梦紧密地耦合在一起，尤美丽那"望不到尽头"的长腿正是这种欲望的具体化，它让老车迷失了本性，放弃了忠实、勤劳、与他共患难的左萍。《第四者》也有一个梦想破灭的主题，虽然它更强调男性的道德缺失。由于人口众多，来源、背景复杂，都市确实聚集了很多罪恶，但在我看来，至少到目前为止，都市仍然是广大中国人梦想的集中地，它允诺人们想望中的富裕、自由，甚至解放的生活，这一点和相对闭塞的乡村生活相比，是显而易见的。欲望是人类社会发展的基本动力，追求更好的生活是人的天性，远非什么洪水猛兽，用不着把它从身体中驱逐得干干净净。写都市的罪恶，如果止步于欲望和罪恶，而不做深入的观察、研究,如果不关注主体的成长和独立,只对普通民众的欲望下有罪判决,显然是肤浅的。

二、掠夺殆尽后被弃置的乡村

> 我要以一切拥抱你,你,
>
> 我到处看见的人民呵,
>
> 在耻辱里生活的人民,佝偻的人民,
>
> 我要以带血的手和你们一一拥抱。
>
> ——穆旦《赞美》

本期《野草》还有一组乡村故事,正好可以和都市空间做一下对照。杨遥的《入海口》写的是大学本科毕业生安永哲因教育管理部门的腐败,被分配到一所乡村小学任教,获得了优异的成绩后试图调回县城教高中,却被意外事件中断。在随遇而安地在启宝小学教书的两年里,安永哲反复阅读《水浒传》,考证滹沱河源头及周边历史文物,并把这种地域文化考证用于教学之中,激发学生的地域情感,从而获得了很好的教学效果。杨遥写实功底深厚,《入海口》铺陈细腻,小小的乡村小学,关系错综复杂,暗流涌动,却写得淡定克制,人物相当鲜活。主人公安永哲性好钻研沉思,善良单纯,做事情专一投入,有一点倔又有一点卑微隐忍,只有在触及底线时才会做有限的抗议。杨遥近期应该是在研读卡夫卡,去年发表了一个和卡夫卡有关的小作品,《入海口》也隐约有一点卡夫卡的气质:即使是在最愤怒的时候,安永哲也接受、承认了教育主管部门的权威,在成绩显著并得到县中校长认可后,他整个假期都在奔走,试图见到县长,而县长和卡夫卡《审判》中的法院一样,看似无处不在,却又难以接近。

从空间角度来看,杨遥显然注意到了人与世界的辩证关系,启宝村优美的风光、悠久的历史、纯朴的居民让安永哲静下心来教书育人,不过,《入海口》中的空间观念是一种更为传统的空间观念。启宝村无疑是"乡土",是人物的精神归属之地,它是人类生产活动的产物,有厚重的历史文化,并且承载着某种可以传承的价值,莲莲的直爽勤劳、村民及孩子的纯朴是它的价值观的体现。《入海口》中还隐含了一个城乡对立:在县城中空耗两个月,饱尝屈辱的安永哲和在启宝村善良、富于探索精神的安永哲之间,存在着一条巨大的鸿沟——自由而充实的人与公务员之间的鸿沟。但是杨遥的优越之处在于,他意识到启宝村绝非什么世外桃源,它已经伤痕累累、不堪重负……这种双重掠夺,最终具体化为一个让人震惊的情节:莲莲的丈夫被白校长引诱,奸夫淫妇烫伤了慷慨赐予的莲莲。这一情节体现了作者对人与体制、文化关系的反思。

《入海口》的叙述时间非常奇异,它有一个标准的回顾式开头:"大学毕业那年安永哲刚二十出头……"此后整篇小说顺序叙述,时间跨度两年多,最后结束于莲莲被烫伤的消息。现在是哪个点？安永哲在哪里？从杨遥对县长办公的魔幻处理来看,安永哲显然是掉下去了,入海口极有可能由想象中象征着自由的渤海,变成了吞噬一切的生活之海。

《入海口》的空间具有一定的限定主体的功能,但是杨遥的着眼点并不是空间本身,从小说中对心理空间与社会空间的强调来看,作者的着眼点是政治批判与文化反思,杨遥擅长写人与人之间的权力关系,《入海口》中安永哲在启宝村和县城的不同处境和感受,显示了他试图探讨人与世界之关系的努力,这个方向无疑是值得肯定的。

陶丽群的《美好的事情》展示了改革开放、大量农村劳动力进城务工后的荒芜乡村。《美好的事情》始于乡村的荒芜,老弱的巴利老头、老狗、瘸牛"现眼三宝"是它的具象。由于家中没有壮年男丁,小巴利因犯罪被枪决,巴利老头失踪十多年后返乡的女儿葵宝,成为大块头刑满释放人员西土觊觎的性资源。他想法子打死了巴利老头的老狗,并偷走了巴利老头的牛,意欲换钱当成彩礼,娶葵宝为妻。小说中的人物关系不属于任何一种已知的意识形态,由于只剩下老弱妇孺,人口结构失衡,物资匮乏,传统的伦理秩序被废弃了,造成小说中父不父,女不女,恋人不恋人的伦理状态。由于地处偏远,法治力量难以顾及,乡村的老弱者被青壮者践踏,女性被男性觊觎,他们都是边缘的、被遗忘的存在。

陶丽群的写作一直关注社会热点问题,《美好的事情》把农村留守人员与刑满释放人员一锅煮,上演了一场血腥的戏剧,故事辛辣生猛,写得极有力度,虽然陶丽群尽量克制不去赞美野蛮,但是对一位坐了11年牢狱的刑满释放人员凶狠的强调,对失踪15年带着一身伤痕孤身返乡的中年女性力量的描写,都多少显示了一点对力量的赞美,大约在陶丽群看来,这是一种顽强的生存能力。拒绝敏感、细腻,认准目标果断践行,是陶丽群刻画的众多小说人物的共同特点,这使得陶丽群的创作带上了鲜明的浪漫主义色彩。不过相比西方经典浪漫主义小说家如雨果等,陶丽群的小说少了一个最核心的内容:对永恒事物(爱、力、美、大自然、童心等)的赞美,而更多的是因社会观察、体验而产生的义愤,正是这种义愤,让她的乡村被彻底掏空,完全没有进入人物内部,参与人物个性、行动与命运的可能。

《入海口》和《美好的事情》构成了乡村叙事的两极,在这之间,是各种各样的乡村书写。《柴门闻犬吠》写了一个捕杀疯狗的异常事件,马得良性格懦弱却深爱自家土狗两片瓦,在无奈之下卖了土狗,自责不已竟至身试狂犬病,事件比较奇异。《奔跑的小孩》写的是一位儿子死于非命却申诉无门的父亲的痛苦,通过重复奔跑的小孩子,营造了一种新奇的叙事效果,但事件本身却撑不起作者想要表达的情感和批判诉求,孩子被垃圾车撞死,选用垃圾车应该是有贬斥工业文明之意,但这个象征倒是完成了,社会批判却被架空了,以观念和奇思来构思文本,总是要冒一定的风险的。《揪心的玩笑与漫长的白日梦》同样写的是农村经济困境,作者借用有明确自我意识的第一人称叙述者和第三人称叙述一起来搭建叙述的层次,借用标志性话语重复"老子插你屁眼儿"来推动故事情节发展,叙述花样玩得还可以,只是情节设置和主题拓展均乏善可陈。

这三个作品都比较重视叙述本身,作者的视域和提炼主题、塑造人物的能力均有所不足,乡村资源的匮乏、经济的落后是它们的共同特征,这样一种乡村记忆,是改革开放后城乡差距扩大化的必然后果,要修改它,尚待时日。

三、笑与忧,都是广袤时空下人类的姿态

> 一切都是暂时的,转瞬即逝;
>
> 而那逝去的将变为可爱。
>
> ——普希金《假如生活欺骗了你》

本期还有两篇中篇小说,霍君的《女地下党的后现代生活》和余伟的《戏半熟》,两个作品时间跨度都很长。《女地下党的后现代生活》写了一位性格刚毅的女性吴小英一生坎坷的历史,语言诙谐,是一部轻喜剧。将苦难转化成喜剧而不显得轻浮,首先得益于题材的选择和情节的设置,吴小英遭遇过饥饿、卖身

为童养媳、离异再嫁、做妇女主任逼儿媳做绝育手术等历史大风浪,但霍君却以八十老太寻找旧情人作为小说的主线,并且安排了冒名应征、小吴庄老人集体思春等搞笑事件,攒足了笑料,可谓深谙喜剧门道。在情节安排上,人物公开宣称的一切目标,都非常顺利地达到了,障碍不能强大到干扰人物的意愿,是喜剧的一个必须条件,这一点,《女地下党的后现代生活》也处理得相当好,最后剩下寻找老情人的障碍,以及老太太高调发寻人广告的事件,则把小说的喜剧性推向了高潮。对人物性格做扁平化处理也增加了小说的喜剧效果,霍君赋予了吴小英凌驾于一切之上的意志和果敢的性格,让一切苦难都臣服于吴小英的意志,同时精准地控制叙述距离、选择叙述腔调,对于饥饿、卖身、离异等悲惨事件,不做夸张的煽情描绘,而用人物的外部动作去推动情节发展。语言方面,选用一些相当网络段子式的套语式语言(比如"不做半截子革命者",比如吴小英"是党的人",她要一切行动听指挥)讲述故事,并在必要的时候重复,这些手段都非常好地避免了沉重,透出喜剧的味道。

《女地下党的后现代生活》肯定人物的乐观精神,《戏半熟》则浸透着淡淡的忧伤。小说写的是温州地方戏瓯剧的诞生以及发展史,从中华人民共和国成立之初写到"文革"时期,时间跨度十多年,是相对忠实于历史本身的叙述,主要情节是一帮小戏子们逐渐长大,各自成家、离散,情节构思也是传统小说中的路数,掺杂着一些瓯剧的片断、唱词和专业术语,总体比较典雅,透着点常常物换星移,昨是今非的忧伤。

这两篇中篇小说均强调时间的生成作用,人物在时间内遭遇自身的命运,获得自身的生命感受。《女地下党的后现代生活》强调了时间流逝中恒定的因素,而《戏半熟》则强调了时间的侵蚀作用,这正是人类遭遇时间时感受的两个极点。有意思的是,两个作品中的空间呈现正好相反,《女地下党的后现代生活》空间固定在小吴庄周边,而《戏半熟》里的戏班则总是根据演出任务而漂泊不定。是否可以说,空间恒定给了人物一种控制感,而漂泊则给人带来了家园之虑、忧患之思?虽然这是两位不同的作者的作品,但是做出这种推测却并非全无凭据:时空的变化与恒定,必然会带来不同的生命感受。

不过,生活姿态和生命感受并无明显的内在联系,讨论它已经超出了一篇刊评的范围,但姿态本身才是作家主体性的最佳呈现。

那简直如照片一般简洁明快!

◎写在身体上

——《野草》2017 年第 4 期刊评

　　近十几年来,随着社会经济的转型,身体日益成为社会生活诸多方面关注的焦点之一。在政治领域,通过鼓励或控制生育、惩罚、监禁罪犯使得身体受制于制度/机构,教育机构、政府机关、大型商场、道路等社会空间的各个角落都安装着监控镜头,把人身置于掌控之下;在科技领域,通过器官移植、试管婴儿、基因工程等医学、生命科学技术把身体具体化为某些组织、器官,使身体可以被改变、被确切的技术程序所生产;在消费领域,身体成为广告文化中无处不在的符号,为享乐主义文化大开其道,最终实现对人的某种程度的控制;而各种体育竞技则为经过严格训练后的身体提供"展演"的舞台,消耗大众的力比多能量;在文化层面,身体成了社会科学中最具争议的概念之一,从后结构主义、现象学、女性主义、社会生物学、社会学到文化研究,各种各样的主张你方唱罢我登场,丰富着身体研究的维度与层次。在这种语境中,文学作为时代的反映者和先锋,也积极地对身体做着丰富的呈现。本期刊评,就打算从身体这一角度对刊登的作品做一个解读。

一、愤而自戕的女人

　　　　　　　她可怕的双目中,闪耀着渴望生活的光焰,

　　　　　　　由于希望渺茫而愤怒得近乎发狂,

　　　　　　　她心中燃起了

嫉妒和狂暴地复仇的火焰，

还有无可改变、不会退却的力量。

——玛丽·伊丽莎白·柯勒律治

《可能之镜》是一篇非常出色的小说。沈燕是位人类文明的反抗者。毛君娣让她因"让文明他妈的去死吧"而亢奋、献身，和中年男子长期开房苟合。反抗者沈燕以激进的姿态，反对自己属于任何男人，当然，也反对任何男人属于自己，她"感觉自己可以被任何人占有"，一方面和男友刘东每周做爱一次，另一方面毫不犹豫地勾搭男友的小跟班，同时和他包下海淀大厦的 502 套房。小说没有提供任何理由——童年创伤、社会不公等通常的理由都没有出现——暗示这位 27 岁的小城女性、一个无名小演员，因何成为如此激进的反抗者，作者显然并没有从社会学层面来刻画一个女人的意思。但是，小说使用重复手法，用"厌倦""冷漠""无聊""无所事事""表情空茫""冷淡"等性质类似的词语，呈现了人物虚无的现在时，同时用咽部异物这一疑病性神经症征候夯实了人物心理学意义上的合理性，这正是当下中国女性反抗者无法逃避的宿命：当下的、碎片的、精神分裂的。

沈燕激进的反抗姿态，让他成为一个异类。她的前卫注定了她的孤独，但她显然并没有用女性主义思想武装自己，因而无力承受这种孤独，她渴望理解，甚至渴望爱情。但等待着她的，只能是"他"的不理解，是被男性视为无物的屈辱，哪怕她摔坏烟灰缸，也不过像一层蜘蛛网一样不值得被重视。她以为自己是在反抗文明，而在"他"看来，她不过是一个欲望对象，一个客体，他们的关系之所以持续了下来，是因为她的身体所能提供的快感与偷情的刺激：他显然是一位有妇之夫，一位不负责任的中年男人，反文明不过是粉饰纵欲的一种借口。她的身体即她的价值，除非像她自认为的那样，"她再她的身体之外"。

小说给了沈燕一个神经症征候：咽部异物。从精神分析的角度看，"征候"暗示着一种潜藏的精神冲突，它是一个来自无意识的编码信息。沈燕的精神病症源自她激进的反抗姿态与传统观念之间的冲突。她显然缺乏女性主义的策略训练，她本该回到自己的身体，肯定身体的快感，在无所顾忌地拥抱快感的过程中实现对男权的颠覆：如果男性可以把女性客体化，女性同样可以把男性客体化，男性也可以不过是女性获得快感的工具。但她却"不喜欢自己的身体"，对"我是谁"这个建构自我的终极之问毫无兴趣，而对我是"谁的"怀有更强烈的、秘密的渴望(渴望"在他的手心里化为灰烬")。男性并非她探索自我的途径,不是什么迷人的未知世界,而是不同形式的欲望,是堕落,是"一股陈腐的馊味儿"。正如 502 房间和 504、506 等所有的房间一样,浪漫不过是一种装修风格,明码标价的欲望都是它的本质。

沈燕无疑是有身份焦虑的,她以为反抗能够赋予她独特的身份与意义,却因为人格独立性不足而堕入了男性爱情的圈套,正应了那句网络热词:认真你就输了。当她隐秘地感觉到自己也不过是一个体制供养的、并无多大价值的、无所事事的女人,一个被男性玩弄的欲望对象,和俗气现实的筱月本质同一的时候,她陷入了剧烈的精神冲突中,生活赐给她的唯有咽部那个毫无价值的异物幻象,她紧紧地抓住它不放,因为它是她建构自我身份的遗迹,尽管是虚幻的。

《可能之镜》剥离了女性身上的伦理、政治、经济等诸多因素,集中探讨了女性身体反抗的可能性,最终玩世不恭的沈燕因难以承受剧烈的精神痛苦而歇斯底里,宣告了女性身体反抗的失败。那么,女性反抗是否还有其他路径?

《招娣的刀》写的是农村孤独寡母的生存艰难。招娣的父亲因为与人搏斗而丧命,其母开始操皮肉生涯,并引发了村中妇女的嫉恨。同村妇女之间的纠纷把 12 岁的乡村女孩招娣卷了进去,校长夫人卑鄙地利用招娣拿到了寡妇家的钥匙意欲捉奸,羞愤的寡妇则问责自己的女儿,女孩在耻辱和愤怒之中,刺伤校长夫人,杀死了母亲后自尽。小说以看热闹的村童的视角写就,对惨烈的悲剧做了技术隔离,在帮闲的冷漠、调侃的语调中一点点地渗出世态的炎凉、生活的残酷。

招娣杀母自戕,表现出了明显的重灵魂、轻身体的倾向,这是中国传统文化中以命施压的反抗路线,身体/生命作为底层民众最后一点筹码,在他们走投无路的情况下,被破罐子破摔,像负累一样被遗弃,以试图换回一点可怜的尊严。然而时代已经发生了巨变,杀母自戕并没有像古典故事中所表现的那样,引发民众对社会不公的抗议和对自身道德品行的反思与质疑。只有在母女俩的尸臭干扰了村民的日常生活之时,她们的生命才进入闲谈者的碎语,招娣的激烈行为在闲谈之中逐渐被增加了一层宿命论色彩,批判的锋芒被彻底转变为命运的喟叹。

从身体的角度来看,毛君娣的写作并非真正的女性主义写作,只是内部隐含着对女性命运的同情罢了。在男权文化绵延数千年、结构体系完备的情况下，女性想要为自身争得些许权力，只能回到身体，因为身体既是女性建设自身主体性的根基，也是女性在社会建构中性别政治的载体。但是《可能之镜》和《招娣的刀》的身心关系都有重灵魂、轻身体的倾向，在《可能之镜》中，私生活紊乱的筱月道德可疑，自我摇摆不定，作者对她显然并不看好；在《招娣的刀》中，关于招娣母女的尸体，小说这样写道："与不断散开来的臭味相反，与我们之前在寡妇家所见的不同，寡妇家的屋子，仿佛重新被收拾了一遍，变得那样齐整，那样合适，那样一尘不染，像是那些劫后余生的日子散发着焕然一新的味道。"这显然是把新生的意味赋予了招娣，是对她以激进的姿态残害身体的行动给予褒扬，这种倾向，只会重入男权压制女性的窠臼。

毛君娣有一个笔名叫若水，非常典型的浪漫女性的笔名，她用它写过不少隐含着激情、指向消耗、技艺高超的晦涩诗篇，也写过几篇小说。为什么她现在开始使用真实姓名？是否暗示着她终于走出了一种浪漫的、被男性眼光所定义的生命状态？当然，也极有可能是叫若水的作家实在太多了。不管真相如何，她的真实姓名是一个非常有特色的姓名，用它来写女性主义篇章，简直像一个精妙的反讽一样让人着迷。

二、背负数重"大山"的卑微女性

> 慢慢地前进、蹒跚着，匍匐爬行，
> 女性进入了时间！——
> 她走的时候头戴面纱，又睡去，
> 因为她不知道自己的力量在哪里。
>
> ——夏洛特·帕金斯·吉尔曼

有一种自然主义的身体观念，认为人的身体构筑了社会关系的基础，女性由于身体柔弱，感情丰富，在性活动中以消极承受的姿态出现，且受月经、生育、哺乳等的影响，因此是脆弱的、被动的、不稳定的。男性的身体是完备的、规范的、正常的，而女性的身体是不同的、低劣的，甚至残缺的（相信很多人对女性阴道是一种残缺、一个伤口这种论调并不陌生）。女体的生物特征决定了女性在社会权力结构中处于弱势地位,这种弱势地位,实在是有牢固的自然基础的。在西方,自启蒙时代以来,一直有认为女性代表着进化的更低阶段的论调,而在中国,女人头发长、见识短更是人尽皆知的俗谚。自19世纪以来,西方女性主义者开始逐渐介入社会生活,从一开始争取女性的社会平权,到现在沉思女性自身的属性,生育能力都是一个关键词。当代激进的女性主义者强调女性生物特征内在固有的力量,与女性生物特性相维系的创造力,等等,都是建立在女性的生育能力之上的,这种观念看似在为女性争取权利,实际却留下了一个巨大的缺憾:没有生育能力或者因某种原因丧失生育能力的女人,是否就不是女人?而男性则自神话时代开始,就存在着生殖/为父的焦虑,从宙斯吞下怀孕的正义女神,让雅典娜从他的头脑中出生,到亚里士多德强调男性精子就是一个个的小人,女性子宫只是一个容器,到漫长的前现代医学阶段中对接生婆的巫术化、妖魔化,对女性贞洁的强调,以及文化层面上对乌龟、绿帽子的嘲讽,再到现代产科对接生工具(男性智慧、力量的代表)的依赖,各种人工受孕技术的发展,男性在建立自身性别在社会关系上的权威地位的同时,从来就没有真正消除过对生育果实的归属权的焦虑。斯特林堡曾经写过一个表达这种焦虑的戏剧,篇名就叫《父亲》,看了能让绝大多数的男人崩溃;托尔斯泰在《安娜·卡列尼娜》等多个作品中也描述过男性对于"父亲"这一身份的艰难的接受过程。生育,从来就不是一个纯粹的生理问题,正如性也从来都不是纯粹生理性的一样,群居且依赖性繁殖的人类,从来都身处某种文化之中,身体,汇聚着性别、伦理、经济、政治、种族、种属繁衍等所有这些冲突,伤痕累累。

刘东衢的《第二种爱》写的是一位女性的生育焦虑。沈惠芳年届35,作为一个与父母同居的独生女,沈惠芳承受着巨大的生育压力,而早年遭遇到的男性伤害——初恋无果并因流产而丧失生育能力——让她产生了逃避自身生理性别的畏惧情绪。刘东衢引进了一个颇为诡异的道具:一个按照沈惠芳丈夫高朋的身体相貌制作的假人,让沈惠芳与它朝夕相处,以期激活沈的生育潜能。这是一个具有多重象征的道具,不仅仅是让小说染上了先锋色彩。首先,它是双性的,高朋的外形表明它的男性特征,而胯间的空缺表明它的女性特征。这个类似于充气娃娃式的人偶让沈惠芳获得了轻松感:它没有了男性肉身的侵犯性,消极被动地等待着沈惠芳给它以温暖。

但是,这绝对不是一个暖心的爱情故事,而是一个当代中国底层男性失势、谋求权力的黑暗征战故事。没有稳定工作的高朋显然是一个经济上处于弱势地位的底层男性，作为一个有倒插门嫌疑的男人，他体验着男性权威失落的苦涩：在沈家三口的心中，他更像一个精子的提供者，岳父母的体贴，全都指向了小夫妻的生育。刘东衢没有指出是否是因为这个，高朋才出轨并有了私生子的，但细心的读者自然能够揣摩到其间隐秘的逻辑。

这还是一个男性以智力和技术严格掌控女性生育的故事。高朋并没有普通男性的身份焦虑，他几乎是处心积虑地精心安排了自己的私生子被领养的进程：他亲自订制了那个替身，和妻子分床，逐渐增加出差的日期，让沈家三口感觉到他随时可能离开，因此只能放弃经济上的优越感，一点点地让步，最终接受高朋提出的领养计划。从必须吃自己并不爱吃的饺子，到沈家三口得知他回家后预订生意极好的饭庄，到最后接受领养计划，高朋打了一个漂亮的大胜仗。行文至此，站在沈惠芳身后的，是"某个威风凛凛的男人，还是天真烂漫的孩子"，读者想必是能够做出判断的。毋庸置疑的是，无论高朋是一个"威风凛凛的男人"，还是一个"天真烂漫的孩子"，沈惠芳都只是一个被他严格掌控的女人，一个卑微的、怯弱的，等待着挟带着资本和技术的男性激活自身活力的第二性。一个先锋作家笔下两性关系的这种样貌，实在是让人细思恐极。

相比于刘东衢技术娴熟、思虑精细的先锋叙述，霍不害的《追杀》对于女性身体的使用就显得粗鲁专横、肆无忌惮。底层小人物林奇饱受权力的欺压，幻化出一个从唐朝穿越而来的禁军、有绘画才能的"射鸟儿"，在林奇谋求自身职称晋升时囧事不断的现实事件中，穿插着射鸟儿揭发的书记夫人与组织部香姐的同性恋事实，并蛊惑书记之女万朵杀死香姐的奇幻故事。《追杀》的情节设置非常魔幻，多种底层故事被杂糅在一起，本来是有看点的，但是整篇小说充满着对女性智力、道德水平乃至人格的贬低和对官员智力水平的蔑视，颇有一点现代网络语言所戏谑的那样：你才弱智，你家女人都弱智。正是这一点让小说缺乏了最基本的人文精神，让叙述的智力变成了轻浮的证据。

威权政治与急剧的社会变迁导致的戾气总是从底层向更弱势的群体——妇女和孩子身上转移，《追杀》正是这种社会现实的反应，林奇与张沿等积压的新仇旧恨，未经任何审查——是的，作者对此没有做过任何审慎的思考，万朵甚至还和杨贵妃产生了某种互文性——就向16岁的花季少女万朵和女同性恋身上转移。

女性不仅是社会戾气的宣泄口,还是宽容一切、背负一切的大地母亲。王秀琴的《望春》描写了一系列重负下的女性,生育工具妞儿妈和二皮子妻子由于总是生女儿,必须不停地生,直到生出带把儿的男性继承人为止;而一生就生男孩的米香,为了养活孩子,亲自溺死了自己的骨肉老六、老七和老八;如花般的女孩豆芽为了家庭经济而嫁给白癜风后生;美丽温柔的石女必须把自己卖了才能得到医治的机会,成为正常人。

《望春》是散文笔法写就的小说,文笔恬淡,思想温和,承受一切的女人和她们在底层艰难谋生的男人同甘苦、共患难,任劳任怨,尽显中国女性的坚韧与宽容。与男性作家对女性的贬抑与暴戾判然有别,《望春》体现了中国女性的博大坚韧,她们承受一切,女人,始终都是中国道德的守卫者,尽管她们伤痕累累。在《望春》的坚韧温和中,我们看到了女性身上汇集的伦理、经济、政治、生育的重压,唯独没有对自身性别角色的反思与认同,她们只是根据命运的盘剥,顺从地交出自己的身体,严格说来,她们算不上真正的女人,只是命运的容器。而《第二种爱》中的沈蕙芳、《追杀》中的几位女性,不仅算不上真正的女人,还承受着男性无处宣泄的戾气,在男性凌厉的攻势下,陷入昏睡,甚至失去生命。这样看来,《招娣的刀》中女孩招娣的愤怒,虽然只是无价值地牺牲了自己,但是愤怒本身就是姿态,就是反抗,是沉重黑暗中的英勇之光。

三、《走散》中"我"的沉默与饥渴

> 只有"肉身"能提供一种"对生活的明确理解"。
>
> ——阿尔托

出生于 1990 年的青年作者温凯尔为我们呈现了一个质量上乘的作品。《走散》分为上下两个部分,上部写阿挺和阿凯两兄弟奉父命去马来西亚寻找一个叫林秀蓉的女人,她是阿凯的亲生母亲,没有任何波折,他们很顺利地就找到了,林秀蓉早已再婚生女,改名林慧珠,互相交流了一下别后的情况,兄弟俩就离开回国了。下部写多年后林秀蓉回到中国来探望,此时父亲已经去世,"我"刚刚辞职,哥哥正在结婚旅行。"我"接待了林秀蓉,两人一起去看父亲为"我"买下的一套商品房。小说写得波澜不惊,文字冷静平淡,温凯尔没有制造任何戏剧性效果,离别多年的母子也不过像普通人一样闲聊过往,故事看上去平静乏味,但"我"幼年失怙的不安及其深远的、无法弥补的伤痕,父亲与林秀蓉爱侣分离的创痛,亲人之间的误解与疏离,却像汹涌的暗流一样,在文字下面翻腾。温凯尔的文字有着与他的年龄不相称的、令人吃惊的简练与精确,对人物性格的把握与呈现达到了生理、心理与社会的高度融合,表现出了一位优秀小说家的诸多品质。

"我"是一个典型的分裂型人格障碍患者。由于幼年即被母亲遗弃,父亲带着哥哥远在他乡,"我"只能跟着一个叫佩妈的女人过着颠沛的生活,随后佩妈也离开了,多次被弃的遭遇在"我"内心深处留下了深深的伤痕,丧失了与他人建立深切情感联系的能力,冷漠成了"我"自我防卫的外壳。"我"的内心会偶尔泛出情感与欲求的潮水,但会竭力克制,最终呈现出来的只有沉默。温凯尔显然对分裂型人格障碍做了精细的研究,小说通过精心选择的细节和冷静平淡的语言充分展示了分裂型人格障碍患者的诸多特征。小说一开篇,哥哥阿挺就为早餐烦恼,货币兑换、安排行程、寻找目的地、炎热、弟弟对酒牌子的熟谙都能够引发他的情绪,或烦恼,或高兴,或厌倦,而"我"则被动接受一切,对那些导致哥哥情绪起伏的事件浑不在意,对哥哥的批评也无动于衷,甚至感到"与亲人太过亲密的那种状态,对我来说也是一种折磨"。"我"对所有的人都表现得相当冷漠,父亲因公瘫痪他没有回家护理,见到亲生母亲时也极其克制,人伦乐趣并不能让"我"表现出激烈的情感,佩妈的离去,女友的离去,与父亲、哥哥的相聚相处,"我"都没有表现出明显的热切或留恋,对于经济利益、职务升迁"我"同样兴趣缺失,甚至车子也仍然开的是父亲早年留下的一辆旧车。

温凯尔在叙述中无缝穿插了"我"童年时被佩妈带去舞厅上班在陌生人中辗转至睡着的经历,上幼儿园佩妈像母亲一样留在教室外面的温情,以及面对久未露面的父亲的愕然。在寻找亲生母亲林秀蓉的过程中,"我"也曾问酒店工作人员拿了地图以备不时之需,见到林秀蓉后,期待她"说出关于这个地址的一切"。但哥哥不过随手把地图一卷塞进背包,林秀蓉沉默后选择了不相认。一切正如多年来的情况一样,"我"始终都是一个被忽视和指责的对象,买车、买房均由哥哥最后决断,新手开破车熄火总是被父亲责骂。童年创伤与现实境遇,共同造成了"我"冷淡沉默的外壳。

相比"我"对人伦关系的冷漠,对职务升迁、经济利益的漠然,甚至对开车等生活小情趣的无视,"我"对饮食表现出了一点微末的热情。上部寻母过程中,除了酒店早餐外,温凯尔还写了中餐,甚至细心地写了林秀蓉家喝的一杯冰水,中餐中出场的黑啤,"我"能准确地辨别出它的产地与品牌,而整个寻母过程,"除了黑啤,我什么也想不起来"。饮食能够提供生命所需要的营养,"我"对饮食的饥渴,其实是精神饥渴的隐喻,由于无力与他人建立深切的情感联系,"我"把感受的重点转移到了身体感官。冷漠孤僻的"我"无法融入眼前的现实,在下部,温凯尔把离职的"我"置身于冷风之中,林秀蓉重新出现,"我""走神了,心里不经意想起亲生母亲漂洋过海的场景",但是早已认为自己不为任何人看重的"我",尽管在两天的相处过程中,对母亲有了一点点信任,但却以"林秀蓉已经有了自己的家庭,她还会回去"的消极思维习惯,硬生生地遏制了自己情感的潮水。在小说最后,叙述再次回到了饮食上:"在寒冷的冬日吃上温暖的火锅才是正经事。"显然,逃避将是"我"一生的宿命。

海德格尔说:"真正的沉默只有在真正的话语中才是可能的。为了能沉默,此在必须有话可说,也就是说,必须掌握它自身真正而丰富多样的展开状态。"温凯尔用他对分裂型人格障碍的深刻理解、充沛的细节和精湛的叙述技巧以及冷静的文字,为阿凯的沉默制造了广阔的空间,让那沉默自渊底发出了喧嚣。

◎人与世界的博弈

——《野草》2017 年第 5 期刊评

我眷恋的岁月，我轻柔地合上你的眼……

——鲁伯特·布鲁克

当一个人拿起文学作品来阅读的时候，他读的是什么？这个问题对于不同的读者来说，肯定有不同的答案，对我而言，我阅读，读的是人，双重意义上的人：作家文本中描绘的人，以及作家本人，而且，我的着重点在后面。实际上，那些文本虚构的人物，只是因为它们体现了作家的思维方式、关注点、心理状态、个性倾向、情感特质以及结构和表达能力，才对我产生意义。在我看来，绝大多数的作者，刺激他提笔写作的是内心的一种力量，这种力量让他觉得有一种非他莫属的东西必须去表达。这是一种神秘而强大的力量，促使他把拥塞在自己身边的纷乱的世界，处理成为一个较为连贯的、简约的形式，并因此而获得一种意义。德国美学家沃林格说："一切艺术创造不外是对人与外在世界的巨大冲突过程的不断记录……艺术只是某种心理能量的不同表现形式。"这句话说得真好。

我们身处的时代，无疑是十分独特的：物质充沛与分配的不均衡，日新月异的现代科技与无法忽视的环境问题，全球化语境所需要的开放的现代主体与文化传统束缚下现代主体意识的匮乏，思想政治领域的大一统体制与民间多元思想共存的现实，诸如此类的矛盾冲突让这个时代显现出了空前的活力，也造成了一种空前的紧张势态。这是一个无序的、沸腾的世界，充满变化和冲突，然而无论如何，我仍然愿意承认它的伟大，从来没有一个时代，有如此之多的渠道让一个想要发出声音的人发出自己的声音，从来没有一个时代，能够容纳如此之多、互相冲突的价值观,而在这种类似于刀尖上的平衡之中,大多数的个体仍然可以在其中想望更好的生活。所有的这一切都召唤着作家们投身其中,去感受,去呈现,心理能量强大的作家能够在纷繁、高速变化的世界中找到一种连贯性与统一性,能量不足的作家则被琐碎的细节拖拽着跟跄前行,所有的这些努力,都将作为一个时代的见证,向世界宣告自身曾经来过,生活过,写作过。

一、《秘密》:无意义的生命消耗及其逆转

> 恰如哲学起始于疑问,一种真正的、名副
> 其实的人的生活起始于反讽。
>
> ——克尔凯郭尔

本期头条《秘密》是老作家顾前的一个旧作。《秘密》将两个生活片段交替讲述:"我"、朱俊、老胡、陶南四人打牌未遂,兵分两路,"我"回到了家中和小情人私会,另三人去泡吧。两周后的星期天,朱俊约"我"去一个叫许晓洁的女孩家中玩,五男对一女的格局让本来想入非非的男人们大失所望,在回家的路上,朱俊意欲告诉"我"一个秘密:上次"我"离开后他们三个泡吧时发生了一件事情,张扬出去能让他们名声扫地,但讲过开头后却突然中断,坚持要"我"以秘密换秘密。"我"语之以小情人,却被认为根本不算秘密,只能一边回忆父母的秘密,一边感慨一代不如一代,最后,"我"把先锋书店被忽视的书形店标指给朱俊辨识,认为这是一个"秘密":

> 第一,搞这本大书设计的人一定花了很大的气力,他以为他的设计极有创意,定会博得人们的普遍赞赏,可他万万没有想到,他的杰作竟从未被人们所发现。第二,这件事说明了一个道理:个人的努力是多么微不足道。第三,这件事还说明了另一个道理,只要我们仔细观察,就能发现生活中很多不为人知的东西,因而生活确实是美好的,值得我们继续活下去。

这是否是个秘密姑且不论,毕竟所谓秘密不过是吊吊读者胃口的关子罢

了,有意思的是顾前让"我"卖嘴皮子一般吐出一段八股式鸡汤,如此滔滔不绝只是为了争得一个听取猥琐八卦的机会,就这样,《秘密》用反讽替换了激烈的社会批判、深沉的喟叹,把洞见转变成了庸见。和顾前的许多作品一样,《秘密》以一种明晰、通透的日常理性,反对激情与浪漫主义,把整个作品建立在几个和上述鸡汤类似的庸见之上——比如同性相斥、异性相吸("四个男人干坐着真是让人乏味至极","五男对一女,太让人扫兴了","她显然不喜欢她的同类");大胸的女人性感,没胸"还叫什么女子足球,整个一群没有阳具的男人嘛"——把庸俗无聊的中年男人的心理躁动,现代生活的琐碎、无聊写得轻松自然,幽默风趣。

但这又确乎是一个秘密:关于生活的真相、时代的真相、人神关系的真相的秘密。店标设计者把自身的能量投注在设计活动中,无论那个过程是否伴随着某种激情与忘我,无论设计者是把它视为某种艺术创作来践行的还是视为某单业务来完成的,能量的灌注是不争的事实,然而他/她的劳动却完全被书店相似的颜色和周边花花绿绿的招牌所掩饰了,几乎无人注意。这是一种浪费,一种无意义的消耗。这种消耗在小说中随处可见,"我"与小情人毫无建设指向的肉体关系,许晓洁适得其反的饭局,那始终没有说出的"秘密",以及母亲被耗损的生命(这个远比丈夫年轻的女人,即将带着一身病痛离开人世)。然而如此这般的消耗却无法避免,甚至必不可少。许晓洁动机混乱莫测的邀约,小情人对"我"的痴迷,父亲贪图美色的狡黠,店标设计者的劳作,这些看似浑不类似的行动,其实都隐含着某种僭越的欲念,意欲突破自我的现有状态,在他人那里获得对自我的某种确认,它由深植于人的非理性之中的欲望诱发。

欲望是人性中最深沉、最强有力的冲动,是人行动的内驱力,正是它让人世间喧闹鲜活。然而欲望支配的行动若要获得意义,需要一种超越的激情,才能形成一个创造性的方向,但这一点在顾前的小说中极其匮乏,顾前笔下的人物,虽然都有行动的冲动与能量,却缺乏激情,他们都是些小人物,被庸俗的日常理性、变幻的都市景观以及既有社会文化的权力机制,牢牢地固着于肉身与此世之中。这是一个神明从来没有显现过的世界,但是,这些小神们却在努力把自身神化:他们洞察一切,对一切都无动于衷,内心平静如水,但阴茎却臣服于他神明般的意念,可以应需勃起。更有意思的是,这种自我神化让他们获得了神奇的力量,让女人们都心甘情愿臣服于他们的力量之下,他们离不开女人的懦弱本质被遮蔽了,无情加上强大的性功能让他们获得了女性的崇拜。如此这般的逆转,背后其实是中国文化坚不可摧的性别霸权。女人,柔弱无力,头发长、见识短,不可理喻,有胸没脑,水性杨花……这一整个体系化的贬低,得自对权威取消了女性生存的物质保障后,女性为了赢得生存而采取的屈辱性策略的观察。顾前的整个创作,对这一男性霸权思想体系做了非常精准的呈现,他的小说中的男性,多少都带有一点男性霸权色彩,虽然他们看上去像个现代浪荡子、犬儒主义者。

"有钱没处花了,买这种华而不实的破玩意儿。""我"的团长父亲如此训斥自己凭借权力分配到的年轻姑娘,他从不怀疑自身的合法性,然而他那双重基因的敏感子辈,能够完全无视它吗?"我"究竟在多大程度上认同父亲,困扰于母亲"这辈子过得怎么样?"究竟为什么"我"选择了一种如此冷漠的态度处理情感问题? 这个悬停于《秘密》中的问题,可以参考《三十如狼》和《打牌》来回答。在《三十如狼》中,许亮本来对周梅想入非非,却发现周梅的苦难触目惊心:被诱骗生下私生子,为了养活孩子在外打工,一身病痛,身无分文。许亮大发仁善之心,开始救助周梅,却发现自己被卷入越来越大的麻烦,只好灰溜溜地逃回南京。在《打牌》中,"我"遇到了过得很不如意的旧爱小苏州,一边和她偷欢,一边劝她接受现实(不如意的老公);老龙妻子庄梅自杀前打来电话,"我"含混敷衍过去,庄梅自尽后,"我"对很久没有打牌了感到有点遗憾。从《三十如狼》到《打牌》,顾前演示了一个犬儒主义者的养成过程,那个曾经仁善的许亮,似乎是为了避免烦恼,求得心灵的安宁,最终修炼出了不做任何道德判断,对一切都无动于衷的现代犬儒作风。这其中的曲折,和顾前的性别观念绝非没有关联。在顾前的小说中,女性大概可以分成四大类,一类是温顺的、被剥夺怠尽的母亲型女人,周梅(《三十如狼》)、庄梅(《打牌》)、"我"母亲(《秘密》)都属于这一类型;另一大类是颇有女性魅力,生活不如意时不排斥偷偷欢、找找乐子的良家妇女;第三类是欲望强烈,有攫取意志的女人;最后一类是妓女。无论是哪一类,她们都更多地受本能支配,是非理性、混乱、顺服的代名词。

不仅是生理性别被确认为女性的处于价值观的低端,仁善之心也被认为是女性气质,在中国传统文化中向来被斥为"妇人之仁",和"胜者为王败者寇"一起勾画出了中国传统文化凶残的丛林本质,仁善之心上面附着的鲜明的等级和性别烙印,表明了一种更温和善感的性格的"劣等"地位,形成了"霸权男性家长

（他们有强悍的攫取欲望，完全无视他人的感受，具有侵犯性）→温和善感的男性（欲望强烈，但性格温和，有同情心，能呼应他人的感受）→女性"这样的层级秩序。《三十如狼》中许亮的这种善感、仁慈、冲动，在顾前以后的作品中很少出现，取而代之的是《打牌》《秘密》等作品中的"我"，他们行走人间的姿态、夜行的癖好、静观星空的双眼，一起构成了他们既世俗又清高、既冷漠又内蕴诗意的形象，作为一个冷漠的现代犬儒主义者，他们失去了古代犬儒主义者批判人类文明的激情，他们姿态背后隐含着某种内在固有的毫无意义或者荒诞的东西。也许在顾前看来，绝大多数人的生活都将是一场毫无意义的消耗，只要他们生活在花花绿绿的资本主义都市、庸俗的日常理性和强势功利的父权共同构成的尘世之中。

弗洛伊德说，"艺术产生了自我把握的幻觉"。作为一个"诚实"（曹寇语）的写作者，顾前在写作中平息了他的躁动，找到了一种理想的、释放心理能量的方式。在与世界搏斗的过程中，顾前获得了某种整体性、同一性的东西，尽管他写的是琐碎的生活，在他笔下，无秩序的生命力，混乱的、变动不安的现实被指认为一种女性气质，甚至幻化成一个个的女人，这样的思想倾向显然是作家无意识的一种流露，而反讽这一艺术手法则给了他一种理想的距离，让他享受着人间烟火却避免了道德焦虑。

在顾前的作品中，空间具有比时间更为重要的意义，正如《秘密》所呈现出来的那样，他偏爱并置结构，《打牌》尤其典型，这种结构产生了一种作家意志俯瞰尘世芸芸众生的效果。这个曾经投身20世纪90年代火热的商业大潮、经历各种奇遇却难以满足的人，终于在文学创作中得到了平静与愉悦。《秘密》是顾前近20年前的旧作，今天读来完全感觉不到时代隔阂，它是那么的通透晶莹，这一事实充分说明，他的艺术成就需要在更广泛、更一般的意义上去理解。

二、想象、空间与青春激情的消耗

> 我既不揭开那层面纱也不从我的生活中
> 恢复生机，在夜晚的道路与天空都变冷之前。
>
> ——翁贝托·萨巴

感受、观察、想象、表达这些都是我们人类的基本能力，不同作家对这些能力的发挥是有很大差异的。顾前偏重感受与观察，表达极其理性。而本期另外三个作品，《虚拟界》《过武家坡》《坐骑》，则明显倾向于想象，表达都带有浪漫主义色彩。

叶清河的中篇小说《虚拟界》是一个充满想象力的作品，"虚拟界是一个虚拟空间……最初是一个网络交友平台，现实中的人在这个交友平台上注册，就获得了一个虚拟人像，在现实人的操控下，这个虚拟人就可以代替现实人在平台里活动……随着时间的推移，这个虚拟平台逐渐获得了自身的能量，便独自生长起来了"。小说共分成十二小节，在一室之内蛰居一年零三个月的周异因为电脑坏掉必须出门维修，却先后被虚假界执法者斗篷人与虚拟界联盟队伍追杀，然后在一个叫尚可云的女子的帮助下认识到自己身处虚拟界，并开始了逃亡，最终从唯一的出口逃到现实界，最后结束于现实界的周异电脑崩溃，必须在深夜出门修电脑，形成了一个循环往复的结构。小说把能量、意念、信息流通作为虚拟界存在与发展的基础，把个体与集体之间控制与反控制的关系作为情节的核心，把爱情作为寻求逃离的动力——周异由于长时间困居室内最终因信息闭塞而引发了执法者的追杀，对现实界白水依依的爱情和虚拟界尚可云对筑天师/周异的爱帮助周异认清了虚拟界的现实并且逃离虚拟界——情节设置逻辑非常顺畅。

《虚拟界》这类带有科幻与网游双重色彩的后现代文本不能算是一种全新的创造，但是叶清河还是写出了新意与厚重感。周异既是一个困居出租房的现代病人、虚拟界的创立者，一个虚拟人，同时又是一个梦想者、哲学家（筑天师）、虚拟空间的逃离者，真实与虚构界限的模糊赋予了人物多重身份，构成了人物空间化的样貌，呈现了现代网络人不堪的现实生存和精神上向内凝视的特质。由于想象世界异常丰富、生动、紧张、自由且充满了浪漫奇遇，现代网络人把身体指认为自身的牢笼，一种超越身体的渴望、追求灵性的存在使他走上了自残的道路，"多次找来了水果刀，在手臂上划开裂缝，想要看到内在的我"。

从主题层面上看，虚拟界是现代人逼仄、塞涩现实的高仿，它的设置显然有批判后资本主义时代技术对人的控制的用意，但它同时又带有一点乌托邦色彩，"什么东西只要一个念想，就可以实现"，这一点虽然有对现代人网络成瘾的"哀其不幸，怒其不争"的意味，但是由于现实世界并未提供积极的能量释放方式，又由于爱情模块的加入，小说科幻的性质其实比较弱，批判的指向更为明显。这几年叶清河热衷于写现代病，《虚拟界》虽然带有一点通俗文化的气质，但对现代病症的诊断和强烈的现实干预气质让它超越了通俗写作。

许城的《过武家坡》有很强的先锋气质，构思新奇。三个青年，两男一女，监守自盗、抢劫了自己辖区一位高官的寓所的保安队长宝贵，女朋友突然消失、到处寻找的保安秦越，一个因心理问题逃离城市的姑娘小嫣，先后来到一个叫武家坡的空壳村。由于负罪在身，宝贵对两名后到者密切关注，秦越误以为小嫣是消失的女友小瑞，一直在跟踪试探，小嫣则出于安全的需要，对被跟踪极其敏感，由于军旅生涯的训练，她具有很好的反侦察能力，就这样，三人在空壳村展开了侦察与反侦察般的游戏，最后都选择了离开。小说的视点有一大半集中在宝贵身上，这个乡村青年受不住诱惑出轨拜金女，离婚后混入城市却无力应对小情人的贪婪，于是铤而走险，入室抢劫。通过一系列奢侈品的罗列，许城在宝贵身上呈现了一个心性迷失的主题，正如歌曲《这里的黎明静悄悄》所唱："一颗心呀 一颗热烈的心呀／怎会在泥泞的雾中模糊最初的方向。"现代青年男女的情感问题在另两个青年身上主要体现为不同类别的心理疾病，秦越隐约受着强迫症的干扰，有强烈的控制欲，而小嫣则主要受到惊恐障碍（这种心理病症通常发生在进行日常活动如看书、进餐、开会或操持家务时。患者突然感到强烈的恐惧，好像危险、威胁或死亡即将来临；同时感到心悸，好像心脏要从口腔里跳出来，以及呼吸困难、胸闷、胸痛、堵塞感，好像送不过气来或即将窒息死亡。患者害怕会死去、发疯或失去控制，因而激动不安、惊叫、呼救或逃出室外）的侵扰。三个青年进入武家坡后，在这个"安宁的家乡"，感受到了自然的馈赠：挂在枝头不自然熟的柿子、秋阳、夜空、月光，不过许城并没有把这个废弃的村庄用作疗伤的桃源，三人被现代都市文明侵袭的心灵似乎都偏向于西式的运动、消耗，而非中式的抱圆守一，正如小说中引用的另一首歌所唱的："Why don't you do something?"因此，他们最终走出了武家坡，走向了遥远的未知。

许城的文字有一点跳脱，整个文本语言风格大致在《这里的黎明静悄悄》和布兰妮的《Do Something》两首歌的旋律中切换，有抒情、有动感，似乎是想以文字风格本身传达身体的感受，也许，这是许城在对现代性做了细致的研究后，选择的一种方法：回归肉身存在，尽管小说的情节似乎有逃离肉身束缚的倾向。

《坐骑》是兔草的处女作，却有相当的成熟度。小说写两个小镇青年，他们童年(1999年夏天)曾经有过一次逃离小镇的经历,"我"在夜深时退缩了,离开后李离继续前行,但却谜一般地在原地兜圈子,付出了一条腿残废的代价,永远留在了故乡小镇,成年后成为一名抄水表、收入微薄的工人,但是在工作之余却训练出了一种罕见的摄影艺术才华。"我"在那晚怯懦逃离后,回到了家人的宠爱之中,后来通过高考去了北京,娶妻定居,过上了中产阶级的生活。多年来"我"一直因自身物质生活的优渥而有一种优越感,直至一年前返乡后听李离讲述童年逃离夜晚的诡异经历。此后,"我"和妻子看摄影展,注意到了一张名叫"城市之眼"的照片,照片中废旧的铁轨形成一个怪圈,和李离描述的离家出走的那个夜晚的遭遇一致,第二天,妻子离家出走,"我"在她的枕头下发现了"城市之眼"的明信片。"我"感到了自由,但同时失去了方向,于是回到故乡,找到了李离,目睹他游走在城市的底层拍摄照片的情景——李离擅长使用视觉错位拍摄照片,并以进入李离家的楼顶花园结束。

《坐骑》有对人性的深刻洞察,"我"因怯懦而产生的负罪感,以及因物质的优越而产生的自欺式的自我证明,在妻子离家出走后,"我"的自由而茫然之感,以及对李离的好奇和对李离的力量、生活的质感的嫉妒,心理描写比较有层次感,且有一定的深度。此外,小说所选取的两个意象虽然谈不上新奇,但是在兔草的笔下,却用得很别致。把火车用来作为小镇青年逃离闭塞地方的希望,是常见的用法,但兔草却让它成为陌生的技术的象征,摧残青年逃离的希望。值得好好说一说的是摄影艺术的使用,兔草让残废的李离精通摄影,并拍出了一系列奇特的照片,这些照片具有神奇的吸引力,其中"城市之眼"还成为"我"妻子离家出走的诱因。李离在11岁时曾经是一个极其执着于逃离家乡的少年,甚至在腿受伤后还从"血泊里站了起来……走了约莫五分钟",如此执着的意志,难道仅仅是为了一种抽象的远方?为什么选择摄影?在我看来,这是一种十分雄豪的青年野性的现代表达形式,李离的行动表现出来的是孤身一人与世界对抗的雄心,当他以肉身作为工具时,由于肉体的有限性,他失败了,但是当他借用现代视觉工具时,他成功了。因为摄影有一种独特的特性:照片是沉默的,这是一种从现实世界的饱和、充满喧哗的语境剥离出来的事物的沉默,它再现了事物的孤独。鲍德里亚在《消失的技法》中写道:"拍摄照片不是将世界作为物体理解,而是将世界看成物体,把埋藏在叫作现实的东西之下的他者性发掘出来。让世界作为奇怪的吸引者出现,并且把它的奇妙的吸引力在影像中固定下来。""摄影叙述的是我们制席时世界的样子。"而"世界与我们都是相互使对方茫然自失的存在"。兔草舍弃原来代表着希望与进步的火车,选择了摄影,正是当代青年现代性感受的一种变化,其洞察力是十分值得称道的。从这个层面上看,兔草的这个处女作,实在是值得一再表扬的。

《坐骑》的青春力量还表现在两个人物的开放性上。小说写了两个而立之年男性十多年的较量,并从心理学层面上艺术地逆转了两人的输赢,这本来并不稀奇,稀奇的是两位男性的开放性,不管"我"如何强调自身的罪感,"我"却并非退守自闭,而是保持着对世界、他人的敞开,李离同样如此,童年遭受重创,生活在社会的底层,但却有罕见的精神能量,敢于发掘世界的"他者性"。两个主人公的神奇力量,体现的是作者兔草强大的精神力量,她如此健全,能在生活的各个角落里发掘世界的异己面目,且保持着一种坦率与坦然。

三、喜剧:精力充沛者的嬉闹

> 头脑简单之人的愚蠢是令人愉悦的,
>
> 倒是那聪明人的愚蠢才真正是令人恼怒的。
>
> ——乔治·桑塔亚那

顾前的《秘密》读起来虽然有轻松幽默之处,本质上却是悲剧性的,金少凡的《本能》和江丽华的《锦绣前程》则是典型的喜剧作品。

《本能》写的是官场的尔虞我诈,某文化单位副处王小京试图利用自己的发小金子英色诱单位主席邹红樱,从而获得提升。单身高干邹红樱以色相搏上位后,由于不甘寂寞,和司机小贾发展成了情人关系,为了摆脱司机的纠缠,进一步稳固和上司的关系,也要利用金子英摆脱麻烦。这两个对称的事件以金子英为连接点,但是却遵循了喜剧艺术的路数,只选择了王小京、金子英这一条线来重点展示。随着游戏的推进,浪荡子金子英对自身生活模式日益厌倦,逐渐萌生了和邹红樱结婚过普通生活的想法,功利自我和真诚自我互相争战,却被邹红樱识破了王小京的计划,同时被告知邹也不过是在利用他而已。最后他绝望地发现启动阴谋的竟然是邹而不是王,根本不是什么螳螂捕蝉、黄雀在后,而是从一开始王、金二人就落入了圈套。这种欺人反被人欺、贼被贼偷的情节,是典型的喜剧情节,小说名为《本能》,大概是指男性的好色自大和女性的狡猾阴险,这种设置也是一种对人性的化简,小说的语言,尤其是男女私会之时那些本来充满柔情、激情的时刻,因为叙述者与情境中人物的疏离而产生了一种让人捧腹的效果。

《本能》的喜剧性因为金子英日益增长的正常渴望而渗入了悲剧性的因素,笑与痛相交融,虽然笑最终获得了优势,但是几个官场人的异化形象却得到了比较好的揭示。相比《本能》在人性层面上体现出来的喜剧性,江丽华的《锦绣前程》主要是通过社会生活的荒诞以及人物智力和野心之间的反差来制造喜剧效果。刑满释放人员李春一无所有,无意中因为蛮横自虐而压了城管吴队长一头,就这样,在几个底层人的帮助下,开始以一种"愣的怕横的,横的怕不要命的"的痞劲,帮助强拆,后又通过捎带着为普通人达成一些难以申诉的诉求来获取生存;在金钱方面宽裕了之后,李春和所有的男人一样,有了钱就变坏,开始嫖娼并因此被骗了个一干二净;重回底层,他再次捡起原先的痞劲,单枪匹马砸了一家污染严重却受保护的化工厂,这一次,他被推到了网络舆论的风口浪尖,成为可爱的"砸墙哥"。小说情节荒诞可笑,但喜剧性冲突基本上是外部的,没有深入到人物内部冲突中去。李春极其简单的头脑和他日渐增长的欲望之间的矛盾,导致了他命运的颠簸。

我们为什么会发笑?作家为什么选择喜剧形式来表达他们对世界的观察与理解?这并不是一个容易回答的问题。在我看来,除了现代病那种痉挛式的笑,其他形式的笑,在心理学层面上,都出于一种力的优势:我们首先感到安全,并注意到了事物的内在矛盾,那种种笨拙和不协调让我们发出了笑声。具体到一个作家身上,我们会注意到,偏爱喜剧的作者的作品,外倾性更强,他并不把大部分的心理能量用来跟自己较劲,而是把他充沛的精力用来观察外部世界,他发现世界的矛盾对立之处,但是却并不把它视为毁灭性的,这里面有一种旺盛的能量,让他对世界做出了这种观照。以《锦绣前程》而言,小说描写的一系列矛盾、荒谬的社会事件,并没有造成人物本身生命力的毁损,李春完全可以视为一种粗野原始的生命力本身的具象。这种对底层人物生命力本身的信任,赋予了小说欢快的面目。如果我们把它和樊健军的《厚道面馆》做一个对比,感觉会更为明显。

《厚道面馆》是一篇写得十分用力的短篇小说,情节安排、视角控制、意象使用都做了精心的选择：下午面馆生意清淡之时，进来一位戴墨镜男子，一个奇怪的顾客，他为老板讲了一个在面馆被无辜杀害的小伙子的故事，故事当然是在厚道面馆真实发生的事件，戴墨镜男子显然是在谴责看客的冷漠，宣告他们有罪，为了应对，老板也以讲故事的方式陈述了自己的抗辩。小说对看客的冷漠做了辛辣的嘲讽，厨师在戴墨镜男子凌厉的逼问下，结结巴巴地说出"我……我看见……窗外有很多麻雀"，算得上是比较精彩的一笔。整个小说气氛十分压抑，同时，可能是作者功力不足，小说语言生涩，人物不自然地使用着极其拗口的书面语，叫老板出来喝酒，两人互相讲故事的情节设置显得比较生硬。因此，小说显出了一种紧张，作者尽管在技术上花了不少工夫，但是显然在精神层面上并不轻松，未能把向社会讨公道的道义之心化成完美的形象。不能把这种紧张理解为一种力度，恰恰相反，它表明作者被社会事件牵制了，精神高度不足而损害了小说的艺术效果。

◎在经验的田野上

——《野草》2017 年第 6 期刊评

文学文本可以怎么读？应该怎么读？类似的问题总是困扰我。诚实地说，我的文学阅读切入点相当暧昧：一方面，我把文学文本中的生活当成一个相对独立的世界来理解，另一方面，我又似乎并不承认有什么独立自足的文学文本，以一种相当霸道的读者心理来解读作品，似乎一个文本写出来，它仅余的姿态就是等待的姿态，等待着读者(无数个"我")让它一次次地重生。如果更诚实一些，我会说读中国小说，很少让我产生追问文学本质的冲动，而是更多地让我产生对伦理与社会的思考。我当然也能够感受到作品的美学特质，但一般不会把评论的终点放在这个层面，我常常从文学文本出发，走向自己感兴趣的文化观察与思考。

说上这么一段开场白，当然不是想解决什么问题，它更像是一种预警：接下来的刊评，也许文学艺术层面上的分析并不会占据太大的篇幅，文化观察与反思很可能会喧宾夺主。

一、暗痕

这一期头条发的是西维的中篇小说《波光粼粼》。暑假里我刚刚系统读过西维的小说，并在一篇短评里把西维界定为一个生态女性主义写作者。这个判断对这篇中篇仍然适用。《波光粼粼》显然是《沉默的花园》的姐妹篇，同样和弟弟一起生活的老母亲，同样在异地谋生、能干的女儿，有家有孩子，同样的返乡之旅：一对和谐的小夫妻，丈夫要带几个多年好友一起去妻子的老家"好好玩几天"。但是《波光粼粼》的呈现重心放在了"我"的小家庭上，母亲始终在电话线的那一头。西维的写作一直都有女性主义特点，但《波光粼粼》还是显得相当特别，它把紧张的性别关系直接端到了前台："我"计划着要趁着便利去探望两年多没见的舅舅，丈夫家扬不乐意："你们女人总喜欢把所有的事情都牵到一起来。玩就是玩，探亲就是探亲，一码事归一码事，这多好。"但是，他母亲的怪癖（找一种据说有特别滋补效用的虫子）却必须花时间去完成。而"我"母亲和弟弟住不惯，本来来"我"家帮"我"看孩子，是如此顺理成章，却一直没有成行。"你永远都是这样，你的道理就是你的道理，你让我等……为什么等的是我？""我"和丈夫吵架了，这是第一次，西维笔下的女主人公觉得不公平。

不过，西维笔下的女主人公都是强者，都有充沛的生命力，它突出表现为一种完好的理性自控力，这种力量为她赢得了安宁与充足的睡眠，吵架后她"睡得很好"。只是这次，她在早晨醒来前"陷入一段混乱而又冗长的梦"。这个没有呈现内容的梦境，以及那个"闪烁着，巨大而迷人的水域"的湖，都在暗示着人物的某种潜意识。这种潜意识可以从小说的一个核心词汇——"同谋"中隐约得到些信息。"我"和丈夫之间有着相当的默契，而弟弟则一直是"我"的同盟。这种同谋为"我"赢得了和谐、中产的日常生活。正如"我"有弟弟和丈夫一样，母亲也有过兄弟和丈夫，女人，似乎都在生命力充沛的时节，与男性共谋，以博取"身处女人巅峰时期所拥有的一切"，因此，表面上的性别对立似乎又臣服于某种更为强劲的女性欲求之下。但是，女性虽然可以在性别战争之中明退暗进，在面对生活/生命这一"暗黑、巨大而又深远的湖水"时，她是否会有一些退避？她能够完全免于自责吗？当她向电话那头的母亲吼出"连人都要死"的时候，她是否意识到，她身上也有着母亲一样的双重本能？母亲，在她生命的巅峰时期，随随便便就养活了"我"和弟弟，而现在，她是死神的朋友，养什么死什么，甚至，当她用一种华美的声调说出对兄弟的祝福时，也像是死神在诵诗。有着"蓝宝石一般靓丽迷人"表象的生活，其幽暗的内部显然有一种不可抗拒的腐蚀力量，死，就是它的名称，这，绝不是厌烦和粗暴能够掩饰的。

不知道是否有明确的自我意识，西维偏爱以详尽的细节来呈现人物，他们所处的场景，他们的动作、姿态，这里顺手举两个描写孩子的句子："他站得直直的，蓝紫格子的棉纱口水巾的结从颈后跑到了右侧的肩部。""斌斌扔掉了小汽车,像只小企鹅一般摇摆着跑向了他的绿色鳄鱼枪。"(斜体、下划线均为笔者所加)这些详尽的细节从外部限定了事物的轮廓,对于呈现女主人公理性、有力的性格是有帮助的,但同时也限制了其他人物的主体性,小说隐约变成了女主人公的独角戏。这个特征和西维的留白能力,以及繁复多元的意象一起,形成了西维艺术的独特个性。在《波光粼粼》中,"我"的女性主义立场始终引而不发,"我"对自己核心小家庭的认同度、对母亲的认同度都比较含混,贯穿小说始终的"鸟"意象主要用来类比男性,出现过多次的、不同光线下的湖则显然是女性的象征,正如鸟始终是外在于湖的,两性之间同盟的程度也是可疑的,甚至,当"我""悄无声息地远离了那片蓝宝石一般靓丽迷人的湖面"时,"我"和自身深处那女性的力量也表现出了某种疏离的渴望,在此基础上,所有明确的外部都显得异常强大,但是也分外刚硬、生冷,它们无法构成真正的慰藉。

叶临之的《追寻进步的阶梯》是一篇非常有味道的小说。"我"与小贩妻子李兰心搬到城市寻梦,与一对艺术家姐妹(姐姐是朗诵家,妹妹是舞蹈家)为邻,因为碰巧都来自咸家铺,于是开始了不咸不淡的交往。作为一个诗人兼小说家,叶临之深谙意象并置之道,人物关系写得比较松散自然,因为有同乡之谊、邻里之便,两户人家的关系比普通顾客、邻居稍微好一点,但也仅此而已。小说叙述中星星般散布着不少意象,除了比较显眼的老式藤编热水瓶、乌鸦、雪具有明确的象征意义外,那些看似随手写出的色彩、光、线、水果、书籍、音乐等物象,尽管都附着于故事之上,但仍然有诗的形式与韵味。《追寻》在疾病与艺术之间建立了清晰的关联,艺术家心灵所需要的扩张借助生活放纵的形式实现(比如,我的酗酒),这种内在感受的扩张和外部生活的放纵,却迎面遭遇人际关系的疏离,不得不向内收缩,这种矛盾导致了主体的时空仄逼感,艺术家式的感受形式和生活方式,把所有艺术家的生存模式联系在了一起,甚至还扩大到了普通人的生活之中,在某种程度上,所有的人都成了"套中人",这正是小说中引用契诃夫《套中人》的用意。因此,人类生活并没有什么进步可言,只有散落在空间的一个个孤独的点,如流星般划过:"我们的世界只有坠落的亮点。"《追寻进步的阶梯》把人置于广阔的时空中(隐约涉及的空间有"美国"、"上海"、小城以及咸家铺;时间方面,不仅有代际的跨度,还有多国文化的传播与传承),但却有一种奇怪的静寂感,读者注视着那一个个划过幽暗的亮点,似乎在面对着宇宙阔大的寂静,这静止中当然有一点点轻微的晃动,但几乎可以忽略不计。

西维和叶临之都是"80后"。从呈现孤独这个主题来看，"70后"作者和"80后"作者有相当大的区别，"70后"作者大多数都在家族成员比较多的大家族中长大，孤独往往表现为欲而不得以及不为他人所理解，但在"80后"作者那里，孤独并非欲而不得、无人理解的问题，它似乎是一种存在的基质，他人是什么样子的，大家都心知肚明，但是，人只能自己独自面对世界，人可以向世界敞开，却不能向他人敞开，做出某种让步，从而建立一种紧密的联系。人，成了孤岛。

世界的喧哗，是如此寂静。

二、迷惘的青春

陈春儿的《隔膜》写的是两位幼年时一起长大的女性之间的关系，她们在青春期因为情感问题而产生了难以弥补的裂缝，从此不再往来，直到妍乳腺癌晚期即将病逝，其夫自作主张，找到了红，让两人见了一面。小说从红启程去探望病友开始，结束于红得知女友已经下葬，从此生死两隔。陈春儿写实功底相当不错，人物的性格和心理变化写得非常细腻，由于认定女友曾经破坏了自己的爱情，红一直耿耿于怀，接到电话第二天就急切地出发去探望，有一点对童年往事的眷恋，更有一种受伤者的快慰，在她的设想当中，女友的生活水平应该不如自己，她准备了3000元的红包，试图以此显示自身的慷慨。在见到女友后，她的快慰感、优越感一点点消失。小说结尾颇有些功力，红回家后，由于意识深层的失落感，没有再去见妍；在接到妍病逝落葬的消息后，她买了几个好菜，打开了红酒，点上了蜡烛。这种浪漫的生活方式来自妍的熏陶，她吃了一顿"妍式（浪漫）＋红式（丰盛）"的晚餐，没有比这更好的纪念了：让一个人的精神特质，融合在另一个人的生活细节中，一起活下去。但是，读者不应设想红从此就变成一个宽大的、超脱的女人，从文本所呈现的性格特征推测，她仍然会是好强的、世俗的，甚至坚硬的，妍只是标出了她的阴影，让她显得立体一些，也更柔和一些。

陈春儿擅长写略带一些偏执的人物，红在道德方面的敏感与偏执让人印象深刻，童年时被女友问及项链后的羞耻感，对女友高自己一等的嫉妒以及由此产生的逃避，在多年以后面对即将病逝的女友仍然有难以控制的倾向，她渴望做自己,却如此敏感于他人的评价,这样一种心理困局让她只能靠现实层面的"赢"来获得某种微弱的平衡。

张爽的《土豆你个马铃薯》是一个都市爱情轻喜剧式的作品,男主人公马令书(谐音马铃薯)刚刚走上工作岗位,年轻单纯,却有意迎合单位里几位女性(彭佳佳、潘洁、喜红)说他老于风月的判断,顺水推舟地扮演花花公子,嬉笑打闹之间揩点油,但毕竟年轻未经世事,女性在他眼里显得神秘迷人,似近还远。小说把一个情欲萌动的青年想入非非、心性游移、欲而不得的状态写得诙谐幽默,几位女性则饥渴、大胆、放纵。小说的主题似乎是在呈现天真男性的沦落,这种沦落和女性集体的开放有密切的关系。马令书高中同学孙子成的婚恋遭遇比马令书的遭遇更清楚地表明了小说的这个主题:孙子成的婚姻对象在他之前交往过三个男友,都有肉体关系。现代都市女性在性方面的开放姿态,显然对两位青年造成了不小程度的刺激,已经定下婚约的孙子成约马令书去嫖妓,正是这种刺激的一个反应。《土豆你个马铃薯》呈现的这种当代都市青年情欲乱象,尤其是阴盛阳衰的特点,十分值得玩味。本期访谈里唐颖老师说了一句话:"我觉得我们经历的畸形时代,对男人的伤害其实更大。他们胆小畏缩,混着庸碌人生。"这句话用在马令书身上十分契合,这种家境不错(马令书的后台是台长)、巨婴般的男人,进入了情欲萌动期,却由于自身的主体性没有确立,无法确定自身的爱欲对象,走马灯般晃动的异性只会让他们迷惘无助。可以想见,随着妓女帮他破处,为他打开成人的大门,在等待着他的酒池肉林里,被动庸碌的马令书,并不会有多少光辉的前景。

许仙的《谵语》讲的是一段陈年旧事。约百年前,"我"爷爷年幼时抱着灵位,替去世的堂兄娶妻,从此和新娘子结下了一段缘分。传统礼法让新娘子和灵位过了一辈子,但进入青春期的爷爷和久旷的新娘子之间却不可遏止地发生了一段恋情,直到爷爷成家后被迫中止。这份美好的感情一直埋在两人的内心深处,临终时爷爷的谵语无人能懂,直到请来高龄的新娘子后,爷爷才放心离世,新娘子也在半小时后离世。许仙是一个十分勤奋的作者,有极好的讲故事的才能,他把爷爷和新娘子的青春浪漫故事,置于"我"的父辈("我"爸爸、两位叔叔三对夫妻)冷漠对待临终祖父的背景上,正可谓久病床前无孝子,如此一来,浪漫故事更见人性之美,而传统宗法文化愈发显得虚伪、残酷。小说以老年的"我"的回忆来展开,"我"五岁时,将死的爷爷反复死而复生,父辈们的不耐烦以及盼望爷爷死去的心理被凸显出来,而爷爷和新娘子的青春情爱也因此来到了亮光之下,由于叙述者年幼无知,两人的故事显得十分朦胧,新娘子的情人是谁这一悬念并没有具体落实,老练的视角控制不仅增加了故事的可读性,对父辈冷漠无情的描写也因此带有诙谐色彩,而叙述外壳对于世代轮回的强调,则强化了传统的顽固性。

这几年陆续看了不少许仙的小说,流畅/浪漫的故事,幽默/抒情的语言是他的小说的共同特点,即使是在写一些偏重哲理性的小说,许仙也会注意故事的可读性,他似乎有一种道德激情,随时准备取笑贪婪之辈的卑微欲念,同时又有一种浪漫情感恣意流淌,用以平衡、安抚对世态炎凉的观察。因此,在他的笔下,不论多么悲惨的故事,都不会呈现出悲剧那种震撼人心的效果,而是会在炎凉中透出一点温暖与美好。

许仙的故事里,常常有一个美丽、坚韧、善良却又饱受苦难的女性,她们是真、善、美的化身,男性则相对软弱无能一些。有力的、鲜活的女性和柔弱无能的男性应该是众多写作者的当代感受,这种感受并非空穴来风,中国人向来注重传宗接代,但是 20 世纪 80 年代以来,出于各种考虑,我国实行了严格的人口政策,尤其是独生子女政策,导致了传统观念的锐变,尽管在社会权力、资源分配等诸方面女性仍然处于弱势地位,但是在成长过程中女性获得了教育机会:既然只有一女,当然必须把家族的财富都集中用来教养她。而对传统文化中自身性别无权地位的清晰认识,又让女性自觉地付出更多的努力来获取自身的人格与职业的发展,因此,尽管生存并不容易,当代女性还是活出了自身的精彩。

三、坚如磐石的传统

若从晚清算起,中国致力于现代化已经有一百多年的历史,但时至今日,在文化现代化方面,我们并没有取得多大的进益,这主要是源于传统文化儒、道、佛三教共同奠定的超常稳定的结构。这一点在《地书》中表现得异常明显。《地书》写的是同性爱,老朱在还是小朱的时候,一场浴室奇遇,让他意识到了自身的同性恋倾向,但是对传统伦理的服从让老朱自觉地止步,选择了家庭。三十年后,儿子离家、妻子病逝的老朱,每天在广场的地上练大字,写《心经》,最后签上一个"柱"字,表达对青年时期那份同性爱萌动的怀念,此时那个早年的"柱子"再次出现在老朱身边,为他打伞,为他出头护住练字的地盘。整篇小说把同性爱处理得极其隐晦,老朱与柱子的同性爱取向似有还无,点到即止,三十年的苦闷压抑似乎并不存在。这种处理和佛教的"色即是空,空即是色"(《心经》)有关。作者显然有迎合中国传统与现实主流价值观的用意,但有所得必有所失,如果对比一下白先勇先生的同性爱书写,我们就能够看到《地书》隐去了多少苦难,情节设置有多么遵从世俗伦理、日常理性,这种刻意的纯洁、有意的调和,我认为并不值得提倡、尊重,首先源于肯定,而非逃避、虚化。房永新的文字朴实简练,避实就虚的写法也未尝不可,但未能调动叙述对人性苦难做出充分的暗示,刻意的纯化让小说的思想力度不足。

正如我们在《地书》中看到的那样,当同性爱遭遇儒家伦理、受到压制的时候,两位男性主人公通过佛教《心经》的教诲,虚化了欲望,放弃了追求,满足于相见不如怀念。在本期其他几个作品中,传统文化坚如磐石的身影亦清晰可见。符利群的《所有的湖光山色》有一个侦探故事的外壳:两位正值花样年华的少年,究竟因何淹死在青山湖?该向谁问责?小说以刚入行两年的青年警察韩战追查少年死因为线索,辅之以少年家长索赔的历程,把情窦初开的少年的竞争、资本家与本地居民的纠纷交错着进行描述,秋儿、大虎、小虎的少年情愫这条线索用以呈现乡村风土人情,索赔这条线索则用来写现代资本罪恶,事件写得比较清晰、详尽,条理清晰。

中国现代文学自肇始以来,乡土民俗就是一个被反复书写的题材,并且形成了两种基本范型:一是启蒙/批判型,这种范型以鲁迅为代表,视乡土为愚昧落后之所,久远的生活习俗承载的是僵化的、吃人的传统宗法制文化;另一种是眷恋/认同型,这种范型以周作人为代表,包括沈从文、废名等著名作家,他们把乡村视为原始、质朴、美好的所在,用以对抗都市文明对人的异化。《所有的湖光山色》显然属于后一范型,乡村干部黄大年、泥水匠、赵聋子、瘸子蔡虽然都各有私心算计,却秉性善良,占卜算命的五叔婆也没有邪魅之气,而是如印第安老祖母一样和蔼慈祥。两位少年同时爱上秋儿,时时竞争的情节显然和沈从文的《边城》有亲缘关系,符利群引用儿歌、乡村少年的种种游戏把三个少年的情愫写得十分纯洁美好。小说把批判的锋芒指向了资本的贪婪:如果不是蔚秀山庄贪图利润挖深湖湾,两位少年就不会溺水而亡,蔚秀山庄的老板董大有也被符利群写得城府极深,面目可憎,最后干脆私逃出境,逃避罪责。

《所有的湖光山色》表现出了对宗法传统明显的眷恋,警察韩战对事故调查报告的处理更显示出了宗法制对中国人难以抵挡的诱惑力:他放弃了陈述秋儿涉事的真相,选择了仁慈,无视了法律。这种处理显示出了符利群思维的局限。一个21世纪的写作者,一味美化宗法制,简单归罪于资本,其思想格局显然还有待提高。

余娓的《霜草行》也属于眷恋/认同型的乡土风俗作品,小说写的是一个戏班子冬天在乡村巡演的故事,丑角阿快邂逅一个小戏迷阿多,决定教他演戏,教戏的因家贫多子而自小学戏自立,学戏的显然也出于同样的因缘,文章的最后,学戏的死于饥寒:"然后,阿多就不见了。"《霜草行》着重书写温暖的人情,尽管故事十分凄凉,却带有一种抒情的韵味。

中国人有一种让外国观察者难以理解的特质,他们能够忍受爱情、亲情、友情等情感因素的匮乏,在刚够活命的生活水平上,任劳任怨地长时间劳作,不带任何抱怨、愤怒或不满等情感,他们这样忍耐,并不是像西方人那样,认为忍这一世苦难,灵魂可以得到拯救,去往天堂,当然也不会做白日梦,以为这种忍耐会得到此世的奖赏。这种忍耐后面,有时候是听命于佛教万世皆空的训诫,更多的时候是一种讲求实际的认命心理:他们抱着一种对他人的彻底不信任,认为建立某种联合或契约是不可能的,反抗徒劳无益,不如顺时应势,谋求一己的生存。如果真要推究,这种忍耐甚至是出于恐惧:人世间似乎遍布着异己的力量(神灵、死者的鬼魂、权力那莫名的威力,甚至他人的执念),还是敬而远之的好,而且,人的一生不可能没有产生过任何欲念的火花,因此,死后等待着他们的往往是地狱的各种刑罚,隐忍活命实为上策。这种思想是如此囿于经验,没有一丝一毫的超验精神,也没有任何建设性,如果说人的灵魂是一种力量,它行动,是为了更好地生存的话,那么,中国人这种以维持现状为目标的隐忍,由于没有任何推进社会进步的可能,根本就谈不上灵魂不灵魂。确实,中国传统文化里倒也并不在现代意义层面上使用"灵魂"这一抽象名词,而是使用"心"这一有形的器官来替代。

从上述角度来看谢思球的《等一等灵魂》是非常有意思的。小说写的是修高速公路迁葬给王家庄带来的骚动,因为迁坟业务增多,三个地匠,老安、麻五、黑铁曾经有过的松散联合关系受到了利益的刺激而土崩瓦解。麻五作为地匠师傅,制订了新的收费标准,意欲抓住机会发一笔死人财,黑铁无条件地站在了麻五这边,善良的老安却貌合神离,先是同情带着病媳和小孙子的王四娘,后又仗义为华子母亲迁坟,最后在为郝局长父亲迁坟的中途,被麻五、黑铁捣鼓出局。老安家道赤贫,妻子患胃癌无钱医治,但在吃苦耐劳,不计利益得失,尊重传统,捡骨迁葬的过程中变成了道德示范。似乎这样写还不够,谢思球还安排了拆迁,本分而赤贫的老安,几乎是迫不及待地签了拆迁合同,而家道不错的麻五再次利用时机,组织村中力量抗拒拆迁,意欲谋求最大利益,甚至还居心叵测地挑唆华子讨要公道以至于其被刑拘。从讲故事的角度来看,小说情节紧凑,其中亦多曲折,并且按照中国传统价值观念,大力表扬老安照顾孤老、病妇、儿童,为自杀者迁坟,劝华子"恶父也是父"等善举。有意思的是,贪官郝局长和克扣迁坟费用的钱村长虽然可恶,但对良民老安却并无威胁,最大的恶是麻五,此人之恶被刻意渲染,似乎叙述者把麻五裁定为刁民,并且他一家子都是刁民:女儿做皮肉生意,老父以死抗迁。

这个小说估计一百年前、甚至两三百年前的读者接受起来也不会有多少问题。但是在提倡建设民主、自由、平等的现代国家的 21 世纪,这个故事的思想倾向就不仅仅是陈旧二字可以道尽的了。以逻辑而论,麻五并不会给老安带来什么不利的困境,反而会为老安增加收入,夺回社会分配不公失去的一些利益,尽管只是杯水车薪。而老安的阳奉阴违,却会破坏麻五的反抗力量。老安的顺服从现实层面上看,为自己谋求到了某种眼前的好处,但小说的叙述却把老安的行为写得温情脉脉,把老安描绘成了传统伦理(温情、善良)的化身,没有保持必要的批判的距离,这种逻辑和现代性是完全背离的,是小说叙述的最大缺陷。实在说来,老安的顺服和他劝说华子,让华子同意抛妻弃子导致妻子服毒自杀的父亲百年之后葬在其母身边,并声称其母会同意的是同一个逻辑,都是传统男权对卑微者的践踏,还一厢情愿地和稀泥。我当然不会否认老安这种类型的普通人正是当今中国难得的一抹正能量,但小说并不是镜子,艺术要高于生活。

与谢思球把麻五处理为刁民不同,李新勇把曹四处理成了孤独的英雄。《深夜的街道张灯结彩》以曹四在除夕夜冻饿而死开头,回溯了曹四的一生:富贵时奢侈放纵,终致家财散尽负债累累,历尽艰辛还清债务后,曹四成了道义的护法,以一无所有者不要命的精神行侠仗义,这位侠客颇为符合现代精神,他赞美女性,爱惜清洁,以技艺讨钱吃饭,显然是照着现代有尊严的人格标准来描绘的,但是,这位侠客虽然到处伸张正义,却被人群视为神经不正常,亦无法免除冻馁,最后死于除夕,大年初一曹四的尸体被火葬场拖走,无人送行。小说意在批判世态炎凉,文笔精练,但是把对社会正义的渴望放在一个一无所有者的私人行为上,把曹四从人群中刻意孤立出来,显然并不符合现代精神,因此,小说表现了作者观念的含混:似乎李新勇某些个体行为承载着现代精神,但具体到社会层面,就难以判断了。当然,这种状态也很可能是作者在刻意追求一种戏剧性效果,急于批判。无论如何,曹四这个人物更多地出于观念,形象的生动性不够,效果与新意都有待提升。

吴子长的《大年的收藏》写的是人对命运的顺从及其收获。王大年行伍出身,退伍后分配给领导开车,因机遇开过酒楼,投资过煤矿,搞过古董收藏,最后到乡村造了幢房子,自给自足地过乡居生活。王大年的人生丰富、曲折,能全身而退过上让人羡慕的生活,和此人的灵活与顺应有密切的关系。一点不大不小的欲望、一种不偏不倚的实用理性、一种沉静的耐力让他成就了自己的幸运人生。小说语言保持着一种不偏不倚的平静,故事讲得比较流畅。

写小说虽然有赖于技艺,但世界观才是一个好小说家的根本,于当今时代而论,具备现代价值观是一个首要条件。从这个层面来看,余娓、谢思球、吴子长的观念都偏向传统,符利群和李新勇则在传统中略有一些现代成分,不过,符、李二人虽然对现代个体略有认识,骨子里却是保守的,仔细推究,逻辑上亦有欠缺。以上作品,作家们几乎是无意识地在传统文化圈定的思维疆域中运思,作家们与传统文化的距离可以说是过于近了。在中国堪称庞大的当代作家群中,具有明显的现代个体意识的作家比例并不高,这是当代文坛让人遗憾之处。

◎伦理的限度

——《野草》2018年第1期刊评

> 而你,而荒凉!把你的黑桌布
>
> 铺得更低些
>
> 渗到这心里让它无法停止
>
> 你的寂静像一桩雄伟的事业
>
> ——伊夫·博内富瓦《杜弗的动与静》

一、《恍惚》:她站在窗前

> 我唯一的野心就是观看.
>
> ——巴尔扎克《驴皮记》

一位名校的文学博士,人到中年,幻想着房子倒塌造成"一个完美的事故",想象中让人窒息的灰尘并不让她感到烦躁,"心里甚至有一种安逸的感觉",显然,她处在严重的精神危机中,像"大海里露出脊背的鲨鱼在向一艘船靠近"的绝不仅仅是可见的挖土机,房屋倒塌当然也绝非挖土机作业的现实侵入她凌晨似睡非睡的意识。王咸让她因拆迁而走上寻找避世隐居之所的道路——和丈夫一起驱车去郊区某村落看房子,途中,一位长时间没有联系的朋友发来一张月季花照片——"加百列大天使"——开启了她回忆的闸门。

《恍惚》的女主人公具有清晰可辨的浪漫特质:美丽柔弱的外表,对奇异事物的关注与想象(比如朝鲜蓟),沉静、敏感、非功利的性格,以及对强烈情感的渴望与逃避。我怀疑王咸是照着卡夫卡的某些特点塑造他笔下的女主人公的，和卡夫卡一样，她有着吸引异性的浪漫气质，眷恋尘世却无法进入情感事件，她甚至有卡夫卡式的习惯：她总是站在窗前，这房屋中的独特部分即向外部世界敞开，又因玻璃而与外部世界隔离开来，这给了她必不可少的安全感，同时又给了她诱惑，致使她偶尔离开自己的处所。"捡球兄"（云之客）就这样进入了她的生活，或者说，她就这样进入了"捡球兄"的生活。"捡球兄"擅长运动，身体活跃、准确、有力，同时，他还能以一种近乎执着的精神和略带炫示的表演欲去驱动身体，以达到某种戏剧化的效果：在谈及自己已经毕业八年时，他把手指一根一根地打开，还喜欢故作惊吓状，身体后仰摇晃似乎要摔倒最终却稳住了身形。最引人注目的是他为了说明人抱着"绝望"不放，是出于意志而非身体，把器官一个个地"摘下来"的生动表演。他这种随意支配身体的天赋正是她所匮乏的，无疑也对她产生了一定的吸引力。

"捡球兄"是爱慕她的，这种爱慕体现在那一次次的喂球中，体现在夸张地博美人一笑的各种表演中。但当他意欲把关系往实质性层面上推进时，她却慌乱地逃离了。事实上，他的活跃吸引了她，同时也让她感到压迫。《恍惚》的叙述简练、有力，说到他时，叙述者写道，"他看上去是个温和的人"，但扑救不到位的球时"身形透着凌厉，脸上的表情甚至有点凛然"，在他以天赋的机体活力展示某个理念时，他那旺盛的精力以及执着的性情，会让人感觉那个理念是外在于他的，并没有内化成他的生命感受。他是积极的、外倾的、多少有点求全责备的人，正如他积极地扑救不到位的球一样，他渴望把自身的能量作用于现实世界。她则有着敏锐的直觉，对生命有着深刻的体察，正如她的导师在夸她的文章时所说的，她"能直达作品的本质；不是通过逻辑推导作品的意图，而是以自己甚至有点奇特的感受与作品达成共振，互相引发"。她是内倾的，安宁、沉静、有着良好的自控力，深知自己的界限，故而对他退避三舍。

然而事情远非如此简单明了。从某种程度上说，他们是相似的，缺乏父母的成长经历和时代的风云变幻给了他内在的茫然，他行动，学习各种各样的知识，乃至于在某个观念的指导下生活，寻找某种值得献身的东西，这都是为了抵制时刻萦绕于心的茫然。她同样处在一种虚无甚至绝望之中，这种虚无、绝望源自对自身缺点的清醒认识，和卡夫卡一样，她对绝对精神有一种隐秘的激情，然而身体却把她拖入了感官世界，王咸利用时间流逝、光线的细微变化等来描写球场日暮的暖意、她在运动中逐渐放松的神经、"捡球兄"肢体语言的戏剧化效果、她对"捡球兄"萌生的熟悉感以及苏州河边的模拟送别产生的强烈感受，以这些打动过她的东西的缥缈、虚幻来暗示她对身体感官的不信任。他们身上都存在着深层的、难以克服的灵肉冲突，他渴望找到那些生理器官里面最深层的"我"，正如她总是试图打破一切幻觉，逼近生活的真实一样。他的头顶有一小撮白发，暗示着他精神层面的焦虑，而她运动起来四肢僵硬，关节似乎都错位了，暗示着她缺乏承受现实生活的能力。

王咸擅长从外部写人物，他小说中的不少人物都有某个标志性的动作、独特的身体特征，暗示着人物的精神气质，这种特征像标签一样贴在人物身上。以技巧而论，王咸是传统的，而相信人物的精神面貌、状态可以在人物的行动上表现出来，可以找到某种客观对应物，甚至可以在身体上找到一个标记，这种观念同样是传统的。在我看来，王咸的写作野心并未放在技巧或者观念上，他关注的重心在实践层面，即作为一个具有明确自我意识的现代人，他是否能够行动，其行动是否能够获得相应的效果并滋养人物的心灵，形成生命的意义。因此，他让自己的人物行走在人间，落落寡合的身影，蒙上迷离的世俗烟火。《恍惚》中的"她"扛不住孤独的寒意，渴望人间的温暖，从宿舍的窗边走到了球场，然而她又惶恐不安，担心过于靠近会威胁到自身的独立性，故此仓皇逃离。同样，她可以接受硕博连读，最终却拒绝留校任教、承担光大师门的重任；她也可以辞职赋闲在家，但最终会选择勉强可以维持自己生存的自由职业，以避免依赖丈夫供养带来的被动无权局面。事实上，她一直在逃避，逃避与他人建立亲密的伦理关系。像卡夫卡一样，她对精神独立有着绝对的需要，但她却没有像卡夫卡找到文学那样，找到某个通向绝对精神的方向，或许，这是她精神危机的真正根源。好在，和大多数小信、无信（仰）的中国人一样，她永远不乏对伦理温情的渴望，因此，那盒价值不菲的阿胶，宽容、宠爱她的丈夫都能让她妥帖地落在实处。她也闹点小别扭，比如不再坐在副驾驶的位置上，比如说花是植物的生殖器，但总体而言是温和、被动的，她的内部力量，绝大多数转向了自戕。她是善良的，时刻警觉自己的自我中心，为自己不能达到他人的预期感到羞愧。善这种品质，因为引入了"他人"并给予了充分的尊重，其本质乃是一种对自我的超越。因此，她尽管多少有点控制欲，却是讨人喜欢的。

在去看房的路上，王咸以堪称典范的拼接手法，把过去与当下连接了起来——这种拼接给人一种感觉，即人的同一性、整体性是不言自明的，从这里，我们可以隐约窥见王咸的信徒面目，不管是从一个评论者还是从一个普通人的角度，这一点都让我感到幸福，这算是题外话——呈现了她与"捡球兄"交往的全过程，却没有交代她和丈夫从相识至结婚的过程。显然，这是要暗示人物当下的精神困境在这段过往中已露端倪。从细节来看，丈夫是个热闹、世俗的人，有点大大咧咧，没有"捡球兄"的纯粹、细腻，她选择他，很可能是因为丈夫并不能真正理解她，不会侵入她的精神世界，从这个角度看，她颇有些达洛维夫人的味道。

王咸没有告诉我们她为什么需要这种精神独立，叙述隐约地嘲讽了那种"你一定有过什么不同寻常的经历"的简陋推论。不过，个中原因并非毫无线索可寻。小说中曾两度提到她的理想是"做丈夫"，这个出自安徒生童话《贝脱、比脱和比尔》的小典故暗示她无能的原因（至少是部分原因）：童话中的三兄弟，贝脱、比脱都是活跃、冲撞型的人，活得鲜活热闹，最小的比尔安静、文雅、热爱大自然，有旺盛的求知欲，年幼时曾说自己的理想是做爸爸，成年后却因为懂得太多而失去了结婚的勇气，"连接吻都不愿意……因为接吻可能是结婚的第一步"。作为文学博士的她和比尔有明显的相似性，智性的发达与生活的无能是他们的共同特征。以"做丈夫"替换"做爸爸"更是把人物的伦理无能推进了一步：她已经进入不了互相敞开、生发的男女关系了，更遑论养育下一代，成为"导师、父亲"。

一般强调个体独立性的作品，都有一个潜在的前提，即相信人是自由的，个人的任务，就是要抵制世界。但王咸的文本，却和这种思路保持着距离。从窗前走到球场，乃至于最后走进婚姻的她，以行动否定，或者说修正了自身潜在的避世、自毁倾向。接近他人，就是质疑"我"之自由，质疑个体独立的可能性。王咸无意把避世美化成反抗，那充溢着热量、运动与碰撞的世界对他的人物始终都是有吸引力的。她虽然身体虚弱，难忍酷热与嘈杂，然而在玻璃窗内观察到的世界幻象显然无法给她幸福，因此，在"捡球兄""因果不虚"的引导下，她放弃了隐居，回到了人间，尽管世界遗留给她的，也不过是一幢钉子户般的住所。

实在说来，这才是真正完好的人文精神：宽厚、坚韧、和平。

王咸是个学者型的写作者，惯用互文手法构建文本，思虑隐秘幽深，《恍惚》对安徒生童话的借用，让人想起他的另一篇小说《去买一瓶消毒水》。《去买一瓶消毒水》借用的是美国作家辛格的《市场街的斯宾诺莎》,通过阅读斯宾诺莎的《伦理学》培育理性追求自由的硕士杜原,在去买消毒水的过程中,目睹了快餐店热闹的饭局以及随后发生的凶杀案件,喧闹、刺激的尘世生活让他倍感孤独,意识到"自己所有的美好感觉都是幻觉,他根本就不在生活中,一切都只是一个生活旁观者的幻觉"。杜原没有《市场街的斯宾诺莎》中的内厄姆·菲谢尔森博士那么幸运,因战争而获得幸福与新生,《恍惚》中的她和杜原一样,也没有因为拆迁而获得生活转机,再加上做纸媒的丈夫在自媒体时代的失意、自由职业的国际人"捡球兄"的失落、她的室友曾经的自杀,理想主义的、世俗的、孤清的,无一例外,都被抛到了世界之外,个人的品性、个性倾向性与自身的命运并无必然的联系。

王咸呈现的是整整一代人文知识分子被抛出生活之外的历史命运。

《恍惚》还有一个引人注目的特点,那就是高度密集的视觉场景和意象。如果根据人类的感官来对作品归类的话,《恍惚》显然是一部关于当代生活的视觉本质及其反思的作品。《恍惚》详细地描述了多帧照片,叙述者都贴心地告诉读者拍摄这些照片的姿态、技术以及它引发的感受,再加上微信视频以及女主人公露台、窗前、车内的观察图景,王咸为读者形象地解释了居伊·德波所说的:"在现代生产条件无所不在的社会,生活本身展现为景观的庞大堆聚,直接存在的一切全都转化为一个表象……现实以其普遍的统一方式部分地展现为一个隔离的虚假世界,一个纯粹的静观的对象。"

在小说的开篇,王咸详细地描述了某天她在露台上观察到的江南夏季雷雨前的景观:

> 有一天傍晚,天本来还很明亮,突然间暗了下来。天上的白云一眨眼变成了乌云,一片一片接在一起,在西北方向接成一条浓烟似的云带,并且慢慢地向着这边翻滚着涌来。浓烟似的乌云滚过之处,天就像泼了墨似的暗,而这边的天空竟然还透着蓝,还有云朵呈现绛红色,好像阳光从比乌云更高的地方折了一下照到这些云朵上的。
>
> 这情景仿佛某种异象,让她内心感到悚然。她拿着手机对着那慢慢碾压过来的云带拍,上下左右地移动着,调试着画面。然后,那排小房子就出现了,准确地说是那排小房子里的光出现了,长方形的光是

门,短方形的光是窗,如此镇定地明亮着,好像不知道或者不理会天空中发生的事情。

她把这张照片发到微信的朋友圈里,一会儿工夫就有了好多点赞,还有人留言:像外国的小镇呢。还有人留言说:像童话里的房子。

她对神奇、瑰丽的天空景象感到"悚然",但基于对自身所处空间的明确感受——露台的安全以及绝佳的观察视角——她用镜头截取了这奇异景象的局部,把那排渺小的简易房屋及其中人物的活动——亮光——定格了下来。云上的太阳、强烈的色彩对比与云下卑微渺小的人类居所,表现了她对美、崇高的感受力以及人类有限性的洞察,而把亮光放入取景框,显示了她对人类的重视,尽管只是一种镜像般的呈现。

然而在热衷观察的她之上,还有叙述者一双无处不在的眼睛,在描述了她有姿态的"看"之后,朋友圈的点赞与评论让读者感受到了视觉产品的生产力:每一位窥图者都把自身的元素带了进来,世界就这样沐浴在了主观性的光辉之中,现实为图片的静观所侵蚀,真实只不过是虚假的一个方面。正是在这个背景之下,"捡球兄"发来一张加百列大天使(一种月季品种)照片,并指认它体现了她的精神气质。她戳破了他的浪漫想象,但同时也在反观自身现实的情况下,感受到了他的隐喻想象所携带的伦理压力。视觉是不透明的,观察者的主体性就在那里,所有的现实都在成为产品,每个人都在沦为对象,而人人都在参与这种狂欢,世界就这样表现为各种各样盲目的力的运动。

有评论说王咸的笔"枯",在我看来,王咸给出的实在是太多了,他的叙述者具有非凡的洞察力,同时表现出了一种异常的力量,他盯视着纷乱的人间,却保持着可以辨识的平静,因此,文本显得清澈透明,丝毫没有卡夫卡那种神秘的气息,即便是结尾处那一片草原,也有充足的心理学、社会学依据。

小说能提出伦理命题吗?现代世界对伦理的需要是否有前例可循?王咸曾说自己的写作理想是写"个人",有完好的自我意识以及道德水平的个人:"当人不能向外实现自我的时候,至少要向内有所约束;当人不能够追求外在的自由,至少不做坏事。"这看上去是一种消极的姿态,实际上却需要明晰的主体、稳健而强大的力量。

王咸是个梦想家,他的文本,有一种镜面折射般的清幽光芒。

二、《登山道》：夜、重复与象征

夜是白天的预感，它是白天的储备和深处。

——莫里斯·布朗肖

程迎兵的《登山道》是一个从白天向夜晚过渡的故事。小说看上去是有情节的，中年男子丁小兵和妻子晚饭后一起出门锻炼，因为回家拿毛巾就把人弄丢了：妻子李楠居然去了南京私会网友。两天后李楠回到家，坦白了自己的"私奔"，丁小兵尽管抑郁，却原谅了妻子，随后的日子里，李楠精神恍惚抑郁，丁小兵安慰妻子说"谁心里不装着个人呢"，竟然被妻子威逼着坦白了自己的"心里人"，夫妻之间大闹一场，丁小兵在三登雨山时从半山滚了下来。但是，做情节梗概是徒劳的，这个看上去如此写实的故事，骨子里却有一种对抗现实的倔强，尽管为了增加小说的写实效果，程迎兵把斯坦尼斯拉夫斯基的《演员的自我修养》放在了这对夫妻的床头，造成一种夫妻二人在飙戏的假象。

这是一个关于男性生命力衰退的故事。

要明白这一点，需要把它和顾前的《你们说说啊，到底什么是爱情》做一个对比。顾前的小说中老卜和妻子李蓉各自有了婚外情，李蓉有了身孕，只能和丈夫坦白。喝了不少酒的老卜听了妻子的忏悔后，很慷慨地原谅了妻子，然后出于莫测的动机，也向妻子坦白了自己的婚外情。谁知妻子大发雷霆，从此老卜在朋友聚会时就像祥林嫂那样反复唠叨："人家那个为什么就是伟大爱情，我这个就是瞎胡搞？"顾前的小说主题是明显的，世故人情与性别差异是他的全部关注点。《登山道》的核心情节和《你们说说啊，到底什么是爱情》几乎一致，但是程迎兵征用象征与重复，把小说的重心引向了对生命本身的观照。象征即"雨山"，程迎兵把"雨山"写得既实又虚，它首先是一座死火山，被改造成了山体公园，上面有许多纵横交错的登山小径，但是，丁小兵又把自己梦想中的"心里人"比喻为"清秀的雨山"，同时指认自己和妻子李楠为"死火山"，因此，丁小兵三次半途而废的登雨山就成了一个隐喻：一个生命衰退的男子爱无能的隐喻。

《登山道》另一个显著的特征是重复，除了丁小兵三登雨山都不成功外，程迎兵在丁小兵和妻子李楠无中生有的事故中，插入了丁小兵和一位朋友的三次邂逅，这个没有姓名的朋友其实就是丁小兵，程迎兵借助心理学的多重人格理论拆分出来的另一个丁小兵，他从研究心理学到热衷星座再到成为"军火商"（推销玩具手枪）的趣味变化，正是一个人人生信仰变化的简短概括：一个对人本身充满了兴趣的人，谁不是在青年时期以无神论者的狂妄兴致勃勃地钻研心理学，到了中年开始转向神秘主义者呢？这种思想变化几乎体现在我们每个人身上。枪是男性阳具的经典象征，当程迎兵让朋友说"我身上也发生过和你一模一样的经历"，并建议用武力解决，然后呈上一把玩具手枪时，他显然是在呈现一位中年男性性能力的衰退。小说以极富文采的语言描绘了丁小兵的一个"梦境"，和顾前小说中的老卜出轨找了个满口脏话、喝酒划拳充满了生命气息的情人不同，丁小兵梦中的女人是冷色系的，纯洁、天真如儿童，没有性吸引力，这个梦境正是中年男士丁小兵生命力衰退的象征。

文学作品的修辞形式和意义是密切相关的，重复与象征构成了《登山道》的内在结构，程迎兵大概是要说明，个体生命就是在一天天的重复中逐渐下行，而生命的重复、人与自然的广泛相似性，终将导向生活的无意义。

丁小兵必然从雨山上滚下来，尽管他年轻时曾经登过顶，这真是一个忧伤的故事，小说略显诙谐的语言，掩盖不住这一抹淡淡的忧伤。

三、青春：钟情及其他

> ……一捧无法触摸的尘埃
>
> 还有纹丝不动，点燃的双眸。
>
> ——伊丽莎白·毕肖普

文学呈现人。这是任何时候说出来都不会有风险的判断，因此似乎也就不值得作为谈论一个作品的起点。然而真的吗？当我们读到这样的句子"他清楚地记得炽热爱着阿迷的心的温度，他第一次见到阿迷，就像见到一行款款吟的诗句，令他激动，令他兴奋，以至于热泪盈眶"时，我们读到的是什么呢？当我们读到"挂了电话，我去洗澡。淋浴温热，让人心情烦乱。我索性调成冷水，身体躲躲缩缩，心跳不觉加快了。它还健壮地活着。我摁着胸口，感觉血液流向各处末梢，皮肤透出隐隐的红"时，我们读到的又是什么呢？对于前者，我们被告知"他"是个富有激情的人,但无法感同身受,因为我们不认识阿迷;对于后者,我们简直就像和自己在一起:我们难道不也是心情烦躁时感觉什么都不顺心吗?冷水澡不也会让我们血流加快,皮肤发红吗?

高满航的《七十八座车站抵到的远方》(以下简称《七》)和徐畅的《苍白的心》写的都是男性青年的生活经历,都涉及爱与失去,但二者却有巨大的区别,足以让我们谈谈文学呈现人的技术、风格甚至观念。读完《七》,我们会注意到"他"个性强烈,总是倾向于把感受推向极致,但是我们却注意不到他的身体特征,不仅是他,小说中其他人物的物理特征也付之阙如,他们会疲劳吗?需要饮食、睡眠吗?生活中的琐事是否会让他们烦恼?对于文学技艺而言,这种把人物的生理特征剥离的写法,其实是一种十分冒险的写法,因为通过这种方式写人还要让读者感受到他,是十分困难的。似乎是为了克服这样的困难,高满航设计了众多的事件,让人物处在不停地运动中,他几乎每周都在四处奔波,接触不同的人,小说涉及的地理空间也十分广阔,他的故乡是宫里(山东省新泰市下的一个小镇,柳下惠的故乡),在北京求学结束后到延庆工作,在这期间反复往返延庆与北京,梦回故乡宫里,因此,人物处在动荡不安的外部生活中,而这种动荡不安,给人物带来了虚幻感,并给了他回归母体般安宁的需要。但是由于他性格外倾,过于重视他者的眼光,因此,回归母体般安宁几乎是不可能达到的。因此高满航让他精神失常,站在天桥的十字路口,算得上是符合人物个性的合乎逻辑的结果。

相比之下,徐畅的写法就踏实得多,当他写到舟舟"抓着鹅腿,喝酒时也不忘放下""腰部囊肿",写到"我"血液在皮肤下奔流,吃鱼腩"吃出一点苦味"还说味道真好,写到"蜗牛爬过留下的发亮的痕迹"等诸如此类的细节时,他充分利用了我们的身体感知,因此,我们可以没有任何障碍地识别出《苍白的心》中的人:陈怡、舟舟,当然还有"我"。我们甚至会在陈怡看到相册最后一页,"我"站在原地渴望逃到阳台却挪不动步子时,看到他苍白的脸,并因此推出这是个极善钟情、矢志不渝的人,他有一颗炽热善感的心。读到这里,我们就明白了为什么他需要在郊区租房,一个人避世隐居,那些纷纷扰扰、来来去去的人,肯定都会诱发他的敏感,让他心神不宁,不管是他倾心爱慕的,还是擦肩而过的。我们也会理解他为什么会看见"那一层厚厚的香灰散乱了,中间只剩下两道宽阔的车辙"——这当然是夏瑜坟上的花环之类的笔法,尽管情感方向是反向的。

和高满航的主人公不停地在广大的地理空间中奔走不同,徐畅的主人公很安静。高满航的主人公在不停地奔走的同时,内心却渐趋贫乏,连激情、野心也逐渐丧失,同时丧失的还有他的纯洁——在妓女的怀抱里,他得到的只有羞辱与愤怒。徐畅的主人公在隐居中精神并未平复,他的感官甚至变得更敏锐了,并且开始思考存在的伦理维度。高满航的叙述,把读者带向了语言层面,关于人本身,则更多的是一种郁结的情绪化的东西,他的主人公是自我中心的,他痛苦,是因为他自以为强大,但社会比他更强大。而徐畅的叙述则让读者安静下来,思考人的行动、意义以及作为伦理的存在,他的人物是被动的、内敛的,他痛苦,是因为他以为自己比任何人都柔弱,其实却比很多人都强大;他渴望的东西的纯度使他拥有一种内在的克制力量以及远比常人更为执着的精神。

高满航从运动的角度,把人放在纷乱的社会中来呈现,徐畅让人安静下来,以一个小小的到访来搅动人物的心,让人显现出来,这是两种观察人、呈现人的角度,是作家的不同个性,从我个人角度来看,徐畅笔下这种更加独立、更为内省的人,更接近成年人,而高满航塑造的外向的、在纷乱中迷失道路的人更脆弱、更幼稚。

成年人的生活比年轻人更沉重、更需要背负力,这是常识,可惜,懂得它的人并不多。

方晓的《海棠开日我想到如今》把青春畸恋放在时代变迁的大背景下来描绘。二十一年前唐金花丈夫和张寒父亲在一起事故中同时死去,唐金花变得疯疯癫癫,九岁的张寒则因为母亲的离去成为孤儿,寡妇孤儿成了新的一家人。随着年岁渐长,张寒情窦初开,爱上了唐金花这个"连上帝都会为自己的造物感觉欣喜的女人",同时爱上唐金花的还有"我"。但自知不如张寒爱得深的"我"明智地选择了替代品张荷,张寒的姑姑。这些青春时期的情欲萌动如此顽强,它一直紧随着人物离开故乡,直到因为乡村推行火葬,即将死去的唐金花很可能成为第一个遇上新政策的人,尽管她二十一年前就打造了棺木,意欲通过这种埋葬方式和丈夫在死后重逢。"我"和张寒回到阔别的故乡,都想要为唐金花做点什么,为了不让唐金花成为第一个,张寒决定自杀,让自己成为第一个。

小说标题"海棠开日我想到如今"是京剧《春闺梦》中的一句唱词,《春闺梦》是根据唐代诗人杜甫的《新婚别》及陈陶的"可怜无定河边骨,犹是春闺梦里人"一诗的意境编成的。从词意来看,小说的主角应该是唐金花,意指她美艳如此,却孤独终老,丈夫去世,养子成年后也离她而去。方晓以"我"为叙述者,通过因葬俗变更的"我"返乡后的见闻与回忆来写这个故事,角度选得比较巧妙,虽未实写却很好地强化了唐金花的美艳与悲剧。

这个小说在我看来非常费解,我无法理解作者为什么要以如此浓郁的浪漫风格来写几个沉湎于过去无法自拔的男性。那个小村庄以极其费解的力量,囚禁了张寒和"我",两人沉浸在不道德的、永远不能实现的欲望中。仔细推敲,唐金花很可能和张寒之父有婚外情,否则,身为教师的张寒之父为什么会与唐金花的丈夫一起出现在荒山采石场?因此,张寒与唐金花的爱情,在养母子之上,更多了一层邪恶色彩。但叙述对张寒、唐金花乃至"我"的道德水平均未见明显的反思与警惕。方晓把他们置于一个罪恶充斥的乡村——张史父子的村霸行径,"我"父亲可能的强奸罪,唐金花丈夫可能的谋杀罪,唐金花与张寒父亲可能的私通和张寒的不伦之恋,张风的贪婪——而且这罪恶还代代相传,是想批判传统文化、揭示乡村的愚昧吗?为什么走出去的"我"和张寒丝毫没有现代气息?为什么把不伦之恋写得如此凄美,甚至有爱情至上的况味?

《海棠开日我想到如今》中的人物拒绝的与其说是某种新的习俗,毋宁说是健全本身。

四、魔幻世情

> 一个人体横陈
>
> 星星被打断鼻梁的夜
>
> ——洛尔迦

叶谭的《抛物线公司》是一个魔幻现实主义作品。"我"本拟自杀,在目睹家中保姆自杀的肉体惨状后改变了初衷,进入"抛物线公司"——一家专门为自杀者服务的公司——工作,研发跳楼自杀的助力装置。小说的几个情节片断,大抵是现实生活的魔幻化,比如自杀未遂内脏受到严重震荡的女士在公司闹事,比如葡萄洲学院毕业生毕业前夕的狂欢,都是日常生活中常见的事件;第八节以后葡萄洲学院学生抓批斗学院领导以及此事逐渐发展升级为全民参与的帮派械斗;最后第二家抛物线公司成立,以"彼岸的喧嚣,才是一条优雅的抛物线"

取代"彼岸的宁静,是一条优雅的抛物线",以粗糙的服务和广告攻势,取代了原先理想主义者和专业人士建立的抛物线公司。最后,第一家抛物线公司董事长在公司面临倒闭的情况下,攀登着强光中垂下的蛇皮升天而去,第二家抛物线公司的董事长则被逮捕入狱。从情节设置来看,叶谭显然是想以奇幻的方式高度浓缩地表现中华人民共和国自成立以来的变迁,在魔幻的大框架中,生活细节也相当真实,闹事的女士和大学生毕业狂欢、陆院长自杀前助妻女自杀等写得都不错,行文冷峻、严密,构思奇巧,可读性相当强。

写芸芸众生排队赴死,围观者趋之若鹜,挑剔讥评,是一个比较容易引发读者思考的题材,在呈现现代社会的冷漠、疏离方面有天然的优势。不过写此类题材,必然涉及生命的意义,因此,要想写深写透也绝非易事。从这个角度看,《抛物线公司》的力度和视野还是有一定的欠缺的。我们不妨以文本中提到的马尔克斯的此类写作略做比较(叶谭似有向马尔克斯致敬之意),《百年孤独》不仅写历史变迁、家国命运,还涉及多元文化冲突和情欲等普遍的人性,在政治上,既有显而易见的民主诉求,更有对革命以及战争的反思,在人物个性刻画上,众多人物皆个性鲜明且都有独立的人格。叶谭写政治,似乎把它处理成了青年的盲动,出现与消失都比较突兀,对过去则有明显的美化倾向,攀着蛇皮升天而去的爷爷和董事长以及公司创始人为了理想而跳楼的情节都可资证明。《抛物线公司》中的几个主要人物,除了抛物线公司的几个中层,剩下的基本上都是"我"的室友、老师,人物选择颇有点《百年孤独》把人物集中在一个家族般的机巧,但具体到人物的深层,则功力不足,人物个性不鲜明,更谈不上独立的人格。不过,叶谭写公司这种现代机构还是比较到位的。

何葆国的《寂寞山城人老也》是一系列笔记小说的汇编,长长短短共 44 则,或记人,或记事,也有写人物的某个癖性、爱好、性格的,时间跨度几十年,语言流畅简练,以空间为框架汇集成篇,反映时代的变迁。这个作品最有特色的地方在于把各色人等都编入一个亲戚谱系,造成一种血缘社会的"现实",这既可以用来描摹小山城的熟人社会,又可以被看作是对中国文化最主要特征的准确把握,还有一点幽默的效果,这个写法相当巧妙,既意味深长,又有举重若轻的效果。

赵经纬的《快枪手》写的是乡镇小公务员"我"渴望提拔,想着法子钻营,最后竟然使用美人计,用妻子套孙镇长,并为此买了催情药。小说语言流畅,诙谐幽默。不过,这个小说最有意思的地方在于它写小公务员想法子往上爬的同时,还写了一间由两位男性开的理发店,两位男性理发师情感融洽,养着一条宠物狗,店主离异带着一个孩子,这种家庭组合引发了周围居民不少庸俗、恶意的猜测,"我"也不例外。"我"先是猜测两位理发师与母狗的人兽交,后又猜测两人是同志,随着这种恶俗猜测的深入,"我"买了催情药,意欲给妻子和孙镇长下药,就这样,小说把"我"逐渐增强的提升野心与日益猥琐的心态联系起来,揭示了权力欲对人性的腐蚀力量。

◎以梦为马

——《野草》2018 年第 3 期刊评节选

一、以梦为马

21 世纪的写作者生活在心理学已经有一百多年历史的时代，对意识的不同层次（意识、前意识、潜意识）以及集体无意识、人格的多重结构、性能量及其压抑、梦是对压抑欲望的扭曲及其满足等观念早已习以为常，文学作品中出现梦境是如此寻常，作家们似乎顺手就能编出一个梦境，用以呈现人物。作为一种人物刻画技术，梦境帮助作者把人物的过去、现在甚至未来连接起来，为读者揭示人物的深层心理，使人物更加逼真、立体。但是与此同时，梦的内容和人物现实生活的关联度，梦和故事情节的内在逻辑关联，等等，也会在某种意义上限制人物，侵占读者的想象空间，尤其是当写作者过于受制于现实意义的统一性时，梦境的营造会在完成了人物的同时，也把人物固化了。

荣格说，每个人都同时是"200 万岁的我"，我们的大脑既根据自己的现实境遇产生相应的适应性，走在个体化的征程上，同时还保留着那些进化以来对种属保存最重要的原型信息，而梦作为人类最重要的本能之一，是最难解的人性谜题，它的内容、成因、功能极其复杂多样，既是个体现实生活的映射，又通过集体无意识让个体与其种属和本质状态相联系，通过梦，个体可以把最新的体验与过去的经验教训相结合，对其生存策略进行新的评估，更新自己的生存策略，同时与种群的历史与现实生活嫁接在一起。梦堪称个体最具创造性、最富想象力的行为，这也为虚构写作设置了难度：小说中的梦，能够像生活中的梦那么震撼人心,那么自由,那么富有深意与建设性吗?因此,一种看似简单的技术,其实恰恰是最难的,它不仅可以考量一个写作者的创造性,同时也能够带出一个写作者对人与世界的基本看法。

本期《野草》有三个作品写到了梦境,《冰山》《梅花刺青》《这次听我的好吗》,这些作品虽然称不上杰作,但却仍能激起笔者对文学作品中的梦的讨论兴趣。让我们从沈念的《冰山》开始。

1.《冰山》:无能为力者的噩梦

> 可怜你这受了伤害的名字!
>
> 我的胸膛就是卧榻,要供你栖息。
>
> ——威廉·莎士比亚

《冰山》从男主的噩梦开始,结束于女主被温柔呵护的梦境。法医孔郑从案发现场做完尸检后返城,滞留在案发现场的噩梦被同学的邀约惊醒:孔郑暗恋多年的高中同学吴果因为总是梦见他而特意返回县城。吴果有过灰暗的高中时代:继父曾经试图强奸她,被她母亲阻止后当着她的面强暴了她的母亲。这一事件毁了吴果爱的能力,现在的她在京城里似乎是一个类似于高级交际花的人物,和众多高官周旋却无法走进婚姻。由于反复梦见高中时曾经救助过自己、大学又通信了四年的孔郑在安河里淹死了,吴果回到县城找到了孔郑,并向孔郑讲述了自己和母亲的人生苦难,最后在孔郑的怀里安然入睡,安心地信赖着孔郑会保住她的贞洁。

沈念有一篇名叫《客西马尼之夜》的小说,以梦为主题,通过梦来写人性的复杂,短短的篇幅,写了现实焦虑之梦、出于补偿机制的梦、乱伦欲望之梦、预言之梦等不同性质的梦,一个带出一个,梦与现实之间的转换、对接比较频繁,造成了一种梦与现实真假莫辨的效果,同时以宗教为核心,把不同的人物汇聚在一起,梦和宗教作为人性的两极,一个呈现人性的现实,一个渴望救赎,整篇小说氛围迷离,人如同在一片幽暗的森林中兜兜转转,是一个相当耐读的作品。相比之下,《冰山》中的梦类型单一,乍一看,都是现实焦虑之梦:孔郑在半天时间内两次梦到案发现场,而吴果显然是因为对自己的未来感到焦虑才反复重复同样的梦境。《冰山》对孔郑的噩梦描述得比较详细,吴果的梦则一语带过,这些梦无论详略,都涉及同一个地点:安河。在孔郑的梦里,安河的河床是干涸的,第一个梦里怀孕自杀的少女/母亲尸体蹦出了一个婴儿,第二个梦里同一位少女的血玷污了干涸的河床。两个梦中的少女,都被孔郑替换成了吴果的相貌,在第一个梦里,孔郑没有表现出任何情绪来,而在第二个梦里,孔郑嚎啕痛哭。这两个梦都和孔郑刚刚经手的案子有关,眼前的少女激起了他潜意识中对吴果的担忧,是现实焦虑和青春记忆的共同结果。一般而言,河流是生命的象征,干涸的河床是孔郑生命衰竭、倍感疲劳的现实的映射,而已经身死的少女,暗示着一个以保护者自居的男人深深的挫败感:以性格而言,孔郑是一个温厚的、有保护欲的英雄式男人。在青春时期,他曾经救助了失血过多的吴果,而现在,不管是在梦中,还是在现实中,他都无法再保护任何人,等待着他的,是一具又一具尸体,而死亡的真正原因,对于案件处理,往往并无意义。这是他每次尸检后借酒浇愁,沉入越来越深的抑郁的现实的原因。

有意思的是,在吴果的梦中,安河却是水量丰盈的,她反复梦见孔郑在安河中淹死了,显然意味着她渴望独立,走出总是依靠男性救助的现状,也许北京的干爹们终于让她走出了对男性力量的恐惧。如果根据梦的逻辑,吴果此次返乡之旅,显然是一个旧时代的结束,真正独立的新时代已经现出曙光,对照着她强势要求孔郑带她去自己的婚房来看,不是没有这种可能。

但沈念写梦,与其说是刻画人物,不如说是在表达自己对人性的困惑。因为沈念的人物,并不会在梦境的刺激下,做出相应的现实生存的调整,他们对梦感到吃惊,却选择了停留在原地,或者被动逃避,梦的现实建设作用不大,更多的是压抑情感的释放功能。在《冰山》中,吴果并没有为自己的独立感到欣喜,而是回到县城找到孔郑,明确表达了对他的信赖与依恋,这显然不是擦干眼泪向世界宣战的姿态,而是一种退缩。这一点和虞燕的作品《梅花刺青》中的可梅截然不同,后者拿出壮士断腕般的勇气,提出离婚,并抹去了自己的梅花刺青,意欲开启人生的新征程。不仅吴果拒绝了梦的暗示,沈念还安排了吴果母女高度相似的人生,把吴果塞进了历史循环论:吴果与孔郑一夜畅谈,其母也与自己青梅竹马的男人(甚至也是一名法医)一夜畅谈。如此再加上意外怀孕自杀的少女,这篇小说的主题,就走向了现代欲望社会中女性/母亲的苦难,这些苦难纠缠错结,受制于各种各样的现实:权力、利益、性别、年龄等等,正如吴果的母亲无法拒绝婚内强暴,少女无法面对早恋怀孕一样,吴果恐怕也无法摆脱"复杂的女人"的事实。作为一名怀着爱恋的救助者,孔郑只能尊重吴果的选择,听任自己的生命日益枯竭。

《冰山》笼罩着灰心绝望的宿命论色彩，是一个无能为力者的噩梦。

2. 欲与罪

> 在梦中，干渴的人似乎总是在泉边，需要
> 食物的人总是在宴席旁，而充满活力的年轻人
> 则总是被情欲所困扰。
>
> ——尼撒的格雷戈里

沈念写梦，意向选取能够兼顾现实又有原型意味的象征含义，可以把读者引向对人性本身的思考。相比之下，虞燕写梦，就更多地受制于现实。《梅花刺青》中的可梅，因为在镜中窥见丈夫偷摸闺密孔娜的臀部而心生嫉恨，试图借刀杀人，彼时孔娜因父亲罹患癌症需要钱，正被镇上一位大老板老陆包养，可梅找到老陆的妻子，挑唆她报复孔娜，谁知对方有抑郁症，受不了刺激，竟然跳海自杀了。为了摆脱罪恶感，可梅孤注一掷地把罪责推卸到孔娜身上，并且意图向老陆之子揭发孔娜与其父的苟且关系，打击孔娜。在孔娜婚礼前夕，可梅做了一个梦，梦见孔娜的婚礼被老陆之子打断，而自己却被老陆妻子照片上的目光所逼视。确实如叙述者所言，这个梦"是现实的延续"，显得过分真实了，它的作用是带出可梅借刀杀人失手的秘密。总体看来，《梅花刺青》故事大于人物，孔娜和江浩宇都没有写好，但《梅花刺青》也显示出了作者虞燕一些可以期待的潜力。一是女主人个性的把握与呈现，作为一个相貌平平、资质平庸的女性，可梅的嫉恨、挣扎以及努力自新的勇气都是可信的，这是一个在奋力成长的女人，她总在根据现实调整生活姿态，甚至接受梦的警告，只求能够抓住点什么，她在善恶之间摇摆，最终放下嫉恨，破茧而出，算是自我建设的酬劳。另外，虞燕已经显示出了对某些具有深刻心理学含义的意象，以及人类学仪式的敏感，《梅花刺青》中反复出现的镜子虽然还只是用来呈现人物的精神面貌的，主要功能是反映现实，大衣柜的底层抽屉，也主要是一个道具，但是这些意象本身已经有了一些心理学层面上的喻指，重复出现的婚礼，也是人生最重要的过渡仪式，小说以多种方式反复回到婚礼，也把小说的主题隐约带向了对女人们从少女进入成年的过渡仪式的关注，这都是值得嘉许的。

《梅花刺青》写得很生猛，阴谋与背叛，罪恶与惩罚，抑郁、自杀、破产、离异……虞燕把一个自卑、现实、婚姻不如意的女人的扑腾写得鲜血淋漓。周文的

《这次听我的好吗》同样生猛，只不过《梅花刺青》写的是私人事件，主题往人性的幽深处走，而《这次听我的好吗》反映的是社会问题，主题比较宏观。煤老板之子秦南生和矿工之子向冲是高中同学，秦南生羸弱苍白，因高大健壮的向冲仗义保护过自己而与其成为好友。随着青春期的到来，秦南生和向冲与一位叫苏娅的问题少女发生了三角恋，加上向冲之父因在秦家条件恶劣的煤矿做工而染上尘肺去世，一段情谊就此终结。十年后人生顺利的秦南生正和邻家官商之女诗诗谈婚论嫁，而向冲却因家贫加入讨债公司，误伤人命而入狱。小说以向冲之妻苏娅的求借电话为契机，以秦南生和诗诗返乡为线展开回忆，底层贫困、阶级固化、女主诗诗精致的利己主义再加上少年时期的爱恨情仇，《这次听我的好吗》显然也是一道重口味的川菜。小说共写了"我"（秦南生）的三个梦：因情欲受挫，出于补偿机制反复做的和苏娅在浪漫情境中做爱的性梦；因性格羸弱受制于妻子，未能伸出援手救助向冲夫妻而做的噩梦；结尾处"我"在梦中借款给苏娅和诗诗离婚的梦。这些梦和《梅花刺青》中的梦一样受制于故事的逻辑，它们展示了人物内心的欲望，揭示了人物的愧疚感，但由于严丝合缝地嵌进了小说情节，缺少沈念小说中梦的那种引人迷思的开放性。

虞燕赋予了可梅十足的行动能力，周文则让秦南生羸弱无能，但两个人物其实都显得直白、简单，因为交代过多而无须读者用想象去充实他们，梦只是用来完成故事的。对比一下《冰山》中的吴果，她也反复梦见孔郑，她甚至也回到了县城和孔郑躺在了同一张床上，但是她到底有情无情，情感到了何种程度，却仍然是个未知数，她的梦虽然有现实的焦虑，但和她的行为之间的联系很难一语道出，自始至终，为什么要回来连她也难以说清。人最难理解、最难超越的，其实是自我，在这一点上，虞燕和周文显然还有一段路要走。

二、难以定义的女人

> 一个东西留在原地，许多东西发生了变化而离去。
>
> ——雪莱

苏宁的《杂佩》写得很安静，说是小说，更像散文，全篇没有中心事件，由于意识到生活像一潭死水，女主人公一直在追思，到底是什么让自己活得如此孤清。这篇小说的构思与文体都颇有些特点,值得费些功夫细说。篇名"杂佩"显然出自《诗经·郑风·女曰鸡鸣》,以词义而论,颇合小说连缀一些生活琐事的写法,考之以《女曰鸡鸣》的内容,夫妻之间虽有差异,却琴瑟和谐,亦和小说中两人的夫妻关系状况颇为吻合。然而,与其说苏宁在古诗今写,不如说苏宁引入古诗的夫妻和谐状况,来比照当代人失去爱的能力的现实。《杂佩》中的"她"和《女曰鸡鸣》中的女子一样,表面性情温顺,但她不是《女曰鸡鸣》中那种夙兴夜寐、宣之于口、热情与温柔并重的女人,她敏感自恋,小肚鸡肠,颇有点林黛玉的精髓:一方面,她故作大方,不计较丈夫曾经有过婚姻的事实,不计较婚礼没有举行,但在内心深处,她却从未放下丈夫有过婚姻的事实,并对婆婆建议晚上举办婚礼(二婚者婚礼举办时间)耿耿于怀,乃至从未叫过婆婆"妈妈",一直以"阿姨"称呼。当然,作为一个现代人,她多少有一点现代意识,因此会压抑自己的小心眼。由于生活作息不一致,二人婚后不久就分房而眠,也一直没有孩子,平时各忙各的,偶尔在一起吃顿饭,喝会儿茶,男人也会做点家务,或者出去看个电影,所有这些如意不如意的都被极其理性地理解并接受了。

《杂佩》的文体非常有特点,姑且选一段做个例子:

> 她有一身被这么多毛刺扎过的肉。她一天天绷紧,她变得不再活泼与剔透,她本来就不是那么剔透,也没有那些豁达。

> 她哭得更厉害了。不是为他终于懂得,而是因了知道他一直懂得,却不早伸出手搭过来帮她,直看到她深陷而痛哭。

> 当然,这也是她的劣性,她总是那么矫情、较劲。一点小事就把自己搭进去。每看她为一件小事把自己轻易搭进去,换来一天甚至更久的坏情绪时,他就暗自嘲笑、轻视她。

> 他一向看起来那么粗线条,她真希望她就是这样的,对一切粗心无觉,一切坏脾气的生发只是自己的敏感和脆弱,并把这些当作一个女人身体里至今没有进化掉的部分。

> 她生为女人,就要承担这部分。

> 可是如果是互相亲爱的两个人,彼此一切细小的情绪才是该被发现的,不该什么都等着自己去说。虽然由自己去说,也不是那么可耻。

> 可她对他,很多很多话,仍说不出口。即使和他过了一世,她老得

眼睛也抬不起了,可只要在他面前,羞涩和迷惘总是回到她脸颊上,影响她对事物的判断和表达。

整篇小说几乎都是如此,先提出一个判断,然后否定它,再倒过来辩护,再否定,就这样自我劝解、自我消耗,人就在妥协、隐忍中被磨损。《杂佩》写的都是生活琐事,却几乎没有表现出对人间烟火、世俗生活的热爱,有一段写到服装的内容,也是用来展示"她"的思绪游离的,家具几乎完全被忽视了,只是到了丈夫提出要换房时,她才开始想起自己原来用的都是新的家具。而她之所以诉诸这种自我压抑的理性,最主要的原因是丈夫曾经的婚姻,那个从未现身的前任,一直都活在她的心里,那据说存有前任物品的阁楼是一个象征,是她被冷落、被压抑的身体和情感渴望,还有感觉被贱卖了的怨恨。

事实上,她的能量绝大多数都用来自我压抑了,因此而丧失了自我规划的能力,心戏很足却消极被动,人生没有方向,于是演变成对他人苛刻的要求。在小说最后,丈夫建议换房子,"她哭得更厉害了",因为"他一直懂得,却不早伸出手搭过来帮她",其实丈夫要是早捅破了,她也会感觉自尊心受到伤害,认为他把自己想得太小心眼了。

这是那种本身的人格尚未建立起来,需要在他人/外部那里才能找到自我碎片的人。我们注意到,她十分注重传统的仪式、节日,注意一年年的季节轮回,有浓重的怀旧情绪,这些僵死的、重复的东西与其说束缚了她,不如说给了她安全感,给了她索取的理由,因为没有独立人格,她的人生观、价值观就依附于这些外在的东西上面,一旦抽掉这些东西,她就变成了虚无。在接到朋友结婚的消息后,她写了一段话:

> 让一个人成为真正的男人或女人的,并不是婚姻,也不是一个小孩。孩子不是婚姻最坚牢的韧带,是我们,会不会在相处中获得真正的灵魂上的成长,婚姻不是找到一个人,是通过婚姻找到自己,不断通过另一个人来了解和爱上自己,激活自己。

这话极其费解,什么是"真正的男人或女人"呢? 难道有一个先于一切而存在的"真正的男人或女人"? 而如果有一个先于一切存在的"真正的男人或女人",那么,又何谈"成长"呢?就算可以"成长",如果婚姻、孩子都不是路径,工作更在其外,那么,还有什么可以促成此类成长呢?此外,如果另一半并没有被视为独立的人格,"通过婚姻找到自己"是如何可能的呢?如果所有的事件、行为、关系都并不重要,那么,"我"借着什么存在呢?这是一种非常彻底的唯心论,而这种唯心论,层层剥下来,只会是虚空。

刘浪的《没有几个人知道我们曾经写诗》写的是"我"姐姐周小羊的婚恋史,叙述娴熟老练,语调流畅幽默。2016年刘浪在《野草》上刊载过一组涧河故事,《没有几个人知道我们曾经写诗》的故事也发生在涧河,故事的中心人物仍然是一位难以定义的女性:周小羊在三年内结了三次婚姻,每一次选择都出人意料。第一任丈夫于继峰是个诗人,外貌丑陋,新婚夜醉酒大声朗诵果尔蒙的《西茉纳集》后沉沉睡去,周小羊因此心生嫌隙,两人直至百日后离婚都没有同房。第二任丈夫是妹妹的男友,一位酒吧歌手,这次是醉后交欢,未婚先发生性行为,由于是初夜,周小羊捍卫贞洁,不惜伤害亲妹妹,但随后不久因男方出轨而离异。最后一位丈夫是离异的烧烤店小老板,平日附庸风雅,以细心体贴抱得美人归。至此,周小羊已经折腾得心神疲惫,开始和丈夫凑合着过日子,夫妻二人在外人面前大秀恩爱,背地里却龃龉不断,砸锅摔碗。在这种折腾不止的过程中,周小羊由一个连果尔蒙是谁都不知道的会计,变成了一个真正的诗人,但不久其写诗的灵性又被生活绞杀,正如叙述者所感慨的那样,所谓的人生,就是一个跑题的过程。

刘浪素来喜欢塑造不能按常规道德来判断的女性,她们或者冷漠邪恶,或者诡异神秘,《没有几个人知道我们曾经写诗》中的周小羊,同样是一位奇女子,她有跨越日常伦理道德的勇气,也有控制男性的力量,但相比此前涧河系列故事中的女主人公,周小羊的故事是一个下行线,可谓一次不如一次。刘浪的人物,大多具有充沛的生命能量、强烈的生活渴望以及堪称狡猾的生存智慧,不仅仅是主人公,次要人物同样如此,《没有几个人知道我们曾经写诗》中周小羊之父,在得知女儿抢了妹妹的男友后,冒出一句"肥水没流外人田",真是喜感十足。《没有几个人知道我们曾经写诗》的叙述者也非常有意思,他敏于鉴别,懂得激情与美,同时又能超脱眼前的功利,插科打诨,把沉重的故事讲得妙趣横生。

◎社会是如何可能的

——《野草》2018 年第 4 期刊评

> 权力无处不在,不仅因为它拥抱一切,而
> 且因为它来自一切。
>
> ——米歇尔·福柯

案头有一本齐美尔的社会学文选,书名为《社会是如何可能的》,书早已翻过了,也没有什么再翻的兴致,但是因了这个书名,我没有把它放到书架上,而是放在了书桌上目之所及之处:社会这个主题,比身心关系更能诱发我无尽的冥想,当然,这种冥想从来也没有找到过什么流淌的路径,得出过什么有意思的结论。本期《野草》的小说,多涉及社会问题,拟从这个角度来谈一谈。

一、沉默者、谄媚者、反抗者

> 在卑贱中,有一种强烈而又隐隐的反抗,
> 它是生灵借以对付威胁物的反抗。
>
> ——朱丽娅·克里斯蒂

本期头条是符利群的中篇小说《冤》。小说有一个卑微小人物受权力压迫,无辜送命的内核:资深摄影记者老魏本以为能够在报社顺利干到退休,却因为他人误发一张市长鼓掌的灾情照而被开除,在多次试图解释未遂之后,老魏焦虑成疾并很快怀恨去世。如果把叙述视角放在老魏身上,描写老魏出事后的焦虑不安,这个故事就是果戈理式的幽默故事。但符利群却没有以太多的笔墨写

老魏,而是以老魏之死为契机,写了一群因纸媒衰落而自谋生路的记者在自媒体时代的生活,他们有开茶馆的,有开广告公司的,有开时尚影楼的,有开旅行社不景气后转做洗车行的,有做公众号运营的,最离谱的是开鸡场的李子瓜(被朋友们讹成李瓜子)——也即叙述者"我"。这一群人和老魏合称七仙,老魏去世后他们聚在一起,打算为死去的老魏做点事情,运营公众号的施风做了一条名为"在无情的世界里深情地活着——致摄影人老魏"的视频,茶馆老徐则对茶客开讲老魏的故事,广告公司小男则用老魏拍的另一张照片做了一张大型公益广告牌,摄影馆杨丽则为老魏搞了一个生活照展览。凡此种种,成功地引起了公众的关注,但这种声势却给未亡人老魏之妻带来了麻烦,日常生活被热心群众干扰了之外,单位领导亲自找她谈话,最终让她带薪离职。高压之下的老魏之妻要求朋友们停止活动,给她"沉默地活着的权利"。

因此,《冕》写的其实是极其沉重、抑郁的现实:善良本分的老百姓,欲求最卑微的生存而不得,但由于叙述角度的问题,小说读起来颇有喜剧效果。叙述者李瓜子原本和老魏的关系比较疏远,既非徒弟,年龄差距也大,老魏失业抑郁,为了排遣心绪而去了李瓜子的养鸡场,因此而成为李瓜子的"人生导师"。选择李瓜子做叙述者,使小说经常描写鸡群顺理成章,通过冕(记者曾被称为无冕之王)和鸡冠的相似性,鸡场和退职记者群"七仙会"隐约构成了一个平行世界,而母鸡王山花变性成为公鸡的奇异事件(从此不下蛋只啼叫),隐约构成了对"六仙"为老魏制作的、迫于政治压力流产的恢复名誉计划的自嘲,甚至整个新闻媒体作为的讽刺。鸡场叙述为小说贡献了相当一部分幽默效果,另外,叙述者为自己选择了一个老于世故、低调隐忍的姿态,奉行一种近似庸俗的现实生存原则,以一种段子手的语调讲述老魏的品格与遭遇,甚至还以相当冷漠的口吻,穿插着讲述了自己一点点死去的爱情,在步步进逼的世俗势力之下,简单务实、崇尚真情的"我"企图在退避中坚守,与老魏妻要求沉默地活着的权利渐趋同一。

不过,符利群骨子里不是幽默型作家,《冕》的幽默效果主要得自语言的重复以及对现实生活的模仿,行文总是让人想到充斥网络的各种搞笑视频、段子,语言非常有自媒体时代的现场感,但一涉及人物,立刻显得沉重起来,《冕》的人物没有一点反抗者的锐利,亦无超脱者的达观,更多的是卑微者的退缩,或者说自甘卑贱,只求无人问津,得保最简陋的生存,这正是威权之下的一般现实。

从刊登在《野草》上的几个作品来看,符利群的创作大致可以归为写实主义一类,她的文学抱负,应该是记录、模仿生活,创作也基本上没有摆脱模仿的阶段,还夹杂着一点浪漫情怀。就《冤》而论,李瓜子辞职养鸡,在众多大学生五花八门的创业事迹报道中,算是旧闻;市长在慰问灾情时微笑鼓掌也是耳熟能详的政治戏剧梗;某人无意中成为网红,现在生活受到干扰的事迹报道也屡见不鲜。而老魏的性格、经历则显得过于概念化、戏剧化:这位尚未到退休年龄的资深摄影记者,一方面看上去像个文盲,始终学不会用微信,搞不清徒弟相机里的 SD 数据卡信息的删除与修复,与此同时,却又显然是一位生活达人:砌屋,刷墙,做木匠,修管道,钓龙虾,缝被子,钉纽扣,做饭,做各种蛋类产品,画简笔画,写广播稿,甚至还深谙养鸡的各种门道。他那文盲般的秉性让他脆弱得权力打个喷嚏就吓死了,而他兼具父母两重性的导师形象则让他得到其余六仙的爱戴、追思与怀念。显然,为了达到社会批判目的,符利群把他美化成了传统良善父亲的化身,甚至不顾基本的生活逻辑:一个如此全能、爱好广泛、懂得自我界限、有一帮真心朋友且年过半百的老男人,怎么可能如此轻易就死去?除了逻辑硬伤外,《冤》中还有一些不应该出现的细节失误,老魏妻子一会儿是中年妇女,一会儿是六十多岁的老妇,李瓜子三个多月前才当了鸡场老板,老魏却半年前就来到了鸡场,凡此种种细节失误,真是不应该。

符利群应该是一个热爱观察的作者,大学生创业、性反转、煽情视频制作,以及微信的各种功能,这些细节都显示出了符利群观察生活的兴趣。模仿是文学创作最基本的方法,观察也是提炼生活的最必要也最基础的方法,不过,经过漫长的文化演进,最迟在 20 世纪中叶甚至更早,真正优秀的作家都已经认识到,人们不可能通过简单地观察现实而深入现实的本质,《冤》写的是当代生活中各种力量互相牵制最终导致对人的绞杀,基本上没有脱出常识范畴,而幽默效果的营造、老魏形象的浪漫美化,则让小说走向了滑稽和温情,稀释了思考的力量,没有达到深化、提升的效果,读者虽有感叹,却只能徒留怅惘。

《冤》中老魏的悲剧有权势者滥用权力的原因,也有老魏本人对权力无条件认同的原因,权者并无杀生夺命的恶意,其悲剧性后果在某种程度上可视为非预期性的。符利群对权力这个主题并未做过宏观方面的研究,小说的重心仍然是在人际关系上,不同社会地位、身份的人互相影响,形成一种纵横交织的网络:当权者可以开除老魏,舆情则可对当权者施压,六仙可以出于义愤与友谊制造舆情，魏妻也可以要求六仙停止制造舆情，当然，控制、剥夺的权力方与退避、自保方，在人道主义层面上有道德水平的差异。

和《冕》中的多方互相牵制不同，李浩的《拉拉布的"智慧"》从宏观层面对当权者的政治戏剧给予全面的展示与讽刺，小说以寓言的形式展开，拉拉城市长猫头鹰拉拉布是权力的象征，它精力充沛，无孔不入，对拉拉城的经济、政治、文化、日常生活做全方位地"领导"，这位高度集权于一身的拉拉布市长，俨然是一位全能的神，偶因机遇获得成功，日益膨胀，在一次冗长的演说中掉下来后，这位无视科学规律、靠想象力统治城市的市长，加快了封神的步伐，下令修建"永恒"的工程，最终自取灭亡。

《拉拉布的"智慧"》以理性思维构建文本，叙述者以"天真"的口吻，重复颂扬拉拉布的智慧，借此转换场景，推动叙述，语言流畅轻快，讽刺辛辣有力。这类政治讽刺文本，隐约可以追溯到张天翼的《华威先生》，不过，《华威先生》中权力的受众与当权者是疏离的，而《拉拉布的"智慧"》则在嘲讽拉拉布的政治表演的同时，呈现了民众对权力的谄媚，暴君与臣民是一个硬币的两面。此外，拉拉布以对未来乌托邦式的畅想煽动拉拉城的建设，以至于破坏生态，招致自然的报复，也表明这是一个当代文本，李浩要讽刺的并不仅仅是某个当权者的权力欲，更是众神缺席、人性失控的普遍现实。

《拉拉布的"智慧"》的文本形式有一种理性之美，李浩的文本大多数都倚重智力做宏观的观察、分析。同样处于权力的淫威之下，李新勇的人物选择了反抗。《靠脚飞翔》是一个写得很美的作品，地右分子之子、11岁的少年道斌因被恶霸少年马格欺凌，退无可退之下，奋起反抗，结果以弱胜强，此后，两位少年约架，引来了两个家族对阵的庞大阵容，最后马格因怯阵使用武器，被其父阻断。这个故事在擅长讲故事的中国小说里，倒也算不得特别，但是在写这个发生在"文革"期间的故事的时候，李新勇却别出心裁地强化了地方惯律——拳脚分输赢，抄家伙定生死——的力量，即使是地方惯律的权威，他也会以成年人的身份殴打儿童，却无法逾越这一律令，宁可用身体挡住儿子的匕首，父子相伤。

笔者认为，《靠脚飞翔》突出地方传统信仰的力量，使它比同类作品强调革命意识形态如何扭曲人性更胜一筹，在众多的"文革"叙述中，伤痕叙述始终占据着主流，中间夹杂着罪恶叙述（把自身确认为有罪的一代或者罪人的后代）以及狂欢叙述，但事实上，"文革"期间，很多地方都在不同程度上保留了传统宗法制的习惯力量。当然，并不是因为现实可能如此，才值得写进小说，而是说，这个故事在某种程度上，回应了当下中国的困境。在当今这个被图像文化、资本，以及发达技术所掌控的时代，人类已经失去根基，认同的需要成为最为紧迫的需要。《靠脚飞翔》里张扬的这种多少带点原始色彩的血性，以及宗法制是中国传统中最为坚固的信仰，一度在广大的乡村占据着统治地位，李新勇把初生牛犊般的道斌搁置在充满了生机的春天的田野上，让他携带着生活的压力与大自然的生机，这写活了一位乡村早熟少年生命力恣肆飞翔的时刻。

可惜的是，在江西殡改新闻尚未远去的今天，田园荒芜，游子们将魂归何处？

二、一个人，两个人，很多人

> 社会不仅仅是社会（外在的，理性的，有意识的），它同时有其内在的一面。
>
> ——白兰达·卡诺纳

梁豪的《跟踪》是一个非常有意思的作品，小说有一个戏剧化的框架，情节却自我消解、随波逐流，内里填充着鸡毛蒜皮的生活细节，具有鲜明的反抒情反浪漫特质。主人公郑开（也即叙述者"我"）因地铁电梯走动受阻而与他人起了冲突，看似暴烈的开头，却在地铁安保人员的介入下草草结束。由于眉部受伤，郑开抑郁难平，第二天跟踪一位同样违反地铁左行右站规则的年轻女子，意欲对其大施道德谴责以平衡心态，谁知此女竟是自己高中同学钟茗，陌生人成为老熟人，谴责冲动自然烟消云散。钟茗邀请他到出租房，郑开本来还有点心猿意马，却发现她有一位异性同居室友李叶，于是转而对无所事事的李叶产生了好奇心，想象中把对方当成威胁钟茗安全的人，对其展开跟踪，却发现此人不过是个中了五百万彩票，避世而居的善良、孤独的人。中巨额彩票这一情节一度在现实和文学中都是轰动性事件，历练出多少丑恶的灵魂，但在《跟踪》中却被冰冷的理性指认为连套房都买不起，李叶执意离婚的妻子，也没有表示多少兴奋。彩票站老板陆铮正是在地铁站和郑开起冲突的男子，曾经拳脚相向的两个男人，如今相逢一笑。郑、钟、李、陆四人成了朋友，但并没有什么浓情蜜意，而是很快就因陆铮离开、钟茗搬家而星散。就这样,梁豪用日常生活的平庸与现实一点点地消解了浪漫想象,整篇小说语调轻快、幽默,有一种微妙的反讽。

《跟踪》是一个以观念为底构建的文本,主人公郑开被设置为城市中产阶级,婚姻美满,育有一儿,工作也享有充分的自由度,但叙述并没有进入中产阶级的日常生活,而是保持着相当的距离,偶尔以戏谑的口吻谈到妻子孩子和工作,中产阶级的日常基本隐没在叙述之外,叙述者呈现的与其说是生活的琐碎无聊、麻木空虚,不如说是游荡与观察的乐趣。叙述者郑开颇有些波德莱尔式游荡者的神韵,无所事事,爱好幻想,甚至也做出了诡秘地从事密谋的姿态。他被人群吸引,渴望奇遇与偶然性,并以高度的理性和现实,克制着自己的感情,享受着人群赋予他的美妙新鲜,"用借来的、虚构的、陌生的孤独来填满那种'每个人在自己的私利中无动于衷的孤独'给他造成的空虚"(本雅明,《发达资本主义时代的抒情诗人》),甚至在叙述中把它美化成一种美学观念。与波德莱尔式的游荡者相比,《跟踪》的主人公在享受人群带来的微妙刺激的同时,缺乏真正的激情,他懦弱无能,由于受教育程度过高而血性丧失,面对陆铮,他既无还手之力,亦无怀恨之心,而作为新闻传播学博士,他对社会事务没有任何宏观的观察与关注,对于这个到处都是摄像头的巨大都市,他根本没有反叛的念头,只想和它玩一点点无伤大雅的游戏,以此营造自身智性的幻觉,甚至连情欲都只是一个气泡,等不到浮出水面就破灭了。除了他,其他人物也同样毫无激情,钟茗和李叶没住在一起时还有点幻想,住在一起没几天幻想就彻底消失;李叶中了彩票,却没有多少兴奋,试探了一下妻子后,连原来试图挽回婚姻的想法都没有了;陆铮也失去了在北京扎根的念想。《跟踪》写的是在高度控制的当今社会,都市人普遍失血的现实。

梁豪的生活细节主要基于观察,叙述和人物的距离相对较远,反讽、戏谑成了文本的主要特点,读者能够感受到作者受过智性训练的头脑以及尚未受到挫折的青春气质。张秋寒的《小阳春》也写青年,作者也年轻,但却表露出了截然不同的特质。和梁豪消解戏剧性的做法不同,张秋寒致力于把事件戏剧化,他的人物都有一种扭曲的情欲,捂着一些见不得人的秘密,冷酷、现实,精于算计。潘玖懿家道中落,父亲潘劲仁以亿万富豪的身家,一落难而负债累累,却有年轻美貌的女孩甘当小三,纠缠不放。母亲倪宛平一度是一个奢华的富太太,只顾自己享乐,却在丈夫落难后做起了贤德妇人,试图用厨艺挽留丈夫的心,后来被证明是一个惯于谋事的泼辣女性，为女儿的婚事曾秘密地将未来女婿捉奸在床并留下视频证据，最终却在女儿婚后果断地离了婚，过着小店主的平淡日子，和女儿形同陌路。潘玖懿相貌出众，做过演员，思想开放，不惜以身为父还债，现实功利，忍受着性虐且不忠实的陆铖，结下了绝不可能幸福的婚姻。陆铖则颇似《五十度灰》的男主，英俊帅气成功，却有性虐癖。连潘劲仁那个小女孩情人行事也诡异惊悚，竟然把堕胎后的胎儿放在羊水中寄给情人的女儿。小说中的夫妻、父女、母女、情人、未婚夫妇的关系都比较畸形，不管是情节还是人物，处理得都非常重口味，连人物的姓名都颇费了些心思，显示了作者对感官刺激的偏好。

张秋寒的《小阳春》浓艳，马修的《冰山》悬疑。老七、"我"、小雷带着一个装有某神秘公司报表和一堆金条的黑匣子逃亡到一个迷宫般的石头镇，随后就像陷入了圈套一样，无论如何努力也无法离开，只能坐等追杀人员到来。小说有点像电游，情节离奇诡异，人物关系设定有明显的类型化倾向，老七、"我"、小雷三人虽然同命运，却互相提防，各怀心事。"我"追忆着神秘的女友，小雷惦记着自己仍身为处男却即将赴死的人生，逃亡的倡导者老七则惦记着金条。最终，"我"的女友如女王般出现在追杀者中，三人被枪杀。标题"冰山"源自"我"女友的一种神秘爱好，这位据称母亲是爱斯基摩人的神秘女子称"冰山是地球的一块记忆"，而三人倒下后，"我"最后看到的是那本叫《达尔文传》的书扉页上的题词："你拥抱了地球，却疏远了上帝。"《冰山》最大的优点是拒绝解释，神秘公司是什么公司、"我"女友的身份、小雷冗长繁复的秘密、老七的心理、"我"的渴望，都没有交代清楚，使得小说带有一种神秘气氛，但是若要深究，这种神秘最多只能说是一种故弄玄虚的叙述策略，那句似乎要揭示当代人没有信仰的处境的题词，并没有任何细节让它得到充足的暗示，某些地方还流于庸俗，比如小雷的所谓秘密，无法从既有的叙述中得到什么有价值的提升，读者所能读到的不过是一个阳具壮伟的19岁青年，尚未得到人生享受的遗憾，"我"的情欲则被人为抹上了一点恋母、受虐，甚至男同的色彩，这些同样谈不上什么人性的必要，只为增加阅读的刺激而设，小说格调不高。

周建达的《花地》同样格调不高。小说写的是一个叫"花地"的山村中的一群人的利益、情欲纠葛，叙述没有对人物进行个性化刻画，而是依据一般的文化习见而设定：才华横溢的书生（新来的老师）为众多女性所仰慕，如村妇、女医生,甚至自己的学生:发育良好的小花;漂亮的女医生(美丽的知识女性)则对众多男性构成诱惑,如大权在握的村长、生活富裕的花木商(资产者),她和书生相互之间暗萌情愫;村长利用权势为自己学习成绩并不好的女儿小花谋取市级三好学生的荣誉;小商人花木商和所有趋炎附势的人一样,谄媚村长,也会找机会调戏女医生、村妇,揩单身女性的油。小说的情欲线以村长、村妇等成年男女的污言秽行和懵懂少年初萌的情愫(品性纯良的疯子因爱上了小花而发疯、小花对书生的痴情)进行对比,权谋线则通过市级三好学生评定的暗箱操作来展示:校长以民主投票的方式,把荣誉评给了村长之女小花,而成绩优秀的小芳却未能获选。周建达把花地设定为闭塞的山村,书生上任甚至用扁担挑行李,但随着叙述的进展,我们却发现此地居然依靠花木业而发展得非常富裕,因此,这种闭塞似乎只是为了写当地的纯朴民风,但是通盘看下来,小说却在写人性的龌龊,因此,不给人物取个性化的姓名,而是以类型化的方式取名(书生、村妇、女医生、校长、村长、花木商、疯子、小花、小芳、小林等均是泛称)就显得是一种花架子,没有实在的意义。

以人物的生动、形象而论,《小阳春》虽然口味偏重,但有一些扎实的细节,人物关系也有一定的生活逻辑,《冰山》的悬疑本身也获得了一定的效果,《花地》则显得过于概念化,民俗亦未得到很好的展示,总体失之轻浮。

三、浓重的黑

> 现实生活不仅拥有自己的权利,而且它本身也使我们觉得重任在肩,责无旁贷。
>
> ——陀思妥耶夫斯基

梦天岚的《空气有毒》是一个写得相当扎实的作品,小说有两个叙述层次,中国环保专家"我"在美国旅居期间,因汽车抛锚而偶遇一位印第安人科瓦,二人开始了一段不深不浅的友谊,科瓦推荐"我"看一本关于印第安人的小说《对着水牛唱歌的女孩》,"我"断断续续地看着,在"我"因参加瑞士召开的世界环保会议和科瓦一个多月没有联系后,科瓦突然打电话来讲述了自己因车祸而产生的幻觉:他经历了一次毒气蔓延到整个城市、人人自危的末日般的几天,妻子丽莎因空气有毒而死,在埋葬亲人的时候,他掉入了一个生态环境十分优美的、天堂般的地下洞穴,想到儿子尚处于弥留之际,也许可以因此处甜美的空气而痊愈,他四处奔走,试图找到自己掉进来的洞穴,却毫无结果。醒来后发现自己躺在医院里,幻觉是车祸震荡脑部产生的。车祸的起因是他对一位在小区焚烧垃圾的老人产生了怨恨心理,意欲做出撞他的姿态吓唬他,却控制不好自己出了车祸。醒来后,科瓦发现现实生活正在照自己曾经经历过的幻觉发展,儿子杰弗林接到了乐队成立后第一个商演。出于某种不祥的预感,科瓦给"我"打了这个漫长详述的电话。"我"对科瓦的叙述不以为意,认为不过是过度敏感,但是当我看完《对着水牛唱歌的女孩》,想在国内找一位译者把它介绍到中国,却在机场的书店里一眼看到此书的中译本时,其中巧合让我开始有些诧异,而更为诧异的是,此时科瓦的电话来了,告知毒空气正像他曾经经历的幻觉一样在美国蔓延,科瓦甚至因此而惊掉了手机,其子杰弗林乐队排练的歌声通过手机从遥远的海那边传来。

除了虚实相生外,《空气有毒》的叙述还相当有画面感,科瓦叙述的毒气蔓延部分,是典型的灾难片叙述,巨大的泛着的潮水般的毒气云团和近些年国内曝出的雾霾图片高度相似,印第安人与自然息息相通的神秘文化和当下严峻的环境问题耦合在一起,构成了小说的环保主题。

《空气有毒》的主题挖掘比较深,车祸产生的幻觉在现实生活中的实现和《对着水牛唱歌的女孩》一书在"我"的脑海中从意念转为现实,两者之间的对应关系,夯实了小说对偶然与必然、现实与想象之间关系的思考,科瓦之子杰弗林选择的时尚现代生活(组建乐队,为当代娱乐生活提供助力)和科瓦对古老生活的怀念构成了对比,构成了对当代生活的焦虑与质疑,正如小说最后那几句唱词所揭示的那样,青年一代选择了"我只要我的今天",而父辈则因为"总是想着你的明天"而忧虑重重。不过,若要挑剔一点,《空气有毒》虽然整体磨得很光滑,但是属于那种从宏观层面上讲述的文本,涉及的主题、使用的文本构成元素,都太过流行以至于缺乏个性。

《空气有毒》有一个怀旧、崇古主题,父辈对子辈拥抱今天的生活姿态持批判态度,李金桃的《消失的棉絮》则对父辈的经验以及传统的道德评价标准进行了质疑。因为母亲有婚外情跟人跑了,棉絮似乎有了原罪,在村里长辈对母亲极力描黑的语境下,棉絮压抑了自己的天性和情感需要,只能扮演只爱干活不爱俏的假小子，不能和普通女孩一样爱美，甚至只能称呼自己的母亲为"她"，不能叫"娘"，即便如此，在她和小姐妹素素因对正在发育的身体感到好奇，比了一下乳房的发育状况时，立刻被素素的父母赶出了家门，不准她再和素素来往。在杀人的传统道德的高压下，棉絮投河自杀了。也许是故事太过沉重，李金桃没有从棉絮的角度进行叙述，而是选择了处于忧虑、悔恨、恐惧等复杂情感中的素素的视角，以素素父亲和棉絮叔叔在阳春河打捞棉絮尸体为核心展开叙述，把重心放在众人的悔恨、内疚以及相应的行动上，赋予了文本鲜明的悔罪面貌。李金桃擅长展示中国北方乡村陈旧道德、权力体系下女性的悲剧，《消失的棉絮》同样直指吃人的乡村集体主义道德，用笔犀利，长辈们在尽力打捞的，是他们心目中那个不爱俏只爱干活的假小子，那个把自己和"风骚"母亲严格划清界限的棉絮，而不是那个想念母亲，渴望母爱的棉絮，这些不顾安危在冰冷的河水中打捞棉絮尸体的男人以及他们身边围聚着的女性，其实宁可棉絮死在了河里，也绝不愿意相信棉絮离家出走去找母亲了，乡村集体主义旧道德就这样扼杀了一个在贫困中长大的勤劳美丽的少女。

李金桃叙述功底比较扎实，《消失的棉絮》中叙述者素素正值青春期，刚刚萌生对异性的向往，尽管父母一力苛护，但由于生在性道德严苛的乡村，直觉地知道喜欢一个男孩是一种羞耻，叙述把她对棉絮的同情和对自身品德的焦虑编织在一起。

"走出去是黑，走进去也是黑，天下整个是黑的"，这位柔弱美丽的乡村少女，绝望地意识到，任她怎么挣扎，她也无处可逃。

在当今中国，女性的这种命运，仍然是普遍的。

◎历史的天空

——《野草》2018年第6期刊评节选

> 历史背景不仅应当为小说的人物创造一
> 种新的生存境况，而且历史本身应当作为存在
> 境况而被理解和分析。
>
> ——米兰·昆德拉

禹风的短篇小说《白气球红气球》写的是出生于20世纪70年代的上海男孩张小冬童年的故事，这个中学教师的天才儿子三岁就因在房东太太的怀抱里产生快感而坏了名声，爱搜索的天性让邻居的隐私无处遁形，怀疑一切的眼光让成年人的说教套话卡在了喉咙里。怀揣着惊人的识字量（能够照着字典一页页地记住词语），五岁的张小冬开始了幼儿园生活，很快，个性独特的他就被愤怒的马老师颁布了三项禁令："不许从背后抱老师，不许胡说八道满口成语，不许挑食！"因为邻家温顺可爱的女孩叶文的情谊，虽然有颇多束缚，小冬仍然找到了平衡，安心地待在幼儿园，但是这种差强人意的平衡却被一个大眼女生打破了，这位尚处幼年的女孩精通那个时代的政治游戏，居心叵测地设问构陷小冬，在小冬受罚后泰然地享用小冬的饼干。

幼儿园大眼女生的巧取豪夺只是小冬教育的开始，世界的残酷、血腥开始一点点地显露，爱国卫生运动来了，队员在小冬眼皮底下捕杀了小冬心爱的野猫，悲愤至极的小冬情绪失控，咬伤了三个成年男子，并因此被送到乡下外祖父家中。回城后的小冬似乎从乡村汲取了力量，利用领袖去世、全园哀悼的机会，以同样的设问让大眼女生中了圈套，把她赶出了三人组，恢复了自己和叶文同桌的两人格局。然而构成生活之艰辛的并非只有奸诈、强权，更有无常的命运：

叶文母亲是一位食堂采购员,在从行驶的电车下捡拾茭白时被电车撞飞去世。叶文因为母亲痛哭,全然不理会加诸母亲身上的保护集体财产的英雄光环,大眼女生再次得到了揭发的材料,甚至连老师一起威胁:"马老师包庇叶文!"愤怒的小冬斥责大眼女生,出头揽责,最后转学离去。

《白气球红气球》是一个让人称道的短篇佳作,它以儿童视角来反衬成年世界的堕落、荒诞。《白气球红气球》中的幼儿园却并非净土,而是成人世界的缩影。禹风通过张小冬、叶文和大眼女生、马老师之间的矛盾冲突,以"画地图"(尿床)和两次哀悼死者为核心事件,揭露了成人世界的本质。大眼女生出自告密家庭,年仅五岁就能娴熟地利用斗争为自己谋利益,她以激将法让张小冬说出"大领导小时候也会画地图,也会和我们一样在床上大便",趁机揭发他自己获利,而这种人尽皆知的常识,又是出自孩童之口的话,居然会让马老师和张小冬母亲吓得胆战心惊。

《白气球红气球》不仅以日常琐事展示了人性被扭曲,更深思了它的基础与危害。当张小冬诱使大眼女生说出"当然谁都会死"这种常识,吓得她尿了裤子的时候,对比张小冬被构陷后的反应,我们会发现这个冷酷、贪婪、狡诈的女孩,实际上是个卑劣、懦弱的人,这正是一切帮凶的本质:他们狐假虎威,为了蝇头小利就会枉顾道德。身为普通劳动者,叶文母亲在茭白散落到电车轨道上即将被压扁时,不顾性命去捡拾,算不得奸恶的马老师虽能理解叶文的悲痛,却把叶文母亲描述成为集体财产而死的英雄,幼儿园的小朋友则自幼即习得了掩饰情感,这一切比大眼女孩明显邪恶的行为更难得到反思,因而也就很难从根本上得到抑制、纠正。

《白气球红气球》所选择的这两个细节——便溺、死亡——是极其智慧的选择,它们都是肉体凡胎之人生命中必有之物。禹风让两个性质截然相反的儿童:小冬与大眼女生(他们身上负载着一系列的二元对立:天真/经验、勇敢/懦弱、健全/病态、自由/奴役等)共同道出常识,不动声色地揭示了这种神化的无根性。但历史反思主题并非《白气球与红气球》为人称道的唯一所在,它只是小说的一个副主题,小说真正的主题是张小冬的成长,这也正是它超过同类作品的地方。《白气球与红气球》的主人公张小冬是一个中国文化传统中极其罕见的人物,他是如此健康、充满生机与活力,以至于变成了一个神话似的人物,一个真正的王子。这并非指他有过人的天赋,而是指他自始至终都身处成年人的经验世界之中,却出人意料地保住了他的天真与勇气。这个世界是那么的老气横秋,似乎从未有过天真的时刻,房东太太、弄堂邻居,甚至幼儿园老师都会把一位幼儿的生理快感反应,视为不洁;这世界从不避讳自己的邪恶与残忍,它在阳光下、在儿童眼前实施血淋淋的捕杀行为,让一个善良的女人因一把廉价菜蔬而死去;这世界也不避讳自身的专制、虚伪:它让人们为抽象遥远的事务哭泣,却禁止一位女儿痛悼母亲。

看上去,是 20 世纪 70 年代尚且安全的居住环境、高知父母、小康家境让张小冬的探索欲望得以自由发展,实则这种探索能力是一种天赋,并不受制于环境,张小冬的快感层次丰富多元,并且受到天真的庇护:当触觉快感因房东太太的成人解读受到抑制后,他很自然地转向了视觉快感和口腔快感,又在野猫那里找到代偿,同时,运动和阅读消耗了他充沛的能量。上幼儿园后,被老师抑制住的触觉、味觉快感又幸运地在邻家女孩那里得到了满足:那个医生看病人的游戏全方位地提供快感,同时规避了道德审判。就这样,张小冬探索了诸多领域:乡村的空旷与城市的逼仄,成年世界的广漠与堕落,学到了爱、恨、离别、恐惧、孤独、生命与死亡,但在小说结束的时候,世界对于张小冬而言不仅没有变小,反而更广阔了,他的力量没有受到损害,反而更强大了,正是在这一点上,他成了一个近乎神话般的人物。

当张小冬从他的伊甸园(弄堂)走出来,进入荒诞的世界(幼儿园)开始接受教育时,禹风中断了自己的叙述,让张小冬安静地读了一个故事,这个故事就是小说标题所示的《白气球与红气球》,它点明了主人公张小冬带有一丝忧郁气质的自由本质:

> 白气球有点忧郁,它说,我是白色的,所以不太容易被看见,我只是存在着,系着我,我就在这里飘浮,和你这红人儿互相衬着,凑成一对;松开我,我就随风而去,看看这世界,也看看这天空,飘呀摇呀,去风带我去的地方。

在小说结尾,张小冬跟着父母坐在破卡车上搬了家,和故事中的白气球一样,"只一阵风的功夫,他就绝尘而去"。那个善良温顺的叶文,成了他童年记忆中"一个哀婉美丽的影子"。禹风曾自供仰慕海明威,张小冬确实有一点海明威人物的特征:他们展示出来的那一面刚强、坚韧、不受世风的侵袭,内里却有一抹淡淡的忧伤,莫名的惆怅。

《白气球红气球》的"文革"背景虽然无处不在,却只构成了小说的底色,并不影响人物的精神气度,甚至作品的主题,人类会为自身套上各种各样的精神枷锁,只求有个所谓的归属,"文革"只不过是世界性的"左"倾激进思潮中的一部分罢了。金少凡的《叶落无声》中的"文革"却是整个小说情节的基本元素,不可或缺。数学家因露阴癖被下放到机械厂锅炉房进行改造,同时执行秘密的飞机研发任务,在这个过程中,他的露阴癖成为多方注目的目标:庸俗猥琐的锅炉班班长骆驼祥子意欲借机取乐,特务破坏分子要借此干扰他的研发、计算,而保卫科则安排人员(即"我")重点保护他。随着研发的深入,数学家提出需要另一位数学家刘英栋的帮助,并且千辛万苦地找到了他,但刘随即被人暗害,数学家又在"我"的帮助下找到了刘的家属保存下来的刘英栋数学稿,完成了研发任务,此后不久即被神秘的特务暗害。《叶落无声》的故事讲得跌宕起伏,有向科学家致意的意图,但无论是情节还是人物,都存在瑕疵,数学家很容易被勾引,露阴癖在身边有一群工友的情况下、在公共汽车上都会发作,这种情况和露阴癖的特征并不相符,此外,那个如影随形的暗杀特务也显得相当奇怪,虽然有风言风语,但保护方却显得极其无能、被动,以至于让他们屡屡得手。总体而言,以情节剧的标准来要求《叶落无声》,则情节存在漏洞;从严肃文学的角度来要求,则人物显得单薄,深度不足。

《漩涡》的故事发生在 20 世纪末或 21 世纪初,喜欢写旧体诗的职校老师、诗人江凡决定下海大挣一笔,快速致富,他张罗了一个职业介绍所,在短时间内介绍了数百人到深圳务工,从中收取服务费,却因为深圳厂房恶劣的务工条件,这些人很快都返回故里找江凡全额赔偿介绍费,江凡负债累累,最后服毒自杀。在县文化馆打杂的"我"参与了江凡的第一次职业介绍,但却在送同乡南下时深感不安,又隐约在洗头房附近见到了同村的神秘女孩王红,这个在深圳打着莫名的工的女孩为家里挣了一幢小洋楼,因此悬崖勒马,没有进一步的动作,从而避免了危机。《漩涡》对时代风潮抓得比较准确,诗人下海这种故事在那个时代并不鲜见,农村整村青壮年男女都渴望南下也是普遍的现实,那些既无学历又无技术的少男少女们做着最苦最累的活,甚至从事色情业,他们的故事一直都不乏文学关注的目光。《漩涡》的叙述者是故事的参与者,但不是中心人物,他游离于躁动不安的人群身边，以一种忧虑的目光注视着一切，那个如飞蛾投火般迅速陨落的诗人以及神秘失踪了的王红处在叙述的中心，成为欲望的牺牲品，勾勒出了一个时代的仓促与罪恶。《漩涡》的人物欠缺一点深度，一个42岁的诗人，看上去倒像个20多岁的愣头青，主题的深度也同样不够，叙述者行走在乡村的躁动与城市的险恶之间，他无力面对着汹涌的欲望和混乱的经济秩序，只能逃避，回到了个人良知与德行，只求勉力维持生存。

每个生活在当下的人，大概都会承认，中华人民共和国70年的历史所发生的变化、蕴含的意义远远超过了过去的时代，这既是小说家的幸运，也是不幸，幸运之处在于，在仍然以现实主义为重心的当代文学中，作家似乎从来不缺写作的素材，不幸之处在于，过度的刺激干扰了作家的心灵，使得向时代敞开、把握时代本质的心灵少之又少。上述三个作品，《白气球红气球》对历史背景的使用、对历史的研究与分析是最好的，《漩涡》次之，《叶落无声》的历史则纯粹成了消费对象。如何在小说中处理历史背景，对于许多写作者来说，恐怕还是个问题。

第三辑

当代文坛一瞥

如果果实还停留在枝头

我的手还停留在纸上

肉体，还等待着发现

——李郁葱《夏日长》

◎时间的竖琴

——李郁葱诗歌论

人是什么？世界是什么？万有之间存在着怎样的内在联系？诗歌能借着语言呈现存在吗？这些问题是李郁葱诗歌创作的基本问题，在他创作伊始就已经露出端倪，而在最近的两本诗集——《此一时 彼一时》(2011)、《浮世绘》(2015)——中则显得异常突出，这些诗作，为我们呈现了一个从日常生活出发，力图透视日常生活、天地万物、宇宙时空的表象，追问世界的秩序以及人的本质、呈现人与自然关系的谦卑的、孤独沉思的诗人形象。

一、身体：那幽深之处有力的奔突

> 他常常走出自己的身体，怀着对这世界的
> 好奇，他恍惚于自己的身体
>
> ——《张三传》

在世纪之交，李郁葱曾经写过一篇散文，谈到了自己诗歌创作初始时的状态，"大约在我开始对诗发生兴趣的那段时间，我生命中一些关键的人物和事件纷纷登场了：情书（诗的另一代名词）、自慰（对激情的曲折宣泄）、唾液（被忽略的细节）、白日梦（另一个层面的生活）、亲吻（生命在飞翔过程中的登陆）、做爱（生和死、明和暗的搏斗）"。① 文章所列举的六项，除了情书和白日梦外，其他

---

① 可参见李郁葱：《少年游：我们的生活笔记》，《山花》2000 年第 2 期。

四项都是身体的机能与行为,系统整理李郁葱诗歌,我们会发现"身体"是一个高频词,在诗集《此一时 彼一时》《浮世绘》和组诗《有天早晨》《西游记》共计230首诗作中,"身体"一词出现了99次,"躯体"出现了6次,"体内"出现了14次,此外,身体部位如脸、脚,身体的分泌物如泪水、精液,以及身体的机能如发声、咳嗽、吞咽、记忆等,亦在诗集中不时地闪现,构成了身体的诗学图谱。因此,说身体是李郁葱诗思甚至哲思的起点,大抵是不会错的。在李郁葱看来,身体实现了生存,是生存的现实性,因此,它是一切言说的起点,而作为实存本身,它也召唤着表达,同时,身体是一个封闭的空间,把主体和世界隔离开来,形成一个视觉无法穿透的内部空间,它包住它的各个部分,而不是展现它的各个部分,因此成为一个奥秘,一个晦暗的领域,要辨识它,把它带到存在的光亮之中,绝非易事,正如诗人在《夏日之隙》中所写的那样,"这身体就是最大的秘密——/它孤单的,渴求一个慰藉,渴求/一种表达"。

身体内部的晦暗一直诱惑、驱动着李郁葱去言说,"它在,在那暗处,它等待着我/我知道它的愿望:它召唤一个可能"(《另一扇门》),"那部分在,在我们的暗处/它根深蒂固,像岩石/比我们坚定,也比我们固执/它寻找我们的语言/在我们身后捉住那最终逃逸了的"(《未知的部分》)。然而,那身体内部到底是什么?它能够被思力捕捉,用语言呈现吗?这种疑问贯穿诗人迄今为止写作的整个时间段,正是在和它对视、辨别它、言说它的过程中,李郁葱逐渐形成了一个清晰的,堪称体系化的观念以及一整套相应的言说技术。

和许多早慧的诗人一样,李郁葱生命意识的苏醒,也是和青春期性欲的觉醒紧密联系在一起的,因此,身体内部那晦暗的部分,首先表现为一种性能量,那"内心的野兽"(《雪落》),"身体里的老虎"(《韦陀》)。对于性欲,李郁葱十分坦率,坦言"大多数诗人就肉体而言是纯粹的肉体主义者,我们迷醉和炫目于生命的每一次狂欢,诗是在对它的探索中的小小节拍"。[①] 在《独角兽》(1994)、《局限》(1995)、《对一部色情小说的阅读提示》(2000)、《脱口而出》(2006)、《此一时 彼一时》(2011)、《梁山伯与祝英台》(2004—2014)、《张三传》(2014)、《或唐璜年老时》等诗歌中,李郁葱都或直接或隐晦地写到了性。不过,李郁葱虽然给了情欲合法地位,甚至不失热情地为之辩护,但却几乎没有写性爱的融合、升华作

---

① 可参见李郁葱:《少年游:我们的生活笔记》,《山花》2000 年第 2 期。

用,而是更多地表现性压抑的后果以及性爱的虚无,两性之间的性行为,甚至与死有隐约的关联:"我们彼此/曾经纠缠、大汗淋漓,并且呼唤着/好像我们就要死去"(《独角兽》);而性的压抑与放纵,更是自戕利器,梁山伯在情窦已开后,沉溺于自慰,在幻想中与祝英台交媾,终致早夭,"这个夜晚我被春梦无边的梦见/我走入你的身体;/荒唐的结局,你活泼的生命邂逅/我身后的荒芜"(《梁山伯与祝英台》)。

事实上,在李郁葱那里,性在本质上只是宇宙力量在身体内的显形,这力量极其强大,它催动生命之花绽放。对于身体涌动着的这种神秘的力,诗人一直保持着一种惊奇的注视,尤其是青少年身体上漫溢出来的这种生命力:"你惊讶于自己的力量:在你的体内/它渐渐苏醒。/……到来时并不提前通知,它不知不觉/你可以说它润物细无声,也可以/把它当作一个暴君:它,占据我们的身体"(《脱口而出》),"欢愉,沉溺于那一刻的喷涌/他以为自己得到了打开门的钥匙"(《张三传》)。经过情欲却如赤子,这是李郁葱一个突出的特点。这孤独的果壳里的君王,他最大的敌人,也是最大的恩主,只有时间。"我被命运说服,而夜色扩散/那么一无所成,那么心无愧疚/能够安然熟睡于每一种黑暗中/听到年轻姑娘们的舞蹈"(《如果老之将至》)。

然而,性能量只不过是体内那晦暗部分中最强烈最显豁的部分,呈现它只需要诚实和勇气,因此,这个层次虽然对于李郁葱的整体观念而言必不可少甚至至关重要,但却并没有占据李郁葱诗歌的很大的篇幅。毕竟,通过"我",但没有"我"的共谋而涌现的身体生存,只不过是一种在世界上真正呈现的开始,李郁葱对身体的现象学还原要充分得多。在我看来,李郁葱精通在场与缺席的辩证转换,精神与物理的内在融通,而这,正是他对身体进行现象学还原的修辞术。前文说过,身体自我封合,自成宇宙,但是,从生理学角度上说,这种封闭并不完全,它有着向世界开放的通道,呼吸系统、消化系统、泌尿—生殖系统虽然在体内迂回盘旋,但开口却向着外部世界。而这些器官中,喉咙或者性器是其中最重要的两种。射精把体内的性能量显明出来,以火焰般的形式呈现生命之华美和不顾一切,而喉咙及其相关功能——咳嗽、吞咽、发出尖叫或者歌唱,形成了一个意义标志群,这是李郁葱诗歌的另一个醒目的特点,且看这首《瞬间》:

人在画中行,而春光陡峭

什么样的美被替代，被传递——

这流动的镜面里，前世今生

不过是短短的这恍惚

那么不经意的瞬间，我认出了

这岩石，这嶙峋，绵延于别样的胸怀

当我们隐于岁月里的小喉咙

一声最轻的咳嗽都推开了我们的门

用小小的声音去表达，像是

水底游弋着的自由的鱼

被阳光所绷紧。一个感慨，万物

这悠悠白云下的刍狗，我们是其中的一件

那么从隐秘的抽屉里脱壳而出

用这稀疏的笔触，他临摹了这世界

这世界是极致的，是钓出水面之鱼的

那抹睡眠：请，请掌握这平衡！

诗歌以镜面为分界，以精神的恍惚状态为介质，并置了外部世界与身体的内部世界，春光，嶙峋的岩石，咳嗽发声，"推开了我们的门"，把内部秘密导出，正如潜意识中"游弋着的自由的鱼"被钓出水面。在《有天早晨》中，咳嗽与心灵从睡眠中苏醒并置，"他愿意自己保持那跃出时的姿态／那么优美的瞬间，与晨光告别，与混沌告别／他一跃只是一次出差：咳嗽里的青蛙／带不来哪怕针尖那么大的江南"①。

喉咙是身体内外的关隘，经由它，身体的内部状态来到外部，与世界交通，"在这样短促的喉咙间／它是一条被开拓的航道"（《夏日长》）。而咳嗽是气流的

---

① 青蛙即人，这一用法源自柏拉图的一个比喻："我们就像一群青蛙围着一个水塘，在这个海的沿岸定居了下来。"

急速喷出,和射精、尖叫(是李郁葱偏爱的一种发声方式,如"破碎了尖叫的喉咙"——《虚度》)一样都是力度十足的生理行为,对这些有力的生理行为的偏爱,表明了李郁葱对身体内部晦暗性质的确认:那幽深之处有力的奔突,它谋求宣泄,自我绽放。

二、世界涌入张三的城池

> 它被我们消化,成为我们的一部分和我们
>
> 一样,它有更晦暗的状态
>
> ——《晒盐场》
>
> 它,是不是复活于我们的身体? 更加强大
>
> 的黑暗中,它有回忆和被转移的密码
>
> ——《蚝》

身体的内部晦暗幽深,要言说它,需要深刻的思力和精致的修辞策略,在凝视它、言说它的时候,李郁葱不仅注意到了它的生理机能,内部空间的纵深,更是注意到了它所处的外部广阔的自然。

在诗歌史上,处理人与自然的关系,有几种基本类型:经验主义者如镜子般描写自然,浪漫主义者"从自身释放出光芒"投射在感知对象上,从自然中吸收各种"我"所需要的启示;而象征主义者则认为在人类精神与自然世界之间,存在着内在的、系统的相似性,他们言此意彼,力图通过对现象世界的描写,来达到本体世界。李郁葱的早期诗作,在描写自然时基本上是浪漫主义的,写于1996年的组诗《我忘了你,我的灵魂(四首)》场景与动物均受到主体情感的侵袭,鹤"似乎勾勒了美又似乎:/从未存在,仅仅是我的幻觉/对一个夏日之美的触摸"(《鹤》),而刺猬则"每一根刺都是一次倔强""因为在我的血液里有同样的愤怒"(《刺猬》)。这种浪漫主义诗风,至1999年创作的组诗《在仁庄的对话(诗五首)》中开始得到部分纠正,当时诗人正被现实束缚在一个无所事事,却必须坚守岗位的处境之上,一种深深的无力感促使了这组诗的诞生,在诗人眼里,蝌蚪们"弱小却活着忍受了喧嚣",而人不过是摆脱了尾巴用脚行走的蝌蚪,他甚至"更脆弱"(《上林湖》)。这里的蝌蚪仍然是主体卑微感受的载体,但它的生命

历程——拖着尾巴到成长为用脚行走——和诗歌的回忆主题却形成了平行对照，它存在并且和人相似，这意味着李郁葱的诗歌开始进入了象征主义的层面。

在此后的创作里，李郁葱找到了人与自然的内在的、系统的相似性。作为立在大地与天空之间的主体，树和岛因其凸显于大地与天空之间与人相似；作为拥有外部形象和内部幽暗之处的双重空间的主体，海、湖因其表面分割了水上和水下与人相似；水面下的鱼群对应于人的潜意识；而作为处于光亮之中的形体与体内的黑暗的交织者，甚至云朵在天空移动制造的光影效果也与人相似；作为有睡眠与清醒、意识沉潜与意识活跃交替的主体，鱼儿被钓出水面、水落石出或者水面涟漪均与人相似；作为有生老病死的生命周期的主体，树叶的春发秋落、大自然的季节更替与人相似……要尽数罗列李郁葱诗歌中人与世界的相似性是一项绝不轻松的工作，因为，在李郁葱的观念里，宇宙万物都是时空中的存在，它们不论有形或者无形，可见或者不可见，甚至有机还是无机，都是宇宙意志的呈现，它们和人共享宇宙的本体，是有和无、在场与缺席的辩证统一，这是它们相似性的根基。

然而，这绝不意味着李郁葱是一位象征主义诗人，几乎就在进入象征主义层面的同时，李郁葱也离开了象征主义，以精妙独特的诗歌技术，把世界带进了现象学领域。来看这首《松林鸟语》：

> 如果有阳光敏捷于这些树
> 这些耳朵被鸟声所溅湿，这些拥抱
> 被退去的绿意所席卷——
>
> 我看到这空旷，清新如一弯新月
> 他们站立着仿佛一个个问号
> 正窥视清风带来的滋味
>
> 那是远方，那是孤寂
> 而他们站立着就是一排排的舞蹈
> 他们是这大地的火焰，我们双手合十的祈祷

我们在走来的时候被这闲暇所掠夺

像宿醉里的那个陌生人

他走出自己的身体,但并非绽放

那种真实的假让人困惑:在我的身体里

如果住着那挺拔的树

乘着这鸟声,有一刻我看到了这松林

这首诗几乎每一句都使用了一种修辞手法:拟人("阳光敏捷于这些树上"、"这些拥抱/被退去的绿意所席卷"、我们"被闲暇所掠夺")、通感("耳朵被鸟声溅湿")、明喻("空旷,清新如一弯新月")、暗喻叠加的排喻("他们站立着就是一排排的舞蹈/他们是这大地的火焰,我们双手合十的祈祷")、矛盾修辞("真实的假"),这些精心选择的修辞手法,完全取消了主体的中心位置,"我们"成为受动者,自然物或者某种属性(绿意)则活跃异常,拥有引人注目的存在感,呈现了一个万物共有世界的场面,最大程度地避免了世界万物归于主体单一的逻各斯的危险。

以精心选择的修辞组合来呈现世界的活跃或沉寂,呈现万物共有世界的场面,是李郁葱诗歌中最为常见的修辞技术。然而一位诗人的现象学面貌,仅仅靠修辞是无法支撑起来的,我们毋宁说,这种修辞技术,实际上是李郁葱内在观念的实践,而这个观念,以万物共有世界为统摄,还有一个基础,那就是主体的卑微与开放。李郁葱对研究人有孜孜不倦的热情,早在1994年的短诗《西窗》中,诗人就写了一个主体"我"以窗作为转换的介质,在光线变化("晚下来的街道","吹熄了的灯笼")的诱导下,恍惚入梦,在一个超然的空间,俯瞰着"他"跑出自己的躯体,观察"他"的行动。诗中有一个"他"对镜审视的场景,"镜中的脸庞/单调、刻板,不残缺,也不出色/仿佛我虚拟中的众生",这是一个非常耐人寻味的场景,揽镜自照多少会带一点自恋的况味,然而那并不出色的相貌,却向我们显示出他对自身的客观与疏离,把"自我"确认为芸芸众生,正是跳出自我中心的标志。这种从某个个体中辨识出一个普遍的人的努力,在经过《另一扇门》《脚注》《和儿子在游泳馆》《个人史》《另一个人》《脱口而出》《故事一则》等诗歌的反复演练后,最终结晶成长诗《张三传》。这首长达140行的诗歌,描写了一位普通人从出生到中年的生命历程，这个第三人称的"他"，这位张三，"他的出生是一轮初阳"，在"春季快乐地蹿高"，在青春期"给自己一个阴影"，"带着破碎的喉咙去唱"，同时也开始"常常想，那些人去了哪里：/那些被生活所衷情，或者被生活所戏弄的"，这个在"枪杆子里出政权"的语境中长大的青年，欣喜着自然贯注于他体内的、漫溢出来的生命力，感觉"奇迹出现在每一个拐角"，而最后结婚生子，"每一周复印上一周"，成为按部就班的套中人，"他的流年完成了他"。这种平淡卑微的生命履历，是这个平庸的年代里，"70后"一代人人生的高度概括。《张三传》是当代汉语诗歌的一个重要收获，不仅仅是因为它以凝练的观照，描绘了一代人的肖像，还因为它把主体置于某种既有的生活方式、语言、观念中，张三具有代际延续的传统的共通体构成的主体间性，与他者在世界中共在，而这，正是诗歌题辞"我保持自我开放"之意。

张三，这棵"隐匿于这片林中/这走来之树/……一座虚构之城"（《和另一棵树》），在李郁葱的笔下，将牢牢地扎根于他的身体，与世界交通、融合、转化。他将吞下一枚苹果催熟的野柿子，感受着万物交感的神秘："我吃下它，在身体里保持着它的阴影"（《放一个苹果在柿子里》）；或者一只蚝，"它，是不是复活于我们的身体？/更加强大的黑暗中，它有/回忆和被转移的密码"（《蚝》）；他将摄入盐粒，感恩于它对于生命必不可少的意义："它被我们消化，成为我们的一部分/和我们一样，它有更晦暗的状态"（《晒盐场》）；他将喝下一杯苦艾酒，这水与火双重元素融合的神奇液体，"最终，它成为我们的一部分"，那"一朵小小的火苗/舔着这黑暗，蛇行的年代"（《苦艾酒》）。

三、时间：大地的生命节奏

> 如果果实还停留在枝头
>
> 我的手还停留在纸上
>
> 肉体，还等待着发现
>
> ——《夏日长》

时间是李郁葱诗歌的统摄性的主题。在我分析的 230 首诗歌中，"时间""光阴""岁月""时光""流年""过去""现在""未来"，共出现 259 次，时间度量名词年、月、日、季节、春、夏、秋、冬，共计出现 459 次，再辅以瞬间、倏忽等时间概念，我们几乎可以说时间浸润于李郁葱每首诗的诗行中，它弹奏着诗人，发出复杂的交响。

李郁葱诗歌的时间主题，在他二十多年的创作生涯中有两次比较大的变化。1999 年以前，李郁葱诗歌的时间主题主要是客观时间的流逝，带着对不可知未来的忐忑或焦灼，主体感受着这种流逝："未来在那漫长的描绘中/过去却不等待。过去//像一道阴影"（《年华虚度的形象》1996 年），"它不断流动着:/……/时间是一只怪兽的阴影/在我们的脸上，它认出了/那熟悉的遗址:它无所不在。"（《沙漏》1998 年）这种情况在《在仁庄的对话（诗五首）》中开始得到修正，在这个组诗中，时间流逝仍然是一个强音，"石头映出了炫耀的/脸庞，而我们一如既往地流失"（《听涧水潺潺》），但"删节"，一种对无意义重复时间的忽略，开始出现，"禁锢我们的/往往是视若寻常的增删:我们/已经被改变，在闲暇中不知所措"（《在仁庄的对话》），而记忆作为此后诗歌中最重要的主体内在世界建构者，也出现了"体内却朗诵着/那漏去的时光:生命是一种记忆"（《采蕨者说》）。

1999 年是李郁葱生命与创作中一个重要的年份，这一年，他的儿子开始孕育，次年，他成为一位父亲。这对于男性来说，无疑是生命中最重要的事件之一，它不仅意味着社会职责的转变，也意味着个体生命体验的扩大与加深，其中不仅有生命本身借着性而产生的创造，还有继承，个体生命开始进入代际延续的传统的共通体之中。这一事件极大地增加了李郁葱诗歌时间主题的广度与深度，一方面，时间的三个区域开始完整，除了现在与过去，未来也加入了:"对于他，光阴并不是流水，光阴/还在引诱。而光阴是我的戏弄者"（《和儿子在游泳馆》），"他看到时间是伟大的野兽/我看到的时间却已雕刻了他/让我失落，他的未来会被谁设计？/时间和他那么默契"（《读史人对于历史的信马由缰》），"他在我之前，他在我之后——"（《和儿子在游泳馆》）;另一方面，时间开始内化，和生命本身耦合。这位痴迷于生命力本身的男人，幸运地得到了一个近距离观察生命力呈现的机会:"你惊讶于自己的力量:在你的体内/它渐渐苏醒/……/它是一种力量/推动我们，当你脱口而出/现在，某些东西已经邂逅了你"（《脱口而出》），带着一位创世之父的欣喜，和遇见童年的窃喜:"他，遗传自我的血肉/小模样有着依稀的幻影/我早年的向往、我童年的梦见……"（《和儿子在游泳馆》）。在2005—2006年,李郁葱写了一系列和儿子有关的诗歌,除了上引几首,还有《那眩晕——给L.Y》《春日》《蜗牛之歌》《拼图——给李浥》等,诗人热衷于"在儿子的身上得到童年的/启发"（《去上海》）,显然,这出于他而又有别于他的"另一个人","另一条无法走的路",为诗人从个人走向一般提供了助力,而他无须刻意,只需自我绽放即可。

另一次深化是在2009—2012年间,这是一个疾病、死亡年段,母亲、外婆,还有朋友,因年老或疾病先后去世:"液体挥霍,身体是一种流逝"《闻友人罹患肺癌》;"她躺着,像一片叶子,被光阴轻轻抚平/她的记忆,在我们的记忆里交织——/生活,原来如此简单,它一直在删去……"（《给外婆,在她弥留之际》）未经死亡的生,从来都是不完整的,此后,李郁葱诗歌的时间主题,才开始达到澄澈、深厚、悲悯的境界,写于2013年的《清明》,忧伤、坚韧、博大、顽强,有着感人肺腑的力量:

> 雨纷纷? 或许就下在我们身体的街道上
> 在那些秘密的地方,离开的人
> 总是发出自己的声音。在我们漫长的岁月里
> 是那些可以敲开的门
>
> 在找到的地址里,那莫名的感激
> 或许有别样的意义,在我们被虚掷的时刻
> 那些墓碑,勾勒出那些模糊的名字
> 是的,曾经在,在这些光和影里
>
> 他们活跃,比我们的纪念更加真实
> 假如他们路过我们的生活
> 他们是涟漪,是泡沫,还是孤独的凝视
> 在我们的枝头剪去那些枯枝败叶?
>
> 当脸庞在无法认出的清晰里
> 打捞我们记忆的秘密:那些草蛇灰线,

那些被我们抛弃但依然存在的光阴

在每一滴被汇聚的雨水中,像一条鱼

所发出的声音:它被容纳,被吸收

当死去的人对我们指指点点

断肠,或者如飘过的雨,在他们离开的姿态里

关上了门,我和妈妈轻声道别。

在这首诗里,在记忆所营建的身体内部时空和身体所处的物理时空相互渗透,生者与死者互相融合,正如身体融合客观世界的各种经验,营造了死者与生者共有世界的湿漉漉的场景,那澄澈的忧伤、温柔坚韧的感情让人动容。《清明》是"浮世绘"(2015 年)组诗中的一首,这组诗描绘了二十二个节气(缺夏至与立冬),它把人的活动置于节气这种中国传统的时间的规划之中,以及风俗这一既有的生活方式中,表明了诗人对自身所处的文化环境的接受。

"浮世绘"正式标示出诗人超越个体有限的时间生命的努力,它在诗人世界观层面上的意义,需要多方面综合才能得到很好的阐发。在李郁葱的诗歌写作中,有两类标点符号出现得极其频繁,一是破折号(174,以下括号中数字为出现次数)、省略号(94),这两个几乎可以互相替代,另一个是问号(346)。李郁葱诗歌中的破折号/省略号后面涌动着生命力,它暗示着生命/现实的可能性,含蓄却乐观,但中年之后,时间对生命的侵蚀力量逐渐强大,而可能性已经被现实性所替代,"青春即故乡//但还有谁能够回去?"(《张三传》)这个蕴含在李郁葱诗歌中的"返乡"之问越来越尖锐,时间,成了一个无法忽视的问题:"时间/它有琥珀般的壮志,但它伶仃的锁骨/那滑落时的愉悦:如果打开这一页/我们保持怎么样的速度去阅读?"(《微醺——给立平兄弟》2015 年)"在床上,把身体摆放到最舒服的姿势/却会有什么样的焦躁/让我不能熟睡,踏入另一个时间?"(《贺新春》2016 年 2 月 7 日)诗人深刻地感到,学习面对终有一死的宿命之迫切:"这些快乐和吉祥,这些祝福/当我们收集这一地的流光:/将会去哪里? 我们知道,那带着/光和鲜花来到的时间,我们/是旅人,学会和它们一起走过。"(《贺新春》2016 年 2 月)

但是,我们在组诗《有天早晨》和《西游记》中却看到了诗人与生命的和解:

"我们，被衰老找到，在这一天/如果我厌倦了文字/我被命运说服，而夜色扩散/那么一无所成，那么心无愧疚/能够安然熟睡于每一种黑暗中/听到年轻姑娘们的舞蹈。"(《如果老之将至》2015年)诗人甚至克服了一直以来潜在的主客体分裂倾向，《西窗》中那对镜自视的青年，如今发现"镜中人和我合二为一"(《有天清晨》2016年1月)。这是如何可能的？为什么在问题最峭拔的时候，却几乎同时达成了和解？答案就蕴含在诗人对时间的反复书写之中。

李郁葱对时间的呈现，有一个非常耐人寻味的特点，他的时间主要是季节的更替、人的生命周期、植物的春华秋实等等，表现了鲜明的时间循环观。与此相适应的是他的诗歌中极少出现太阳(2)意象，天空(22)也出现得不多，阳光(43)略多一些，相比之下，大地(44)、土地(24)、大海(23)、湖(25)、河(38)、雨(84)这些大地/水系的意象出现频率大大超过了太阳/天空系意象。从原型上说，天空/太阳象征着父亲、秩序、强硬冰冷的法则，也象征着生命阶段(日升则生，日落则死)；而大海、河流、湖泊以及一切的水，都象征创造的神秘性，诞生—死亡—复活，净化与赎救，繁殖与生长。水也是无意识的最普通的象征，大地则是母亲的经典象征。其实李郁葱的诗歌创作，本身就呈现出了他的思想倾向性，带着他人格的全部特点，他那种大地气质决定了他不可能深受天空型时间观念(一去不复返)的影响。"浮世绘"组诗可以看成是这种特点的集中表现，而在那缺失的两节中，夏至的太阳是一年中离北回归线最近的，这种缺失本身几乎都有点神秘的味道了。因此，当我们在《冬至书简》中读到"把光荣给予他的母亲。她，一心爱着她的儿子/她们都一样，这些牵着孩子小手的女人"这样的句子的时候，我们能够感受到诗人的真诚。

从时间观念的角度看，我们能够发现一个人格统一的诗人形象，身体即大地，对身体内部神秘的沉迷，几乎是他人格中的必有之义，然而，如果说诗歌本身缺少太阳/天空的话，那么，那个始终凌驾于诗歌的天空之上的，是诗人的俯瞰姿态，这似乎表明，诗人自身替代了父亲的角色，这和他在现实生活中满足于父亲的角色是非常统一的。这和他诗歌中对性欲的呈现，也是一脉相承的，李郁葱在诗歌中几乎没有写男女交媾的完美场面，却写了不结果的性欲的死亡本质，这表明诗人很可能把繁殖的性视为完善的性，因为它创造"另一个时间"。

在李郁葱的诗歌中，有两篇以无花果为题的诗非常有意思，2004年《庭院里的无花果》歌颂了时间里的孕育，"多汁/而饱满，秘密的绽放有复杂的感觉，现

在它成为院子里的秩序"，2016 年，诗人在《无花果之夏》中则试图回溯生命的
历程：

> 似乎还在开始之时，一个圆满
>
> 从果实退回到花朵，从花朵
>
> 退回到树枝，退回到
>
> 那刚刚孕育的时刻：最初，
>
> 在我们看到之时，甚至没有花
>
> 只是我们的想象，而花，盛开在
>
> 内部的秘密里，也许是盛大的
>
> 或者是沉默的一种，我们看到它的抵达
>
> 一个世界的小，自有它幽深的花径
>
> 如果我们已经汲取了那广阔
>
> 一粒沙中的宇宙，芳菲之初
>
> 夏天的脾气从内而外
>
> 像一个人的甜，交换着他缤纷的泪水
>
> 那是一间饥饿的银行吗？
>
> 我们储蓄着的，翻到了负利率
>
> 果实依然扎住那稳稳的树枝
>
> 是阴凉赋予我们过于旺盛的阳光？
>
> 夏日的舞蹈在干涸和煎熬中
>
> 但它绽开，呈现这世界的低语
>
> 如果我有着开始时的耐心：我栽下它。

　　诗人已经勘透了生命的秘密，掌握了大地深处生命的节奏，一种创造的热
情支配着他。而"技巧和耐心"（《拼图》），他已经炉火纯青，何况还有那美和庄
严的寂静："我看到那长嘴的鸟儿，当它从水面上/看到自己觅食时的优美，万物
悄无声。"（《在冬天》2015 年 12 月）他宣告："如果果实还停留在枝头/我的手还
停留在纸上/肉体，还等待着发现"（《夏日长》），"那么亲爱的/我写给你看，那些
屋檐上的落叶/我们被风所吹起，如果出了一回神，/我们的生命，在这样的循环

里,我听到/你低低的倾诉:身体里的城开着门/有这样从容的小镇,有这样从容的时间/而我们俯身于那些徜徉——"(《冬至书简》2015 年 12 月)

让我们期待诗人新的精彩。

此文刊载于《作家》2017 年第 4 期

◎因美之名,思御江南

——读涂国文诗集《江南书》

"永远不可能奢望完全把握诗歌……否则就是忘了诗歌本身是有呼吸的,忘了诗歌会把你吸走。"保罗·策兰如是说。每一位试图对一本诗集说一点什么的人,都应该首先在心里默念此语,把它当作一个警告,以免自己的解读过于武断、自大,亵渎诗歌。然而,尽管顾虑重重,诗评却仍需勉力为之,《江南书》已经在脑中盘旋多日,或许,到了该说点什么的时候了。

一、"我"思,"我"在

涂国文的诗歌,给人的第一个印象就是新奇,《江南书》中绝大多数的诗歌,都有一个新奇的构思,在涂国文的笔下,身体可以捣碎化成园林(《捣碎自己》),也可以碎了后散落大江南北(《身体碎了一地》),或者根据需要自由地一分为三(《三我行》),灵魂在古今时空中穿梭后回来居然会找不到肉体(《让我离开自己一会儿》),散步时的所见所闻可以以斤两、频率、长度等度量(《散步记》),在历史时空里倒退着看雪,看进了秦朝(《我可不可以这样倒退着看雪》),鲁迅先生可以开博客,而且粉丝如潮(《博客鲁迅》)……类似的奇思层出不穷,读来让人耳目一新。

涂国文诗思新奇,别出心裁,有时候甚至有点精灵古怪,在他的诗歌里,读者能发现真正的智慧,阅读涂国文的诗歌,能够得到心智的锻炼,思性的愉悦,温故而知新的满足。涂国文的这种诗歌,容易让人想起英国 17 世纪的玄学派诗歌,在我看来,涂国文的诗歌毫无疑问,也是玄学派式的"巧智"型诗歌,它表现了诗人渊博的学识、强大的思想力量、丰富的想象力和机敏的关联能力。涂国文以"传奇的履风经历、广博的交游、斑驳陆离的思想、复合多栖的知识结构"著称,对人类社会实践以及文化传统的各个层面,都抱有广博的兴趣与热情,有清晰可辨的介入、见证姿态,而隐藏在他斑驳面貌背后的,是对事物、现象、观念之间的同和异(相似性与差异性)的辨识与寻求,沉迷和探索,在同中发现异,在异中发现同,是他思维的基本特点,这一切最后被他充沛的激情与才华融合起来,构成了他诗歌的基本面貌。

由于要呈现不同事物、现象、观念之间的同和异,涂国文诗歌中的意象一般都是由几组相对独立的"意象簇"构成,简单的两至三"簇",复杂的有四"簇"甚至更多,它们交替出现,交相辉映。以《捣碎自己》为例,这首诗由"身体意象簇"和"园林意象簇"构成,以皇宫与私家园林的空间对峙和流转的时间意象(春、夏、秋、冬)为诗歌的经纬,"身体意象簇"和"园林意象簇"之间的相似性形成了明显的隐喻关系。《博客鲁迅》以"鲁迅文化活动与地位意象簇"与"网络博客使用术语意象簇"为主要内容,以时间为线索构建文本,呈现鲁迅文化活动与自身所处时代的复杂关系与现代博客粉丝与博主的关系之间的相似性与差异,在歌颂鲁迅精神的同时,呈现当下的沦落。《虚构》更为复杂,"自然意象簇"(白鹭、蚂蚁、花朵、春风、雨水、油菜、蝴蝶、群山、豹子)、"中国历史文化意象簇"、"中国地理意象簇"、"美国地理文化意象簇"穿插交替,借虚构一个共和国来表达自身的政治、文化观念,自然万物的各司其职、各如其是,东西方文化的互渗与多元文化共存,人与自然和谐发展的美好状态形成了一个隐喻关系。

巧智诗最大的价值就在于诗人的学识与思力,诗人思想的广度和深度将决定诗歌成就的大小。通读《江南书》,我们会惊讶于涂国文思想疆域的广度,对于中国传统文化、现当代文化、各种现代技术、热点社会问题以及当下中国人权、政治状况等,涂国文不但有广泛的涉猎,还有自己明确的看法。涂国文擅长宏观的、社会学的、文化的观察与分析,常常能对所描写的对象进行高度的提炼与概括。比如这首《在西湖之畔安顿我的形骸和灵魂》:

⋯⋯⋯⋯⋯

把我的悲悯和忧伤

安顿在苏小小和冯小青的年华里

我要弹拨西泠桥这根独弦

抵达落花背后的春天

把我的桀骜和放旷

安顿在林和靖的孤山一片云中

那点燃季节的梅的咳叫与鹤的绽放

是我亲爱的姐妹或兄弟

把我履风的跫音和荒凉的前程

安顿在曼殊半是胭脂半泪痕的袈裟中

安顿在弘一大师交集的悲欣里

我要紧随他们风尘仆仆的背影

把我的青铜剑藏入匣中

安顿在岳飞于谦张苍水秋瑾的遗骨旁

让热血将剑锋焐暖

抵御红尘的锈蚀

把我盛大的才华。安顿在白堤和苏堤

这唐宋的双管适合抒写我的诗篇

甚至也把我春日的慵懒和冬日的沉醉

安顿在李清照和柳永的婉约里

把我复苏的爱情

安顿在白蛇出没的断桥上

把我失落的家园

安顿在满觉陇的一坛桂花酒中……

　　不论是从地理角度还是从文化角度来看，江南都是一个极其复杂的概念，在一首短诗中勾勒江南文化是极其冒险的做法，《江南书》中有数首诗歌处理江南文化，都是短诗，每一首都体现了涂国文对江南文化符号的高度提取能力，这首《在西湖之畔安顿我的形骸和灵魂》以西湖这一地理空间为轴心，选取林和靖，苏小小和冯小青，苏曼殊与弘一大师，岳飞、于谦、张苍水、秋瑾，柳永、李清照，白蛇等人物为不同的江南文化气韵——隐逸、艳情、玄佛、刚健悲愤、阴柔婉约、浪漫日常（白蛇）的代表，把地理时空与人文传统、伦理政治、民俗风情融为一体，显示出了作者学者般的思力。另一首传诵甚广的诗歌《沉香木，音乐会，或女人的三重乡愁——写给女性的致敬书》，以短短的篇幅，对中国文化语境中女性的人生际遇、生命形态和精神品格进行了高度的提炼、概括，并以精巧、贴切的比喻，流畅的音律呈现了出来，是一篇十分耐读的佳作。

涂国文的思维方式是辩证的、宏观的，他的众多诗歌均以历史时间或者循环时间（四季循环或者黑夜与白天的更替）为线，以空间并置为面，根据有无、难易、长短、高下、大小、美丑、善恶等常见的辩证对子来展开书写，诗歌理路清晰，诗思开阔健朗，带有学者的气质，表现出了"头脑清醒的知识分子"（王克楠语）的品性。涂国文对文学传统与当代生活的重大问题、经典题材与主题都有清晰的把握，并能把洞见与自身的个性融合起来，在他的诗歌里，"我"是始终在场的，"我"思，"我"在，"我"见证。来看这首《月轮》：

> 月轮在星空中漂浮
>
> 我在阳台上侍弄花草
>
> 酷暑躲在花盆里
>
> 张着冒烟的大嘴
>
> 贪婪地吞吸着
>
> 我手中提壶里的长江
>
> …………
>
> 在南山被腐化成梦的年代
>
> 我把阳台当作南山

诗歌写了一个日常浇花场景，但眼前的日常却通过"南山"这一意象，跨越时空与中国文化传统中的归隐田园联系起来，并且通过"腐化成梦"指认现代城市文明中归隐田园的虚妄，但作者并不伤感，而是意欲把"阳台当作南山"，单纯、超脱、健朗，与前面"提壶里的长江"这一雄健的意象相呼应，显示了强大的思力、丰富的想象力和豁达豪迈的个性。

二、知识的重负

涂国文的机敏常常让读者惊讶、愉悦，能够激发读者的反思和对比能力，但缺点也是明显的。由于常从宏观的、社会的、文化的层面上分析、概括主题，涂国文的诗歌展现的往往是事物的外部形象，人、事、物趋于普遍化、泛化，个性被遮蔽了，形象不够鲜活，思想观念本身的创造性不足，激发读者情感方面的力量也有所欠缺。这里以涂国文的写作女性的诗歌为例，来谈一谈这个问题。

《江南书》中有一系列和女性有关的诗歌，除了上文提到过的《沉香木，音乐会，或女人的三重乡愁》外，《丫头》《黛玉葬花》《石评梅》《汉字·嬿》《李清照》《口红》《跳远的小女孩》《单车：写给纯真年代书吧》《寻找失踪的母亲》《梁山伯与祝英台》《邻居》《一颗还能愤怒的心脏多么值得赞美》等诗歌都以女性为主角，或者涉及女性生活场景。《沉香木》是宏观的提炼与概括让人赞叹，喻体的选择让人称奇，但是全诗没有一个生活化的细节，因此女性这一性别的生命历程只是从社会文化层面上得到了观察与呈现。《沉香木》没有细节可以说是受限于主题的宏大，写林黛玉、石评梅、李清照、祝英台等个体时也从文化层面上进行抽象想象，就多少有些让人觉得空洞了。这些诗歌中的女性，完全受制于诗人自身的力量，没有获得自己的主体性。或许我们还可以说，这些女性都是历史或传说中的人物，不大好具象化，那么朱锦绣女士和诗人的母亲这两位女性也没有具体的细节来展示，就和经验无关了。我认为，这和涂国文的个性与年龄有关。涂国文应该是那种外倾型的性格，倾心观察与分析，理解、判断能力强过感受、移情能力，很难进入客体之中，加之已过中年，理性超过感性实乃生命阶段所限。《江南书》中有三首日常生活即景式的小诗——《跳远的小女孩》《邻居》《一颗还能愤怒的心脏多么值得赞美》——非常能说明涂国文的这种个性倾向，三首诗诗人均以明确的观察者面目出现，下面以《跳远的小女孩》为例略做分析：

一个年轻爸爸拉着一个
三四岁的小女孩
在我前面走着

每走几步
小女孩都要蹲下身子
然后纵身一跃

她小小的身子
被爸爸的手臂轻轻一提
每次都稳稳地落在
大约两市尺远的前方

像一只小蝴蝶
不断地从地面起飞
又不断地落在
前方的草丛里

"爸爸！我跳得远吗？"
"远！"
"爸爸！我跳得远吗？"
"远！"
"爸爸！我跳得远吗？"
"远！"

小女孩每蹲下一次
都如同踩下了一根弹簧
她一起飞
笑容便从跟在他们身后的
我的脸上弹出……

这首小诗写得非常温馨可爱,强大、温柔的父亲宠溺着自己的小女儿,而小女孩如蝴蝶般美丽轻盈。窃以为,这应该是涂国文内心最柔软的部分,这位传统的、善良的大男人,让人惊奇地保有着一颗童心,是童心与父亲的双重结合体(《瞥见书橱里父亲的遗照》《山沟沟纪行》均有直接表现童心的诗行),单纯、有力、善良,让人喜爱。但是这个小女孩完全是外在于诗人的,她主要的特点是萌,萌到让诗人的笑容从"脸上弹出",这样的诗,更容易让我们看到的是诗人本身的个性倾向,而不是被描写的人物。

在描写女性的时候,涂国文非常依赖已有的观念,苦难与奉献的大地(《寻找失踪的母亲》)、红颜祸水(《口红》)、感时伤怀(《黛玉葬花》)、爱情至上却为礼教殉葬(《丫头》《汉字·嫚 》《梁山伯与祝英台》)等等,她们不论是否美丽善良、是否才华横溢,都温柔被动,命途多舛。应该说,这样的女性观念是抽象的、传统的,作为一个现代知识分子,涂国文应该接触过许多现代知识女性,但在诗集中,这类女性却付之阙如。不过涂国文品性良善,他力图从社会政治层面上给予女性观照,为女性谋求权利,隐约有革命的激情,《丫头》《汉字·嫚》等诗作,都有这种倾向,这和他的政治观念也是吻合的。

实际上,涂国文写男性也同样有一个情感不足的问题。《江南书》写到的男性非常多,单篇诗歌具体展开写的有姜夔、于谦、鲁迅、盛子潮、洛夫等人,这些人物均是从他们的文化贡献的角度来写的,选取的事例,以及人物的贡献均为学术界或者文化界所公认,诗人仰慕他们,但真正追究起来,互相之间并不平等,亦不亲近。这种人物写法,非常依赖诗人的学识,诗人从知识储备中把他们搜寻出来,并把它们和当代生活中的某类现象、范畴以别出心裁的方式加以组配,有令人惊奇的巧智,但人物却并不鲜活生动。另外,这些写法本身借助已有的知识,因此思想显得平庸、创新不足,不管是对鲁迅还是对于谦等人的理解,涂国文都并没有提出新的东西。

但是,涂国文在诗中呈现了一个生动可感的自我,这一点如此引人注目,值得我们好好揣摩,正如诗人唐晋所说,涂国文的诗歌"建立了一种诗人与作品之间的全新关系……它们忠实地记录下他努力开解自身的全部过程;他最终成为诗集的内涵"。

三、浪漫主义或修辞的意义

让我们从修辞开始。

涂国文重视修辞，尤喜用典、排比和各种形式的比喻。上文说过，为了呈现不同事物、现象与观念之间的相似性或者差异性，涂国文常以多组意象簇来搭建文本，经由铺陈排比，这些意象簇都比较满，基本穷尽了它们所属的概念空间，这种写法给读者预留的想象空间非常少。《江南书》中的诗歌有半数以上都是这一类型的巧智诗，诗人常常为了一个奇思妙想而开展修辞之旅，除了上文分析过的《捣碎自己》《博客鲁迅》《虚构》等诗，《闲话中国皇帝》《杭州人于谦》《身体碎了一地》《我们每天都在一点一点死去》等也比较典型。这些诗歌中有一部分铺陈太过了，比如《今晚我洞悉了月亮不老的秘密》只不过是写了月亮在河中的倒影，但却调动了不少典故，以繁复的修辞来展示这个小小的画面。追问诗人为什么要这么写是没有意义的，这里面显然有某种乐趣，是诗人顺从天性就必然会沉湎其中的。在我看来，喜好修辞，把诗歌写得流畅、充实，甚至不惜冒着拥塞的风险，反映出来的，是诗人的一种浪漫主义气质，一种充沛的生命力。喜好修辞和对世界的广博兴趣是一体的，都基于诗人旺盛的生命力。

如果仔细辨别涂国文诗歌中的意象簇，我们会发现这些意象之间以并置、统一的面貌存在，虽然不同的意象簇之间有对照，但在同一意象簇内、不同意象簇之间却是和平安宁的，都服从于统一的诗思，这种特点造就了涂国文诗歌单纯的面相，有别于一般现代诗的含混、复义与晦涩。这种单纯与诗思的新奇一起，非常好地表现了涂国文气质中的另一个特点：童心。喜好修辞，穷尽某一概念中的各个维度、各种可能，和发现人与世界、事物与事物之间的某种相似性的欣喜一样，都类似于儿童沉湎于游戏中所体会到的快乐，诚如马永波所指出的那样，涂国文与世界之间处于某种"自由的嬉戏状态"。

汪洋恣肆的生命力、童心，这些都是浪漫主义的特质，因此，把涂国文界定为浪漫主义者是可以说得过去的。"浪漫主义"这个概念词义极其宽广复杂多样，若以词义而论，主要指的是想象奇异、情感夸张、不可能发生的、不真实的等义，若从文学思潮的角度来看，主要指的是法国大革命以及拿破仑执政后西欧涌现的一种文学思潮,浪漫主义者崇尚自我,有强烈的反叛意识和革命色彩,想象、自我、自由、革命、自然(童心)是它的关键词。涂国文在气质类型上,显然是倾向于浪漫主义的,他的身上隐约有一点雨果、狄更斯的影子。

此外,涂国文身上还有两个特点,也和浪漫主义有关。在涂国文发现的各种各样的相似性(涂国文对差异性的敏感度不大够)中,身体与自然界、人文秩序的相似性最为引人注目,人与世界有着广泛的相似性,春天有着上半身(《春天的上半身》),而"我是一片广阔的芭蕉/伸展在地上就是一条绿色的河流"(《我是一片广阔的芭蕉》),在《在一面青铜镜里辨认故乡》一诗中,涂国文非常好地呈现了身体、自然、人文之间的相似性:

> 透过青铜镜暗红的锈斑我首先隐约看到一座史前的坟墓
> 那是我的心脏
> 里面埋着我死去的爹娘
>
> 接着我看见脊髓沿着我弯曲的脊椎
> 汩汩地流淌成信江的模样
> 我身上飘挂着的燕语
> 在都市的钢筋丛林中迷失了归巢的方向
>
> 然后,我看见自己遍身的体毛出现在镜中
> 就像故乡茂盛的农事
> 和那茂盛的山林与红白喜事
>
> 我的肝、胆、脾、肺、肾、胃和膀胱
> 摊在故乡的地图上
> 那是一串湖泊
> 名叫林剑湖马山湖荷叶塘洪家塘扁担塘棉花塘洋片塘
>
> 我扬起的手掌一只潮红一只苍白
> 潮红的是故乡贫穷时虚旺的肝火

苍白的是故乡致富后失血的风尚

我的眼眶忽然涌起一阵炽热和凉意

原来是我的双眸

变成了故乡农历中的日头和月光

我满头的青丝在秋声里向着故乡潇潇而落

沧桑的额头呈一座荒凉的悬崖

锃亮的是苦难

闪耀的是荣光

我猛地感到右腿的韧带在隐隐作痛

那是我在履风的旅途中被地平线绊倒留下的隐疾暗伤

这样一种浪子的职业病

只有回到故乡的鸟声里庶几才可治愈

人体意象伴同故乡地理意象,并以比喻的形式并列交替,统一于"我"履风所带来的"乡愁"这一主题之中。身体、世界、人文三者之间的这种相似性、关联性,在哲学上由来以久,最早可以追溯到盘古、夸父神话,以人类自我中心为基础的这种宇宙观,正是浪漫主义的一个经典特点。

涂国文还有一个典型的浪漫主义者的气质,那就是对自由的渴望,对不合理的社会制度、现象的批判。上文说过,涂国文的诗歌在描绘人、事、物时偏于理性,常以局外人的身份观察市井人生,甚至在说到生老病死之时,也显得轻松、冷静,甚至间或有调侃的味道,然而,涂国文是会激动的,这激动非常明确地指向一切不合理的社会制度与现实,在繁花竞放的春天,在美面前,诗人选择沉默,但在严寒、肃杀的现实环境下,诗人要击剑发声:"我只在寂静的冬天发言//在春天,我想做一个沉默的人。"(《在春天,我想做一个沉默的人》)

在日常生活中,涂国文也是个积极参与各方事务的介入者,总之,无论是在诗歌中还是在生活中,涂国文很少显露出分裂的痕迹,呈现出参与、介入的单纯、乐观面貌。

涂国文的浪漫主义气质是刚性的,他对美、爱的书写都偏于空灵、抽象,是把它当成理念来书写的,基本上没有私人气息。他喜爱单纯美好,厌恶庸俗,正是这一点,让他对传统江南文化多有微词:"千年的妖魅/躲在一只娇嫩的小舌头后面发声/江南小王朝的木质雕栏上/又开出了绚丽的花朵"(《卷珠帘》),并意欲在其中注入一种更为雄健的气息。大体看来,涂国文把江南文化想象为诗性的、柔美的、艳情的,总体而言为阴性的,这多少有点显得深入不够,理解平面化了。江南文化资源极其驳杂,"'诗性审美'与'实用理性'应该是江南文化传统的双重内核,两者构成一个相对均衡的二元结构",而慷慨之气更是自越王勾践始从未断绝,"江南学者文人向来就有'铁肩担道义'的优良传统,'慷慨悲壮'之士代不绝书,诸如勾践、伍子胥、王充、陈亮、陆游、王思任、顾炎武、陈子龙、夏完淳、秋瑾、章太炎等等,可谓不胜枚举"(葛永海《江南文化传统的本体之辨》)。强调江南文化的阴柔,是有些片面的。

涂国文意欲为江南诗歌引入一些新的东西,"今日江南诗歌的普遍局限,首先表现为现代精神的缺失,急需引入一些现代思想资源",从《江南书》看来,涂国文对现代主题倒是有相当的认识,但是在创作实践方面,他的诗风偏向古典与浪漫,现代性不够,这一点说起来会相当麻烦,且留一点,以期待将来的惊喜吧。

只要在路上,就有可能抵达。

此文收入涂国文诗集《江南书》

◎智力障碍者的悲剧

——林幸谦散文《繁华的图腾》的一种读法

林幸谦，祖籍福建永春，1963 年生于马来西亚，马来亚大学文学学士，台湾"国立政治大学"文学硕士，香港中文大学哲学博士，现任教于香港浸会大学中国语言文学系。他是诗人、散文家、学者，著有诗集《诗体的仪式》《原诗》，散文集《狂欢与破碎》《漂移国土》，学术专著《历史、女性与性别政治》《张爱玲论述》《生命情结的反思》《荒野中的女体》《女性主体的祭奠》等。他曾获时报文学奖、吴鲁芹散文奖、香港中文文学创作奖、花踪文学奖推荐奖和佳作奖等多项海内外文学创作奖。

《繁华的图腾》曾获时报文学奖，后收入《狂欢与破碎》，这篇散文是写作者的弱智大弟的，其真切的兄弟之情和无处不在的后现代生活感受让人动容，文章"沉郁悲切，激越凄楚"（白先勇语），历来受评论者注目。

一、破碎与哀矜

智力障碍者，即综合能力、智力达不到一定水平，以至于无法正常、独立生存的人。一直以来，社会对智力障碍者都采取嘲笑、鄙弃态度，并且，这种态度全然公开，无所顾忌。作为智力障碍者的哥哥，更作为一个"人"，林幸谦揭露了这种态度的全体性："别人故意嘲弄你，笑你白痴"，"看惯了窃窃私语的人从你身边走过"，而作为亲兄弟，"我没有在游戏中预设你的角色"。

一般而言，人之所以正常，乃在于他的社会性，尽管生命体验是全然个人的,但他却必须是"能理解"与"可(被)理解"的。智力障碍者由于理解能力欠缺,影响了学习能力,以至于无法获得与大多数人同样的生存条件。对于他们的存在,社会却斥之为简单而不屑于去理解。这种态度仅止于对个体智力水平的判断,它的狂妄与虚幻显而易见:在无限展开的世界面前,个体的智力是何其有限乃至虚妄!在绝对有限的阴影之下,智力远不能成为个体安身立命的根基。林幸谦从对智力障碍者集体性的"歧视与忽视"中窥见了人类社会的痼疾:"智力作为命运的图腾,象征了我们的繁华人生,决定了一生的兴衰荣辱。"他感受到了社会的荒谬与人生的无奈。

作为理想,人类一直试图在世界上建立一种清晰的果报秩序,对个体的支持与褒扬、鄙弃与惩罚最终将由个体的道德水平来决定。这个理想不但是人类理性,同时也是人类感性的力量源泉,在这个基础上产生了哲学和宗教这两大殊途同归的现象。质疑这个理想是需要勇气的(无数科学家在孜孜不倦地探索大自然奥秘的同时虔诚地皈依了宗教),它的代价将是个体的安宁与幸福。林幸谦从社会对智力障碍者的态度上看到了这个理想的虚幻。社会对智力障碍者的鄙弃是不公正的,这种不公建立在非因果性上:个体成为智障或正常,是非选择的,"命运往往是偶然的,偶然地使你成为你,我成为我",而智力障碍者在道德上并无过失,他们甚至是善良、友爱的,尽管这种友爱与善良是非意志、非选择的:

> 很多时候,别人故意嘲弄你,笑你白痴,你总是眯起那双扭曲的凤眼对他们咧嘴而笑。你赤诚的笑容反讽了人们的鄙夷,你会向他们伸出手来,一求相握问候,从容地拍拍他们的肩膀,用你的语言表示你的友善和气度。

因此,智力障碍者的遭遇宣告的是人类理想的破碎,是理性与情感的双重困境。当作者在哀矜弟弟"泪水不止一次从你智障的大脑流出扭曲的眼眶",在猜测"你大概是怀着被人唾弃的忧伤去到林边"的时候,他同时也是在哀矜人类的不幸,在哀矜幸福的丧失。

二、智力障碍者的悲剧

从某种意义上说，意识到理想之幻灭和痛之无处不在只是写作的起点，严肃的写作和人类其他类型的工作一样，是建设而非消费，林幸谦的写作正是这个意义上的写作。《繁华的图腾》从手足之情出发，目标却是人类的命运："我只是借助你来启发自己，企图为你的人生勾勒一个模型，用象征去象征自己，用命运去解构命运。"在林幸谦看来，智力障碍者"论说了空无一物的寓言"，然而，"若说你的人生空洞无华的话，那凡人的世界也只是多了一层繁华的表象"，甚至，相对于尔虞我诈的世俗世界来说，"你的人生是一种坦诚共识的诗体"，"一种艺术形式"。那么，究竟在什么意义上智力障碍者的人生成为悲剧呢？

悲剧在于其生命的非发展性。在人类文明史上，发展是一个重要的观念。从个体来说，发展即成长，它不但体现为经验的积累，也表现为生命体验的深化。从人类全体来看，发展即进步，它向着人类的终极理想前进，是人类成其为高贵的理由和实现全体救赎的可能。可以说，发展才是世界之人类设计的原初与至善。智力障碍者的智力停留在童蒙阶段（一般为三四岁），其发展很大程度上是一个单纯的生理现象："你低哦的声调开始沙哑"，"你赤诚的脸也不复孩童时候的天真可爱。""年近三十，……你还在人间之外"，由于尚未进入人间，智力障碍者的人生无所谓发展，他貌似回到原初，其实却是离弃原初，自绝于至善。作为"生命的一种真相"，作为"流泪的天使"与"无父无名的孤儿"，智力障碍者是世界的无奈与悲哀，是世界的切肤之痛。

智力障碍者的更深层面的悲剧在于他启发的只是破碎而非自由。从根本上看，任何一个正常的个体，不管他的人生如何劳苦、猥琐，他对世界所启发的都只能是自由，这自由通过个体在世俗世界的选择、实现与承担和对彼岸世界圆满的渴求被揭示出来，正是"启发自由"这一特性让人类卑琐的人生值得一过。智力障碍者以"无"的姿态"在人间"，看似充满禅意，然而，由于它是非选择、非意志的，因此，他的生存状态也就不可能是一种人生境界。尽管"相对于你，我的妥协构成了人格的脆弱和无情"，但只要生命在这里，欢乐和希望也就会在这里，最重要的是，意义也必然在这里。而"你却只有一种不变的人生"，

"你注定失去你的历史,失去自身的文化习俗"。

追问智力障碍者的悲剧乃是要追问生命的意义、人类的命运。作为马来西亚第三代华裔,拥有在马来西亚、中国台湾、中国香港三地飘流的体验,林幸谦对现代生活感受颇深:"天父所遗弃的子女,在残缺不堪的命运中心酸地生活。"但生命的意义乃是在广漠无边的世界之上建立意义,不管现实如何丑恶,如何尔虞我诈,"从来未曾拥有繁华人生"仍然是一个深沉的人类悲剧、诸神破碎的童话。

三、月亮下的黄昏

《繁华的图腾》分为童话、命运、寓言、贡品四个部分,文章从智力障碍者的悲剧出发,考察的却是后现代情境下整个人类的命运,写的是自己的痛苦,表达的却是大悲悯的情怀。

在文章的开篇,我们看到了这样一个情境:

> 一个有月亮的黄昏,我坐在落地长窗的栏杆旁,在楼上望见你走到一棵开着淡金色的花朵的老榴梿树下。斜阳从雨林深处射来,布满孩童无法洞悉的一种瑕疵。母亲在盛花的老树下注意你。虽然相隔甚远,我还是看到了母亲脸上金色的泪水。满园,淡金色的榴梿花如落叶飘坠,癫狂如失控的梦幻,满园飞舞。

夕阳西下,满天彤彩,微风下漫天飞舞的金色花瓣,在这些之上,是月亮。这是一个意味深长的画面,它的想象成分多于现实成分,多年以前的那个黄昏有没有月亮,甚至有没有那个有着流泪的母亲和走向暮色的孩子的黄昏都是值得怀疑的。然而这段文字对于整篇文章却是非常重要的,它暗示了这样一个命题:语言本身即价值。在血色黄昏之下,月亮是不易为人觉察的,它显然不是因为光亮而被设置在这里,这轮更多地作为审美而非光亮的月亮表明了写作者的价值倾向。月亮之于黄昏的意义就正如语言之于人生的意义,对于凄艳的人生,它不是光亮,而是景观,然而这景观尽管缥缈、淡远,却是自由本身,是人存在的证明。

林幸谦以"一个有月亮的黄昏"开始了他的建构,无论是对智力障碍者悲剧的思考,还是对人类命运的追问,他都注意到了语言的重要性,"词语破碎处,无物存有","失去了思维和言说的能力,也就丧失了一生的繁华"。但他同时也注意到了语言的虚弱,"没有人知道你有多少愿望和憧憬;也只有你自己明白,你是如何面对你的梦想和现实的矛盾的"。我们又何尝不是如此呢? 每个人的体验和感受都只有自己才知道,语言说出和"写出的,往往也只是肤浅的感观和匮乏的悲哀而已"①。

"天生无须语言,我们却信仰无数的语言"②,当语言哲学在 20 世纪独领风骚的时候,在战争和商业双重阴影之下的人类,又有多少心酸、多少憧憬被时间湮没,永不可寻呢?

此文收入《世界华文文学研究(第二辑)》,新星出版社 2005 年版

---

① 《诸神的童话》,《繁华的图腾》得奖感言,收录于《狂欢与破碎》,第 132 页。
② 同上,第 131 页。

◎时间内外的变形与重生

——读段爱松的《罪赎》

2012 年,云南省晋宁县引发了全国的关注,不是因荣耀,而是因那地张口呼喊,十数名花季青少年的鲜血和骨殖发出的声音终于为人所察觉,连环杀人案凶手张永明被绳之于法。此案早已被媒体不断刷新的奇闻逸事所湮没,盖上了厚厚的时间的尘埃,这是全媒体时代人类所有事物的共同宿命:即便你冷漠凶残到捕食同类,在这个以遗忘为特征的时代,也不过掀起一点微末的纤尘,供苟活者三五天茶余饭后的谈资而已。

但晋宁是幸运的。连环杀人案引发了一位青年写作者长久的思考,并得到了深刻的反思和独特的艺术呈现,这就是《罪赎》。

我最初读到段爱松的《罪赎》时,完全没有意识到这个作品有一个连环杀人案的现实背景:它完全可以当成是一个现代化进程中城市变迁的寓言来读。但小说中一个精确的时间——2012 年 7 月 28 日——引发了我的疑虑:这个日期并非众所周知的重大历史时刻,为什么作者要把它们放在这样一个集宗教、神话、巫术与寓言于一体的城市变迁故事之中?借助搜索引擎,故事的现实基底:晋宁县连环杀人案终于浮出水面。

一般文学作品处理凶杀案,尤其是这种引发全国广泛关注的连环杀人案,最常见的方式是以侦探小说的形式来展开叙述,借凶杀情节的还原制造跌宕起伏的叙述效果,在深究凶手杀人动机时展开对人性的深层探索。在心理学知识已经成为常识的当代,这一题材的小说还经常为凶手寻找童年创伤诸如此类的深层动机,为凶手安排一些暖人的日常生活细节,以显示作者宽广的胸怀和博爱的人道主义精神。

但《罪赎》提供的却是完全不同的叙述。段爱松完全抛开了案件本身足以吸人眼球的跌宕情节,放弃了对凶手杀人动机的心理学窥探,也放弃了对杀人事件的戏剧化呈现,尽管那样一来,小说将给读者带来极为刺激的阅读体验。

也许,在段爱松看来,迎合读者的阅读趣味,势必亵渎无辜受难者的鲜血和骨殖,亵渎那一片古老而神秘的土地。

那么,对一场连环杀人案的书写,其形式的创新、思想的反思到什么样的程度才能慰藉亡灵,平息那流血土地的呼喊?《罪赎》为我们提供了可贵的探索。小说共十节,分别是:脑垂、眼实、耳虚、嗅口、手术、足底、血败、经奇、骨锁、影重。前七节皆以人体器官命名,也以这些器官为第一人称来展开叙述,由于这些器官被从整体中剥离出来,因此,小说以独特的结构模拟了杀人犯肢解、食用受害者的凶残与病态。"经奇""骨锁""影重"也是第一人称,"经"指的是人体经脉,"骨"指的是人体骨架,"影"是人体与光共同作用形成的光学现象,从最表层的意义上看,这三节是整体关注,最后一节影重首先写到了连环杀人案的审判,呼应了小说开头凶手第一次经历的杀人审判,又从宗教、文化的高度,重新审视凶手肢解受害者的现场,以亡灵之舞和三大宗教的礼拜圣音的纠缠,来展示求真与救赎的艰难。以上是对作品的形式进行了粗疏的梳理,以人体器官、经脉、骨架等为第一人称展开叙述,最后收于几千年(甚至于更远古的天地创始时代)古滇文化的变迁与思考,这种诗性的、哲理化的形式是极为罕见的,充满了创造性。

但《罪赎》的创造性并不仅止于此。从小说的第一句话开始,受害者与凶手就融为一体,一起被放置在了审判席上:受害者的肢体因为凶手的食用而给凶手提供了给养,使得杀人者获得某种更强烈的欲望与力量,这一可怕的、包含着深重罪恶的变形与重生,是段爱松反思连环杀人案时最重要的发现。在小说的叙述中,这种同类捕食而发生的变形/重生是叙述的重心,却并非唯一的重心,段爱松为这种形式找到了一个平行类比物:古滇国几千年的文化变迁。小说的每一节都配有一个古滇国神话传说中的神兽——盖莽、射虎、蛊豹、麒龙、罴猎、蹋额、象奇、兕蚩、青振翼、黑虎鱄,部分章节还配有神奇的古滇国巫术故事,其中花妖猫的故事、放屁小孩子的故事、青铜手的故事、老杜巫的故事、六个盗墓者的故事均写得极其华丽诡秘,是小说中最妖冶的段落。在历史上,古滇国数度遭受外来文化的入侵,最后神秘消失,正如杀人凶手食用受害者的肢体一样,外来入侵者也吸收了古滇本土文明,促成一次又一次的文化变迁,其中伊斯兰教、基督教和佛教是最引人注目的入侵文化,它们与古滇国的巫术传统融合在一起,共同构成直至21世纪晋虚城喧嚣的城市文明形态。

但是,连环杀人案与古滇国的文化变迁,无论是在结构层面,还是在哲思层面,都是次生的子项,受害者与凶手、本土文化与入侵文化,只是人类文明的两个层面(个体的/社会的),在惊心的血泊面前,段爱松不仅渴望饶恕、祭奠,更渴望救赎。在小说的前五节中,作者就已经显示出了把现象提升到本质层面的辩证能力,抽取出了捕食者与受害者/入侵文化与本土文化的融合、变形与重生这一高度抽象的形式,在小说的后半部分,作者的大悲悯开始由几个永恒不变的元素彰显出来。第六节"足底",根据"土"与"气"两大宇宙基本元素的幻变,描述了历史中存在过的世间万象留下的诸种印迹,叙写它们在时间中的轮回。第七节"血败"通过抽取"血"的本质——"流动之源,凝固之本",把人与自然、人与时间联系起来,鲜活的人体内有血液的流动,正如自然界中的水因四季温度的变化导致的形态变化一样。"流动"是时间的本质,一如变形是自然的本质,但人类却希望通过技术(古滇国的冶炼术)来熔铸永恒,于是,青铜镜内外的时间就必然产生了错位,这就是老杜巫故事的隐喻。第八节"经奇"继续了冶炼术的话题,作为古滇文化精华的青铜冶炼术,成为物质转化变形的象征,然而一旦物质凝固,退出循环,就产生了和时间的深层对立,这种对立其实是人与自然的分离、对立,是有限对无限的僭越,月光/日光、水流/酒精、风/火,这些暗示着自然流动本质的物质,终将带走有限的人类,这就是盗墓者故事的隐喻。也正是在人与自然的逐渐分离、走向对立的意义上,受害者/杀人者作为人类的缩影,共同站在了审判席上。第九节"骨锁"继续在"有机自然观"的思路中演绎时间中晋虚城布局的变迁,此时的叙述者"我"已经具备了晋虚城的轮廓,但它主要是一个特定的空间概念,和某种神秘的自然力(也许它是古滇巫术的力量之源)联系在一起,而不是一个古代行政区域:作为一个古代行政区域的晋虚城,在小说中始终没有获得独立的地位,因为在永逝的时间中,一切人类文化的痕迹都是会褪色的表象。

从连环杀人案出发,到发掘出宇宙自然最基本的存在形式——"变形/流动",《罪赎》显示出了段爱松超强的思辨能力和强烈的诗人气质。从"变形/流动"的层面来思考人与时间、空间、自然的关系,个体、社会、历史中的现实世界就成了某种类似于佛教的"相"的东西，它们瞬息变化，虚幻不实，其本质是"空"。这种观念成就了小说日常生活细节相对缺失的现象和总体上化实为虚的风格，但它并不仅仅体现在风格上，同时也是作品人道主义精神的内核。小说最后一节"影重"，重返凶手肢解受害者的现场，亡灵之舞中混杂着三大宗教礼拜的圣音，只有盘龙寺的钟磬声真正召唤出了"我"的"大悲苦"，因罪的担负与"自性"的迷失而产生的大悲苦。

这大悲苦为救赎提供了可能：不仅是受害者的超度，对凶手的宽恕，更是对现代化进程中人性迷失和产生了这浓重血泊的土地的悲悯。

《罪赎》的语言很华丽，集诗性、知识性与哲理性于一体，小说中母性意象：月光、流水、大湖/泽、鱼、"黑虎鱃"（是一种上古异鱼，人面鱼身）等引人注目，或许，只有随物赋形的水，只有温柔的月光、永恒的母亲，才能慰藉亡灵，赋予死者重生、承受轮回之苦的勇气，表达终有一死的人类难以言传的悲苦与温柔。

此文分别刊载于《文学报》2015年11月5日，《边疆文学》2017年第1期

◎孤儿的孤独

——肖三《外人》哲理内涵探析

　　《外人》用朴素的语言讲了一个朴素的故事：1949 年，许柏年在卖麦子的归途中救了一个人，那个人在高烧之后失忆了，在许母的干预下，他留在了许家，经过一年的磨合，成为许柏年的结拜兄弟。而后，两人各自成家生子，因为没有成为儿女亲家，两人关系几乎破裂，1981 年，许柏年因瘫痪自杀，临死时把他以各种形式问过的那个问题再次重提："你到清河庄以前，究竟是干什么的？"得到的是同样的答复："我不记得过去的事啦。"

　　故事结束于许柏年"萧条的死"。

　　乍一看，《外人》似乎融合了许多传奇故事的情节：失忆、结拜、入赘、冲喜、自杀，但《外人》并不是一篇以情节见长的小说，它的视点并不在情节上，也不关注人物心理，叙述始终控制在外部，情节动力来自"那个人"的身份之谜。这是一个在本体层面上展开的小说，它的野心是以"观察""讲述"为手段，以寓言的方式揭示现代人的生存实质。那么，小说揭示的现代人的生存实质是什么？

　　是孤独。

　　从语言风格来看，《外人》是现实主义的。一般中国现实主义作家写孤独，都是感官性的。大致说来，那孤独主要表现为主人公的心里话无处可讲，它和倾诉的欲望勾连在一起，构成了人物的孤独体验。而且，所谓的无处可讲，还经常沦落为不敢讲。为什么不敢讲？一是怕自己吃亏，心里话被人当成把柄，成为攻击自己的武器；再就是怕自己见不得光，说出来于己名声有损。因此，一般现实主义文学所描写的"孤独"其实可以被表述为"没人理解我"。当然，他们其实一点也不难理解，他们需要的也不是理解，而是一种类似于孩子式的"在知道我一切行为的动机之后,仍然接受我、怜悯我"的情感需要,谁让中国的"圣人"都是"无欲而刚"的呢?

这些感官性的孤独,很难说是真正的孤独。那些"孤独者"陷在欲望和人际关系的网里,他们有很强的现世性,喜欢醇酒美人,热爱功名利禄,只是无法在道德上坚持自己的合法性。当然,也有表现得霸道一点的:我就喜欢醇酒美人、功名利禄,这有什么不好? 我是人啊,是人都有"人性",那些不直说自己喜欢这些的,是伪善。其实这种任性,也还是心里、眼里都装着那条"圣人"的标准的。

《外人》的孤独是本体层面上的。

小说里的刘老爹不仅没有表现出一般的现实主义小说里的那种"没人理解我"的痛苦压抑,甚至还泰然地接受一切,给什么就要什么,从不挑剔,他的生存是全然被动的,劳作、吃喝这些小事全不计较,去留、结拜、娶妻等人生大事也是如此,甚至"刘老爹"这个称呼也因入赘刘家、年事日高而得。这种人生态度,在有着绵长的佛教和道教传统的中国人看来并不陌生,它甚至是我们应对苦难现实的积极策略。但是,小说并没有从这个角度去定位"那个人"的生存姿态,而是把他和清河庄的集体思维模式相对照,通过许柏年的好奇,引向了对现代人生存本质的探寻。

作为人类社会的缩影,清河庄有一套行为规则(牵毛驴娶媳妇等),也有一套表达情感的规则——"挣多了钱,定然要开心,死了老婆,定然哭得淋漓尽致"——甚至还有一套与身份密切相关的价值标准——"每一种说法都对应一个身份,人们也以匹配的眼光来看待他,以为他是逃兵的,就心生鄙夷,以为他是人犯的,就在背地里指责,如果认为他是入世的和尚,不免又会感慨"。在这个存在久远的村庄里,人们照着既定的规则行事,这些结构性的关联简化了人们的生活,一切都显得简单、清晰,它给人提供了安全感,甚至精神的力量。但是"那个人"遵循了行为规则,却没有遵循情感表达规则——连妻子死了,他也没有流一滴泪。这使得他和清河庄人区别了开来。而"失忆"造成的"身份丢失"则给清河庄人的判断带来了障碍。

"那个人"到底记不记得自己的过去? 小说始终没有言明。并且,意味深长的是,小说把"我是谁"替换成了"你是谁",追问他过去身份的人是许柏年。"那个人"不仅放弃追问"我是谁",也放弃选择"我要到哪里去"——留在清河庄是由许母决定的,娶刘小芸也是因为许柏年要结婚急需要房子。更有甚者,小说在叙述时,用一种轻描淡写的语言,把追问身份这个哲学、心理学的难题,转变成了一种游戏,一场暗中进行的智力角斗。许柏年把他对"那个人"身份的探寻,夹杂在生活之流中,看似随意,却需要时刻警惕的理性,才能招架。而无数次的失败,让这种好奇最终演变成一个难以释怀的心理症结,最终导致了许柏年死前倾注全力的逼问:

> 天近黎明,许柏年竟然醒了,望着那个人,用极轻的声音问:"兄弟,你可来了,我不弄清一个问题,死都不会合眼的。你倒是说说看,你到清河庄以前,究竟是干什么的?"
>
> 这最后一问是一场豪赌,许柏年不仅押上了自己数十年来的情分,还押上了死后灵魂的安宁。但他还是输了:"声音和动作,都在失败里停止了。他闭上眼睛,萧条地死了。"

在这样的时刻仍然拒绝回答,如果不是真不记得,那就是极端冷漠。然而,不管是哪种情况,它的根源都是"孤独"。如果真是不记得,那么,小说强调的就是人与人之间无法达成理解和信任,那个人的孤独是一个"异乡客"的孤独。如果并非不记得,而小说又多处暗示他对许柏年的情义,尤其是新婚之夜对醉酒的许柏年的照顾,那么,他的冷漠就像《局外人》里墨尔索的冷漠一样,不是一个道德的问题,而是哲学本体意义上的"孤独",是自我同一性的丧失造成的孤独。

在小说里,许柏年至死都没有放弃对"那个人"身份的探寻,这在后来已经无关道德,而纯粹是一种好奇心,是一种试图把人还原为历史存在的努力,但他的努力没有成功。许柏年的追问和"那个人"的"不记得"之间的角力,是两个世界的角力。一个是传统的世界,在那里,一切都有规则、有逻辑,甚至,有因果,哪怕这因果看起来像迷信(菩萨从案台上掉下来)。这个世界坚持认为,"没得他哪来的你",过去、现在、将来,是一个整体,"生命"不仅仅是生物学意义上的,它还是处于相互联系中构成社会历史文化的精神。过去也不仅仅是一固定物、停滞物,过去势必进入、充实和影响现在,并且暗示着未来。

"那个人"显然不属于这个传统的世界,尽管他对这个世界充满向往。他执意否定过去,其实是要否定自我同一性。在心理学上,自我同一性指的是个体生命体验的一致性和连续性,强调个体在过去所拥有的和未来所希望的两者之间有内在的连续性和一致性的感受。在更大的层面上,自我同一性也指个人能够与其所属的社会或次级团体的理想和价值产生一种内在的凝聚力和休戚与共的感受,感觉到个人对他人是有意义的存在,并能主动符合他们的期望和知觉。最简单地说,自我同一性是个体对"我是谁""我将走向何方"的问题的回答,是一种不再惶惑迷失的感受。

在小说中,"那个人""既然忘了过去,一时片刻,也不会计算将来,连钱都失去了意义",他努力地学习农活,娶妻生子,试图只活在"现在"。然而,"现在"其实是不存在的,就在我们说"现在"的一刹那,它已经成为过去,如果不把过去和将来纳入"现在",以体验的内在性构成生命的方向感,"现在"就毫无意义,正如小说中明确指出的那样,他剩下的只有"悲"。这是一种彻底的孤独,一种终极意义上的虚无主义。

那么,"那个人"怎么会有这种彻底的孤独呢?小说列举了"那个人"的各项技能:写一手好毛笔字,枪法好,会打算盘,象棋水平很高,不会捉黄鳝,用锄头也是到清河庄后才开始学的。显然,他来自某个古老的文明,他所背负的,既有传统的中国古典文化(算盘、毛笔字、象棋),也有折磨了中国人近百年的战争阴影。然而,这些并不足以构成如此彻底的孤独。小说没有从细节上提供符合逻辑的解释。它提供的只是现象。要解释这个现象,我们需要一个参照物——法国存在主义大师加谬的《局外人》。

《外人》和《局外人》其实是同题小说,它们有相似之处:两个都不会流泪的主人公,结婚与爱情无关……然而,它们的差别却更有意义:《局外人》里的墨尔索因为太阳把自己晒得头晕而杀人,入狱后又系统反思了法庭职能及审判程序,对传统父权及当时社会中的各种常识的批判是显而易见的。《局外人》是男性的,而且是刚刚长成的、血气方刚的青年,他立志反抗,情绪激烈,甚至不惜引发仇恨。《外人》里却没有明显的被告,虽然清河庄也有自己的惯例、规则,但这些规则与其说是被告,不如说是慰藉。清河庄也没有排斥"那个人",它用一场并不屈辱的婚姻接纳了他,并通过许柏年这个"天真者"试图还原"那个人"的历史性。清河庄是母性的,而非父性的,小说里最初接纳"那个人"的是许母,给了他家庭的是张寡妇和刘小芸,无一例外,都是女性。

然而,这些自身也饱受蹂躏的女性没有也不可能给"那个人"提供最终的慰藉,无语的刘小芸就是她们的历史身影。《局外人》里等级森严的法庭、毒辣的太阳(父亲的经典隐喻)虽然可恨,但至少是有力的,而《外人》里却没有父亲。许柏年的父亲死了,刘小芸也同样没有父亲,陪伴"那个人"的是许柏年这个长不大的顽童,他虽然也想忘记已经死去的父亲,也想探究"那个人"的身份之谜,却会为了口腹之欲而轻易地转移注意力。

《外人》的孤独是一个柔弱孤儿的孤独与无助,父亲的缺席是这一切的真正原因。在人类文化结构里,父亲代表着信念、秩序、力量,甚至公正,而在中国,父亲的意义尤其重要,因为中国文化结构里既没有维纳斯(以情欲为本质),也没有雅典娜(独立和智慧的女性),只有流泪不止的尼俄柏(苦难无助的母亲)。

那么,父亲为什么缺席?因为战争。许柏年的父亲死于战争,"那个人"也说自己腿上有伤。不过,我们不能把这场战争局限地理解为国共两党之间的战争,而应该理解为自鸦片战争以来中国的百年战争史,理解为西方文化与中国文化之间的战争,理解为农业文明与工业文明之间的战争。在西方/工业文明携带着凌厉的攻势打破中国/农业文明的大门之后,那个曾经教会"那个人"毛笔、算盘和象棋的父亲已经永远地去了,而儿子们却还没有长大成人,具有独立人格的能够适应新型文化的中国人还没有长成。这种艰难的处境我们已经经历数代,直到"80后"这一代集体爆发,因为直到这一代,中国人面前才没有了"敌人",没有了"革命"对象,直到这一代,工业文明才真正展开,也是到了这一代,父亲才经由"文革"而真正气息奄奄,全都卷着铺盖,进城成为工业文明的石子。

刘老爹在清河庄的生活实践,必然以失败告终,正如许柏年最终只能萧条地死去,摆在我们面前的,是无数艰难的"磨炼",而前景,就蕴含在我们行动着的现在之中。

此文刊载于《野草》2011年第6期

◎艰难的破茧

——评张悦然长篇小说《茧》

幸福不是美德所得到的报酬，而是美德本身。

——斯宾诺莎

一

在长达七年的相对沉静之后，张悦然曾在《收获》上推出长篇新作《茧》，小说以程、李、汪三家三代人的爱恨情仇为核心，反映了半个多世纪尤其是近三十年中国的社会变迁。张悦然通过新概念作文竞赛的方式登上文坛，早期创作走的是商业路线，主题、人物、情节模式均有明显的模式化倾向（具体论述可参见孔令环《论张悦然小说创作的模式化倾向》），《茧》并未从根本上超越早期创作的模式化倾向，人性恶、乱伦欲望与负罪意识、青春期的反叛与成长等基本主题仍然是《茧》的主题，主要人物也还有明显的自闭或自我中心倾向，男女主人公都有丰沛的性资源，烟火、湖、氤氲的水汽、黑、白、红等张悦然习用的意象也像标签一样散落在《茧》的各个角落。但《茧》有别于张悦然早期的唯美、幻想风格，在写实方面得到了强化，人物性格和行动符合现实逻辑，生活细节丰富真实，相关历史背景的物质环境、人文气氛也写得相当严谨，是一部比较成功的转型之作。不过，张悦然早期创作的一些根本问题也仍然存在，并未得到真正的化解。

程恭和李佳栖是张悦然早期写作中众多男女主角的综合体，他们都有缺爱的童年,都是极端自我中心者,程恭因家仇、家庭地位的下降而产生了暴力倾向,有明显的施虐狂特点,李佳栖则有强烈的恋父、乱伦欲望和受虐倾向,两人的性观念都极其开放,且与众多异性发生过性关系。张悦然坦言选择他们作为叙述者,主要原因是这类人物她写起来有把握,这种做法无疑是理智、审慎的。重复是许多名家(比如狄更斯和雨果)的特点,并非写作者必须避开的洪水猛兽,从某种程度上说,所有的作者,都只能一再重复自己的主题,那就是我们称之为个性/风格的东西。只不过经典作家的世界观、美学观一般都具有相当的深度和高度,关怀深厚宽广,即便他在反复书写缺憾,那也是因为他深知何为健全、尊严、爱与他人,深知人的有限性与绝望的处境。从这个层面上看,张悦然显然还有一定的距离。

张悦然几乎是从一开始写作,就对施虐与受虐这组病态心理充满兴趣,这种兴趣仍然保留在《茧》中,小说中的人物都有某种程度的施虐或受虐的特点。程恭是一个典型的施虐者,李佳栖、李沛萱、陈莎莎,都不同程度地受到过他的虐待,他虐杀处于绝境的小狗,也意图消极虐杀陈莎莎。李牧原也有明显的施虐意味,他毫不犹豫地用智力、精神上的优越感来制造距离,挫败妻女交流的努力。从心理学角度来看,施虐型人格有一种利用伙伴的嗜好和渴求,身处同伴之中的时候,他会有一种自身极其重要、在智商等方面远超同伴的自大幻觉,施虐者非常享受那种占他人上风的胜利的快感,这正是程恭和李牧原的共同特点。他们身上那种精心修饰过的权力意志,正是施虐狂的典型表现。

小说中的女性人物,则多数表现出施虐与受虐的双重倾向。疯女人秦婆带有强烈的自虐倾向,拒绝走出丈夫逝世的阴影,同时以苦难和痴情者的双重形象,对女儿汪露寒施虐:"一个毽子就能让你那么高兴!"汪露寒在青春期曾经有过快乐天性的流露,但却不可理喻地在多年之后,刻意找回"有罪者"的身份,与李牧原同居,在李牧原死后,又各种赎罪,直到最后偷走植物人程进义。

李佳栖的双重性表现得最为明显。她以寻找父亲为借口,掩饰自己对任何积极的个人、社会事务缺乏兴趣的依附特性,制造出一种忧伤的受害者形象来背叛唐晖,和许亚琛等众多男性交往,以施虐狂的方式挫败、瓦解唐晖对爱与生活的憧憬,以高人一等的"精神优势"攻击许亚琛怀旧的温情:"看着他衣冠楚楚地坐在对面,轻轻摇晃着葡萄酒的杯子,我会忽然感到愤怒。我们怎么可以这么快乐和安逸?不对。应该是一种悲伤的基调才对……只有沉浸在痛苦里,我们的情欲才合乎情理，我的背叛才是高尚的。"她甚至以某种先锋的、激进的姿态设计了一个陷阱，让母亲被强暴，从而在"对父亲忠诚"这一点上丧失对她的"精神优越感"。

但李佳栖同时也有强烈的受虐倾向，她把父亲李牧原想象成理想、自由、诗意的文化英雄，并把他的堕落和自己的出生联系起来，"据殷正说，就在读硕士的第一年，我爸爸忽然不写诗了。是无法写了，好像失去了这种能力。他很焦虑，整夜不睡觉，那是很黑暗的一个时期。同一年还有一件大事发生，那就是我出生了。没有人知道两者之间有什么隐秘的关联"。李佳栖寻求父亲的过程，就是寻求屈辱的过程，她寻求屈辱，也得到了屈辱，殷正无视她献身的激情，许亚琛则把她当成一个不知感恩的扶贫对象，甚至沦为保姆小惠眼中的放荡女人和"小偷"。

在《茧》中，人物的施虐—受虐心理与童年缺失、主体的权力意志以及虚无主义思想紧密地耦合在一起，形成了一个相对完整的性格逻辑链并为叙述提供了动力，使得小说看上去有一定的写实效果，但是仔细推敲，就会发现张悦然塑造人物其实是从抽象观念出发的，人物缺少自身的主体性，和他们的现实与历史处境存在着内在的矛盾。张悦然把李牧原作为爱、理想、自由、诗意的代表，将他的人生轨迹契入时代风云之中，却完全没有考虑他的政治诉求。根据文本细节可以推知，李牧原应是陈丹青先生的同代人，作为一个下乡知青，返城时坚持把乡村爱人娶到城里，李牧原观念之激进是显而易见的，他研究生毕业留校任教时，已是人到中年，思想应该已经成熟，后来愤而离职下海经商，亦可见其思想激进的一面，张悦然却把他的人生的最后三年，重新塞回了和汪露寒的虐恋之中，而李佳栖整个的寻父之旅，均未能发掘出李牧原任何自由主义倾向，反而强化了他的世俗权力欲望。

当然，这种人物性格构思，逻辑上也仍然可以推演过去。但既然李佳栖的寻父之旅，正是父权祛魅、女性主体成长之旅，那么，又如何理解李佳栖的执迷不悟？此外，就算陈莎莎作为一个缺少头脑的笨蛋，再加上青梅竹马、失身在先的过往，可以反复原谅程恭的伤害（哪怕程恭想让她去死），那么唐晖呢？这个目光犀利、智商过人、生活目标明确还外带温存体贴的博士，按理说正是李佳栖所需要的导师型男友，却始终无法得到李佳栖的忠诚爱恋，不仅如此，他不计尊严多次原谅李佳栖的背叛，却在李佳栖放下的时刻，选择了弃她而去。显然，张悦然为了"爱的虚无"和"罪的世代流传",牺牲了李佳栖人生的其他可能性,忽视了底层人物陈莎莎的尊严。

二

除了对施虐—受虐人格的强烈兴趣,另一个让张悦然痴迷不已的观念是灵肉分离、精神至上。小说中有这样一个细节:汪露寒身无分文,走投无路时向谢天成借钱,谢天成"对她的渴望已经消失了,但他还是和她做爱了……因为他知道,自己根本不会伤害到她"。这个细节充分说明了张悦然的灵肉分离的观念,一句"不会伤害到她",不仅轻飘飘地遮蔽了两人肉体交易的实质,还营造了一个虚假的、温情的表象,让读者不知不觉地放松了对谢、汪二人的道德观察,对作者观念的辨析。

在张悦然的作品中,性欲是一个极其重要的因素,她的人物,除了个别被动禁欲主义者,都具有非常开放的性观念,轻易不会放过到手的性快感,对于青年人来说,性更是狂欢的资本。汪露寒与李牧原、谢天成等人(汪露寒和程恭的那场夹子游戏,也充满了性欲色彩),程恭与陈莎莎、小可等人,李佳栖和众多男人的性关系都是这种观念的反映,甚至连小保姆们也会抓紧时机聚众淫乱。福柯曾在一篇访谈中说,性解放是一种人类的自由实践,"通过这种实践,人们能够确定什么是性快感、什么是与他人的性爱、情欲关系"(《自我关注的伦理学是一种自由实践》)。但是《茧》中的性解放图景,却和人的自由实践无关,张悦然强化灵肉分离,标榜精神至上,她笔下的性可以完全和精神分离,纵欲无损于人物的精神纯洁,也不会让他们感受到他人的存在。性不仅和性对象(建设某种内在的关系)无关,甚至和主体自身(性快感)也无关,它只是一个工具。李佳栖与第一位性伙伴(高复班男孩)之间的关系,就是这种观念的最佳注脚。这是一种十分抽象的性观念,是在图解虚无主义,人的主体性消失了。

《茧》有一个历史小说的外壳,小说时间跨度近半世纪,"文革"、知青下乡和返城、恢复高考、苏联解体后的中俄贸易以及中国大陆的经济大潮,都进入了小说的叙述。张悦然显然为呈现历史做了很多资料阅读,因此对不同阶段的历史氛围和物质环境,都有比较敏锐的把握,其中在经济大潮中如鱼得水的许亚琛的怀旧情怀、诗人殷正在市场经济时代的无奈与忏悔,都堪称典型环境中的典型事件。此外小说中还有诸多细节,指向相应的历史阶段,比如程恭母亲的台湾亲属,自学英语、渴望出国的图书馆管理员和林叔叔出国嫁给大龄西方人的前妻,俄罗斯贸易退潮后无所事事的生意人,都是特定阶段的历史真实。

但《茧》的人物刻画和情节设置,却在不同程度上受到了灵肉分离、精神至上观念的束缚,没有达到同样的美学效果。程恭的奶奶是"钉子事件"的直接受害者,但张悦然没有对她进行原型刻画,而是把她妖魔化了,撒泼斗狠无所不用其极,她还被当成卑贱肉欲的代表,这个勇于反抗旧式婚姻的女人,人生被抽象为"一生都是与'守活寡'的命运做斗争"。这种性饥渴与大胆,是典型的当代观念,虽说一切历史都是当代史,但是成熟的作者会对自己所处的当代保持警惕,意识到它浮躁庸俗,泥沙俱下的本质。

与她相对的是院士李冀生。此人有过人的自我克制能力,生活极有条理,一应物品被严格地划定所属的空间,生活事件也被严格地过滤掉了情感因素,儿子之死、妻子断腿都没有影响他的工作,甚至弥留之际,意志也没有丝毫涣散的迹象,十几个小时无人照管,也会克制自己的大小便。李冀生是一切感性、浪漫、冲动、放纵的对立面,说他是理性的代表是远远不够的,他就是理性本身,代表着精神对肉体的彻底征服。张悦然对这个人物有明显的美化倾向,程恭的姑姑和谢天成,一个作为受害者一个作为旁观者,都给出了正面评价,在谢天成向李佳栖转述说"我感觉他身上有一股正气,让人不自觉地产生敬意,和汪露寒口中那个阴险、奸诈的人有极大的反差"后,张悦然插入了一段纪录片,描述了李冀生最得意的大弟子讲述的一段往事:"文革"初李冀生被剥夺了手术的资格,院方让一个庸医做手术,导致了病人的死亡,这让他终身引以为憾,并成为他此后在医术上精益求精的不竭动力。因此,李冀生显然是一个有强烈社会责任感的伟大人物,把钉子钉入程进义的脑部,是在执行社会正义,"每个人的灵魂里都有肮脏和丑恶的部分,跟善良和美好的品质混杂在一起",李冀生的"丑恶",不过是没有伦理亲情而已,和程恭奶奶的卑劣根本不可同日而语。

李牧原这一代人身上的"文革"气息很少,李牧原紧抓着父亲李冀生的"罪"不放的时候,正是他青春期情欲觉醒之时,"钉子事件"只是成就了他与汪露寒的恋爱关系,程恭父亲在"文革"期间抄家闹剧,最主要的动机是为父报仇,行动带有鲜明的情欲色彩,基本上没有呈现"文革"因素。汪露寒具备了尤物的所有特征,正如程恭姑姑具备了女屌丝的一切特征,她们同样是在普遍的层面上来描绘的,和自己的历史阶段关联并不密切。

灵肉分离,精神至上是张悦然自写作伊始就反复操练的观念,这种观念对于她的写作十分重要,它为张悦然的主人公以青春激情亵渎一切,极度地扩张自我提供了逻辑基础,使他们免于道德良知的困扰,成为张悦然小说世界中的特权阶级。对于张悦然来说,苦难、智商、无视一切道德的放纵行为、某种极度的自我克制能力,甚至负罪意识、宿命论般的绝望感受,都可以让人物高人一等,获得对"普通人"的控制权。她给这些人物精心地贴上一点特长或怪僻,戴上或忧郁或文艺的面具,使人物拥有了某种可称之为"情调"的东西,显示出迷人,甚至高贵/高尚的面貌,为读者提供新鲜的刺激,让他们得到感官的满足,不自觉地放弃思考和判断。

这是商业写作的特点,是张悦然早期被商业裹挟的写作的余毒,尽管张悦然奋力抗争,意欲破茧,却并不成功,它在《茧》中继续肆虐,消解了历史的深度,历史只是人物活动的舞台与环境,是抽象的"命运"的道具,与人物的主体性、成长无关。

三

《茧》有浓重的宿命论色彩,这种宿命论色彩和小说的叙述方式有很大的关系。《茧》借助两个叙述者——程恭和李佳栖——以"钉子事件"为核心,追溯了程、李、汪三家三代人在这一事件阴影下的行动及其后果。因此,整个叙述既描述了人物的行动及体验,更以分析的眼光考察了人物之所以如此的前因后果:程、李二人因童年创伤而性格偏执,这童年创伤又都和"钉子事件"有关,因为"钉子事件",程父产生了暴力倾向,导致了程母与他人私奔;也因为"钉子事件",李牧原与汪露寒的命运被牢牢地拴在了一起。因此,程、李二人的行动与命运,其实是"钉子事件"的衍生产品。

但《茧》的宿命论色彩更是人物选择的结果。众所周知,人类生活在一个既定的、自身无法选择的历史、地理时空之中,这是生而为人的命数,是人类所有行动的前提,它属于前道德阶段,无所谓积极或者消极,价值或意义。只有当一个人开始行动（即使是不行动，也是一种行动）时，积极/消极、价值/意义才开始生成，而他只要在行动，同时就在改变他此后行动的条件，每一个行动，都间接作用于自身、构建自身，最后，随着时间的流逝，人物的行动塑造了人物的命运。意识到这一点是极其重要的，因为人要对自己的未来负责，因此他的当下行动就显得意义非凡，尽管人不可能掌控未来，但是从为未来负责的目的出发，尝试着拓展自己行动的边界，拓展自己的精神疆域，即便是失败了，人物也会在其中找到意义，并认为这种失败是建设性的。严肃文学作品，确实常常描写人物的各种失败，然而在这种种失败之中，却同时显示出人的高贵与尊严，并为改造人与世界提供借鉴，因为它深信，世界是值得并且能够改进的。

然而《茧》中的"钉子事件"，却成为众多人物主动寻求并内化的行动与精神疆域，他们构成了小说中施虐—受虐型人物群，这种人物群不仅没有受到作家严格的审视，反而被叙述制造成美好、高尚的东西，所有脱离这一事件控制的人，都被写得极其单薄，甚至冷漠、麻木、僵化到让人厌恶，这种设计恐怕既非现实主义的，也不是人道主义的。从这个角度来看，张悦然显然仍未脱离早期写作思想的某些特点，在思想上仍然有厚厚的一个茧需要挣脱。

曾有评论指出，张悦然早期创作的诸多问题，源于她生活经验不足和商业化写作的束缚（孔令环《论张悦然小说创作的模式化倾向》），在我看来，《茧》至少宣告了生活阅历并不是真正的障碍，而商业化写作对类型化人物、主题的青睐以及对市场的自觉迎合则是张悦然目前尚未克服的障碍。

从创作心理来看，张悦然青睐概念化写作，恐怕有自身个性的深层原因。把人物抽象化，是作家拒绝世界对他施加影响的一种表现。也许在张悦然看来，世界是一种危险的、强有力的存在，这种存在让她感到威胁，她转移目光，退回精神领域，而这，极有可能是她迷恋宿命论的内在根源。抽象既是她艺术创作的基本方法，也是她认识世界的方式。她创作的那些极度自我的人物，在把自我扩展、等同于世界的同时，还有一个无法回避的一面：他们都在努力适应、被动防御这个变动的、恐惧的世界。她的人物常常受到累累伤害，却由于在一个极小的世界中成长，无法把这种伤害转化成一种对社会公正的追求，只能走向封闭、自怜，成为施虐与受虐的混合体。

应该说，张悦然的这种状态，是有相当的代表性的，由于在中国传统文化中，男性一直都被要求在外部世界搏斗，女性承担家务、教育子女，在多子女的大家庭时代,孩子不容易陷入孤独和不安全感之中,但 20 世纪 80 年代后出生的城市中产阶级独生子女,普遍感受着父亲缺席的童年时代,世界又以极快的速度发展,非常容易陷入孤独和不安全感之中,进而启动心理防御机制,形成自我中心的思想倾向。

他们不仅仅是不幸福,他们或许根本就已经无法理解、想望幸福了。

此文刊载于《文艺争鸣》2018 年第 5 期

◎永生的女人

——西维创作简论

西维是一个不动声色的女性主义者，她的小说不仅在主题层面表现出了对女性生命的强烈兴趣与关怀，在意象使用、形式构建等形式层面上带有明显的女性特质，更在观念层面上表现出了与女性主义理念的高度契合，对女性力量的完全信任。

西维创作时间不长，全部小说不过十几篇，基本上是女性视角，对女性生命的不同阶段都做了呈现，尤其是成长主题，更是西维关注的焦点。《风谷之旅》是寓言式的女性成长中篇小说。16岁的"我"和同龄人L小姐结伴远行，在风谷住下，她们自己搭建房子，驯养动物，饲养鸟类，捕鱼，种菜，制作日用品，在原始自然中学习生存、相爱（原始浪漫的篝火求偶之夜），学习面对强大的自然力（在泥石流灾难后重整家园）。小说中的"我"是现代男权文明规训后女性人格的象征，是典型的"主内"型贤妻，善良被动，像她养的那只鸟一样，有羽毛却忘记了飞翔。L小姐的原型显然是西方文化中魔女/女巫一类，她集现代科学与原始巫术于一身，生命力旺盛，能够适应任何环境，是女性野性人格的象征。"我"最终逃离了在热带森林中如鱼得水的L，回到了现代文明，表现了现代男权文明规训后的女性，对自身野性的弃绝。

但是，不能把"我"的选择视为西维的态度，相比于"我"的柔弱，L颠倒众生的活力显然更得西维宠爱。在西维这里，男权社会对女性价值观的设定，与其说是一种约束，不如说是刺激女性性别意识觉醒、借以行动、催生具有明确性别身份的自我的出发点。《风谷之旅》中的L小姐看似帮助"我"完成男权文明为女性设定的成长仪式，实际上，她征用男权文明的技术，却不为任何男性逗留。

这种观念在《触须》中表现得更为鲜明,这篇小说中的"我"集中了《风谷之旅》中"我"和L小姐两人的特性,她一开始被父权制文明扼杀了女性性征,作为一个学业优异的化学系学生,她未能发育成真正的女人,直到和一位同班男生去爬山,她的性别认同焦虑才开始出现。此后,她放弃一切返回国内,远离教授的视线,在故乡利用自己学到的化学技术,借用原始植物的旺盛生命力,为自己配制身体发育的药膏,让自己发育成真正的女性。表面上看,重视自身的曲线是把男性对女性的审美内化为对自身的要求,但小说的情节设置却揭示了西维强悍的女性姿态:故事背景是抗战时期,弥漫的硝烟、不祥的战斗机轰鸣为"我"的性别蜕变提供了保障,而那位刺杀敌军将领的慕先生似乎是应"我"发育的欢呼而来,和"我"发生性关系,使"我"成为真正的女人,在"我"把男性战士(慕先生)的血性和藤本植物旺盛的生命力融为一体后,"我"那位家境富裕的未婚夫,在"我"的力量映衬之下,显得愚蠢幼稚("专注的、婴儿肥的脸")。这种的情节设置是浪漫主义的,它蕴含着鲜明的女性立场和强大的女性力量。

西维小说中有一系列年龄与身体发育状况、心智发展水平脱节的女性,除了《触须》中的"我"之外,《陌生人》中的"我""二十岁,在上大学,却长着初中生一般的脸庞,还有身体","我"千里迢迢从北方来到南方探视男友,却以童年的纯洁让男友火热的情欲转变为无尽的忧伤;《迁徙》和《虹》中的"我"也对男女之情相当迟钝,《迁徙》中的唐珊根本没有意识到那个给她写信的男同学陆小林信中所说的"心仪的女生"可能是她自己,《虹》中的"我"对小饭、老鬼对自己的好感同样无感,只不过这两个作品并未点出女孩的身体发育状况。这些女孩都专注于学习,让人想起《触须》中曾经的"我"。这些顺从现代父权制现实原则的女孩,性别尚未分化,她们均有待某个男性的欲望来激发她们性别意识的觉醒,像《触须》中的"我"一样,借男性的欲望催生自我,成为自我的产婆。

在西维的笔下,女性都是完满自足的个体,不管她们的身份境遇如何,总是具有某种神奇的力量,这种力量让她们得以在男性世界中保全自身。在《陌生人》中,"她始终相信他不会伤害她,这种相信支撑着她,甚至变成了一种信念。她那小小的身体,就是在那样一种信念中绽放着光彩;没有什么比这个更纯洁,孩子一样的女孩的身体"。这种纯洁,这种信念,阻隔了男友炽热的情欲。《风谷之旅》中的阿乔,眩目于L的光芒却无法进入她的世界。《迁徙》中的唐珊,在很小的时候就已经能够自如地和舅舅——小说中男性气概、力量的代表,导师与父亲型的人物——捉迷藏了，而到了初二，她已经能够发自内心地同情那个骚扰女生的电工黄光头。《杨梅》中的杜晓静，因离婚而处理房产，但却毫无婚变弃妇的幽怨，而是一个慷慨施予的女性，能够对年轻的追梦女孩形成有力的影响。即使是《沉默的花园》中老年痴呆的母亲，也仍然是慷慨的，既能给予女儿丰沛的礼物，又懂得如何以最简单的方式在现代都市中生存，能够在日记本中写下"漫漫长夜过去时/迎来拂晓，没有饥饿，没有饥寒/芳草地上鲜花开满"这样感人的诗句，正如西维强调的那样，"饥饿"写的是繁体，更加繁复的笔画暗示着母亲仍然丰富活跃的内心世界。

西维笔下的女性并不孤独，她们代代相承，曾经是女儿，有朝一日会成为有活力的母亲，最后走向衰老，然后从头开始，正如大自然有季节轮回一样，女性这一性别群体同样有着循环的生命节奏，她当然是有历史维度的，但却可以循环更新，以至永生，正如《沉默的花园》中的母亲诗句所揭示的那样，"漫漫长夜过去时"，芳草地上又会"鲜花开满"，也如《繁水》中的创世母神 W 那样，500 年一个轮回，她总是在更新。在共时层面上，西维的女性同样不孤独，她总是处在一个女性共同体中，有亲密的伙伴，即使是《繁水》中的创世母神 W，也有嫦娥为友，成长期间的同性情谊，丰富了女性生命的样态。

不过，西维的小说中，女性周围并非没有阴影，《迁徙》中舅舅的家暴和黄光头的性骚扰，《触须》中"我"哥哥和未婚夫的嫖妓、慕先生的强暴，以及其他小说中一些类似情节，都暗示了女性现实生存的艰难。但西维却拒绝把女性设置为受害者，这正是女性主义理论所支持的、建立女性主体性的唯一路径：为了获得女性主观欲望的位置，必须拒绝接受受害者地位和囚禁在男性让女人变为客体的注视中。我们注意到，西维在强调女性力量的同时，最大程度地削弱了男性的力量，以及社会现实、伦理道德的约束。《风谷之旅》《触须》是这样，《繁水》尤其如此，小说构思明显受 2013 年余姚大水淹城的影响，但是我们却没有在表面上看到国计民生的忧思，小说天马行空的想象力，让读者把注意力更多地集中在了创世母神 W 的神奇力量上。结合《风谷之旅》中 L 的野性，《繁水》中的 W 的朝三暮四、随性而为，以及众多小说中气味意象的高频率使用——气味是一种更原始的感官，相比视觉和听觉更为神秘，在西维小说里，尤其是《繁水》中，气味是催发女性性欲的必要物质，也是女性魅力的来源——西维的创作实际上表现出了一个清晰的女性主义思路：它把因循僵化的男性世界隔绝开来，拒绝男权中心的地位,抛弃了伤痕累累的文明去体验自己体内的野性,并占据了一个新的主体位置,彰显自身的力量,与父权制分道扬镳。这是一种真正意义上的颠覆。理论上讲,所有的女性立场,都内在地包含着对男性主导的社会现实的批判,张扬女性立场,其实是一种对现实的矫正。因此,西维那些表面上看上去浪漫的、想象力丰富的、与世无争的作品,实际上蕴含了一个激进女性主义者的身影。

西维的小说写得非常饱满,里面有丰富的嗅觉和视觉意象,充分的自然环境描写,经由饱满的叙述,西维把她的女主人公置身于大自然中,展示了她们与大自然的相似性与联系,揭示了她们力量的源泉。在西维的笔下,空气中弥漫着各种各样的气味,正如女性身体内弥漫着各种各样的气味一样,泥土滋生万物(植物及其花朵、果实、蚯蚓等蠕虫)正如女人生养众多一样。天空中有飞鸟,河流、池塘里有游鱼,神秘的、丰饶的大地深处还会涌出温泉,治疗人类的疾患,滋养人类的心灵。在2015年下半年发表的《沉默的花园》《迁徙》《虹》《一切都在流动》《人间》这几个作品中,西维还在结构上呈现出了可贵的探索,取消了原来小说的故事性,开始让叙述像生活本身一样丰富、随机,表现出了一种对时间中蕴含着的生命奇迹的好奇心,她不再急于解释,而是呈现、暗示,《迁徙》可以视为这类作品中的代表。在小说的最后一节,唐珊穿过一片荒芜的空地,走进一个花园,在黄昏迷人的光线中注视着蔷薇花:

> 她还未从沉思中回过神,仍旧像睡着了一样,头微微低着,看着前方的蔷薇丛。片刻后,她转过头,看向拍了她肩膀的女孩——大白鸟,她看到的是大白鸟那样巨大而有力的翅膀,以及洒落于白色羽翼上夕阳淡金色的光。她想到了稻田里的白鹭。不管她看到的是不是真的,白鹭们就要来了。在这个夏天,成群地飞翔于稻田的上方。

蔷薇是爱情的象征,在精神分析中,鸟是男性生殖器的象征。唐珊的性意识觉醒了吗?她对舅舅有朦胧的爱恋吗?舅妈期待着男性带她远离贫穷的小镇,唐珊呢?那在时间里等待着她的,将会是什么样的奇迹?《迁徙》把这一切,都留给了读者去想象。

阅读西维的小说,我们可以感觉到作家本人整个地向着自然敞开,那里有作家对自然力量——往往也是女性的原始力量，因为女人即自然——的痴迷。正是基于女人像大自然一样丰富富饶的自信，西维小说中的女性才能超越人类文明的伦理约束，既慷慨施予，也毫无顾忌地攫取，学习、工作、情欲、婚恋都是她们成长的场所，也是她们发泄精力、排遣寂寞的场所，《风谷之旅》中的 L 和《繁水》中的 W 正是这种女性的绝佳代表。

西维，这个化学学士，环境监测与分析工作者，以她魔女般的想象力，向我们展示女人与自然的神秘力量，感谢她的故事赐予我们力与美的娱悦。

此文刊载于《文学港》2017 年第 12 期

◎多元文化背景下的女性成长

——读蒋在的小说

　　蒋在少以诗名,近三年开始发表小说,和这次刊出的两篇加在一起,共六篇,考虑到蒋在仍在读大学,有繁重的学业在身,这个数量算是相当可观了。除了数量,质量也可圈可点,因为有多年诗歌创作的底子,蒋在的小说语言准确优美,主题也大气厚重,是一个值得期待的作者。

　　蒋在的小说在题材上属于留学生文学。留学生文学这个概念比较宽泛,目前学界主要是根据作者的身份来认定的,只要作者有过留学经历,作品以异国他乡的生活为主要内容,就是留学生文学。因此,20世纪汉语留学生文学,至少出现了三个浪潮,第一次是五四时期以郁达夫等人的作品为代表,第二次是20世纪五六十年代以中国台湾留学生为主体,代表作家是於梨华、白先勇等人,第三次是20世纪八九十年代大陆涌向欧美、日本、澳洲等地的留学生创作的作品,以严歌苓、查建英等人为代表。此后,随着改革开放的深入,留学生作品亦时常能在国内出版界见到,但已经不再有轰动效应。有意思的是,百年来留学生作品多则多矣,真正写留学生校园学习生活的作品却非常罕见,大多数作品要么表现留学生在异国的边缘地位,要么比较留学生对异国文化的态度,而20世纪90年代曾经轰动一时的《曼哈顿街的中国女人》等作品,本质上更像是异国打工创业文学。从这个角度上看,蒋在的《举起灵魂伸向你》直接写校园生活,至少在题材上,算是回归了留学、教育本身。华人女孩"我"、印裔加拿大女孩娅姆、泰国女孩波特、加拿大白人女孩艾玛、斯图尔特教授以及一笔带过的埃及穆斯林男孩,再加上《虚度》中的牙买加黑人女孩法塔,基本上构成了蒋在留学生校园小说的多元文化背景。不过这个多元文化背景只是作品的底色,小说并没有利用文化冲突制造戏剧化的叙述效果,各色人物都身处平凡的日常生活中,各有各的欲求,彼此之间虽有差异,甚至有利益冲突,却都尽量保留着相互之间的某种善意与温存。从某种程度上说,《举起灵魂伸向你》为我们描绘了此前留学生文学中缺少的多元文化和谐共存的画面,体现出了真正的自由、平等的胸怀,对于一个刚刚二十出头的女性作者来说,能有如此思想境界,实属难得。

一代人有一代人的文学。前三次留学生文学浪潮,都带有鲜明的时代色彩,五四时期的留学生文学,和振国兴邦的民族意识紧密耦合;20 世纪 60 年代中国台湾留学生於梨华、白先勇等人的文学,则带有旧中国遗老遗少的腐败气息,青年一代奋力抗争,亦难以从父辈的枷锁中挣脱出来,免于殉葬的命运;20 世纪八九十年代大陆留学生文学,则建立在中华人民共和国成立三十年艰难困苦的物质生活,以及共和国理想高蹈后的失落双重基础之上,既有精神追寻的沉重,也有省吃俭用打工挣钱买三大件的琐碎艰辛、以身体谋求绿卡的屈辱。蒋在的作品则显示出了当代中产阶级独生子女在全球化经济文化环境中成长的种种特点。由于对全球化习以为常,他们能以自由、平等的心态接受多元文化的现实,身处异域文化之中时显得自在、自尊、自信。不管是在处理室友之间的关系,在精英团体中表达自己的艺术观,还是处理对教授的迷恋,"我"都显示出了敏感好强、自尊自信、不卑不亢的特点,比如在受娅姆怂恿"赶走"波特的家属后,波特高烧时,"我"就理直气壮地让娅姆去买饮料。"我"迷恋斯图尔特教授,但并未示以小萝莉的崇拜,而是希望能够和他平等对话,"我"通过训练记住了所有肖邦的作品,也敢于在人文教授面前谈论里尔克,对教授在阅读聚会中的"照顾"既感动又有压力,对教授提及自己的妻子感到不快。甚至当老练圆通的教授,以精致的法式调情来试探(里尔克的情诗,以及关于"我"母亲是否比"我漂亮"的对话),"我"虽然心潮澎湃,却最终控制住了献身的激情(这一点蒋在处理得非常隐晦,从"我"和波特的对话可以推出)。

反抗传统文化的束缚曾经是 20 世纪 60 年代中国台湾留学生文学的一个重要主题,《举起灵魂伸向你》中的"我"却没有这重束缚,宽容的中产阶级家庭给了她自由选择的权利,传统文化的束缚集中在印裔女孩娅姆身上,她不能自由选择自己的专业与爱情,家长制与种姓制度的双重束缚让这个女孩渴望战斗却不敢尝试,只能将反抗的欲望保留在精神臆想之中(《叔叔在印度》)。印度文明的导师作用在 20 世纪西方文学史上占有一席之地,毛姆的《刀锋》等作品都有这种痕迹,深谙西方文学的查建英在《丛林下的冰河》中就设定了一位印度导师,指点"我"追寻真正的自我。蒋在的印度文化没有这种乌托邦色彩,它在政治、经济、宗教等方面的落后,近似前三波留学生文学中对中国的认识,这显然得益于近二十年中国社会经济的发展,"90 后"更多地分享了中国作为世界上最大、最活跃的政经体的自信。

蒋在的作品同样带出了这一代独生子女孤独的印记。与祖辈一起度过童年的"90 后",早熟,懂得合作,思想精致幽深,同时孤独感伤,深感一己之渺小无助,缺少野性与锐利。"我"对斯图尔特教授的单恋,很大程度上是子辈亲近父辈的渴望,里面情欲的因素相当淡薄,想象教授之死就是这种思想的表现,《虚度》中的"我"对珍妮之死的想象,也是对祖辈逝去伤感的移情。《举起灵魂伸向你》中的"女性之光"被设置在泰国女孩波特身上,波特是某种前道德状态的女性力量的化身,更野性也更有力,这个肮脏不洁的中国邻居,会无视教授女儿反感千岛酱,也会从食堂偷一种粗糙的纸巾。相比之下,"我"显得被动、内敛,听教授弹奏《水边的阿狄丽娜》时的想象——"到底是众神赐给了雕塑生命,还是孤独的塞浦路斯国王?"——浪漫却幼稚,这种由男性之爱赋予雕像/女性生命的主题,和睡美人的主题一样,是某种精致的男权策略,女性的主体性被遮蔽了。但蒋在对这个主题却缺乏足够的警惕性,小说中,波特在和教授发生关系后变得更整洁,也更宽容,她的"女性之光"正是这种献身所诱发出来的,而此后波特怀孕,消瘦,甚至毕业离校前一夜高烧,正是她与教授不洁性爱的必然后果。在蒋在看来,波特混沌的女性力量显然无力对抗精致的、理性的、强大的男性力量,对同类也缺乏吸引力。无知的、需要启蒙与成长的"我",因旁观而产生了一种渺小无力的幻灭感,那只蜂鸟正是"90 后""孤独的孩子"心境的具象化。

把《举起灵魂伸向你》和艾丽丝·门罗的《温洛岭》做一下对比阅读,是非常有意思的。《温络岭》中精致的、富裕的、强权的老男人,让女性全裸着和自己共进晚餐,整个过程简直是绅士的化身,但傲慢却掩盖不住他生命力的软弱,处于生活底层的妮娜,可以和他合作,也可以抛弃他玩几天失踪,邪恶而无所顾忌,门罗在一个简洁的故事里对高度发达的西方男性文化与女性的本能力量两者的邪恶都做了精练的展示。而蒋在的《举起灵魂伸向你》虽然对斯图尔特教授(西方文明精华的代表)的利己本质有相当的认识,但显然并没有足够的力量与其进行对视，波特的混沌力量也因为小说的日常叙事而显得缺乏力量。

同样，在对基督教的反思上，蒋在也带有某种"90后"孩子的软弱感伤，《虚度》对教会的生硬世俗和教徒的功利都有揭示，批判的力度因为驼背故事的插入有所拓展，但整个作品感伤有余，对宗教本身思考的深度有待提升，表达方面也略微露了一些，不如《举起灵魂伸向你》含蓄耐读。

作为"90后"作者，蒋在的作品已经基本克服了这种年纪的青春浪漫，能够自觉地利用多元文化背景和历史事件来拓展主题的层次，语言功底扎实，作品的形式也相当精美，有/无坐标的抛物线、千岛酱、蜂鸟等细节的运用，显示出了蒋在缜密的思维，假以时日，当有大成。

此文刊载于《十月》2017年第1期

◎张楚《金风玉露》：向着死亡生长

——《野草》2018 年第 2 期刊评节选

> 我的小船没有舵，它靠从冥界最深的地方
> 吹来的风行驶。
>
> ——弗兰茨·卡夫卡《猎人格拉库斯》

《金风玉露》里有一条田园牧歌式的河流，当美兰跟着小潘蹚到河边时，她发现"那条河还和她记忆中的一样，水面，芦苇丛里不时蹿飞出翠鸟与鹌鹑般大小的野鸭"。这条河应该是俘城的北河，张楚曾经为它倍感焦虑，并写下了《盛夏夜，或盛夏夜忆旧》，但这一次，北河摆脱了后现代资本的阴影，成了真正的红娘。美兰和小潘，这两位因相亲偶然凑在一起的大龄北漂青年，心里都埋藏着太多的孤苦。在父母的暴力、冷漠与役使中长大的美兰，凭着倔强的性格逃离了家乡，成为一位名校的研究生，一所收费昂贵的私立学校的教师，但高度紧张封闭的工作让她患上了抑郁症；而曾经有过美好童年的小潘，因为父母的婚变而逃离了家乡，他名校国企的光鲜背后，是连上厕所的时间都没有的囚徒现实。他们压抑多年的凄苦在目睹故乡的河流时，不自觉地流露了出来。张楚几乎是急切地把这条河和北京的地铁进行了对照，牧歌式的河边风景放松了他们的神经，而在地底下穿行的地铁却如怪兽的肠道，漫长的地铁出口俨然地狱的入口。就这样，在这条"还和记忆中的一样"的河流的助力下，他们抛弃了相亲的套路，尝试着向对方敞开。

不变的还有美兰姨妈居住的供销社家属房。这是美兰罕有的美好童年记忆的存储地，正如河边是小潘美好童年记忆的存储地一样。在这两个孤岛之外，是飞速变化着的资本世界。而这两个孤岛，正如姨妈身陷保健品亲情销售

模式无力自拔，"到最后，连买骨灰盒的钱也要折腾进去"所昭示的那样，根本无法对抗资本的入侵，只能日益"消瘦"，最后被蚕食殆尽。

《金风玉露》采用的是第三人称局限性视角，叙述局限于美兰的感知、思想、记忆与情感中。在见面伊始，美兰就觉得小潘眼熟，她注视着眼前人，开始回忆自身的情感历程。小潘抽烟的姿态、说话的腔调以及某些言语细节，都让她想起两年前圣诞节夜晚和自己发生过一夜情的男人。一则那是她的初夜，二则她是个抑郁症患者——这种疾病会让人情绪低落，感觉迟钝，只有极为强烈的刺激，才能留存下来——美兰记住了那个长着虎牙、凤眼、抽烟时把香烟夹在中指和无名指之间的男人。

但小潘忘记了美兰，把与她那一夜的肉体经验和其他女性的搅和在了一起。正如他自己所宣称的那样，他确实是个渣男，阅女无数，已经无法准确记住某位具体的女性，这一个和那一个，只有一个共同的名字：女人。小潘身上有《包法利夫人》中的罗道尔弗的影子，作为《包法利夫人》最热情的读者之一，张楚对罗道尔弗把各式各样的女人留给他的纪念品拿出来把玩，最后成功地把爱玛·包法利和所有女人混淆起来的细节必然烂熟于胸。

张楚用印着《海贼王》路飞图案的连帽衫、鬼冢虎牌球鞋这类日本流行文化元素装扮小潘，从服饰风格看，这是个重视肉体舒适度的男人。除了日本文化元素的服饰，小潘对日本情色影片也极其熟谙，并且显然热衷于在生活中实践它——"他的动作没有什么创新却面面俱到。"昆德拉在《不能承受的生命之轻》中说，好色之徒有两种，一种人在所有女人身上寻找他们自己的梦，他们对于女性的主观意念，另一种被欲念所驱使，想占有客观女性世界的无尽的多样性。小潘虽然逐色，但显然并非这两种类型，他并不在身下的女人那里寻找什么，他只是在宣泄，面对对他表示出某种兴趣的女性，他会迅速地把关系推进到肉体层面，而此时，女性的主观感受并不在他的考虑之列，"他似乎把她当成了一个充气娃娃"。这种灼热的欲望宣泄，带有明显的动物成分：小潘甚至像一条狗一样反插到对方的身体中，体液喷射出来的样子，也被叙述者比喻成狗撒尿。西方文化语境中的昆德拉，显然想象不出小潘这种中国男性，他们并不追求抽象的精神价值，年岁虽已成年，也受过教育能够胜任某项工作，心智却不能说成熟，不负责任的行为里，没有反抗权力的动机与激情，只有渴望被宠爱的任性。

但是，张楚是仁慈的，叙述展示了小潘的敏感，正因为敏感，父母婚变和高强度的工作才难以忍受,向内构成了人物内心的苦难,为小潘博取读者同情留下了余地。在中国文化语境里,苦难可以转化为权力,尤其当这种苦难源自于一个由组织机构、既定事实、公认的信条、习俗等组成的庞大体系的时候。苦难者可以向比自身更弱的、往往是无辜的人提出要求,通过把苦难扩大化造成一种局势向权力体系施压,《窦娥冤》就是这样的经典。《金风玉露》虽然绝无向这种策略靠拢的用意,但从我的阅读感受来看,苦难显然使小潘获得了某种道德豁免权。

当然,美兰的感受是豁免小潘的最终标准。张楚是审慎的,他选取美兰为视角,把她因病而有的麻木、迟钝以及对死亡的渴望穿插在两次疯狂的性爱过程中,让小潘这个登徒子几乎成了拯救者,有抑郁症病史的美兰,以感官需要来说,只有小潘这种狂热的激情与放纵,才能调动她早已迟钝、麻木的神经,释放压抑太久的欲望。即便如此,叙述也仍然对纵欲男性保持着必要的批判距离,在高潮之时,美兰也没有完全沉迷于性快感,"她想,男人还是穿衣服好看一些"。

暴烈的性爱虽然如此接近死亡,那个抑郁症患者迷恋的对象,但毕竟不是死亡,因此,当美兰回味着嘴里被小潘咬破后渗出的血丝的味道时,那一点点甜,多少有点生命复归的喜悦。这正是小说标题《金风玉露》的含义。但只是一半的含义,在生与死的较量中,这甚至是终将失败的那一半。剩下的那一半,需要放在张楚创作的总体中进行阐述。

张楚的创作有一个基本特点已经被不少评论者甚至读者注意到了,那就是意象的运用,但是这种描述与阐释很难让人满意,称得上是一种误读。其实,张楚笔下的人物绝大多数都有各种各样的特长,这些特长大多数都是动态行为,比如《曲别针》里的志国,其实是在练习曲别针艺术,《刹那记》中的鞋匠每天早晨在墙边练倒立,是一种业余体操训练,《伊丽莎白的礼帽》中的姨妈不管是练字,还是做礼帽,都可以将其看成艺术游戏,《献给安达的吻》中的"我"的飞镖次次都中靶心,类似的细节在张楚的小说中十分常见,不能简化为意象。张楚还喜欢写人物的一些怪癖或天赋、爱好,《你喜欢夏威夷吗》中的艾娅喜欢在睡觉前用舌头舔舐捏过潮虫的指甲,《细嗓门》里的林红喜欢用动物内脏沤花肥,《夜是怎样黑下来的》中的老辛喜欢打鸟,《樱桃记》中的樱桃跑得奇快,《略知她一二》中的她居然把女儿的心脏带在身边,放在冰箱里,此外,酒量惊人的,性能力过人的,身体残疾的也相当常见。因此,张楚笔下的人物,其实不能看成是一般的人，而是些奇异之人，内部有充沛的能量潜伏着，不管是艺术般的、体育竞技式的自我训练，还是对某物的执着渴望与顽固占有，都暗示着一种沉潜的、汹涌的力，这种力量一旦得到时机，就会喷薄而出，而一旦它喷发出来，造成的往往是毁灭性的后果：要么杀人（《曲别针》里的志国），要么自残（《刹那记》中的鞋匠），要么跨越一切法律、习俗与伦常道德，寻求性放纵（比如《略知她一二》）。这使得张楚小说的情节也经常偏离常规，限于篇幅，就不再列举了。

总之，通过把奇人奇事放在平凡的环境之中，突出人与世界之间的差异与矛盾，张楚的写作表现出了明显的对力量、强度、个性、奇特事物的偏好，骨子里有一种浪漫主义色彩，小说家张楚的背后，隐含着一个诗人的面貌，在早期写作中，这种气质甚至在语言上都表现了出来，成熟之后的张楚，语言冷静，距离分寸拿捏得相当不错，但内在气质却一以贯之。因此，当我们观察张楚人物的时候，极少看到人物的灵肉搏斗，人物用精神力量约束自己的行为在张楚的小说世界经常被一笔带过，甚至忽略不提，知识分子似的分辨、反思与诘问几乎从未出现过，张楚也不擅长写人物之间微妙的互动关系，比如似是而非、若有若无的情愫，他喜欢把人物星星点点的欲望，果断地往前推到极致。张楚写的其实是一群极其自我的人，或者说极其孤独的人。他们都是本能、欲望的奴隶，一根筋的行动派，能够约束他们的，只有外在的时空。也正是由于时空的广阔，世界的强大，他们的隐忍或"不得不动"才常以悲剧结尾：自毁或者毁他。《梁夏》中的萧翠芝在无法克制的情欲之下，冒险在梁夏家中实施引诱，她的自杀其实是一种必然，这是最后一搏，以整个生命的强度谋求在梁夏的生命中划下烙印；梁夏执着的上访，也很难说是单纯的寻求清白，被激发出来的情欲，必须以某种方式疏导出去，它同样不计后果，并且越受阻越强大。梁夏与萧翠芝都是自我中心者，他们的斗争是两股方向不同的力剧烈冲突、共同耗散的过程。

根据张楚的逻辑，《金风玉露》的结局应该是悲观的，但是，当下的这一刻，它是温柔的。这场发生在秋天的相亲，由两年前冬夜的记忆引导着，在美兰的尊严和欲望之间摇摆，跌跌撞撞地向着目的地驶去。张楚引入时间主题，让小潘在时间中衰败：两年前，他彻夜鏖战后轻巧地抽身离去，而现在，他虽然仍欲火如焚，急于宣泄，却在事后疲惫地睡着了。这"疲惫"和河边的感伤，让他赢得了美兰的柔情，尽管美兰只是一个伤痕累累的姑娘、"一个小女孩"，尚不具备足够的母性来承载一切，但是柔情本身就是意义。

张楚曾在访谈中回应过他的小说意象使用问题（再次强调一下，我不同意"意象"这个泛泛的概念，认为它完全不能触及张楚小说的内核）：

> 这些意象其实在我写作时只是一种潜意识。比如《曲别针》里的曲别针，有朋友说它隐喻了男主人公精神世界的扭曲。其实我写时并没有这种意识，这只是一种个人的小嗜好，就像有人喜欢不停地摆弄打火机一样。人私底下的一些细微的小习惯、小赞美、特殊喜好，都是他内心世界的真实镜像。《七根孔雀羽毛》里的孔雀羽毛，也许没有任何意义，但却是主人公最温暖、最隐秘的东西。人有时就需要一些没有意义的东西，它安静地存在着，跟我们所处的这个庞杂混乱的世界形成一种美学意义上的反差。

这个回应是值得重视的。它至少有两层含义，首先，这种做法是一种暗示人物内心世界的策略，其次，这些细节把人物从周围世界中区别开来，"跟我们所处的这个庞杂混乱的世界形成一种美学意义上的反差"，这两个层面，正是张楚小说的个体法则。一般而言，每个作家都有为何要写、写作何为的问题，在这个回应里，张楚应该是给出了他的答案的。先说人物的内心世界，上文已经说过，它是一种十分抽象的东西，即人物内部沉潜的、汹涌的力，通过行动与意象，张楚给它赋予了坚实的形式，它们如此真实可感，让我想起了格奥尔格·西美尔的一句话："如果我们把某一对象称为'真实的'对象，那就等于我们是要赋予它那能溢于言表的内容一种坚固性，一种绝对性。"显然，张楚找到了赋予"那能溢于言表的内容一种坚固性，一种绝对性"的方法，他是成功的。

为何要写？写作何为？在我看来，张楚的写作有一个终极目的，就是要抗拒人的典型化、类型化，赋予个体以独属于他自己的生命，他们并不是什么阶级的代表，也不是某种职业、社会地位的典型人物，甚至不是某种性别固化观念的载体，他们都是独特的这一个。他们只在哲学层面上和全人类在一起，是时空的囚徒、欲望的奴隶，是终有一死者。这种进入人的角度和姿态，显然是西方文化影响的结果。自晚清引进西方文化以来，只有到了当代某些作家这里，西方文化才真正成了作家创作中的一个有机组成部分，不再是件花衣裳，张楚就是这些作家中的极为重要的一员。

　　李敬泽老师有一段话，大意是说现有的批评话语很难处理张楚的小说，其实，引入西方文化的一些核心概念，处理张楚小说并不那么麻烦。在西方文化中，力与运动是两个至为关键的概念，宇宙自然乃至人类社会的历史变迁是由各种各样互相矛盾的力推动的，它们互相争斗，此消彼长。这些力量同样存在于人这个小宇宙中，它们会从外部（自然力的暴发、暴风雨、风、地震、动物的出现、疾病等）或内部（灵光乍现、有预见性的梦、爱情的冲动、对战争的狂热、恐惧、羞辱感等）直接且不断地干预人类的活动，在这些力的干预下，人的心灵内部呈现出一种动态，它向着自己的本原生长，但是，向着什么生长，却必须引进历史的维度。古希腊人曾经把人的灵魂分为三个部分，上面的部分是logistikon，即逻辑、秩序、意义，下面的灵魂是 épithumétikon，即欲望，中间的灵魂是 thumos，即恼恨，它位于"心"中，是一个十分躁动的组成部分；当欲望占据统治地位时，中间的灵魂，这一位于"心"中的十分躁动的组成部分，会引发狂躁和具有毁灭性的暴怒，而当其为上面的灵魂所用时，可以激发勇气成就英雄。古希腊人的观念，在西方文化中一直延续至今，中国接触西方文化后，它的一些观念又潜移默化地影响了我们的写作者。具体到张楚，一方面是中国文化传统素无灵魂不死的宗教观念，20 世纪以来西方宗教也早已式微，因此，21 世纪的中国人在思考人的时候，古希腊人灵魂的三个层级，往往只剩下了下面两个层级，欲望成了小说家描写人物最为核心的关键词。同时，权力通过各种层级的组织机构开始具体化，侵入个体生存的各个角落，又加剧了世界的荒诞性，让大多数作者趋于悲观。张楚在很多访谈、创作谈里都谈到了他的悲观，这就是一个明证。我们知道，张楚的小说大多数都有本事，生活中那些异常的人和事，尤其是造成了毁灭性后果的犯罪事件，总是不知不觉地吸引着他，他想象着他们的故事，赋予他们一些坚实的细节，把他们从虚无中召唤出来，让他们在欲与能的消耗中，以悲剧的形式，增添人类在广阔时空下的慨叹。

　　或许，在张楚看来，人与世界，都义无反顾地朝着死亡奔去，那么，受伤的孩子互相依靠取暖，也能带来些许慰藉吧。